"나도 평생에 한 번은 꽃을 사서
누구에겐가 보내보고 싶은 생각이 간절했습니다"

그 테러리스트를 위한 만사
이병주

한길사

이병주전집 편집위원

권영민 문학평론가 · 서울대 교수
김상훈 시인 · 민족시가연구소 이사장
김윤식 문학평론가 · 서울대 명예교수
김인환 문학평론가 · 고려대 교수
김종회 문학평론가 · 경희대 교수
이광훈 경향신문 논설위원
이문열 소설가
임헌영 문학평론가 · 중앙대 교수

그 테러리스트를 위한 만사

지은이 · 이병주
펴낸이 · 김언호
펴낸곳 · (주)도서출판 한길사

등록 · 1976년 12월 24일 제74호
주소 · 413-832 경기도 파주시 교하읍 문발리 520-11
　　　www.hangilsa.co.kr
　　　E-mail: hangilsa@hangilsa.co.kr
전화 · 031-955-2000~3　팩스 · 031-955-2005

상무이사 · 박관순 | 영업이사 · 곽명호 | 편집주간 · 강옥순
편집 · 배경진 최원준 | 전산 · 한향림 김현정
마케팅 및 제작 · 이경호 | 관리 · 이중환 문주상 박경미 김선희

출력 · 지에스테크 | 인쇄 · 현문인쇄 | 제본 · 쌍용제책

제1판 제1쇄 2006년 4월 20일

값 9,000원
ISBN 89-356-5951-7　04810
ISBN 89-356-5921-5　(세트)

잘못된 책은 구입하신 서점에서 바꿔드립니다.

이 도서의 국립중앙도서관 출판시도서목록(CIP)은 e-CIP 홈페이지
(http://www.nl.go.kr/cip.php)에서 이용하실 수 있습니다.
(CIP제어번호: CIP2006000780)

그 테러리스트를 위한 만사

그 테러리스트를 위한 만사 | 7
철학적 살인 | 171
삐에로와 국화 | 197
8월의 사상 | 259
박사상회 | 287
바둑이 | 315

천재들의 합창 • 김인환 | 333
작가연보 | 343

그 테러리스트를 위한 만사

―얼마나 훌륭한 재질을 가진 인물들이 이 죽음의 집에서 햇빛을 보지 못한 채 매몰되고 말았을까 하는 생각을 하면 가슴이 아프다.

도스토예프스키는 「죽음의 집의 기록」 가운데 이렇게 쓰고 있는데 나도 가끔 그런 생각을 해본다.

정말 특이한 재질과 희귀한 품격을 가졌으면서도 그 보람을 꽃피우지 못하고 누항에 묻혀 살다가 세상을 떠난 사람들을 나는 몇 사람 알고 있다. 나는 그들을 알게 된 것을 다시 없는 행운으로 친다. 나는 그들을 통해서 맥맥히 흐르고 있는 지하수를 방불케 하는 민족의 저력을 인식하기도 했다.

다음은 그 몇 사람 가운데 한 사람에 관한 이야기다.

이름을 정람이라고 했다.

한자로 쓰면 고요할 정靜과 샛바람의 람嵐이라는 것인데 그렇다면 그 이름부터가 일종의 모순이 아닐까도 싶지만 그런 게 문제될 까닭은 없다. 그의 모순적인 일생과 그 이름이 잘 어울린다고 생각한 것도 훨씬 뒤의 일이다.

정람 선생과 처음 만났을 적의 이야기를 하려면 부득이 십수 년 전의 공덕동을 회상해보지 않을 수가 없다.

산의 잔등을 갈라 6차선의 대로가 나버린 지금에 와선 당시의 면목을 찾아볼 방도가 없지만 그때의 공덕동은 누항의 애환이 짙은 안개처럼 서려 있던 마을이었다. 나지막한 집들이 서로들의 처마에 의지하여 서로 부축이나 하는 듯 늘어서 있었고 다닥다닥 비탈에 포개진 집들이 산마루에까지 기어올라 있었다. 그 사이를 누빈 골목마다엔 개구쟁이들이 환롱을 치고 있었고, 황혼 무렵이 되면 약을 친 방의 빈대새끼들처럼 밤의 여성들이 이곳저곳에서 기어나와 만리동으로 해서 시심市心으로 나가는 마이크로 버스를 탔다.

그러나 어느 곳에서건 생활은 있고 사람들끼리의 교환交歡은 있다. 나는 그때 낮은 쪽 골목의 어느 약국 안에 세들어 살고 있었는데 그곳에서 20미터쯤 떨어진 산비탈에 경산 선생의 집이 있었다.

삼일운동을 비롯해 항일투쟁의 경력이 혁혁한 노투사 하경산河耕山은 부엌방을 합쳐 세 간 방으로 된 무허가 판잣집에 학처럼 살고 있었다.

그 무렵 나는 일주일에 두세 번꼴로 경산 선생을 찾았다. 나는 경산으로부터 지조의 아름다움이란 것을 배웠다. 경산은 결코 자기의 독립 투쟁을 말하길 좋아하지 않았고 자기가 지켜온 항일정신을 자랑삼아 얘기한 적이 한 번도 없었지만, 그 쓰러져가는 오두막집 뜰에 당국화를 심어놓고 가느다랗게 뜬 눈으로 그것을 지켜보고 있는 모습 가까이에 있는 것만으로도 지조라는 것의 향기를 맡을 수 있었던 것이다.

경산을 알게 된 얼마 후에 나는 이렇게 물어본 적이 있다.

"뭐니뭐니 해도 일본놈이 나쁘죠?"

다분히 경산의 기분에 영합하기 위한 발언이었는데 경산은 내 얼굴을 살펴보는 눈빛이 되더니 정색을 하고 말했다.

"일본인은 훌륭한 민족이다."

나는 깜짝 놀랐다. 나의 놀라는 기색을 보자 경산은

"일본인 가운데도 나쁜 놈이 있고 좋은 사람이 있겠지만 일본인은? 하고 한마디로 말해야 한다면 훌륭한 민족이랄 수밖에 없지."

하는 말을 보탰다.

"일본인의 침략근성은 나쁘지 않습니까."

나는 힘주어 말했다.

"침략은 나쁘지. 그러나 고래로 강대한 나라치고 침략근성을 가지지 않은 나라가 있어보기나 했나? 침략근성이 있었다고 해서 일본만을 탓할 건 못 되어."

"그럼, 선생님은 일본의 입장을 옹호하는 겁니까?"

"객관적인 판단과 옹호는 다르지 않은가. 밉다고 해서 판단을 왜곡할 순 없지. 적이긴 하되 일본인은 훌륭해."

"훌륭하다고 인정했으면 항일투쟁은 성립될 수 없는 것 아닙니까."

"자넨 훌륭한 사람이라고 보면 그 사람의 노예가 될 텐가? 항일운동은 생존권과 위신의 문제 이상도 이하도 아닌 것이다."

불칼과 같은 기염을 예상했던 나는 경산의 이런 말에 적이 실망했지만 날과 더불어 교분이 짙어지자 그에게 무궁한 지혜의 샘을 발견한 것 같은 기분으로 되어갔다.

어느 가을의 오후였다.

문간집 약국 앞에 서 있는데 골목 꽉 차게 놀고 있는 개구쟁이들 사이를 조심조심 걸어오는 경산 선생이 보였다. 그 옆에 역시 같은 나이

또래의 노인이 따라 걷고 있는데 그 노인은 개구쟁이들이 차는 공을 받아 차주기도 하고 손으로 던져주기도 했다. 그런데 그 동작이 민첩하기가 청년이나 다를 바가 없었다.

경산이 가까이 왔을 때 내가 인사를 했다.

그러자 경산은 조금 뒤에 처져 있던 노인을 기다리고 있더니 나를 그에게 인사시켰다.

"이 사람은 정람이란 이름의 내 친구일세. 성은 동씨, 동녘 동의 동씨 東氏니 희성이 아닌가."

하고 나에 관한 소개는,

"소설을 쓰는 이군이다. 앞으로 좋은 얘기 상대가 될 걸세."

하는 것이었다.

정람은 생긋 웃으며 내게 악수를 청했다.

노인답지 않게 부드럽고 따뜻한 손의 감촉이었다. 중절모 밑으로 비집고 나온 반백의 머리가 철사처럼 강하게 빛났고 검게 탄 얼굴은 높은 콧날로써 이국적인 인상을 풍기고 있었다.

그 인상을 허술한 베이지색의 바바리 코트가 더욱 강조하고 있었다.

"정람은 당분간 우리 집에 묵을 테니까 놀러오게."

해놓고 경산은 정람을 데리고 비탈진 골목길을 걸어 올라갔다.

나는 14, 5년 전의 그 정경을 어제 일처럼 기억하고 있는데 기억이 그처럼 새로운 것은 그에게서 받은 인상이 나를 이상한 상상의 세계로 이끌었기 때문이다.

나는 경산과 함께 골목길로 사라져간 그에게서 19세기 러시아 소설에 등장하는 노테러리스트의 모습을 상상했던 것이다. 그런데 그게 이상하지 않을 수 없었다. 그의 생긋 웃는 얼굴은 구김살 없는 동안이었고 그 눈은 비둘기의 눈처럼 유화스러웠는데 어째서 테러리스트를 연상할 수 있었던가 말이다.

그 이튿날 아침, 나는 아침밥을 먹기가 바쁘게 담배 몇 갑과 경산이 상용하는 소화제를 사들고 경산의 집을 찾아갔다. 경산은 방문을 열어놓고 문턱에 걸터앉아 있었다.

정람의 모습은 보이질 않았다. 나는 담배와 약봉을 꺼내놓고 마루에 걸터앉았다.

경산의 말이 있었다.

"이군, 오늘 나허구 창경원에나 같이 가볼 생각 없나?"

"창경원엔 뭣하러 가시렵니까."

"창경원에 사자 있지?"

"있지요."

"그런데 그놈들은 내가 갈 적마다 자고 있는 거라. 한번도 깨어 있는 걸 못 봤어. 몇 번을 가도 그 모양이야. 오늘도 그런가 하고 가보고 싶어."

"사자 낮잠 자는 구경가자는 말씀입니까."

"말을 그렇게 해버리면 멋대가리가 없어지네만……. 세상에 사자처럼 게으른 놈도 드물 거야. 백수의 왕?"

하고 껄껄 웃으며 경산은

"사자가 새끼를 교육시키기 위해 천인의 절벽으로 차 떨어뜨린단 말은 말짱한 거짓말 같애. 놈들은 먹이가 아까워 새끼들을 없애버리려고 한 것뿐야."

경산은 가끔 이런 엉뚱한 소리를 해선 사람을 놀라게 하는 것이지만 그날 아침의 사자 얘기는 더욱 엉뚱스러워서 물었다.

"왜 하필이면 사자 얘깁니까."

"흠."

하고 빙그레 웃곤 경산이 한 말은

"정람을 생각하고 있었더니 창경원 사자가 뇌리에 떠올라."

"참, 정람 선생은 어디에 가셨습니까."

"친구 집에 짐을 맡겨두었다는구먼. 그걸 찾으러 갔어. 내일쯤 오겠다고 하고 나갔는데 와봐야 온 줄 알지."

"사자와 정람 선생관 무슨 관련이 있습니까."

"관련이 있긴, 아무런 관련도 없어."

"그런데 왜."

"정람의 속을 알 수가 없어. 그 속을 알 수 없는 게 창경원 사자 속을 모르는 것허구 일반이야. 왜 그놈들은 자꾸 잠만 자는지 알 수가 없어. 사자를 관리하고 있는 사람에게 물었더니 글쎄, 하루 스물두 시간을 잔다고 하지 않는가. 먹을 때만 눈을 뜬다, 이거라. 참 어이가 없어서."

"정람 선생도 잘 주무십니까?"

"어어럽쇼. 그자는 너무 잠이 없어서 탈이야."

나는 뭐가 뭔지 모르게 되어버렸다. 그래 캐물었다.

"정람 선생은 어떤 분입니까?"

"정람이 어떤 사람이냐고?"

경산 선생은 중얼거렸다.

그리고 씨익 웃으며 한다는 소리가,

"사람을 설명하기란 힘드는 얘기여. 그런데 모두 그렇게 묻거든. 어떤 사람이냐고. 참으로 어리석은 질문이야. 나는 소설가쯤은 그런 질문

안 할 줄 알았지."

경산의 말은 깊은 함축을 가진 것이다. 그러나 가만있을 순 없었다.

"궁금하니까 묻는 것 아닙니까."

경산은 곧 대꾸를 않고 이제 막 내가 갖다놓은 담배를 집어들어 봉을 뜯더니 한 개비를 뽑아 입에 물었다. 얼른 라이터를 켜드렸다.

경산은 담배를 맛있게 한 모금 빨아 연기를 내뿜곤

"바로 어제다. 친구를 만났더니 그 친구 날더러 하는 말이 칠십 세를 넘겼으면 담배쯤 끊어버리라는 거야. 건강에 해롭다구."

"그래 뭐라고 하셨습니까."

"걱정 말라고 했지. 없으면 안 피우고 있으면 피운다구. 내가 돈을 주고 담배를 사서 피운 적이 없다는 말도 했지. 내가 생각해도 무던해. 스무 살 안팎에 시작한 담밴데 50년 동안을 담배 한 갑 사는 법 없이 피워왔으니 말야."

그러고는 내 손에서 라이터를 받아들더니 이리저리 뒤져보곤,

"이 라이터 여기 두고 가게."

하곤 라이터를 이제 막 봉을 뜯은 담뱃갑 위에 놓았다.

"이렇게 같이 놓아두니 구색이 맞는구먼."

"라이터를 드리는 건 좋지만 또 잃어버리실려고요."

나는 그때까지 몇 개의 라이터를 경산에게 제공했는지 모른다. 그런데 사흘쯤 후에 보면 라이터가 없어져 있는 것이다.

"난 라이터 잃어버린 적 없어."

"그럼 라이터를 모두 어떻게 하셨습니까."

"줬지."

그 말을 듣자 생각나는 일이 있었다. 우리 집 근처에 지게품을 파는

황씨란 사람이 있는데 어느 날 그가 나를 찾아와서 날더러 사라고 라이터를 내밀었다. 보니 며칠 전 경산에게 내가 준 라이터를 닮아 있었다. 나는 그 말을 할까 하다가 말고 돈이 없어 못 사겠다며 돌려보냈다.

"혹시 지게꾼 황씨에게 라이터를 주신 적이 있습니까?"

"황씨?"

"코끝이 살짝 곰보로 얽어 있는 사람인데요, 요 아래서 사는."

"음 그런 일이 있었던 것 같애."

하고 이런 말을 했다.

"그게 언제더라? 그 사람이 어깨를 축 늘어뜨리고 빈 지게를 지고 골목을 들어서는 걸 봤지. 왜 그렇게 기운이 없느냐고 물어봤지. 그날은 전연 벌이가 없었다는 거야. 점심도 굶고 남대문역에서 꼬박 하루를 서성거렸는데도 손님이 없었다는 거지. 그래 겨 한 되 살 돈도 없다는 거야. 겨는 사서 뭘 하느냐고 물었더니 그걸 갖고 죽을 쑤어 요새 연명하고 있다고 하잖나. 겨 한 되 얼마냐고 물었지. 십 원 한다드먼. 십 원짜릴 찾아봤으나 있어야지. 그래 라이터를 줘버렸지. 이걸 팔면 쌀 한 되 값쯤은 될지 모른다며."

"쌀 한 되 값이 뭡니까. 그 라이터 값으로 쌀 한 말도 더 살 수 있을 겁니다."

"흠. 그래?"

하곤 경산이 장난스러운 표정이 되었다.

"잘 팔리지도 않는 소설을 쓰는 사람이 어떻게 그런 비싼 라이터를 샀지?"

"친구로부터 뺏은 겁니다. 제가 뭐한다고 그런 라이터를 사겠습니까?"

"그렇다면 자네나 나나 아랑군 피랑군이로군. 헌데 이 라이터는 얼마

짜리쯤 될까?"

"그건 싸구렵니다."

"싸구려라도 쌀 한 되 값이야 되겠지."

"그 정도야 되겠죠."

경산은 라이터를 한번 들어보고 다시 놓았다.

"정람 선생 얘기는 어떻게 됐습니까."

하고 재촉했다.

"정람의 얘기를 하려면 한량이 없지. 내가 알고 있는 것만으로도 그런데 내가 모르는 부분이 더 많을 테니까. 섣불리 얘기를 꺼내놓기가 거북하구나."

"대강이라도 좋습니다."

"여기서 나와 같이 당분간 있게 될 테니까 본인의 입으로 직접 듣게."

"성격이 어떻습니까."

"글쎄."

하고 눈을 감고 한동안을 생각하더니 경산이 뚜벅 말했다.

"욕심이 전연 없는 사람야."

"선생님처럼요?"

"나? 나는 정람에 비하면 속물이다. 난 그와 비교도 안 되지. 나는 속물이라서 라이터도 탐하지 않는가. 그런데 정람에겐 그런 것도 없어. 그처럼 욕심 없이 살아가는 사람이란 이 세상엔 드물걸?"

"그럼, 마하트마 간디와 같은 분이구먼요."

"간디?"

하더니 조금 사이를 두었다.

"간디와도 다르지. 간디는 사람을 죽여선 안 된다, 폭력은 안 된다는 사상의 소유자지만 정람은 그렇지가 않아."

"사람을 죽일 수 있다는 겁니까?"

"간단하게 그처럼 말할 수야 없지만 아무튼 그런 얘기는 본인에게 직접 듣게. 서툴게 해석했다간 큰 오해가 있을 수 있는 거니까."

"고향이 어디시죠?"

"고향이라면 부조父祖가 오래 살던 고향을 말하는 건데 그것은 그도 잘 몰라. 정람이 지각이 들었을 땐 하얼빈에 있었다니까."

"하얼빈이면 만주의 하얼빈 말이죠?"

"그렇지."

"하얼빈에서 자랐단 말씀이군요."

"그렇지. 헌데 정람은 부모를 몰라. 고아로 자란 거지. 정람을 키운 사람은 하얼빈의 러시아 정교교회의 신부였다고 하더만. 그러니까 그 사람은 어려서부터 러시아 말을 익히며 자란 사람이야."

"그럼, 러시아 말을 잘 하겠네요."

"물론이지. 러시아 문학에 조예가 깊어."

"부모를 모르고 고아로 자랐으면 한국인이 아니었을지도 모르는 것 아닙니까."

"러시아인인 신부가 일러준 거지. 넌 한국인이라고."

"성이 동씨란 것도 이상하네요."

"그것도 그 신부가 지어준 거야. 이왕 한국인으로서의 성을 가질려면 동가로 하라고. 그 러시아인 신부는 한국인의 성씨에 관한 지식이 없었던 모양야. 한국인의 성씨엔 별의별 글자가 다 있지만 동녘 동자는 없거든, 동방씨東方氏는 있어도. 덕택으로 정람은 전무후무한 성을 갖게 된 거지."

"전무할진 모르지만 후무하다고는 볼 수 없지 않습니까. 정람 선생에게 아드님이 계시면."

"앞으론 모르지. 그러나 지금은 자식이 없어."

"호적은 어떻게 돼 있는 겁니까."

"그런 사람에게 호적이 있을 까닭이 있나. 그러나 육이오 후에 가호적을 만들었지. 본적을 나와 같이 충청도로 하구. 그러니 유일성 동씨로 남아 있는 셈이야. 천상천하, 뭐 어쩌고 하는 말이 있다지만 정람이야말로 천상천하의 유아독존인 셈이야."

"이제까지 어디에서 사셨습니까?"

"살긴 그저 각지를 쏘다닌 거지."

"먹긴 뭘 먹구요."

"밥을 먹었겠지. 굶을 때도 있었을 테구."

"구걸하는 겁니까?"

"그걸 구걸이라고 할 수 있을까. 정람은 퉁소를 잘 불어. 배가 고프면 퉁소를 불어 끼니를 얻고 잘 곳도 얻구. 자기로선 예술가로 자처하고 있으니까 구걸한다는 생각은 없을 거야."

"일종의 기인이라고 할 수 있겠네요."

"기인?"

하고 경산이 다시 담배를 피워 물었다.

"하여간 그의 퉁소 소릴 듣기나 해보게."

내 가슴에 정람 선생을 기다리는 마음이 고였다.

일주일쯤 지나서였다.

바깥에서 돌아와 세수를 하고 무료히 앉아 있노라니까 경산 선생댁에서 일하는 아주머니가 나를 찾아왔다.

"선생님이 오시라는데유."

아주머니의 충청도 사투리는 느린 정도가 아니라 길게 뻗는다.

"무슨 일이 생겼어요?"

"아아니라아유우. 친구분이 오시었시유."

"정람 선생?"

"그런가 바아유우."

나는 웃옷을 걸치고 마루에서 내려섰다.

"쇠주를 두우 병쯤 사 가지고 오시라던데유."

앞집 구멍가게에서 소주 세 병을 사서 아주머니에게 들리고 나는 오징어포 등을 싸들고 경산 선생 집으로 올라갔다.

정람의 눈꼬리엔 잔주름이 많는데 그것은 미소가 그냥 새겨진 듯한 부드러운 인상이다.

앙상해진 백발로 보면 팔십 세를 벌써 넘긴 것 같지만 적동색 건강한 얼굴빛으로 봐선 오십 대라고 해도 통할 것 같다.

술병을 따놓고 잔치가 시작되었는데 경산은 마른 오징어를 보자,

"누굴 빈정댄 것 아닌가?"

하고 웃었다.

정람의 치아는 단단한데 경산은 그렇지 못했던 것이다.

"선생 몫으로 이것."

하며 따로 싸 가지고 간 생선묵을 꺼내놓았다.

"소설은 변변찮아도 사람 하나는 좋지."

경산이 잔에 부어진 소주를 단숨에 비우고 생선묵 한 쪽을 씹었다.

정람은 그 깡마른 오징어를 소년처럼 씹어 돌리고 있었다. 그러니 물

어볼 마음이 생겼다.

"선생님의 춘추가 얼마나 되십니까."

"생년이 언제인지 알 수가 없으니 나이를 정확하게 알 수가 있어야지."

하는 정람의 말을 받아 경산이 익살을 부렸다.

"얼굴로 봐선 십칠, 팔 세나 될까."

"나도 그쯤으로 생각하고 있어."

하고 정람도 웃었다.

"경산 선생님의 말씀으론 정람 선생께선 러시아 문학에 조예가 깊으시다고 하던데요."

"러시아 문학? 즐겨 읽긴 했지만 조예랄 것은 없소. 경산의 말은 항상 두세 배는 부풀어 있으니까 그대로 믿으면 안 돼요."

"대강 어떤 작가를 즐겨 읽었습니까."

"나는 약간 괴짜라서 그런진 몰라도 톨스토이니 도스토예프스키니 하는 사람들의 소설은 마음에 맞질 안해요. 자그마한 작가, 예를 들면 가르신이라든가, 아르치바셰프라든가 그런 작가가 좋아."

"고리키는 어떻습니까?"

"너무 우등생의 답안 같애. 그의 휴머니즘이란 게 그런 것 아닐까? 질이 좋은 우등생의 모범답안 같다, 이 말이오."

"그러나 그 사람의 인생적 굴곡은 엄청나지 않습니까. 거지로부터 대작가까지의 진폭이 있으니까요."

그러자 정람은 "헷헤." 하고 묘한 웃음소리를 냈다.

"자네의 그 웃음소리 들으면 술맛 떨어지네."

경산이 익살을 섞었다.

"내가 웃는 것은 고리키 때문이다. 그 사람을 들먹이면 꼭 그런 웃음이 나는 걸 어쩌나."

"그 이유가 뭡니까."

"보기에 따라선 위대한 작가, 위대한 사상가가 되기 위해 고리키만한 환경은 없어. 그런데 그는 그런 기막한 환경 속에 있었으면서도 인생의 진실을 맛보지 못하고 수박 겉 핥기로 그 좋은 재능을 망친 거라. 기껏 우등생의 답안 같은 휴머니즘을 떠냈을 뿐이거든."

나는 정람이 무슨 말을 하고자 하는가를 어렴풋하게나마 짐작할 수가 있었다. 그래 다음과 같이 물었다.

"특히 좋아하시는 작가는 누굽니까."

"꼭 하나만 들먹이라고 하면 사빈코프. 펜 네임은 롭신."

"사빈코프라면 그 테러리스트?"

"그렇지, 그의 작품으론 『창백한 말』 『칠흑의 말』 『테러리스트의 군상』이란 것이 있지."

"테러리스트 수기라는 뜻 이상의 문학적 가치가 있는 겁니까."

"글쎄, 가치라는 것은 읽는 사람이 만들어내는 것 아니겠소. 나는 사빈코프를 읽고 인간이란 것, 사상이란 것, 정치라는 것, 그리고 문학이란 것을 알 것만 같았소. 얼만가의 핵체험으로 픽션으로서 엮은 문학은 물론 그것으로서 예술적인 가치는 가졌겠지만 넘칠 듯한 체험을 천 도 이천 도로 끓여 정류해놓은 것 같은 기록에 비하면 박진력에 있어서 어림도 없는 것이오. 하여간 나는 사빈코프를 기막힌 자라고 생각하오. 그에겐 문학자란 말로썬 감당하지 못할 혁명가로서의, 테러리스트로서의 면목이 있지만 지금 그런 것은 전부 박리되어버렸고 기록자, 즉 문학자만 남아 있는 것이오."

"선생님은 지금 그 책을 가지고 있습니까."

"물론 가지고 있소. 저 안에."

하고 때문은 보스턴 백을 가리켰다.

"러시아어겠죠?"

"물론이오."

"어떻습니까. 그 책을 번역해서 출판할 의향이 없으십니까."

"출판해서 뭣하게요."

"그렇게 좋은 책이라면 우리나라의 독자에게도 많이 읽혀야 하지 않겠습니까."

"그건 또 문제가 다르지."

하고 정람은 다음과 같이 말했다.

"나에게 감동적인 작품이 남에게도 감동적일 것이라고는 생각하지도 않거니와 그의 작품엔 너무나 많은 독이 있소. 복어와 꼭 같소. 능란한 요리기술이 겸해 있지 않은 독자가 그걸 읽으면 전혀 맛을 모르고 지내 버리든가, 아니면 중독되어서 죽습니다. 나는 지금 이 나라의 독자들에게 그 작품을 읽힐 단계가 아니며 그럴 필요도 없다고 생각해요."

"소수의 독자를 위한다는 뜻도 있지 않겠습니까."

"그건 창작을 하는 사람, 자기의 독창적인 사상을 펼려는 사람에게 합당되는 말이겠죠. 기껏 번역할 능력밖에 없는 사람이 그런 거창한 마음을 먹을 수 있겠소."

나는 정람 선생이 범상한 사상가가 아닐 뿐 아니라 새로운 센스를 가진 사람으로 보았다.

"선생님의 말씀을 들으니 더욱 그 작품을 읽고 싶습니다."

"꼭 읽고 싶으시거든 러시아말을 배우도록 하시오."

정람은 농담기라곤 없는 말투로 이렇게 말하고 사빈코프란 인간에 관한 설명을 다음과 같이 요약했다.

"사빈코프는 어떠한 상황 속에서도 혁명의 필요만을 느낀 사람이오. 러시아의 제정을 넘어뜨리는 혁명대열에 서서 혁명에 헌신했고 소비에트가 되고 나선 소비에트를 넘어뜨리려는 대열에 서서 혁명하려고 한 사람이오. 얄팍한 인간들은 자본가와 노동자 사이의 치열한 전투에 끼어 때론 자본가의 편에 서기도 했다가 때론 노동자의 편에 서기도 한 프티부르주아 계급의 전형적 대표자라고 평하지만 그건 진실의 표면만을 보는 것이오. 자본가니 노동자니 하는 계급관 관계 없이 혁명적인 정열이란 것이 인간에겐 있는 것이고 이 정열이 발동하면 그 생애는 혁명적 투쟁의 생애일 수밖에 없다는 인간의 진실을 몸소 체험한 것이 사빈코프이며 그것을 기록한 것이 그의 문학이오……."

경산도 지그시 눈을 감고 듣고 있다가 이 대목에 이르자 말을 꺼냈다.

"그런 심각한 이야기는 조금씩 할 양으로 미루어두고 정람, 피리나 한 곡 불게."

"나도 그렇게 할 참이네. 조금 씨부렸더니 침이 쓰게 됐어."

하고 보스턴 백을 끌어당기더니 오죽烏竹의 막대같이 보이는 피리를 꺼냈다.

정람의 통소는 사람의 소리로 치면 바리톤의 최저음으로부터 시작되었다. 나는 가느다란 오죽을 닮은 그 통소에서 어떻게 그런 저음이 나오는가 하는 이상한 생각을 가졌으나 곧 그런 의식마저 잊어버렸다.

땅 깊은 곳에서부터 울려나오는 영탄이라고나 할까. 아무튼 오랜 세월을 두고 쌓이고 쌓인 회상이 한 줄기의 가락이 되어 서서히 흘러나오는 느낌으로 점차 내 마음을 사로잡기 시작하는 그 과정이 눈에 보이듯 하는 것이었다.

단조로운 저음이 불러일으킨 감동이 고저의 변양을 엮어나갈 무렵엔 완전한 황홀감으로 변했다.

그 가락 속엔 바흐가 있는 듯도 했다. 하이든이 있는 듯도 했다. 모차르트가 있는 듯도 하고 귀에 익은 슈베르트가 있는 듯도 하고 심지어는 그리그마저 있는 듯했다. 그러면서도 그 모든 것이 아닌 것은 리피트란 것이 없고 다양한 멜로디를 하나의 모티프로써 끝까지 끌고 나가는 그 박력 때문인지 모른다.

나는 드디어 공덕동 비탈의 판잣집에 어줍잖은 소주잔을 앞에 하고 앉은 처지를 잊고 엑조틱한 감상에 젖어들었다. 그 기량에 대한 탄복을 느낄 겨를은 없었다. 거대한 오케스트라가 만들어내는 음량을 집약하여 한 줄기 단음으로써 심포니를 듣는 것과 같은 효과를 만들어낸 기량이었다고 생각하게 된 것은 퉁소 소리가 끝나고도 훨씬 뒤의 일이다.

그런데 또 내가 놀란 것은 경산 선생의 집을 둘러싼 집들의 뜰과 골목에 언제 어떻게 모여들었던지 넋을 잃은 듯한 표정의 사람들이 꽉 차 있었다는 사실이다. 모두들 그 기막힌 음악에 홀려 저도 모르게 모여든 것이었다. 뭐라고 감탄의 말도 못하고 있는데 경산이 선뜻 일어서며 정람의 중절모를 집어들었다.

"여러분, 정람의 퉁소 소리를 들었으면 사례를 해야죠. 천재에 대해선 그만한 사례가 있어야 하는 법이오."

하고 그 모자를 뜨락에까지 넘쳐 들어온 군중 앞에 서 있는 아낙네에게 건넸다.

모자는 손에서 손으로 건너갔다.

나는 멍청히 정람의 얼굴을 쳐다봤다. 정람은 퉁소를 흔들어 침을 뽑고 입을 대는 곳을 비롯하여 퉁소의 몸을 손수건으로 말끔히 닦아 혁대에 집어넣곤 자기 손으로 소주를 빈 잔에 따랐다.

그리고 맛있게 잔을 비우곤 흐뭇하게 웃었다.

그 웃음이 그렇게 천진할 줄이야! 나는 다시 한 번 감동했다.

어디까지 갔다가 돌아온 건지 중절모자는 묵직하게 동전, 백동전을 달고 돌아왔다. 그 더미 사이엔 지폐도 보였다. 경산은 그걸 받아들고 방바닥에 밀어놓으며 중얼거렸다.

"정람이 며칠 먹을 식량이 생겼구먼."

섣불리 말을 했다간 그 감동이 사라질 것 같아 나는 가만히 앉았다가 술자리가 다시 어울릴 무렵이 되어서야 물었다.

"정람 선생님, 아까의 그 곡은 선생님이 작곡하신 겁니까."

"작곡?"

하고 정람은 씨익 웃었다.

"수십 년 살아오는 동안 기억 속에 잠겨진 가락들이 뒤죽박죽 되살아난 것이지 작곡이랄 게 있겠소."

"그러나 기승전결이 확연한 것 같던데요."

"그렇다면 썩 잘된 편이었군."

"더욱이 도입부와 피날레가 시메트리對稱를 이루고 있는 게, 도저히 즉흥이랄 순 없었어요."

"시메트리를 아는 것 보니 이군의 음악 감상력은 상당하군."

했을 때 경산이 한마디 끼었다.

"벤벤찮은 소설가라고 내가 말했다구 내 말을 그냥 그대로 곧이들었군그래. 이군을 홑으로 봐선 안 되어."

"오늘 밤은 왜 이러십니까."
하고 나는 화제를 정람의 음악으로 돌렸다.

정람은 어릴 적에 들은 미사곡이, 특히 바흐나 헨델의 미사곡이, 청각의 바탕에 스며들어 있다면서 퉁소를 입에 대기만 하면 그 미사곡의 분위기에 사로잡힌다고 했다. 그러고 보면 내가 그의 퉁소 소리에서 바흐나 하이든을 느낀 것은 그다지 틀린 감각이 아니었던 것이다.

"북구의 가락 같은 느낌도 있었던 걸요. 특히 애조를 띤 부분이오."
했더니,

"그것은 잘못 들은 것일 거요."
하고 정람은,

"만일 애조가 두드러지게 나타나 있다면 그건 폴란드의 것일 거요."
라고 하며 먼 눈빛이 되었다.

"선생님과 폴란드와 무슨 인연이 있습니까?"
곁들어 물어보지 않을 수 없었다.

"있겠지. 있구말구."
경산이 대신 대답했다.

"경산 또 싱거운 소릴 하느먼."
정람이 언짢은 표정이 되었다.

"그 나이를 하구서 아직도 수줍은가?"
하고 경산이 껄껄 웃었다.

나는 정람과 폴란드와의 관계를 알고자 호기심을 발동했다.

"그 얘기 하려무나."
경산이 정람에게 잔을 건네며 말했다.

"얘기할 건덕지가 있나. 내용이 없는걸."

정람이 한숨을 쉬었다.

"정람은 폴란드의 여성과 열렬한 사랑을 했었지. 퉁소를 배운 것도 그 여자한테서였지?"

경산이 정람의 마음을 끌 양으로 말했다.

"퉁소를 배운 게 아니라 음악을 배웠지. 폴란드 사람들은 음악적이야."

정람이 정감에 서린 말투가 되었다.

폴란드의 음악가라고 들으니 파데레프스키의 이름이 생각났다. 피아니스트! 파데레프스키! 대통령 파데레프스키!

여간한 음악적 국민이 아니고서야 피아니스트를 대통령으로 모시겠는가!

나는 정람의 "폴란드 사람들은 음악적."이란 말을 그런 짐작으로 수긍했다.

그러나 정람은 그 이상 폴란드를 화제로 하지 않으려고 했다.

나는 이런 말을 해보았다.

"선생님 어떻습니까, 방송국에 나가시면. 텔레비전이나 라디오에 말입니다."

경산이 무슨 말을 하는가 하는 표정으로 나를 보았다. 정람은 들은 척도 안 했다. 무안한 생각이 없지도 않아,

"선생님의 음악을 많은 대중들이 들었으면 합니다. 음악을 한답시고 떠들어대는 사람이 엄두도 내지 못할 기막힌 음악이 시정市井에 있다는 것을 알리는 것만 해도 대중들에겐 얼마나 좋은 일이겠습니까."

하고 말을 꾸몄다.

경산이 정색을 했다.

"이군은 걸핏하면 대중, 대중 하는데 이군은 도대체 대중을 어떻게

생각하고 있는가. 대중이란 건 사기꾼·독재자·야심가들의 미끼가 되는 재료가 아닌가. 언제 대중이 대중다운 의사를 관철해본 일이 있나? 대중이 어쩌다 선동자의 선동을 받고 날뛰어진 홍수와 같은 위세를 부릴 적이 있긴 하지만 그때뿐야. 사기꾼야. 야심가들의 공범이 되고 말지 않았는가. 이군은 대중에게 무슨 환상을 가지고 있는 모양이지만 그 환상에서 깨어나는 곳에서 문학이건 뭐건 시작해야 할 걸세. 대중은 허무한 거야. 일제 때 고관대작을 한 사람, 자유당 때 장관을 한 사람들을 그런 경력만으로 중요시하고 있는 게 대중이란 말여……."

"그러나 대중을 무시하곤……."

"이군이 하고자 하는 말을 모르는 바는 아녀. 하여간 대중에 대한 환상을 버리는 곳에서 사회에 대한 인식을 바른 방향으로 이끌 수 있는 거다. 정람이 훌륭하다면 그런 점에 있어서다. 정람은 철저하게 대중을 믿지 않아. 접근하지도 않구."

"대중을 조종하거나 속일 생각이 없으면 대중에 접할 필요는 없지."

정람도 한마디했다.

나는 그 두 분의 대중에 대한 불신을 심정적으론 이해할 것 같았지만 논리적으론 승복할 수가 없다고 생각했으니 그런 의견을 제출하는 건 삼갔다. 이때 경산의 말이 있었다.

"그보다 이군, 정람을 만난 김에 레닌에 관한 이야기나 들어두게. 이 나라에 별의별 사람이 많지만 현재 살아 있는 사람으로서 레닌을 만나본 사람은 정람밖엔 없을 테니까."

정람의 절묘한 퉁소 소리를 들은 이튿날 아침, 잠결에 있는데 누군가 깨우는 사람이 있었다.

경산 선생이었다.

산책길에 들렀다면서 내게 다음과 같은 귀띔을 했다.

"정람으로부터 어떻게 하건 레닌에 관한 얘기를 들어두게."

"선생님의 분부가 있으면 말씀해주시지 않겠습니까?"

"그건 그렇게 안 돼. 그 사람의 고집은 대단하거든. 웬만한 일이면 묻는 대로 곧잘 대답을 하는데 폴란드 여성과의 연애사건과 레닌에 관한 얘기는 절대로 안 하려고 들어."

"그건 왜 그러실까요."

"레닌의 이름만 들먹여도 공산당으로 오인받을 염려가 있대서 그러는 것 아닌가 해."

"정람 선생쯤 되는 어른도 그런 신경을 쓰실까?"

"정람은 공산주의자완 전혀 반대의 극에 있는 사람야. 그런 사람이고 보니 공산주의자란 의심을 받는 것만으로도 불쾌한 거야."

"그렇다면 레닌을 비판적으로 말할 수도 있을 것 아닙니까."

"그런데 그게 또 그렇게 안 되는 모양야. 정람은 레닌에 대해서만은 특별한 감정을 가지고 있는 것 같애."

"상당히 델리킷하구먼요."

"델리킷하지. 공산주의는 부정하면서 공산주의의 우두머리인 레닌에 대해선 애착을 가지고 있다는 건 확실히 델리킷해. 그러니까 내가 이군에게 권하는 거야. 그로부터 레닌 얘기를 들어두라구. 그 얘기는 역사적인 흥미도 있으려니와 인간 인식에 관해 참고될 만한 교훈도 있을 거야. 사상과 인간의 문제도 있을 거구."

"전 그것보다는 폴란드 여성과의 연애사건을 알고 싶은데요."

"잘만 하면 그것도 알아낼 수 있을 거야. 아무튼 무슨 계략을 써서라도 레닌 얘기는 들어두게. 그것도 서둘러야 해. 훌쩍 어디로 떠나버리면 언제 다시 만날지 모르니까."
하고 경산은 끓여 내놓은 커피엔 입도 대지 않고 나가버렸다.

정람으로부터 레닌 얘기를 듣도록 하라는 그 말을 하기 위해 모처럼 오셨다는 데 나는 또한 특별한 흥미를 느꼈다.

아침밥을 먹고 경산 선생 집을 찾아갔다. 두 노인은 한가하게 앉아 무슨 얘긴가 주고받고 있더니 정람은 내가 들어서자 반겨주었다.

"선생님은 오늘 쭉 집에 계실 참입니까."
하고 정람에게 물었다.

"내 몸에서 물기가 빠졌기로서니 무슨 신명으로 집에 눌러앉아 있겠소."
하는 냉랭한 대답이었다.

"그럼 오늘은 어느 쪽으로 가십니까."

"그건 왜 묻소."

"선생님 가시는 곳에 같이 따라가보려구요."

"그렇게 일이 없는 사람인가?"

"전 선생님과 하루를 보낼 수 있다면 대단한 일을 하게 되는 셈이라고 생각하고 있습니다."

"허기야 정신병자와 같이 있어보는 것도 소설 공부가 되겠지."

"정신병자란 또 뭡니까."

"나는 나를 정신병자라고 생각하고 있으니까."

"정신병자는 자기를 정신병자라곤 생각하지 않는다던데요."

"자기가 정신병자임을 알고 있는 그런 정신병자도 있는 걸세. 예컨대 나처럼 말일세."

"하여간 오늘 어딜 가실 작정입니까."
 정람은 잠깐 생각하는 듯하더니
 "오늘은 곰을 찾아가보고 싶어."
했다.
 "곰을 찾아가겠다구?"
하고 경산이 크게 웃곤 덧붙였다.
 "오래간만에 동족 생각이 난 거로군."
 "뭐래도 좋아, 난 오늘 곰을 찾아간다."
 "그럼 동물원에 가실 작정입니까?"
 "아냐, 천호동 어느 곳에 곰을 수십 마리 키우고 있는 데가 있어, 거길 가볼 참이오."
 "천호동이라고 막연하게 말해도!"
 "천호동에서 대양동으로 가는 도중에 있지."
 "그렇다면 출발합시다."
하고 내가 재촉했다.
 정람은 퉁소가 든 혁대를 허리춤에 차고 일어서며 경산에게 물었다.
 "자넨 안 가겠지!"
 "안 가겠어. 자네 동족에게 문안을 해야 할 필요가 없는 것 같으이."
 경산이 씽긋 웃었다.
 택시를 타자고 했는데 정람은 버스를 타자고 고집했다.
 "애국지사를 모시면서 버스에 태운다는 건 제 체면에 관계되는 문젠데요."
해보았다.
 "애국지사라니, 누가 애국지사란 말인가?"

"선생님이 말입니다."

"허허, 이 사람."

하고 정람은 씁쓸하게 말했다.

"난 애국한 일 없소. 터무니없는 말을 듣는 건 과히 좋은 기분이 아니오."

"일제에 협력하신 일은 없잖습니까."

"왜 없겠수. 적극적으로 반일투쟁을 안 했다는 건 소극적인 협력으로 되는 거요."

나는 그 문제에 관해선 그 이상 언급하지 않기로 했다.

천호동으로 가는 버스를 탔다. 고 스톱에 걸리고 서너 발 가면 정류소가 있고 해서 지극히 느린 버스였다.

얘기나 하며 그 지루함을 달래야 했다.

"선생님이 레닌을 만나신 것은 대강 어느 때쯤입니까."

"대강이란 건 없어. 날짜는 정확해. 처음에 만난 것은 1922년 1월 31일이었고 두 번째가 그로부터 일주일 후이니까 1922년 2월 7일, 세 번째는 두 달 뒤인 4월 15일. 그밖에도 여러 번 만났지."

"그때 선생님의 나이는 얼마였습니까?"

"지금도 모르는 나이를 그때 어떻게 알았겠어."

하다가 창 밖을 지나가는 이십대에 겨우 들어선 듯한 청년을 가리켰다.

"저쯤 나이는 되었을 거야."

"무슨 자격으로 만나셨습니까."

"처음엔 통역이었지."

"그 다음엔."

"레닌의 당당한 친구로서."

"무슨 말씀을 하셨습니까?"

정람은 바깥의 풍경을 내다보고 있더니 버스가 멎자 중얼거렸다.

"레닌 같으면 이런 버스 타지 않을 거요, 걸어갔으면 갔지."

"왜 그렇습니까."

"레닌은 바쁘게 움직이는 사람이오. 한시 반시도 자기의 몸을 움직이지 않으면 견디지 못하는 그런 사람이오. 1분을 의자에 가만히 앉아 있지 못하니까. 책상에 걸터앉았다가, 의자의 팔걸이에 앉았다가, 창가에 가서 기댔다가……. 쉴 새 없이 움직이는 거야."

"그럼, 일종의 병적 현상이 아닙니까. 정신병리학적으로 말해 조울 어느 편이 아니겠습니까."

"레닌이 정신병자란 말은 영광스러워. 그의 솟아오르는 아이디어, 넘쳐날 듯한 재기를 그의 육체가 감당을 못 하는 거요. 그래 가만있을 수가 없는 거예요."

"레닌을 만나고 있을 때의 기분이 어떠했습니까."

"말할 수 없이 좋아."

"그 까닭은?"

"무슨 말이라도 하되 거짓말을 하지 않아도 되니까."

"그건 또 무슨 뜻입니까."

"그 사람 앞에 가면 누구이건 어린애가 되는 거요. 모든 것을 죄다 알고 사람의 마음을 꿰뚫어보고 있는 사람 앞에서 얘기를 꾸밀 수가 없지 않겠소. 그러니까 편하기 짝이 없는 거요. 조금도 감정을 수식할 필요가 없으니까."

"레닌으로부터 최대의 교훈은 뭐라고 생각하십니까."

"공산주의는 불가능하다는 거였소."

"······?"

"레닌과 같은 사람조차 감당하지 못하는 공산주의를 우리가 어떻게 감당할 수 있겠는가 하는 것을 나는 배웠소. 레닌에게도 가끔 그렇게 말했지."

정람 선생은 그때의 추억을 쫓는 듯 먼 눈빛이 되더니
"레닌은 어이가 없었던 모양야. 다시 한 번 그 말을 해보라고 하더만."
그래서 정람은 다시 한 번 또박또박 다음과 같이 말했다.
"인류가 공산주의를 감당할 수 없다는 것을 나는 선생님을 통해서 똑똑히 배웠습니다. 선생님과 같은 천재도 감당 못 하는 공산주의를 감히 누가, 어떤 부류가 감당할 수 있겠습니까."
그랬더니 레닌은 깔깔대고 웃더란 것이다.
"이어 레닌은 무슨 책을 읽느냐고 묻기에 책을 사볼 돈이 없다고 답했지. 레닌은 그럼 자기의 서재에서 무슨 책이건 보고 싶은 게 있으면 가지고 가라고 하더만. 나는 이웃방에 가서 책을 뒤지다가 가르신이 쓴 『빨간 꽃』이란 책 한 권을 가려냈어. 그 많은 책 가운데서 하필이면 왜 그 책이냐고 하잖아. 나는 날씨도 춥고 해서 마음이 따뜻해지는 책이 우선 필요하다고 했지. 그랬더니 레닌은 자기의 비서를 돌아보고 이렇게 정직한 청년을 만난 건 처음이라며 돈 얼만가를 가지고 오라고 이르더구먼. 그리고 나더러는 추운 날 마음을 따뜻하게 하려면 책보다는 돈이 아니겠느냐면서 웃었어······."
"그런 얘기를 들으니 레닌은 상당히 인간적이었구먼요."
하고 내가 말을 끼웠다.
"인간적인지 어쩐지 전체적으로 파악할 수 없지만 내게 대해선 그처럼 다정했어. 그러나 내가 이런 얘길 하지 못했던 것은 다소라도 레닌을 추켜올리는 듯한 얘기를 하면 모두들 날 빨갱이 아니면 그 동조자로 보아버릴려고 하기 때문이야. 사실로 말하면 나처럼 철저한 반공주의자는 없을 거라. 나는 공산주의자와 피나는 싸움을 했으니까. 그러나 정치적으로 사상적으로 반대의 진영에 있다고 해도 상대방의 장점과 단점은 분별해줘야 옳은 투쟁이 되는 것이라고 생각해. 동지라고 해서 모두 장점만 가지고 있는 게 아니고 적이라고 해서 모두 단점만을 가지고 있는 것이 아니니까."

하고 정람은 그 이상 레닌의 얘기를 하지 않으려고 했다.

―한꺼번에 다 들으려고 설치지 말고 토막을 내서 천천히 들어줘.

하는 경산 선생의 충고가 생각나기도 해서 나는 화제를 돌렸다.

"선생님은 어릴 때 하얼빈의 러시아 정교의 주교 아래서 자랐다고 들었는데 그때의 얘기를 해주시죠."

"그 주교님의 이름은 세몰이라고 하셨는데 참으로 훌륭한 인물이었어. 그 인물에 대해선 천천히 할 기회가 있었으면 해."

하곤 정색을 했다.

"그보다도 나는 이군에게 물어볼 게 있어."

"말씀하세요."

"이군은 이 세상에서 가장 중요한 게 무엇이라고 생각하오."

이런 단도직입적인 질문처럼 사람을 당황케 하는 건 없다.

"글쎄요."

하고 나는 한동안 생각하지 않을 수 없었다.

"생각을 해야만 대답을 할 수가 있겠소?"

정람의 표정에 애매한 웃음이 있었다.

나는 더욱 당황했다.

정람이 말을 이었다.

"나는 문학자라고 하면 그런 질문을 받으면 언제이건 대답할 수 있도록 준비가 돼 있는 줄 알았어."

나는 자꾸만 곤란해지는 것을 느꼈다.

내 마음의 진실을 살큼 속이기만 하면 대답은 간단한 것이다. 예컨대 정의라든가, 진리라든가 하는 수월한 대답이 얼마라도 있다.

그런데 그렇게 되질 않으니 딱했다.

정람이 말을 바꿨다.

"당장에 대답할 수 없다면 그만한 이유가 있는 것 아뇨? 그 이유를 설명할 순 있겠지."

나는 되도록 정직하려고 애쓰면서 다음과 같이 말해보았다.

"추상적인 것, 즉 정의니, 진리니, 사랑이니 하는 걸 들먹이면 실재를 잡을 수가 없어 허망하고, 구체적인 것을 들먹이려니 그 수가 많아서 하나만을 꼬집어낼 수가 없구……."

"예를 들면?"

"어머니, 애인, 아들, 내가 가지고 있는 책, 문학에의 애착, 예를 들면 이렇게 많단 말입니다."

그러자 정람은 나의 손을 덥석 잡았다.

"진짜 문학을 하는 사람을 만난 것 같소이다."

나는 그 찬사에 또 얼떨떨했다.

정람은 웃으며 말을 이었다.

"내가 이군을 시험해보았다고는 생각하지 마슈. 그런 질문은 썩 잘 안 하는 질문인데 이군이 문학을 한다기에 물어본 거요. 이군의 답을 듣고 나니 마음이 후련하오. 아까는 명색이 작가라고 하면서 그런 질문에 곧 답하지 못하는 것을 탐탁잖게 생각했는데 듣고보니 가장 정직한 말인 것 같소."

"가장 중요한 것을 한마디로 말할 수 있다면 문학을 하고 있겠습니까? 철학자가 되었든지 아니면 바로 그것을 추구하는 전문의 길로 나섰든지 했겠죠."

"그래요 그래, 알 수 있을 것만 같애."

"소설가란 원래 이런 겁니다."

"그러니까 소설가가 필요한 것 아니겠소."

하며 정람은 호탕하게 웃었다.

"그럼 제가 묻겠어요."

하고 물었다.

"정람 선생님은 세상에서 가장 중요한 게 무어라고 생각하고 계십니까."

"나는 소설가가 아니니까 언제나 준비하고 있는 게 있지."

"뭡니까 그게?"

"놀라지 마우."

정람은 장난스러운 얼굴이 되더니 뚜벅 말했다.

"나의 퉁소."

나는 그 말에 하마터면 눈물을 쏟을 뻔했다.

"솔직하게 말하면 나는 나의 퉁소 이외의 것을 사랑해본 적이 없어. 정의, 나는 정의를 몰라. 하두 많은 정의를 보아왔기 때문에. 정의는 묘하거든. 그걸 실현하려고 들면 그 순간 악으로 변하는 거야. 사람을 죽이든 속이든 해야 하는 거더만. 진리도 마찬가지지. 저 세상에서의 진리는 이 세상에선 독이고. 이 세상에서의 진리는 저 세상에선 독이구. 사랑도 그래. 마음대로 안 되는 사랑을 소중하게 하면 뭘 해. 나라·민족? 나는 나라를 마음으로 소중하게 여길 만큼 나라의 혜택을 받은 적이 없어. 나는 나라 때문에 몇 번이고 그 죽음의 위협을 받긴 했지. 민족도 마찬가지야. 러시아의 혁명은 민족끼리의 혈투였어. 만주나 시베리아에서의 우리 독립군은 우리 독립을 방해한 적에 대한 투쟁이기에 앞서 동족끼리의 투쟁만을 일삼고 있었어. 오늘날 이 나라가 독립이 된 것은 독립지사들의 덕택만은 아니거든. 독립지사로서의 그들의 투쟁이 오늘날의 독립에 얼마만한 보탬이 되었을까 하고 생각하면……."

나는 정람의 그런 논법엔 이의를 달지 않을 수 없었다. 서로가 서로를 죽이는 비극을 연출했든, 독립을 해야겠다는 기치가 소중하다는 것, 그 기치라도 있었기 때문에 민족의 체면이 섰다는 것, 그와 같은 의미를 말살했기 때문에 우리는 다시 비극을 겪어야 했다는 것 등등을 들먹이며 나는 나의 의견을 고집했다.

"그건 훗날의 토론 제목으로 남겨두고 내가 하고 싶은 말은 나의 퉁소의 중요성이오. 퉁소는 나의 생명이니까. 나를 속이지 않으니까. 나는 퉁소를 통해 비로소 나라를 사랑할 수가 있어……."

버스 정류소에서 20분쯤 걸어야 곰 사육장이 있다고 한다. 나는 천천히 정람의 뒤를 따랐다. 삼 척 사이를 두고 스승의 그림자를 밟지 않는다는 생각으로서가 아니었다. 어깨를 나란히 하고 걷기가 거북한 기분이었던 것이다.

앞서 가는 정람은 묵묵했다. 나도 묵묵할 밖에 없었다. 나는 주변의 경색에 마음을 쏟으며 걸었다. 서울의 시가가 아득히 북쪽으로 그 불분명한 윤곽을 나타내고 있었고 남쪽 얼마 되지 않는 곳에서 남한산성의 뿌리는 시작되고 있었다.

쇠잔이라고 말할 밖에 없는 양철지붕의 집들이 잠시 단속斷續하다가 불규칙한 이랑이 말라붙어 있는 밭이 나타나기도 했다. 그런 길을 한참을 걷고 있었는데 정람은 마른 산울타리에 가서 서더니,

"어어이."

하고 소리를 질렀다.

저만큼에 있는 움막에서 작업복 차림의 사나이가 뛰어나왔다.

"선생님이세요?"

수염이 듬성듬성한 얼굴을 구기고 웃으며 그 초로의 사나이가 철조망을 이리저리 엮어놓은 문을 열었다.

수작으로 보아 그 사나이와 정람은 퍽이나 친숙한 것 같아 보였다.

"스탈린은 어때, 저번엔 감기가 든 것 같던데."

하고 정람이 앞장을 섰다.

"멀쩡해요. 그놈이 어떤 놈인데."

하고 사나이가 뒤를 따랐다.

나는 그들과 얼만가의 거리를 두고 천천히 걸었다.

사철나무가 있는 동산을 지나니 흡사 양돈사로 보이는 곳이 있었다.

동북으로 두 줄로 지어놓은 나지막한 슬레이트 지붕의 축사였다. 한 채가 20미터나 될까, 너비 2, 길이 3미터쯤으로 칸을 막은 곳에 칸마다 두 마리씩 곰이 웅크리고 있었다.

정람이 나를 불렀다.

"이군 잘 보아두게. 여기엔 백여 마리의 곰이 있어. 체격·용모·성격이 각각 달라."

첫째 칸 곰을 가리키며,

"이건 체구가 작지? 우리나라를 고장으로 하는 곰이다. 뭐더라, 우리 국사엔 단군이 곰에서 나왔다고 하고 있다며? 그렇다면 우리의 선조가 아닌가, 우리 선조의 꼴을 잘 보라우."

하고 정람이 껄껄 웃었다.

그 다음 칸에서 정람은 한참을 섰다. 그러곤

"이놈은 틀림없이 혼안령의 곰인데 곰 가운덴 가장 영리한 놈이다."

하고 중얼거리더니 몇 칸을 그냥 지나면서 이런 말을 했다.

"단군이 곰을 어머니로 하고 탄생했다는 얘기는 단군 자체가 공상적인 존재이니 한갓 공상일 수밖엔 없지만 그것을 신화로 볼 때 세계적인 연대성이 있소. 무슨 까닭인지 곰은 종교·신화, 샤머니즘과 관계가 깊어. 물의 신이라고 하는 희랍의 아르테미스의 형상은 곰이야. 곰이 용을 타고 나는 얘기는 인도에도 있고 헤브라이에도 있고 유럽에도 있지. 중국 고대의 성군에 우禹가 있지 않소. 그 우도 우의 아버지 곤鯤도 죽어서 곰이 되었다는 말이 있지. 둘 다 치수에 공이 있었다는 인물들이 아닌가. 단군신화도 우가 곰이 되었다는 말과 관련이 있을 것 같은데 어떨지. 중국의 옛날옛날 이야기에 사람의 마누라가 된 곰이 남편의 푸대접을 받고 물에 빠져 죽은 얘기가 있지. 하여간 물과 곰과는 인연이 있는 것으로 되어 있어."

뿐만 아니라 정람은 곰에 대한 엄청난 지식을 피력했다.

사하라 이남의 아프리카·오스트레일리아·뉴기니아를 제외한 세계 각국에 곰이 서식하고 있는데 그 종류는 대강 육속六屬이라고 했다. 북극지방에 사는 곰은 차타테코스, 북반부 산림에 사는 곰은 우루수스, 아시아 중부에 사는 곰은 셀레나르크토스, 말레이 지방에 사는 곰은 헬

라르크토스, 인도에 사는 곰은 펠루루수스, 남미의 안데스에 사는 곰은 트레마르크토스.

한 자 빠지지 않게 메모하고 있는 나를 보자 정람이 말했다.

"동물이나 식물 이름을 메모해두는 버릇은 좋은 버릇이다."

메모를 끝내자 정람은 덩치가 큰 곰을 가리키며,

"저게 셀레나르크토스에 속하는 곰인데 내가 이름을 스탈린이라고 지어주었지."

하며 빙그레 웃었다.

"아닌 게 아니라 스탈린을 닮았는데요."

하고 나는 탄성을 올렸다.

"외모만 닮은 게 아냐. 하는 짓도 닮았어. 비상하게 영리하면서도 비상하게 어리석은 것까지 꼭 닮았거든."

"스탈린이 어째서 영리합니까."

"그놈은 영리해."

"레닌보다두요?"

"물론이지."

"그 이유가 뭡니까."

"레닌은 공산주의, 아니 사회주의가 어렵다는 것을 알았지만 그 이상에 집착한 사람이야. 어떻게 하건 사회주의 국가를 만들어보려구. 그런데 스탈린은 출발점에서부터 그 따위 이상을 포기해버렸거든. 사회주의 또는 공산주의는 인민을 지배하기 위한 명분으로 쓸 것이지 그것을 실현하려다가는 어느 놈에게 맞아 죽을지 모른다고 깨달았단 말야. 혁명은 황제로부터 지배권을 빼앗는 데 문제가 있는 것이지 달리 없다는 것을 안 놈도 스탈린이야. 정치의 묘체는 인민들을 효과적으로 감시하고 반대하는 놈은 죽여버리는 데 있다고 판단한 자가 스탈린이다.

그래서 그놈은 내란이 종식되고 레닌이 죽은 후로는 공산주의자와 사회주의자부터 먼저 죽이기 시작한 거다. 진짜 공산주의자, 진짜 사회주의자를 공산주의에 반대하는 놈이라고 처단해놓으면 당원이나 인민들 사이에 혼란이 생길 것이 아닌가. 자기들이 믿고 있었던 사상이 사회주의인 줄만 알았는데 그것이 아니었구나, 그럼 무엇이 사회주의이며 공산주의일까 하고 말야. 그때 스탈린은 선언한 거라. 내 시키는 대로, 내 말대로 하는 것이 사회주의니라, 공산주의니라 하구. 아무튼 스탈린의 본심과 사회주의와는 하늘과 땅이야. 이군도 그의 행적을 살펴보면 잘 알 거다. 그런 대로 사회주의와 공산주의의 이름으로 수십 년 동안을 죽을 때까지 러시아를 지배했으니 영리한 놈이 아닌가."

그 말을 충분히 납득한 것은 아니지만 정람이 확고한 정치철학을 가진 사람이란 것만은 알 수가 있었다. 그래서 물었다.

"스탈린이 영리하다는 건 알 수가 있는데 어리석다는 말은 또 뭡니까."

"구구하게 설명할 필요가 있을까?"

하고 그 다음 칸으로 옮기며 정람이 말했다.

"이건 레닌이다. 우루수스족에 속하는 곰이지."

아닌 게 아니라 아까의 곰처럼 덩치가 크진 않고 사람으로 치면 지성의 빛이 있어 보이는 곰이었다.

"이건 영리하고 어리석고 하진 않습니까?"

해보았다.

"영리하지, 어리석기도 하지. 그러나 순진한 데가 있어."

하고 정람은 언제 준비해온 것인지 포켓에서 햄을 꺼내어 레닌에게 던져주었다. 레닌은 넓적한 손으로 그것을 받아 구석으로 가더니 맛있게 먹기 시작했다. 정람은 눈을 가느다랗게 뜨고 그것을 지켜보고 있었다.

이어 차례대로 칸칸을 돌았는데 정람은 어느 곳에선 4, 5분씩 서고 어느 곳에선 그대로 지나쳐버리곤 했다. 나는 궁금함을 이기지 못해 다시 물었다.

"스탈린이 어리석다는 건 무슨 뜻입니까?"

"그는 자기의 권력을 지키기 위해 천만 명 가까운 사람을 죽인 놈이다. 그렇대서 그놈의 생애가 행복했겠나? 러시아에 유리한 게 있었겠나? 나라에도 자기에게도 불리한 짓을, 권력을 지키기 위해서만 그런 짓을 한 놈을 어리석다고 말하지 않고 누굴 어리석다고 하겠나."

나는 할 말을 잃었다.

그러고는 말이 없더니 한길에 나서서 정람이 말했다.

"중국 요리 가운데 제일 값비싼 게 뭔 줄 아나? 모르지? 가르쳐줄까? 그건 곰 발바닥, 즉 웅장熊掌이라고 하는 거여."

천호동에서 압구정동 쪽으로 방향을 잡고 한강 둑을 걸으며 내가 물었다.

"선생님은 웅장을 잡수어 보았습니까?"

"난 그런 것 안 먹어."

정람은 잘라 말했다.

"그런데 선생님은 특히 곰에 관심이 많으신 모양인데 무슨 이유라도?"

"곰만이 아녀. 나는 동물이란 동물엔 전부 관심이 있어. 그래 가끔 창경원 동물원에도 가지. 동물을 가만 보고 있으면 왠지 슬퍼져. 이 우주의 적막을 각각 동물의 형태로 만들어놓은 것 같애. 동물을 보고 있으면 청호무성聽乎無聲이란 글귀가 생각나기도 하지. 무성, 즉 소리 없는 소릴 듣는 것 같은."

나는 정람의 그런 감상에 따라갈 수가 없어 듣기만 할 뿐이었다.

"이군은 사자를 어떻게 생각하나?"

"글쎄요, 사자는 사자 아니겠습니까?"

"헌데 그 사자란 놈이 또 이상하거든. 그렇게 게으를 수가 없으니 말야. 사자가 백수의 왕이란 건 참으로 잘된 말이야. 왕은 게으를 수가 있거든. 사자가 백수의 왕이란 건 관상학적인 얘기가 아니고 짐승들 가운데서 가장 게으르다는 뜻으로 왕이란 거여."

하고 정람은 사자에 관한 얘기를 늘어놓더니,

"이군 이런 걸 생각해봤나."

하곤,

"사자와 곰은 십이지에 들지 않았는데 그 이유가 뭣일까 하고 생각하고 있는데 아직 파악을 못 했다."

고 중얼거렸다.

"자子는 쥐구, 축丑은 소구, 인寅은 호랑이구, 묘卯는 토끼구, 진辰은 용이거든. 이 세상에 있지도 않은 용은 십이지에 넣어놓고 덩치기 큰 사자와 곰은 빼버렸단 말야."

"그 많은 동물을 일일이 망라할 수가 없으니 적당하게 처리한 것이겠죠 뭐."

"아냐, 꼭 무슨 곡절이 있을 거라. 나는 한동안 이런 가설을 가져보았지. 곰은 우 임금의 화신이라고 하니 동물의 서열에 넣지 못하고 사자는 백수의 왕이니 평민, 아니 평동물과 같이 할 순 없구 그래서 빼버린 게 아닌가 하는."

나는 어이가 없어서 웃었다. 팔십 세 가까운 노인이 유치원생들이 함 직한 유치한 소릴 하고 있으니 웃지 않을 수 없었던 것이다. 그러나 정람은 그런 나의 태도엔 아랑곳하지 않았다. 남의 감정에 대한 관심은 도무지 없는 어른인 것이다.

그래도 나는 정람의 비위를 맞추어주고 싶어서 다음과 같은 질문을 했다.

"선생님이 가장 좋아하시는 동물은 뭡니까, 역시 사자? 곰입니까?"

"사자와 곰도 좋아하긴 해. 그러나 가장 좋아하는 게 뭐냐고 물으면 호랑이를 칠 수밖에 없겠구먼."

정람이 텁텁하게 말했다.

"호랑이가 좋아요?"

내가 되물었다.

"그렇지, 호랑인 좋지."

하고 정람이 호랑이 얘기를 시작했다.

"호랑일 산스크리트어로선 비야그라, 힌두어로선 바그, 남쪽 인도의 타밀어로선 피리, 자바어로선 마참, 말레이어로선 리마우, 아랍어로선 니물, 영어로선 타이거, 프랑스어로선 티그르, 그밖에 유럽어도 대강 이와 유사한데 거게 희랍어와 라틴어인 티그리스에 뿌리를 둔 거지. 그런데 이 티그리스란 말은 원래 페르시아어의 티구리, 즉 화살이란 말에서 나온 건데 호랑이가 달리는 양이 화살처럼 빠르다는 뜻이 있는 것 같아. 우리 나라에도 호랑인 하룻밤에 천리를 달린다고 하잖는가……."

나는 멍청히 정람의 옆얼굴을 쳐다봤다. 그의 박식엔 정말 놀라지 않을 수 없었던 것이다.

압구정 근처, 제3한강교가 바라보이는 지점까지 오자 정람은 잠시 앉

자고 하더니,

"오랜만에 호랑이 얘기를 하게 되니 신이 난다."
고 했다.

정람과 나란히 앉아 나는 얘기를 재촉했다.

"이시진李時珍은 호虎라고 하는 것은 호랑이의 소리가 '호우'라고 들린다고 해서 그 음을 딴 것이라고 하는데 호랑이의 별명 가운데 대충大虫이란 게 있어. 진晉 양梁 이후의 책에 더러 나오지. 동물을 그 고유의 이름으로 부르지 않고 별명으로 부르는 풍습은 스웨덴의 특색이야. 이리狼를 묵자墨子, 회색발, 금치金齒라고 부르고 곰을 할아버지, 금객琴客이라고 부르고 부활절 무렵엔 쥐, 배암 등을 들먹이지 않는다는 거야. 우리나라에서도 시골 농부들은 쥐를 서생원이라고 하거든. 그들의 비위를 상하게 해서 피해를 입을까봐 겁을 낸 탓이야. 이따위로 벵갈에선 호랑이를 외삼촌이라고 부른다는구먼. 뱀 같은 모계가족이라니까 외삼촌의 위엄이 호랑이를 방불케 할 만큼 강했는가 모르지……."

정람의 말은 한량이 없이 계속되었다.

중국에선 호랑이를 이이李耳라고 한다고도 했다. 한漢나라의 응소는 남군南郡의 이옹李翁이 호랑이로 둔갑했기 때문이라고 한다고 했는데 명明나라의 이시진은 이건 괜한 소리라고 배척하고 이이는 이아狸兒가 와전된 것이라고 했다는 것이다.

정람은 이어 『본초』에 있는 대목을 인용하기도 했다.

―호랑이는 개를 먹으면 취한다. 개는 호랑이의 술이다.

호랑이는 양각羊角이 타는 연기를 싫어한다. 호랑이는 사람과 짐승에게 이기지만 고슴도치에겐 꼼짝도 못한다. 그러다가 정람은 무엇을 생각했는지 킥킥거리고 웃었다.

"뭣이 그렇게 우습습니까."
내가 물었다.
"고슴도치에겐 꼼짝 못한다는 대목이 우습지 않은가. 이건 아마 관찰의 결과가 아니고 상상일 거야."
하고 정람은 이런 얘기를 했다.

호랑이는 배가 고팠다. 그때 마침 꼬물꼬물하고 있는 고슴도치를 만났다.

생각할 겨를도 없이 얼른 입 안에 넣어버렸다. 그러자 고슴도치는 호랑이 아가리 속에서 전신의 바늘을 곤두세웠다.

호랑이는 기겁을 하고 아가리를 벌리고 뒹굴었다. 그 사이 고슴도치는 호랑이 아가리로부터 뛰어나왔다. 호랑이는 난을 피했다고 느끼자 있는 힘을 다해 뛰어 산 세 개를 넘었다. 원래가 잘 달리는 호랑이니 얼마나 빠르게 뛰었겠는가. 그래 이만큼 피해 왔으면 되겠지, 하고 어느 나무 밑에 앉아 한숨 돌리고 있는 그 나무가 공교롭게도 밤나무였다. 호랑이 꼬리가 나무통을 쳤던 모양으로 마른 밤송이가 호랑이의 눈앞에 툭 떨어졌다. 호랑이는 질겁을 하고 얼른 앞발을 꿇고 앉으며

―아까 등 너머에서 뵈었던 그 어른 아닙니까.

하고 조아렸다.

호랑이는 그 밤송이를 고슴도치로 알았던 것이다.

"그러니까 본초를 쓴 사람은 이 얘기에 힌트를 얻고 호랑이가 고슴도치에 대해선 꼼짝을 못한다고 쓴 것이 아닌가 해."
하며 정람이 웃음을 머금었다.

이어 정람은 『연감유함』淵鑑類函이란 책이 있다며 그 가운데서 다음과 같은 말을 인용했다.

"호랑이는 소아는 불식不食이다. 아이는 어리석어 겁낼 줄을 모르기 때문이다. 또 취인은 먹지 않고 반드시 깨기를 기다려 먹는다. 깨어 사람이 겁내길 기다리는 것이다. 또한 남자를 먹을 땐 반드시 남근부터 먹기 시작하고 여자는 유방부터 먹기 시작하되 여음은 먹지 아니한다. 이와 비슷한 얘기가 16세기 레오 아프리카누스가 쓴 책에 있지. 아프리카에서 부녀자가 사자를 만났을 적엔 그 음부를 노출하면 사자는 시선을 돌리고 떠나버린다는 거야. 우리나라의 민화에도 있지 왜, 여자의 음부를 보면 호랑이가 도망간다는……."

나는 이 박람강기한 정람의 호랑이에 관한 지식에 다만 혀를 내두를 수밖에 없었다. 그리고 한편 그 탁월한 재주를 잡박한 지식에 빼앗겼다는 것은 재능의 낭비가 아닐까 하는 생각을 해보기도 했다.

나는 얼마 전 경산 선생으로부터 들은 사자 얘기를 상기했다.
"경산 선생은 사자를 좋아하시는 것 같던데요."
"경산이 사자를? 그건 또 금시초문이로구나."
하고 정람이 웃음을 머금었다.
"그래서 경산 선생은 가끔 창경원에 가셨는데 항상 낮잠 자고 있는 사자만 보았지 깨어 있는 사자를 본 적이 없었답니다."
"짝사랑을 하고 찾아갔더니 님은 잠 깨지 않더라, 이 말이군."
"그런데 경산 선생은 사자와 정람 선생이 닮았다고 하더군요."
"그건 또 무슨 말인가?"
"속을 알 수 없는 점이 닮았다는 겁니다."
"흐음."
하고 생각하는 빛이 되더니 정람이 중얼거렸다.

"사자의 속은 정말 몰라. 그 우람한 관상과 체구를 하구서 잠만 자꾸 자니 말이야."

"경산 선생이 궁금해하는 것도 바로 그 점이었습니다."

정람은 말없이 강줄기만 바라보고 있었다. 멀리서부터 크레인 소리가 울려왔다. 모래를 채취하는 기계의 소리다.

맑은 날씨인데도 시가 쪽의 하늘에 아슴푸레 공기가 겹었다. 말하나 마나 스모그이다.

정람이 뚜벅 말하는 소리가 있었다.

"청추淸秋, 서울에선 찾을 길 없고 한강변에 앉아 모래를 캐는 소릴 듣는다? 우리 슬슬 가보지."

정람의 뒤를 따라 언덕길을 올랐다.

자동차의 내왕이 심해진 길을 나섰다.

"선생님 택시를 탑시다."

버스 정류소가 어디에 있는지 가늠할 수 없어서 한 소리였다.

"그렇게 하지."

정람의 승낙은 있었으나 빈 택시는 잡히질 않았다. 각종의 차량이 획획 바람 소리를 내며 지나갔다.

"바보스럽게 서서 기다릴 것이 아니라 걷기로 하자. 두 시간이면 종로쯤까지 갈 수 있지 않겠나."

하고 정람이 앞장을 섰다.

나는 아득하고 우울한 기분이 되었다. 차가 붐비는 긴 다리를 건너고 역시 차가 붐비고 사람이 붐비는 거리를 누벼 걸어서 종로까지 나갈 것을 생각하니 기가 꺾이는 기분으로 될 수밖에 없었던 것이다.

그런 기분을 눈치를 채기라도 한 듯 정람이 멈춰 서서 내가 그 옆에

나란히 되길 기다리곤,

"이군은 만주엘 가본 적이 있소?"

하고 물었다.

"없습니다."

"만주의 광야에 서면 아득히 허공 속으로 용해되어버린 지평선에 둘러싸이게 되지. 여름이면 우리 키 길이보다 크게 자란 고량高粱 때문에 시야가 막혀버리기도 하구. 그 광야를 방향만 잡아놓고 걷는 거야. 마차가 있나, 자동차가 있나. 일본놈에게 붙들릴까봐 기차를 탈 순 없구, 그렇게 걸어 나는 안동서 심양까지 걸어간 적이 있어.

적막광야의 고영孤影이지. 그러나 걷는다는 건 나쁘지 않아. 대지의 내음이 온몸에 배어들어 나 자신이 대지가 되는 기분으로 되거든. 숨을 쉬면 그게 대지의 숨을 쉬는 거야. 땀이 나면 대지가 흘린 땀이야. 고통이 일면 그건 대지의 고통을 고통하는 거야. 아스팔트는 차를 굴리기 위해서 있고 흙은 걷기 위해서 있어."

스쳐가는 자동차의 소음 소리가 심해도 정람의 말은 또박또박했다.

어느 사이 긴 다리를 건넜다.

"만주란 좋은 곳이야. 우선 그 넓다는 게 좋아. 일본놈들이 만주국을 만든 건 얼토당토않은 야심의 소치이지만 거게 한 가닥 로맨티시즘은 인정해줘야지.

산해관 이동의 땅, 승가리 이서以西의 땅을 널찍이 잡곤 거기 낙토를 만들어보려는 이상엔 나쁠 것이 없어. 이상에 불순한 야심이 섞이는 바람에 용납할 수 없게 되었다는 것도 우리가 하지 못하고 놈들이 했다는 데 우리의 감정을 자극하는 것이 있을 뿐이고 끝끝내 실현시킬 수 없는 짓을 했다는 데 과오가 있을 뿐, 그 상황, 그 정세 속에선 웅장한 꿈이었지. 오족협화五族協和라는 깃발을 꽂아놓고 다른 사족을 지배하려고 한 것은 도국인島國人 근성의 한계를 보여준 것이지만 아무튼 대동아공영권이라고 하는 문제의 설정만은 좋았어."

정람의 얘기가 여기까지 이르렀을 때 나는 반발하지 않을 수 없었다.

"일본의 침략을 타당하다고 하시는 겁니까?"

"타당하다는 게 아니라, 그 구상, 아니 문제 설정만은 좋다는 얘기야."

"그러나 그런 구상, 그런 문제 설정의 바탕에 뭣이 있었던가는 이미 알려져 있는 사실이 아닙니까. 침략근성 이외에 무엇이 있단 말입니까. 물론 그럴듯한 명분과 이유를 내세우긴 했지요. 하지만 그 모든 것이 추악한 야심을 분식하기 위한 레토릭에 불과한 것 아닙니까."

"나도 그런 걸 모르는 바는 아녀. 대동아공영권이란 이름, 오족협화라고 하는 간판만은 좋았다는 얘기야."

"선생님."

하고 나는 불렀다.

"뭐가."

정람이 새삼스럽게 불러보는 나의 태도가 이상했던 모양으로 긴장한 표정이 되었다.

"선생님, 일본인이 내세운 대동아공영권, 또는 오족협화 때문에 아주 곤란한 사정이 되었다는 걸 모르십니까? 포부 있는 사람, 의욕 있는 사람, 양심 있는 사람들이 그 좋은 이데올로기를 내세울 수가 없게 된 사정이 바로 거기에 있습니다. 대동아공영권이란 말을 내기만 해보십시오. 모두 일본의 그것을 상기하고 처음부터 들으려고 하질 않습니다. 뿐만 아니라 공영권 사상을 펼려고 하면 양적으로 3분의 2는 비슷비슷한 논조로 되게 마련입니다. 중요한 것은 다른 3분의 1의 부분에 있는 것이지만 3분의 2가 비슷하면 다른 3분의 1은 보아주지도 않을 겁니다. 결과적으로 말해 일본은 그들의 침략근성으로 해서 동아의 천지를 유린했을 뿐만 아니라 대동아공영의 사상 자체를 뿌리째 말살해버린 겁니다. 그래서 진정한 대동아 이론이 나타나기 위해선 앞으로 백 년쯤을 기다려야 할 지경이 된 겁니다."

"이군의 말은 잘 알겠네, 알겠네만."

정람이 한숨을 쉬었다. 그리고 다음과 같은 말을 했다.

"이군, 내 꿈을 얘기하지. 경산은 나를 무정부주의자라고 하지만 그리고 그게 사실이긴 하지만 기왕 내가 속해 있던 조직, 조직이랄 것도 아닌 서클이었는데 그 서클의 꿈은 극동에서 동남아에 걸쳐 연방을 건설했으면 하는 데 있었어. 명칭을 동남아연방이라 해놓고, 일본공화국, 한국공화국, 만주공화국, 화북공화국, 화중공화국, 화남공화국, 월남공화국, 타이공화국, 말레이공화국, 필리핀공화국, 인도네시아공화국을 그 연방 속에 흡수하는 거야. 정치체제는 그 각 공화국에서 1명씩을 선출해서 최고통치회의로 하기로 하고 국방과 외교를 일원적으로 하고 언어는 공통어 하나와 각 공화국어를 사용하도록 이른바 바이랭귀지二重言語 제도로 하구 말야. 인구와 식량의 일원적 기구를 두어 과밀지대와 과소지대를 조절케 하구 말야. 요컨대 대동아 전역이 하나의 나라로서 소비에트연방, 미합중국, 유럽 제국, 아프리카 제국과 공존해 나가자는 거야."

"이상으로선 그저 그만입니다."

하고 나는 공감했다.

"이렇게 대치만 해갖곤 동양의 평화라는 건 없는 거야. 백인의 우월을 배제할 수도 없고 말야. 동양을 망치는 건 동양 내에 있어서의 내셔

널리즘이야. 대국적 견지에 서서 이 내셔널리즘을 조정해야만 되지 않겠는가."

정람의 말엔 열정이 있었다.

"이 조그만 반도 하나도 통일을 못 하는데……."

내가 한 말이었다.

우리는 그 길로 관철동으로 나왔다. 가끔 내가 들르는 술집에 정람을 안내했다. 정람은 그런 곳에 와본 지가 꽤 오래되는 모양으로 숏 스커트를 입은 웨이트리스를 신기하다는 눈초리로 바라보곤 했다.

두세 잔 맥주를 마셨다. 마음이 풀리는 모양인지 정람은 시중을 들어주는 웨이트리스를 불러놓고 나이를 물었다.

"알아맞춰 보세요."

하고 웨이트리스가 웃음을 머금었다.

어른이 묻는데 그런 반문을 한다는 건 정람의 상식엔 없는 일인지 몰랐다.

"나는 점쟁이가 아니라서 남의 나이를 알아맞힐 수가 없어."

정람이 겸연쩍어 하며 말했다.

"요즘 아이들은 나이를 가르쳐주길 싫어하는 모양입니다."

하고 나는 웨이트리스를 변명해주는 한편 그 아이에겐,

"어른이 물으시면 솔직하게 대답을 올려야 한다."

고 가볍게 나무라주었다.

"스물셋이에요."

웨이트리스는 말하고 거북하다는 표정을 지었다. 그러고는 저편으로 가버렸다.

"꽤 깔끔하게 생긴 아인데 이런 델 나오지 않곤 생활이 안 될까?"
정람의 말은 수연했다.
"직업에 귀천이 없다는 의식이 아이들을 대담하게 하는 거겠죠."
그런 곳에 나오는 아이들을 나쁘게 말하기 싫은 나의 심정이 시킨 말이다.
"이군은 백계로인이란 걸 알지?"
"예, 압니다. 볼셰비키 혁명에 반대하고 러시아를 떠난 러시아인 말이죠?"
"그렇지."
"그런데 백계로인이 어떻단 말입니까."
정람은 반쯤 남은 맥주 글라스를 비우곤 이런 말을 했다.
"준비 없이 고국을 떠난 그들에게 생계의 방도가 있겠는가. 요령껏 살아갈 밖에. 대부분의 백계로인의 젊은 여자들은 창녀로 전락하더만. 그런데 그 가운데 극소수는 굶어 죽을망정 창녀가 되진 않았어."
"선생님 저애들은 창녀가 아닙니다."
하고 나는 얼른 정람의 말을 막았다.
"저애를 보고 하는 얘기는 아녀. 저애들을 보니까 백계로인의 그 젊은 아가씨들 생각이 난 거야. 지금쯤은 모두 할머니가 되어 있겠지만……."
나는 정람이 그 옛날 사랑했다는 폴란드의 처녀를 생각하고 있는 것이라고 짐작했다.
"내 눈이 변했는가, 세상이 변했는가."
하고 정람이 중얼거렸다.
나는 잠자코 귀를 기울였다.

"젊은 계집애들이 모두 예뻐졌단 말야. 이 집에 있는 아이들만 해도 모두 미녀들이 아닌가. 옛날엔 이처럼 미녀가 많지 않은 것 같은데."

"요즘 젊은 애들이 예뻐진 건 사실입니다. 그것도 그저 바보스럽게 예쁜 게 아니라 개성적으로 예뻐요."

"개성적으로 예쁘다?"

정람은 알아듣기 거북하다는 표정을 지었다.

"지금 이 집에선 아이들이 모두 같은 옷을 입고 있지만 거리에 나가 보세요. 젊은 여자 백 명이 지나가면 그 백 명이 입은 옷이 각각 다릅니다. 옛날 같으면야 어림이라도 있는 일입니까. 흰 저고리, 검은 치마를 기본으로 해서 불과 5, 6종류로 구별되는 복장이었으니까요. 그런데 요즘은 전부 다릅니다. 백이면 백, 천이면 천······."

"그게 개성적인가?"

"일단은 그렇게 볼 수 있지 않습니까?"

"흐음."

하는 얼굴로 정람은 그 가게 안을 두리번거렸다.

이곳저곳 테이블마다에 술잔의 응수가 있고, 얘기가 오가고 더러는 왁자지껄 웃음소리도 일었다.

"모두들 무슨 얘길 하고 있는 걸까."

"각기 얘기가 있지 않겠습니까. 우리들처럼 말입니다."

정람은 말은 없이 고개만 끄덕끄덕하고 있었다. 뭔가 새로운 감회가 솟는다는 그런 기분이었다.

그리고 정람은 문득,

"이 집에 들어오자마자 기분이 좋아진 원인을 이제사 알았다."

고 했다.

"뭡니까?"

정람이 귀를 기울이는 포즈가 되었다. 술꾼들이 엮어내는 소음 사이로 모차르트의 피아노 협주곡이 은은히 누벼 흐르고 있는 것이다.

"모차르트는 어디서 들어도 좋지?"
하고 정람은,
"이런 장소에 저런 음악을 한다는 건 기특하다."
는 말을 했다.

"이 집에서 클래식 이외의 음악은 안 하기로 하고 있는 모양입니다."
"그러니까 이해할 수 있을 것 같군."
"뭐가 말입니까."
"미스 리라는 여자의 눈빛이 좋지 않던가. 좋은 음악을 선택해서 들으며 사는 여자의 눈이야. 이군이 짝사랑을 할 만해."

내가 미스 리를 좋아하는 건 사실이었다. 그러나 짝사랑을 한다는 말엔 약간의 농담이 섞여 있었던 것인데 정람은 액면 그대로 받아들인 모양이었다. 그러나 나는 설명하지 않기로 했다.

모차르트가 끝났을 무렵에 정람이 일어섰다. 우리는 붐비는 관철동 골목을 질러 한길로 나왔다.

버스 정류소를 찾아 걸으며 정람이 한 말은 다음과 같았다.

"오늘은 곰도 보구 미녀도 보구 이래저래 화려한 날이었군. 헌데 이군, 반동가리 독립이니 설먹한 독립이니 해도 이만한 독립을 유지하는 것만으로도 대단하지 않은가. 나는 아까의 그 술집에 가보고 절실하게 느꼈다. 일본놈들이 지배하고 있었을 무렵 서울의 빠엔 저런 분위기란 없었다. 하얼빈에도 저런 분위기는 없었다. 어느 누구의 눈치도 필요 없이 이 땅에선 우리가 주인 노릇을 하고 있다는 기분이 넘치지 않았던가."

그 테러리스트를 위한 만사

나는 그 말을 일제에 항거한 인간이 아니면 할 수 없는 말이라고 판단했다.

관철동 술집에 갔던 그날 밤이 정람에게 있어선 회춘을 위한 서곡적인 의미를 가졌던 것인지 모른다.
그날로부터 일주일쯤 지났을까.
누가 나를 보고 찾는다고 했다.
판자문을 열고 골목으로 나가보았다. 젊은 여자가 옆얼굴에 석양을 받고 다소곳이 서 있었다. 베이지색의 코트에 자줏빛 머플러. 얼굴엔 화장기라곤 없었지만 짙은 눈썹에 맑은 눈동자를 가진 20대 후반쯤으로 보이는 여자였다.
"이 선생님이십니까?"
여자는 조심스럽게 물었다.
"그렇습니다만."
하고 나는 그녀를 말끄러미 보았다.
"전 임영숙이라고 합니다."
여자는 나의 시선을 피하며 이렇게 말하고 조금 사이를 두곤 물었다.
"선생님은 피리를 잘 부시는 영감님을 알고 계시죠?"
"정람 선생을 말하는 게로군요."
"성함은 몰라요. 그저 피리를 잘 부시는 영감님이라고만 들었어요."
"그래서 어떻단 말입니까?"
"그 선생님을 소개해주실 수 없어요?"
"왜 하필 내가 소개를 해야 됩니까. 직접 가시면 될걸."
"제게 전한 사람이 선생님의 소개를 받는 게 좋다고 하셨어요."

"누군데요, 그 사람이."

"이 동리에 사는 어떤 부인이에요."

"실례입니다만 댁은 어디 살고 계십니까?"

"불광동이에요."

"헌데 정람 선생을 뭣하러 찾으시는 겁니까?"

"피리를 잘 부신다고 들었거든요."

"댁도 피리를 붑니까?"

"아녜요."

"피리를 듣고 싶다, 이 말씀입니까?"

"예, 듣고 싶어요."

"그래서 불광동에서 여기까지 찾아온 거요?"

"그 아주머니가 하두 좋다고 하시기에 찾아왔어요."

나는 실없이 웃음소릴 냈다. 피리 소리가 듣고 싶어서 먼 길을 찾아왔다는 그 말이 내겐 우습게 들렸기 때문이다.

그러나 나는 웃음을 거두고 말했다.

"정람 선생이 당신의 청을 들어 피리를 불어줄지 모르겠는데요."

"거절하신다면 하는 수가 없죠. 하지만 어떻게 간곡하게 청을 드린다면……."

여자의 얼굴과 말은 진지했다.

"그럼 가보십시오. 바로 저깁니다."

하고 정람이 묵고 있는 경산 선생의 집을 가리켰다. 산비탈에 있는 판잣집이라서 거기서 환히 보이는 것이다.

"선생님도 같이……."

하곤 여자는 움직이려고 하지 않았다.

나는 당신처럼 고상하게 생긴 여자가 부탁하면 정람이 싫단 소린 안 할 것이니 가보라고 하고 싶었으나 그렇게 말할 수도 없고 해서 앞장을 섰다. 그러면서도,

'이 여자 겉만 멀쩡해갖고 살큼 돌지 않았나.'

하고 의혹을 가졌다.

그렇지 않고서야 피리 소리를 듣겠다고 찾아올 까닭이 없지 않은가.

판자문을 밀고 들어섰다.

"선생님 계십니까?"

했더니 방문이 열리고 경산 선생이 얼굴을 내밀었다.

"정람 선생 계십니까?"

하고 물었다.

"정람은 없는데?"

하며 경산은 내 등 뒤에 있는 여자에게 시선을 돌렸다.

"정람 선생을 찾아온 분입니다."

내가 이렇게 말하자 경산은,

"곧 돌아올지 모르니 이리로 들어오슈."

하고 방 안을 치웠다.

"올라갑시다."

그 여자를 먼저 방으로 들게 하고 나도 뒤따랐다.

"정람 선생과는 대단히 친한 분입니다."

하고 여자에게 인사를 시키곤 경산에겐 그 여자가 찾아온 내력을 설명했다. 그러자 대뜸 경산이 말했다.

"아가씬 음악을 전공하는가?"

"예."

하고 임영숙의 대답이 있었다.
 나는 속으로 아차했다. 거기까진 생각이 미치지 못했던 것이다.
 그러고 보니 임영숙의 몸에서 음악을 하는 사람다운 풍정이 풍겨지는 것 같았다.
 "음악을 하는 사람이라면 정람의 피리에 관심을 가질 만하지."
 경산은 아무렇지 않게 말하고 정람의 존재를 알게 된 까닭을 물었다.
 "그 언젠가 정람 선생이 여기서 피리를 불었을 때 동리 사람들이 많이 모였지 않았습니까. 그때 들은 사람들 가운데 누군가가 아가씨에게 얘기를 한 모양입니다."
하고 내가 대신 설명했다.
 "학교는?"
 경산이 물었다.
 "E대학 음악과를 나왔습니다."
 "음악과에도 갖가지 전공이 있을 것 아닌가."
 "작곡을 전공하고 있습니다."
 "허허 작곡, 작곡을 전공한다구?"
하며 경산은 고개를 끄덕끄덕했다.
 늦은 가을의 해는 급작스레 저문다.
 방 안이 어두워졌다. 경산이 스위치를 눌러 불을 켰다.
 "귀한 손님이 오셨는데 이 사람이 어델 가고 아직 돌아오지 않을까."
하고 중얼거리며 경산이 시계를 보았다. 여자는 정물처럼 앉아 있었다.
 "오시긴 하겠죠?"
 내가 물었다.
 "꼭 돌아오긴 해. 그런데 간혹 늦을 순 있지."

경산의 이 말을 받고 나는 여자에게 말했다.

"언제 돌아오실지 모르니 오늘은 이대로 돌아가시오. 이제 집을 알았으니 아침 일찍 오시도록 하시오. 경산 선생이 중간에 서서 잘 말씀해 줄 거요."

그런데 이에 대한 여자의 대답은,

"늦더라도 만나고 가겠습니다."

라고 하는 것이 아닌가.

"그렇게 하슈. 모처럼 와서 허행을 한다는 건 섭섭한 일이니까."

경산의 말이었다. 그리고 경산이 물었다.

"아직 결혼 전이겠지?"

"예."

"나이는?"

"스물아홉이에요."

"내년이면 서른이군. 결혼을 서둘러야 하겠구나."

"전 결혼하지 않을 거예요."

"그건 또 왜."

"음악에 전념할 작정입니다."

"결혼하고도 음악을 할 수 있지 않을까? 배우자를 그 요량으로 선택하면."

"다른 데 신경을 쓰기가 싫어요."

여자의 말은 단호했다.

그렇게 듣고보니 임영숙의 차림이나 얼굴은 전혀 결혼을 도외시한 것이라고 짐작할 수 있었다. 특히 머리 모양에 신경을 쓴 것 같지가 않았고 이미 말한 바대로 얼굴엔 화장기라곤 없었다. 베이지색 코트도 낡아 있었고 코트를 벗은 뒤에 나타난 블라우스나 스커트도 회색 계통의 바랜 빛깔이었다.
 "아버진 뭘 하시나?"
 경산의 질문이었다.
 "사업을 하십니다."
 "부모님들이 결혼을 서두르지 않는가?"
 "제 고집에 손을 들었다고 하십니다."
하고 임영숙이 살큼 미소를 띠었다.
 이때 바깥에서 식모 아주머니의 소리가 있었다.
 "저녁식사 준비가 되었어유."
 "아가씬 아직 식사 전이지?"
 "전 식사 안 해도 돼요."
 "허나 손님을 앉혀놓고 내만 먹을 수가 있나."
며 바깥을 향해 경산의 말이 있었다.
 "밥만 두 그릇 더 가지고 오슈. 찬 걱정은 말구."
 "아닙니다. 전 집에 가서 먹겠습니다."
하고 나는 일어섰다.
 그런데도 임영숙은 움직이지 않았다.
 나는 그 길로 돌아와 식사를 하고 다시 경산 선생의 집엘 가볼까 하다가 그만두었다. 내일까지 넘겨주어야 할 원고가 있었기 때문도 있었지만 임영숙에 대한 호기심을 노골적으로 표시하는 것 같아서 망설여졌던 것이다.

 정람과 임영숙의 초대면이 어떠했던가는 알 길이 없다. 그러나 약간 흥미 있는 장면이 있을 것이란 짐작은 할 만했다. 그러나 바쁜 일이 생겨 내가 경산 선생의 집을 찾은 것은 그로부터 일주일쯤 후의 일이 아니었던가 한다.

해가 질 무렵이었는데 부엌에서 나타난 사람이 에이프런 차림의 한 젊은 여자라서 놀랐던 것인데 그게 임영숙이었던 것이다. 머리엔 가볍고 밝은 천으로 된 스카프를 쓰고 있었다.

웬일이냐고 물을 겨를도 없었다.

"선생님."

하고 임영숙이 부르자 방문을 연 사람은 경산이었다.

"어서 오게."

경산은 나를 맞아들이고,

"우리 집에 혁명이 있곤 처음이쟈?"

하고 웃었다.

"혁명이라니 그게 뭡니까."

앉으며 내가 물었다.

"이 집 주인이 바뀌었으니 그게 혁명 아닌가."

경산의 말이었다.

"주인이 바뀌다뇨?"

"이제 들어오면서 보지 않았는가. 그 아가씨가 이 집 주인이 되었다네."

나는 경산의 말을 이해할 수가 없었다. 원래 수수께끼 같은 말씀을 잘 하시는 분이라서 대개 그럴 경우 챙겨 묻지 않고 지나쳐버리기도 하는 것이지만 이번 일은 그럴 수가 없었다. 꼬치꼬치 물었다. 경산의 설명을 장면화하면 대강 다음과 같이 된다.

그날 밤 내가 떠나고 난 뒤 경산과 임영숙은 겸상으로 식사를 했다.

식사를 끝내고 있었을 때 정람이 돌아왔다.

두 사람의 첫인사가 있었다. 임영숙은 실례를 무릅쓰고 피리를 들려달라고 정람에게 부탁했다.

정람은 일언지하에 안 된다고 거절했다.

"그럼 언제쯤 들려주시겠습니까."

하고 임영숙이 물었다.

"한 곡쯤 들려주게나."

하고 경산이 권했다.

"내일 한번 더 오시오. 그때 생각해봅시다."

하고 정람의 말이 있자 임영숙은 집으로 돌아갔다.

그 이튿날 임영숙이 새벽같이 나타났다. 마루에 우두커니 앉혀놓을 수도 없어 정람이 임영숙을 방으로 들어오게 한 후 방문과 대문을 잠그도록 하곤 피리를 꺼냈다. 그리고 소곡 하나를 불었다.

그 피리 소리에 임영숙은 벼락을 맞은 듯 몸을 꿈틀하더니 이윽고 정신을 차리곤 물었다.

"이제 막 그 곡의 이름이 뭡니까."

"이름은 없소."

"왜 이름이 없을까요?"

"붙이지 않았으니까."

하고 정람은 다시 머리를 들어 한 곡을 불었다.

임영숙은 완전히 넋을 잃은 듯했다. 곡이 끝난 지 한참 만에야 물었다.

"그것도 이름이 없으세요?"

"물론."

"왜 이름을 지으시지 않으시구."
"내만 알면 될 음악인데 이름은 지어 무얼하겠소."
"아까워요."
임영숙이 한숨을 쉬었다.
"뭣이 아깝단 말인가."
정람이 되물었다.
"그 아름다운 곡을 이름 없이 방치하는 게 아깝지 않아요?"
"진실로 아름다운 건 이름 같은 게 없어야 하오. 무명은 무구無垢와 통하는 것이여."
정람의 말은 담담했다.
임영숙이 묵묵히 앉았다가 다음과 같이 간청했다.
"선생님과 같이 지낼 수가 없을까요."
"같이 지내다니?"
"이 집에서 같이 살고 싶어요."
"이 집은 내 집이 아니니 내 마음대로 할 순 없어."
그러자 임영숙이 경산에게 애원했다.
"선생님을 모시고 같은 집에 있으면서 선생님의 음악을 배우고 싶어요."
"피리를 배우겠단 말인가?"
경산이 물었다.
"아녜요. 그 음악의 진수를 배우고 싶어요. 채보도 하고 싶구요."
"채보라면 콩나물 대가리로 고치겠단 말인가?"
"되도록이면 보전하고 싶어서요. 그러니 이 집에 같이 있게 해주세요."

"있을 방이 있어? 방이 두 칸밖에 안 되니까."

"식모 아주머니 방에 있겠어요."

"방은 그로써 될지 모르지만 우린 가난해. 식량이 모자라."

"식량은 제가 가지고 올게요."

"그래도 난관이 있어. 보다시피 식모 아주머닌 너무 늙었어. 우리 두 늙은이 시중드는 것만도 힘에 겨워."

"부엌일은 제가 맡을게요."

"허 참, 그렇게까지 할 게 뭐 있담. 정람에게 배우고 싶은 게 있으면 아침 일찍 왔다가 저녁 늦게 가면 될 거 아닌가."

"전 내년 봄이면 미국으로 가야 해요. 국내에 있을 시간이 얼마 되지 않아요. 그 동안에 집중적인 지도를 받고 싶어요. 갔다왔다하는 시간이 아까운걸요."

"그건 아가씨의 사정이구. 정람은 차분하게 집안에 들어박혀 있는 성미가 아냐. 아가씨가 이 집에서 산다고 해도 얼굴을 맞댈 기회는 별로 없을걸."

"그러니까 더욱 이 집에 있어야 하겠어요. 짧은 틈이라도 이용하기 위해서예요."

"음."

하고 경산의 말이 막혔다.

결국 하는 수 없이 임영숙의 청을 들어 줄 수밖에 없었는데 임영숙은 그날 안으로 침구와 전축을 옮겨와선 저렇게 부엌일까지 하게 되었다.

"대단한 아가씨구먼요."

내가 혀를 내두르자,

"대단해, 대단하구말구. 예술가란 건 보통관 달라."

하고 경산은 눈을 꿈벅꿈벅했다.

"헌데 정람 선생은 어디로 가셨습니까?"

"오늘은 뭐 팔당 쪽으로 나가보겠다며 날 같이 가자드만. 난 허리가 아파 집에 남았지."

"정람 선생은 산책하시길 퍽이나 좋아하시는 모양이죠?"

"그래, 호기심이 강한 소년과 같이."

"호기심이 강하다는 건 아직도 성장의 여지가 있다는 얘깁니다."

"그렇지."

이와 같은 말을 주고받고 있는데 방문 앞에 인기척이 있더니 방문이 열렸다.

"커피 가지고 왔어요."

임영숙의 카랑한 소리가 있었다.

"누옥에서 마시는 커피에도 한 맛 있드만."

하고 커피 쟁반을 받아들면서 경산이 임영숙에게 말했다.

"거 녹음한 것 가지고 와요. 뭐라더나 불란서 사람 것하구."

"예."

하더니 임영숙이 녹음재생기와 테이프를 갖고 들어왔다. 그리고 하나를 먼저 세트하며 말했다.

"이건 지금 세계적으로 일류라고 하는 프랑스의 플루트 주자 피엘 랑팔의 연주예요."

이윽고 랑팔의 플루트 소리가 울려퍼졌다. 감미롭고 활달한 음향이었다.

"곡은 비발디의 것이에요."

임영숙이 중간 설명을 했다.

랑팔의 연주가 끝나자 임영숙이 테이프를 갈아 세트했다.

"이건 정람 선생의 피리 소리예요."

정람의 피리 소리가 울려나왔다. 은은한 가락으로 시작되더니 높이 하늘로 날아오르는 종달새의 모습을 눈앞에 그려보이듯 나선형을 그리며 음이 높아졌다. 그러자 퍼득거리는 날개가 찬란한 태양의 광선을 부수는 광경을 방불케 하는 높고 낮은 음이 교차하며 반복되곤 노을이 끼는 기분으로 톤은 가라앉았다.

"비발디의 곡도 묘사곡이고 정람 선생의 곡도 묘사곡, 즉흥곡이에요. 곡 자체에도 우열의 차가 확실하지만 연주의 기량에도 천지의 차가 있다고 느끼지 않으세요?"

임영숙의 도취한 기분이 그 말투에 사무쳐 있었다.

아닌 게 아니라 랑팔이란 세계적 명수와 비교해보았을 때 정람의 진가를 더욱 알 수가 있었다. 문외한의 귀로도 랑팔은 정람의 적수가 아닌 것이다.

"우리 가까이에 이런 천재가 있어요."

임영숙이 조용히 중얼거렸다.

나는 음악에 관해선 문외한이다. 그 문외한의 귀로서도 피엘 랑팔의 플루트 소리와 정람의 피리 소리를 비교할 수가 있었다. 억지를 무릅쓰고 말한다면 피엘 랑팔의 플루트 소리가 천재의 그것이라면 정람의 피리 소리는 신의 그것이었다. 정람의 음악엔 신령과 통하는 그 무엇이 있는 것이다.

나는 확실히 그것을 알았다.

"세계에서 가장 훌륭한 플루트 주자를 무색하게 하는 소리란 걸 알았죠?"

임영숙은 꿈에서 깨어난 사람처럼 말했다.

경산도 충격적인 감동이 있었던 모양으로 한참 동안 눈을 껌벅껌벅하고 있더니 임영숙에게 물었다.

"그 랑팔인가 하는 사람은 몇 살이나 된 사람인가."

"쉰 살을 조금 넘긴 정도가 아닌가 합니다."

임영숙이 기억을 더듬는 듯 고개를 갸웃했다.

"그 정도의 나이로선 어림도 없지. 정람의 나이는 아무래도 칠십 세는 되었을 테니까."

경산이 중얼거렸다.

"예술적인 기량을 나이로써 가름할 수가 있나요?"

임영숙이 뽀로통해지며 반박했다.

"아냐, 그런 뜻이 아니구."

하고 경산은 이런 말을 했다.

"정람의 피리는 음악적인 기량으로 된 게 아니다. 그건 풍상이여. 오랜 풍상이란 말여. 하룻밤쯤 눈이 오면 모든 산이 하얗게 눈에 덮이질 않겠나. 그러나 그 하얀 눈빛이 에베레스트나 곤륜산 상봉에 있는 만년설의 눈빛하고 같을 수가 있겠는가. 내가 말하고자 하는 건 랑팔의 오십 세 쌓은 기량이 정람 칠십 세의 풍상이 만들어낸 소리에 어찌 겨룰 수가 있겠는가 말이다. 랑팔의 피리는 음악일진대 정람의 피리는 한이다. 예술이 한을 표현한다고 하더라만 한이 한을 표현하는 것에 당할 수가 있겠는가."

나는 경산이 하고자 하는 말뜻을 짐작할 수가 있었다. 그러나 임영숙의 얼굴엔 불만의 표정이 남았다. 카세트를 빼내고 녹음기를 치우고 난 임영숙이 뚜벅 말했다.

"그러나 나는 정람 선생의 피리를 어디까지나 음악으로서 해석해야겠어요."

그 말의 뜻 역시 나는 이해할 수 있을 것 같았다. 임영숙으로선 가치의 최고가 음악에 있는 것이다. 그러니 정람의 음악을 음악 이외의 것으로서 평가하려는 의견에 반발을 느꼈을 것이다.

임영숙이 방에서 나가고 난 뒤 경산이 웃는 얼굴로 내게 말했다.

"저 아가씬 정람에게 홀딱 빠져버린 모양이다."

"스승에 대한 제자의 심정이겠죠."

"그런 정도가 아닐세."

"그렇다고 이십 대의 처녀가 칠십 세의 노인에게 연정을 느끼기까지 했을라구요."

나는 지나친 표현이란 걸 의식하면서 이렇게 말했던 것인데 경산은,

"바로 그 연정을 느끼고 있는 것 같으니 기막힌 일이 아닌가."

하고 경산은 소리를 낮추어, 그러나 활달하게 웃었다.

"예술에 혹하게 되면 혹시······."

하고 나는 피카소의 젊은 애인들을 상기해보는 마음이 되었지만 어쩐지 실감이 나질 않았다. 그래서 말했다.

"존경이 지극하면 삼자의 눈엔 그렇게도 보이는 일이 있으니까요."

"그럴지 모르지. 허나 정도가 좀 심한 것 같애."

이어 경산은 임영숙이 정람 선생의 내의·양말·손수건 같은 것의 빨래를 맡고 나섰다고 했다.

부엌일을 맡은 아주머니가 자기가 하겠다고 해도 정람에 속한 것만은 임영숙이 양보하지 않는다는 것이다.

"유복한 집에서 자란 딸이 그것도 음악대학을 다닌 처녀가 집에 있으

면 자기 빨래도 할까 말까 한 사람이 노인 내음이 나는 내의며 양말을 빨겠다고 자청해서 나섰다면 이건 예삿일이 아니지 않는가."

"듣고보니 경산 선생님 질투하고 있는 것 같습니다."

이렇게 빈정댔더니 경산이 씨익 웃으며 말했다.

"아닌 게 아니라 약간 질투가 나지 않는 바는 아니네만 또 한편 기분이 좋지 않은 바는 아녀."

그 이유로서 경산이 설명한 건

"정람은 고독한 사람이야. 부모의 얼굴도 이름도 모르고 자란데다가 유일한 사랑이라고 할 수 있었던 폴란드 여성과 생이별을 하고 나선 언제나 혼자서 살았지. 이곳저곳 아나키스트들의 결사에 가담하여 정치활동을 한 적이 있었지만 어느 결사에도 자기의 신념이나 사상을 일치시켜본 예란 없었을걸 아마? 그런데도 항상 가장 위험한 일을 맡고 나섰지. 한때 만주서 같이 지낸 적이 있지만 무시무시한 일은 꼭 자기가 맡아야 한다고 덤볐으니까. 어떻게든 빨리 죽을려고 서두는 사람 같았어. 그런데 정람이 하는 일은 백발백중 성공했거든."

"무슨 일인데요."

"그건 정람에게 직접 듣게나."

"말씀 안 하시는 걸 어떻게 듣습니까."

"본인이 말하길 싫어하는 걸 내가 어떻게 말하겠는가. 뜸을 들이면 이군에겐 얘기하게 될 걸세. 그러니 그땔 기다리기로 하게. 헌데 그 위험한 일을 하고 돌아오면 피리를 불어. 피리를 불고 나면 책을 읽는 거야.

책을 안 읽을 땐 동물 구경을 나서구. 이왕 책을 읽으려거든 쓸모가 있는 책을 읽으라고 해도 웃기만 하고 내가 보기엔 아무 짝에도 못쓸

신화·전설·곤충기·동물기 아니면 소설, 그런 따위를 읽는 거라. 읽어도 보통으로나 읽나. 밤을 새우길 예사로 하구. 그러다가도 동지들이 무슨 일이 있다고 하면 자기가 맡고 나서구……. 잘은 모르지만 정람은 지금 자기 생애가 아닌 남의 생애를 살고 있는 기분이 아닐까 해. 자기의 생애를 자기의 생애라고 느낄 수 없을 만큼 고독하다는 얘기가 아니겠는가. 그럴 때 저런 아가씨가 나타났으니 얼마나 다행인지 몰라. 어디 그런 사람을 구한다고 해서 구할 수 있겠는가. 부탁한다고 해서 누가 들어나주겠는가. 아무튼 내가 질투를 느낄 만큼 정람에게 애착을 가진 아가씨가 생겼으니 나는 이제 죽어도 여한이 없겠네."

무슨 무거운 덩치 같은 것이 내 가슴에 와닿는 기분이었다. 나는 비로소 정람이 경산에게 있어서 커다란 의미를 가진 존재였구나 하는 사실을 깨달았다. 이를테면 어느 때 한동안 만주에서 같이 독립운동을 했다는 것 이상의 인연이 있었던 것이로구나 하는 생각을 하게 된 것이다.

그럭저럭 한 시간이나 지났을까.

"정람 선생님 오시네요."

하는 임영숙의 소리가 바깥에서 있었다.

내가 방문을 열었다.

사립문으로 해서 비탈진 골목으로 뛰어내려가는 임영숙이 보이고 저만치 걸어오는 정람의 모습이 보였다.

이윽고 임영숙은 정람의 팔에 매달리듯 또는 부축하듯 하며 집으로 들어선다. 들어서기가 바쁘게 단장을 받아든다, 코트를 벗긴다 하는 시중을 들고 나서 정람을 마루끝에 앉게 하곤 미리 준비해두었던 대야물을 디딤돌 위에 갖다놓았다. 그러고는 정람의 신과 양말을 벗기곤 임영숙이 정람의 발을 씻기기 시작했다.

영숙의 가느다랗고 긴 손가락이 정람의 고목의 뿌리와도 같은 발 언저리에 민첩하게 움직였다. 비누칠을 하고 다시 깨끗한 물을 떠와 헹구고 어깨에 메고 있던 큰 타월로 정성스레 닦고선,
　"자, 이제 됐어요."
하며 상큼 정람의 양발을 마루로 안아 올리는 임영숙의 동작을 나는 넋을 잃고 바라보았다. 사랑과 정성과, 그리고 그보다도 귀한 어떤 심성의 작용이 없고서는 할 마음을 낼 수도 없고 할 수도 없는, 절묘한 한 토막 드라마를 보는 것 같은 황홀감이 내 감동의 내용이었다.
　방으로 들어오는 정람을 쳐다보는 경산의 부신 듯한 눈빛을 본 눈으로 정람의 뒤를 따라 들어오는 임영숙을 보며 나는 마음속으로 중얼거렸다.
　'어쩌면 임영숙이 천재일지 모른다.'

　임영숙이 경산의 집에 온 지도 벌써 보름이 되었다.
　"이상한 처녀도 다 있다."
　동네 사람들이 쑥덕거렸지만 임영숙의 정람 선생에 대한 정성은 한결같았다.
　어느 날 경산에게 물었다.
　"칠십의 노인과 이십 세의 처녀 사이에 연애가 가능하다면 볼 만하겠군요."
　"그런 거는 아니야."
하고 경산은 텁텁하게 말했다.
　"할아버지와 손주 사이의 교우라고 하기엔 조금 에로틱하지 않습니까?"

하고 나는 경산의 눈치를 살폈다.

"예끼 이 사람 에로틱이 뭔가."

"에로틱이란 나쁜 뜻만은 아닙니다."

"누가 그걸 모르나. 그러나 두 사람 사이에 에로틱이란 말을 개재시킬 필요는 없어."

"하지만 할아버지와 손주 사이의 분위기로선 좀 뭣한 게 있지 않습니까?"

"정람이 손주딸을 찾은 걸세, 영숙은 할아버지를 찾았구."

경산이 그렇게 말하는 데야 나는 할 말이 없었다. 그러나 궁금증을 이기지 못해 조금 있다 다시 물었다.

"그럼, 영숙은 매일 뭣하는 겁니까."

"채보를 하는 모양이드만."

"채보?"

"정람이 피리를 불면 영숙이 그걸 악보로 만드는 거야."

"매일 채보를 합니까."

"정람의 기분에 따라 하니까 매일 할 수야 없지."

"그럼 영숙은 채보를 하기 위해 정람에게 정성을 다하고 있는 모양이구만요."

"그것만은 아니겠지. 하여간 영숙은 채보를 하려고 애를 쓰고 있는 모양이야."

그제야 나는 겨우 납득이 가는 느낌이었다.

바랄 것이 없고야 젊은 여자가 늙은 남자에게 그처럼 정성을 다할 수가 없는 것이다. 그렇더라도 영숙의 정람에 대한 정성은 대단한 것이었다.

그 무렵의 어느 날 잡지사 기자가 근처의 다방에 와 있다기에 집을 나섰는데 어떤 한 대의 고급 차가 골목을 비집고 들어왔다. 자동차는 그 이상 가지 못할 곳에서 섰다. 자동차 안에서 중년으로 보이는 귀부인이 내려섰다.

구멍가게 주인더러 경산 선생의 집을 묻고 있었다. 누굴까 하는 호기심이 있었으나 나는 사람이 기다리고 있는 다방으로 갈 수밖에 없었다.

다방에서 잡지사 기자를 만나 한창 얘기를 주고받고 있을 때

"엄마 절대로 안 돼요."

하는 귀에 익은 말이 등 뒤에서 들려왔다. 분명히 그것은 임영숙의 목소리였다.

밤엔 술집을 하고 낮엔 찻집을 하는 곳이었기 때문에 칸막이가 높아 이편에 내가 앉아 있는 줄을 임영숙은 모를 것이었다.

"왜 안 된다는 거니. 집에서 다녀도 될 것을 궁색스럽게 그런 집에 처박혀 있을 게 뭐냐 말이다."

이것은 임영숙의 어머니로 짐작되는 여인의 말이었다.

"정람이라는 영감은 꽤 까다로워요. 예사로 해갖고 채보를 허락할 줄 알아요."

"채보 채보 하지만 그게 뭐 대단하단 말이냐."

"모르는 소리는 마세요. 엄마, 정람의 곡은 대단한 거예요."

"그럼, 한두 개 채보했으면 그만이지 벌써 보름이나 지나지 않았느냐."

"비위를 거슬리지 않게 하려니까 꽤 시간이 걸려요."

"이제 겨우 서너 개밖엔 하지 못했다면서 앞으로 얼마나 걸릴 거냐."

"이 년이 걸려도 할 거예요."

"야, 너 미쳤니."

"미쳤건 안 미쳤건 내버려둬요."

"안 되겠다, 난 오늘 너를 데리고 가야겠다. 이때까진 아버지에게 구구한 변명으로 차일피일 모면해 나왔다마는 네 그 얘기를 듣곤 내가 가만 있을 수 없다. 집으로 가자."

"안 돼요, 엄마."

"네가 안 된다면 내가 그 정람인가 뭔가 하는 사람을 만나야 하겠다."

"만나 어떻게 할 거예요."

"나잇값을 하라고 그럴 테다. 늙은 사람이 젊은 애를 유혹하면 못쓴다고 할 거다."

"어머머, 누가 누굴 유혹했다는 거예요."

"정람이라는 노인이 너를 유혹한 것 아니니."

"터무니없는 말씀 하지도 말아요."

"왜 터무니가 없어. 그렇게 해둬야 그 영감이 널 상대하지 않겠지."

잠깐 동안의 침묵이 흘렀다. 그리고 임영숙의 가다듬은 듯한 말소리가 나직이 흘러나왔다.

"어머니 생각해보세요. 나는 작곡가가 되기가 평생 소원이에요. 미쳤다고 해도 과언이 아니에요. 서른 전에 작곡가로서 두각을 나타내지 못하면 죽을 거예요. 그런데 전 지금 기막힌 행운을 잡은 거예요. 정람이란 사람은 기막힌 플루트 주자일 뿐 아니라 천재적인 작곡가예요. 그러면서도 그는 자기의 천재를 모르고 있어요. 즉흥적으로 부는 그 피리 소리가 그대로 명곡이에요. 그것도 한두 가지가 아니고 수십 수백 곡이 있을는지 몰라요. 그러니 전 지금 노다지 광산을 발견한 기분이에요. 그런데 아까도 말한 바와 같이 정람이란 사람의 성격이 너무나 까다로워 자칫하면 모든 노력이 수포로 돌아갈 위험마저 있어요. 그래, 전 모든 수단을 쓰고 있는 거예요. 노예처럼 시중을 들구 모든 잡일을 도맡아 하고 게다가 여자로서의 애교까지 거리낌없이 발휘하고 있는 거예요. 그래서 이제 겨우 길들인 말처럼 부려먹을 수 있게 됐는데 어머니가 와서 그런 짓을 하면 일이 어떻게 되죠? 제겐 지각도 있고 판단력도 있고 매서운 계산마저 있어요. 그러니 아무 말씀 마시고 날 그냥 두고 돌아가세요. 불편한 게 있으면 집으로 가지러 갈 테니 그때 가서 또 말씀드리겠어요."

휴— 하는 한숨 소리가 들리더니 어머니의 말이 있었다.

"그렇게까지 할 게 뭐 있니. 사람은 자기가 가진 것을 활용하면 그만이지 남의 것을 얻어 성공하면 뭣하니."

"어머니 모르는 말씀 마세요. 그 사람의 곡을 채보하는 동안에 공부도 되려니와 그 곡으로 일단 명성을 얻어놓으면 그때부터 탄탄대로가 트이는 거예요. 어머니 상상해보세요. 제가 맨손으로 파리를 가는 것하고 명곡에 준할 수 있는 백 개의 곡을 갖고 파리로 가는 것하고 어느 편이 유리하겠어요. 맨손으로 가면 일개 무명의 학도로서 시작하는 것이지만 백 개의 곡을 가지고 가면 음악가로서 등장하는 거예요. 그러니 어머니 암말 말고 돌아가세요."

또 약간의 침묵이 흘렀다.

"난 모르겠다. 집에 돌아가서 네 아버지와 의논을 해봐야겠다."

나는 뭐라고 말하려는 기자에게 입을 막으라고 시늉을 하고 그 모녀가 나가기를 기다렸다.

"무서운 아가씨로군요."

잡지사의 S군이 혀를 내둘렀다. S군도 임영숙의 얘기를 듣고 대강의 연도도 함께 적었다.

"뭣할 거요, 그것."

이번엔 내가 물었다.

"혹시 알 수 없는 일 아닙니까. 저 아가씨가 파리로 가서 국제적으로 이름을 날리고 그 후광으로 국내에 와서 센세이셔널한 명성을 떨칠는지."

"그러면?"

"그때 가서 한방 꽝 놓아주는 거죠. 표절의 천재라구요. 뭣? 정람 선생이라고 했죠?"

하며 S군은 정람의 이름까지 수첩에 적어넣었다.

나는 어떤 사건의 현장에 있는 것 같은 야릇한 기분이 되었다. 가끔 엉뚱한 스캔들이 폭로되기도 하여 세상사람들을 놀라게 하는 경우가 있는데 그런 비밀 폭로의 발단이 결국 이와 같은 계기에서 비롯되는 것 아닌가 싶어 야릇했던 것이다.

그러자 어떤 생각이 떠올랐다.

"S군, 너무 그렇게 단정하진 말게."

"왜요?"

"임영숙이란 아가씨는 정람의 곡을 표절할려는 것이 아니라 정람의 옆에 있고 싶어서 일부러 말을 꾸민 것이 아닌가도 싶어. 보통으로 해선 안 되니까 그런 엉뚱한 얘기를 한 것이라고 추측할 수도 있지 않은가."

그러자 S군이 물었다.

"정람이란 사람의 곡이 참으로 좋습니까?"

"좋지, 기가 막혀."

"임영숙이란 아가씨가 채보하고 있는 것도 사실이구요?"

"그건 사실이야."

"임영숙이 정람이란 노인에게 시중을 잘 듭니까."

"정성을 다하는 것 같애."

"정람이란 분 경력이 어떻습니까?"

"유라시아 대륙을 휩쓸고 돌아다닌 노혁명가야. 피리의 명수, 박람강기한 로맨티스트."

"선생님은 소설의 좋은 소재를 신변에 모시고 있는 셈이구먼요."

"아닌 게 아니라 나도 정람을 표절할까 하는 유혹을 금할 수가 없어."

"그렇다면 임영숙의 야심은 확실합니다. 그저 참고하려고 채보하고 있는 게 아니라 목적의식이 있어서 하는 것입니다. 그 목적의식도 순수하지 못한 게 분명합니다."

다혈질인 S군은 분연한 투로 이렇게 말했다.

"흥분할 것까지야 있겠소. 어느 사회이고 야심 있는 사람이 있는 거니까. 덕분에 영원히 묻혀버릴 정람의 곡이 햇볕을 볼 수 있다면 좋은 일이 아닌가."

이어 나와 S군은 이번 잡지에 실은 내 작품에 관한 얘기를 나누고 그 다방에서 나왔다.

혼자가 되고보니 임영숙의 문제가 내 가슴을 압박해왔다. 처녀의 순수한 호의라고 믿고 정람은 그저 고맙게만 생각하고 있는 모양인데, 그 정람이 임영숙의 속셈을 알아차렸다고 하면 어떤 기분으로 될까, 하는 마음으로서였다.

'배신!'

이런 말이 뇌리를 스쳤다.

값싼 호의를 팔아 타산적으로 상대방의 채보를 낚아채려고 하는 무서운 배신.

이런 생각으로 확대되었다.

그러나 도리없는 일이었다. 정람에게도 말할 수 없는 일이었다. 지켜만 볼 일이다.

며칠 후엔가 어느 출판사를 방문하고 돌아오는 길에 정람을 만났다.

오래간만이고 해서 근처의 술집에 들르자고 했더니 정람은

"안주될 만한 것을 사가지고 집으로 가자."

고 했다.

쇠고기 얼만가를 사서 들고 정람과 나는 나란히 걸었다. 도중에서 내가 물었다.

"선생님은 배신당한 적이 있습니까."

"배신?"

하더니 정람은

"나의 평생이 배신의 연속인 것 같기도 하고 너그러이 생각하면 한 번도 배신당한 적이 없는 것 같기도 한데."

하며 왜 그런 걸 묻느냐고 반문했다.

뚜렷한 이유를 댈 수가 없어서 얘기를 하나 꾸몄다.

어느 노작가의 유고를 그 제자가 표절해서 출판사에 팔아먹은 일이 있다는 얘기였다.

"그게 문제가 그리 되겠나."

정람은 엄하게 말했다.

"표절이 문제가 안 돼요?"

"예술작품치고 정확하게 말해 표절 아닌 게 있겠는가."

"그러나 정도 문제란 것이……."

"예술작품이 표절이나 할 땐 정도 문제도 없는 거야. 표절을 했다는 그 사실로 해서 표절한 자는 충분히 보복을 받을 테니까. 주위가 아무 소리 안 해도 말일세."

"하지만 당한 사람은 기분 나쁘지 않겠습니까."

"나쁜 건 표절을 한 놈이니까 당한 사람에겐 하등의 관계도 없는 일이다."

"세상은 그처럼 관대한 것이 아닙니다."

"관대하지 않으면 또 어떻게 할 텐가. 이군은 아나톨 프랑스를 잘 알지? 아나톨 프랑스가 한 말에 이런 게 있어. 쓰레기통까지 다 뒤져 가지고 가는 것이 표절이지 그렇지 않은 건 표절이 아니라구. 이군이 글을 한 줄 썼다고 하자. 이군 앞에 누구도 쓰지 않은 단어를 가지고 글을 쓸 수가 있나. 배열이 약간 다를 뿐 재료는 전부 누군가가 사용했던 것뿐 아닌가."

"그럼, 선생님, 선생님이 즉흥적으로 작곡해서 피리를 불지 않습니까. 그 곡을 그대로 따다가 누군가가 자기의 것이라고 발표하면 선생님의 마음은 어떻겠습니까?"

"상관없지. 내가 즉흥으로 작곡했다고 하지만 따지고 보면 그게 모두 누군가의 멜로디였을 게거든. 표절한 걸 표절했다고 화를 내면 그야말로 적반하장이 아닌가. 다만 두려워하는 건."

하고 정람은 한동안 말을 끊었다가 계속했다.

"내가 분 즉흥곡을 누군가가 표절해서 그걸 자기의 작곡인 것처럼 발표하면 단번에 그게 표절이란 게 간파되고 말 거란 이 말일세."

"왜 그렇습니까?"

"워낙 즉흥이 되다가 보니까 연결만 지어지면 나는 누구의 곡이건 상관 않고 다소 조調만 바꾸곤 마구 불어버리거든. 모자이크 알지? 내가 부는 곡은 이를테면 모자이크란 말일세."

"어떤 모자이크냐 하는 데 창의성이 있지 않겠습니까?"

"아무튼 내 곡은 창작일 수가 없어. 한국의 한구석에서 들으니까 창작인 것처럼 들리지만 음악에 익숙한 유럽인들이 들으면 당장 그걸 알아낼 테니까 서툰 수작을 하다간 큰일나지."

"그러나 전 음악을 안다고는 할 수 없지만 선생님의 곡엔 아주 창의적인 것이 있던데요."

그러자 정람은 골목이 터져나갈 듯이 웃었다. 그리고 덧붙였다.

"자네 어딜 가선 절대로 그런 소리 말게. 음악에 대한 무식을 폭로하는 걸로 되니까."

웬일인지 그날 밤 정람은 기분이 좋았다. 사양하는 나를 끌고 경산의 집으로 가선 임영숙을 보고,

"임군은 요리솜씨가 있다고 내게 자랑을 했지. 오늘밤 이 재료로 해서 술안주를 만들어보게나."

하며 사들고 온 반찬거리를 건넸다.

"무슨 좋은 일이 있었던 모양이군."

경산이 물었다.

"일일시호일日日是好日 아닌가. 그런데 오늘은 특히 좋은 날이었어."

하고 이런 얘기를 했다.

"임두생이 살아 있다는 사실을 알았다. 주소까지도. 난 그 친구 죽은 줄 알았지. 그래 항상 마음에 걸려 있었던 거야. 그런데 그 친구를 만날 수 있게 되었으니 기분이 좋을 수밖에."

그 말을 듣자 경산의 얼굴이 굳어졌다. 정람 표정을 살피는 눈치까지 보였다. 그리고 물었다.

"누구한테서 그 소문을 들었나."

"그게 또 묘해."

하고 헛기침을 섞곤 되물었다.

"하얼빈의 키타야스카야에서 구둣방을 하던 황 노인 알지?"

"알지."

"그 황 노인의 아들을 만난 거야."

"황 노인의 아들을?"

하고 경산은 아까보다 더 놀라는 시늉을 했다.

"그 사람 어디에 있어?"

"미아리를 넘어 삼양동이란 곳에서 구둣방을 하고 있더만. 배운 도둑질이 어떻다는 말이 있지만 그자가 서울에서 구둣방을 하고 있을 줄이야 어떻게 알았겠나……."

이어 정람은 그 사람을 만난 얘기를 했다.

삼양동을 지나며 어느 쇼윈도에 우연히 시선을 보냈는데 거기 눈에 익은 형의 반장화가 있었다. 그 반장화는 분명히 러시아 스타일이었다. 겨울철이면 러시아인들이 즐겨 신는 마피로 된 반장화. 유리창 너머를 유심히 바라보고 있는데 그때 돌연 뒤에서 "동 선생님 아니십니까." 하는 소리가 났다. 돌아보았다. 정람도 그 사람을 알아볼 수가 있었다. "당신은 하얼빈의 황?" 했다. 그랬더니 "알아주셨군요." 하고 그 사람은 덥석 정람의 손을 잡았다. 그러고는 가게로 데리고 들어가 잠깐을 얘기하다가 그 가게에 이어져 있는 살림집으로 갔다. 거기서 여러 가지 이야기를 들었다.

"그 황 노인의 아들 이름이?"

경산은 기억 속을 뒤지듯 하며 물었다.

"황보현."

"그렇지 황보현이었지. 그땐 하얼빈 학원의 학생이었지? 아마."

"그랬지 그랬어."

"한국엔 언제 나왔다던가?"

"그렇게 서둘지 말게. 얘기가 많아."

"황 노인은?"

"죽었대."

"나보단 스무 살도 위니까 죽을 만도 하지만, 어데서 죽었다던가."

"전쟁이 끝난 그해의 겨울에 죽었대, 하얼빈에서."

"쯧쯧, 그래 보현 군은?"

"시베리아로 끌려가서 10년 남짓 그곳에 억류되어 있었다네."

"그런데 북한으로 가지 않고 잘두 남한으로 왔구먼."

"거게 또 극적인 얘기가 있어."

"헌데 임두생의 얘기는?"

"세상은 좁은 거라. 중국의 문자에 천망회회天網恢恢하여 소이불루疏而不漏란 말이 있더니만 드디어 발목을 잡히고 말았지."

정람이 이렇게 말하고 다음을 이으려고 할 즈음에 임영숙이 장만한 술상이 들어왔다.

"허어 성찬이로구나. 음악대학을 졸업한 규수의 솜씨를 감상해봐야겠구나."

하고 정람이 반겼다.

"선생님두."

임영숙이 수줍게 술상을 밀어놓고 나가려는 것을 정람이 붙들었다.

"이왕이면 술을 치라우. 다음 심부름은 아주머니에게 시키구."

임영숙은 단정하게 앉아 술잔을 차례대로 채웠다.

"젊은 미인의 손으로부터 술잔을 받으니 회춘의 곡조가 떠오르는군."

정람의 기분은 이를 데 없이 좋은 것 같았다.

그런데 이만큼 되면 한마디쯤 익살이 있게 되어 있는 경산은 심각하게 표정을 굳게 한 채 술잔만을 들었다.

나는 호기심을 어쩔 수가 없었다.

"임두생이라고 하는 사람은 뭣을 한 사람입니까?"

"관동군의 밀정이었지."

정람이 서슴없이 말했다.

"관동군이라면 일본의?"

내가 어물어물 묻자,

"일본의 관동군이지 또다른 관동군이 있나 어디. 만주 천지를 누르고 못할 짓이 없었던 일본의 관동군. 임두생이란 놈은 그 악명 높은 관동군 특무기관에서도 표독하고 음흉하다고 소문난 조선놈 밀정 세 놈 가운데의 하나야."

정람의 말은 어느덧 연설조가 되었다.

"그 셋은 누구누구입니까."

"한 놈은 이동민, 한 놈은 선익태, 한 놈은 임두생. 두 놈은 천벌을 받고 죽었지. 그런데 임두생이만은 그 소재를 몰라 항상 마음속에 찌꺼기처럼 남아 개운치 않더니 드디어 오늘 소재를 알았다."

정람의 말이 엄숙한 기분을 띠었다.

경산은 시종 말이 없었다.

정람이 말을 계속했다.

"임두생이란 놈 참으로 교묘해. 황보현 군은 아직도 그 정체를 모르고 있더란 말야."

이때 경산이 입을 열었다.

"그래 황군에게 임두생의 정체를 말해줬나?"

"아냐."

하고 술잔을 비우곤 나에게 돌려놓고 정람이 말했다.

"그러나 아주 중요한 사람이니 내가 꼭 만나야겠다고는 했지. 하지만 내가 임두생을 만나기 전엔 절대로 황군이 나를 만났다는 얘긴 하지 말라고 해두었어."

"당장 만나러 가지 않은 게 이상하군."

경산이 한 말이었다.

"그 근처에까진 갔지. 꽤 괜찮은 집에서 살고 있더군. 마누라는 서른 살쯤 아래라고 하지? 아마."

"그래 황군은 그 임두생일 어떻게 만났다고 하던가."

"참 잊었군."

하고 정람이 말했다.

"그 구둣가게의 이름이 하얼빈 화점이야. 그래놓으니 임두생이 지나치다가 거길 들른 거야. 어느 날 노인이 들어와서 이 가게 이름이 하얼빈 화점인데 하얼빈과 무슨 관련이 있는가, 하고 묻더래. 사실대로 얘길 했더니 임두생이 보현 군의 손을 잡고 자긴 황 노인의 친구라면서 눈물을 흘리며 좋아하더래. 그래 통성명을 했다는 거여."

"임두생이란 이름을 똑바로 대더란 말인가?"

"천만에. 임천수라고 하더래."

그 테러리스트를 위한 만사

"헌데 정람은 그게 임두생이란 걸 어떻게 알았나?"

"육감이란 게 있잖은가?"

"그래 육감으로 그렇게 알고 있는가?"

하고 피식 웃었다.

"아, 이 사람아, 나를 뭘로 아는가. 놈의 집 근처의 복덕방에서 한나절을 지냈네. 놈의 얼굴을 확인할려구."

정람의 말이 있자 경산의 얼굴은 다시 음울하게 되었다.

경산의 그런 마음의 움직임을 눈치채지 못할 정람은 아닌데도 혼자 쾌활하게 웃고 얘기하고 마시곤 돌연 날더러,

"이군은 소명이란 문자를 아는가."

하고 물었다.

나는 모른다고 했다.

"소명이란 부를 소, 운명 명이라고 쓰지."

"운명 명이 또 뭡니까."

"생명의 명자와 같이 쓰지만 소명이라고 할 땐 운명 명命이 되는 거라."

나는 그의 설명을 구하는 얼굴로 정람을 바라봤다.

"테러리스트에겐 소명의식이란 게 있는 거여."

이때 경산의 날카로운 말이 있었다.

"정람, 술에 취했나?"

"취했다, 취했어."

그러자 임영숙이 아양을 섞어 말했다.

"더 많이 취하시기 전에 아까 말씀한 회춘의 곡을 불어줘요."

"회춘의 곡?"

하며 눈을 가느다랗게 뜨고 정람이 피리를 꺼냈다.

임영숙이 날렵하게 자기 방으로 가서 녹음기를 갖다놓았다. 나는 녹음기를 갖다놓는 임영숙의 동작에 불쾌한 내음을 맡았다.

그러나 정람의 피리 소리가 울려퍼지자마자 이런저런 복잡한 심상은 씻기듯 없어지고 황홀한 음악의 세계만 남았다. 경산도 눈을 지그시 감고 피리 소리에 매혹된 듯했다.

미풍이 강을 건너면 달을 비춘 파도가 잔잔히 부서지고 먼 곳에서 노 젓는 뱃소리, 흥겨운 사공의 노래가 들려올 것만 같은……. 백화는 이슬에 젖어 그윽한 방향이 고요 속으로 침잠하고 나그네의 애타는 가슴이 아득한 향수의 노래를 부를 즈음 어찌 사람의 마음을 가진 자로서 눈물짓지 않을 수 있으리…….

정람이 피리를 끝내자 경산이 도연陶然한 표정으로 무릎을 쳤다.

그러고는 탄식을 섞어 읊었다.

"객유취통소자客有吹洞簫者, 기가이화지倚歌以和之, 기성오오연其聲嗚嗚然하니 여원여모如怨如慕, 여읍여소如泣如訴하여 여음요요餘音嫋嫋히 부절여루不絶如縷로다. 무유학지잠교無幽壑之潛蛟하고 읍고주지이부泣孤舟之嫠婦러니……."

"피리 소리의 후렴으로선 그저 그만예요."

임영숙이 감탄한 표정이었다.

"그 말뜻을 알기나 해?"

"뜻은 몰라요. 그러나 음악적으론 감상할 수 있어요."

임영숙의 활달한 대답이었다.

"소동파의 적벽부 일절이야."

혁대에 피리를 넣으며 정람이 한 말이다.

"오늘 밤은 참으로 흐뭇했습니다."

내가 일어서자,

"바람을 좀 쏘이고 와야겠구나."

하고 경산이 따라나섰다. 피리를 불고 난 후면 정람과 임영숙 사이에 음악적인 토론이 있게 마련이었다. 그 시간을 만들어줄 양으로 경산이 일어서는 것으로 나는 짐작했다.

비탈진 골목을 빠져나왔을 때 경산의 말이 있었다.

"어디 가서 한잔쯤 술을 더했으면 하는데."

"그렇게 하시죠."

하고 내가 경산을 옆골목에 있는 목로술집으로 안내하려고 하자 경산은,

"긴한 얘기를 할 수 있는 곳이면 좋겠는데."

했다.

중국집의 호젓한 방에 자리를 잡고 배갈과 안주를 청했다.

"큰일이 났네."

경산은 이렇게 시작했다.

"무슨 큰일입니까."

하고 내가 반문했다.

"아까 정람이 임두생의 소재를 알았다고 했지?"

"예."

"정람은 임두생을 그냥 두진 않을 거야. 그게 걱정이여."

"그냥 두지 않는다면?"

경산은 이 말엔 대답하지 않고 배갈 잔을 입에 갖다대다 말곤 멍청히 벽 한쪽을 응시하고 있었다. 나는 잠자코 술잔을 들었다.

"큰일이 났네."

하고 경산은 다시 한 번 되풀이했다. 나는 경산의 다음 말을 기다리고

있을 수밖에 없었다.

이윽고 경산이 입을 열었다.

"많은 조선사람들이 관동군 앞잡이 노릇을 했지. 그 가운데 어느 놈은 제법 높은 벼슬을 하고 지금도 환롱을 치고 있어. 그러나 그런 피라미 같은 놈들이면 정람도 상관하지 않겠지. 내게 그렇게 말하기도 했으니까. 그러나 임두생은 가만두지 않을 거라. 그게 걱정이란 말일세."

"가만두지 않는다면 죽인단 말입니까?"

경산은 대답 대신 이런 말을 했다.

"관동군 밀정 가운데 가장 악명이 높았던 놈이 이동민, 선익태, 임두생이었는데 물론 아는 사람은 알고 있지. 누구나 다 알고 있는 건 아니지. 그런데 이동민과 선익태는 처리가 되었다. 놈들이 죽었다고 해서 놈들이 범한 죄를 보상할 수 있을까만 하여간 그들은 죄의 대가를 일부분일망정 치르긴 했다……."

"맞아 죽은 겁니까?"

"그렇지."

그때 기억 속에 되살아난 사실이 있었다. 이동민은 2대인가, 3대의 국회의원을 한 사람이 아닌가 하는. 그래서 물었다.

"이동민은 혹시 국회의원을 지낸 적이 있는 사람 아닙니까?"

"바로 그 사람이지. 해방 후엔 무슨 신문사를 만들어가지고 시끄럽게 날뛰기도 했구."

"그 사람이면 자동차 사고로."

"자동차 사고로 죽은 것으로 되어 있지. 그러나 사실은 그런 게 아냐."

"사고사가 아니고 타살이란 말입니까?"

"상세하게 설명할 필요까지 있겠나. 어느 지점에서 자동차 사고를 내도록 미리 준비한 사람이 있었다는 사실만 알아두게."

"그래요?"

하고 나는 놀랐다.

"그러나 지금 그 일이 밝혀진다고 해도 시효에 걸렸으려니와 흔적도 없을 거니까."

"선익태는 어떻게 죽었습니까?"

"그놈은 강도에게 맞아 죽은 것으로 돼 있지 아마."

"강도살인을 가장한 암살이었다는 말이군요."

"그렇지."

"그럼 누가 이동민과 선익태를 죽인 겁니까?"

경산은 말이 없었다.

무거운 침묵이 을씨년한 방안을 누르듯 했다.

나는 그 침묵의 의미를 알 것 같았다.

"이동민과 선익태를 죽인 사람이 동일인이란 것만은 확실하죠?"

경산은 무겁게 머리를 끄덕였다.

"아직도 그럴 용기를 가지고 있을까요?"

나는 정람을 염두에 두고 이렇게 물었다.

"용기를 가졌다마다. 아까 그가 한 소리 듣지 않았나. 테러리스트에겐 소명의식이 있다는 말을. 그 사람의 고집을 꺾을 순 없어. 평생을 그렇게 살아왔으니까. 그러나 난 꼭 말렸으면 해. 어떻게 해서라두."

"선생님이 타이르시면 어떻겠습니까. 모두 소용없는 일이라구요."

"그 사람 오늘 밤 신이 나 있는 모양 보지 않았나."

하고 경산은 입맛을 쓰게 다셨다.

"이제 와서 그 임두생인가 하는 노인을 처치해본들 무슨 소용이 있겠습니까. 어떻게든 말려야지요. 제가 한번 나서볼까요?"

"정람의 의식구조는 달라. 우리완 전연 딴판이야. 상식이란 것이 들어설 틈서리가 없는 거야. 이군이 나서도 안 될 걸세."

"임영숙 씨에게 시키면?"

"그것도 어림이 없어."

"그럼 어떻게 해야 되겠습니까. 정람 선생이 살인범으로서 묶여 가는 꼴을 보고만 있을 순 없는 일 아닙니까?"

"살인범으로 묶일 그런 서툰 짓은 안 하겠지만……. 아무튼 쓸데없는 짓이니……."

하고 망설이듯 하더니 경산이 탁자를 건너 내 손을 잡았다.

"이군이 한 역할 해주어야겠어. 이군이 그 임두생일 찾아가서 귀띔을 해주게. 정람이 당신의 소재를 알았으니 다른 곳으로 몸을 피하라구."

이건 정말 뜻밖인 말이었다.

나는 얼떨떨해진 가슴을 가까스로 진정하고 다음과 같이 말했다.

"전 그 짓은 못하겠습니다."

"정람을 위기에서 구하는 방법은 그 길밖에 없어."

하고 경산이 한숨을 쉬었다.

"그러나 전 그 짓은 못하겠습니다."

하고 결연하게 되풀이했다.

"그럴 거야. 내가 지나친 부탁을 했다. 미안허이, 이군."

경산이 깊숙이 머리를 숙이며 말했다.

그 이튿날 아침 임영숙을 만났다. 아침 일찍인 시간이었기 때문에 어디로 가느냐고 물었더니,

"해장거리를 사러 가요."

하는 답이 있어서 정람 선생님이 술 많이 취했느냐고 물었다.

그렇다는 대답이어서 경산 선생은 어떠냐고 물었다. 임영숙의 답은 경산 선생은 모르겠다는 것이었다. 나는 슬그머니 화가 났다.

"정람 선생을 소중히 할 생각이 있거든 경산 선생을 더욱 소중히 하세요. 그런데 경산 선생은 어떻게 됐는지 모르겠다고 하니 내 기분은 좋지 않소."

임영숙은 이상하다는 얼굴로 나를 봤다.

잘 가세요, 하고 보내버리려고 했지만 임영숙의 가는 방향이 내가 아침마다 산책하는 길이라 사이를 두고 천천히 그 뒤를 걸어가고 있었는데 임영숙이 가다가 돌아보며 한다는 소리가,

"왜 뒤를 따라오십니까?"

하는 것이었다. 나는 어이가 없어 이 길이 내 매일 아침 산책하는 길입니다 라고 했다. 그랬더니 임영숙의 말이 또 당돌했다.

"난 정람 선생님의 해장국을 끓여드리기 위해 거의 매일 아침 이 길을 가는데도 이 선생이 산책하는 걸 못 봤는데 어떻게 된 일일까요."

"사, 오 분쯤 차이는 있었겠죠. 나는 이 길로 가서 만리동 쪽으로 가지 시장 쪽으론 안 갔으니까요. 만리동으로 갔다가 항상 20분쯤 걸어서 돌아오니까 서로 만날 기회가 없었겠지요. 그런데 내가 미스 임을 따라간다느니 하는 말을 하니까 별로 기분이 안 좋아요."

임영숙의 얼굴이 헬쑥하게 되었다. 그리고 날더러,

"모닝 커피라도 같이 할까요?"

하며 어색한 웃음을 웃었다.

"합시다."

했지만 어디서 모닝 커피를 하는질 나는 몰랐다.

그런데 임영숙은 이리로 오라고 하면서 나를 어느 커피집으로 이끌었다.

그런데 그 커피집이란 곳이 그곳에서 산 지가 몇 년이 되었는데도 알 수가 없었던 나지막한 그런 커피집이었다. 임영숙은 자리를 권하고 난 후 보통 커피를 할까요 모닝 커피를 할까요 하고 물었다.

나는 어리둥절해서,

"보통 커피는 어떻고 모닝 커피는 어떤 겁니까."

하고 되물었다.

"정작 그걸 몰라요?"

임영숙의 웃음은 야릇했다.

"몰라요."

내 대답은 퉁명스러울 수밖에 없었다.

"그럼 모닝 커피를 자셔보세요."

나는 잠자코 있었다.

이윽고 그 모닝 커피라는 것이 날라져 왔다.

별 게 아니었다. 커피 안에 달걀이 떠 있었다.

"참으로 한심하군요. 달걀이 있고 없고가 커피와 모닝 커피와의 차이라고 한다면……."

어머나 하는 얼굴로 임영숙이 날 봤다.

"커피에 달걀을 넣어서 먹는 취미, 마시는 취미, 난 경멸해요. 나는 설탕도 우유도 없는 커피 한 잔 마시겠소."

그때 임영숙의 표정이 이상한 빛깔로 변했다.

그대로 있으면 내 마음이 약해질 것 같아 용기를 냈다.

"미스 임, 미스 임은 정람 선생을 어떻게 생각하고 있소."

미스 임은 멍청히 나를 바라만 보고 있었다.

그 표정을 향해 다시 내가 말했다.

"미스 임은 정람 선생을 진정으로 좋아하는 겁니까, 미끼로 삼고 있는 겁니까."

임영숙은 가만히 고개를 숙이고 있었다. 자칫 말을 잘못하기만 하면 폭탄처럼 터져버릴 작정이었는데 임영숙의 말은 조용했다.

"사실은 제가 그걸 모르겠어요. 나는 세상에서 그런 어른을 처음 만났으니까요."

"모르겠다는 말은 이상한데?"

하고 빈정대듯 말했다. 그랬더니 임영숙의 말은,

"사실 저는 어떻게 할 바를 모르겠어요. 그 천의무봉의 곡이 산일되고 없어진다고 하면 얼마나 아쉽겠어요. 그래서 그 곡을 전부 주워담으려고 했죠. 그러다가 보니 욕심이 나데요. 만일 이 곡을 전부 내 것으로 하고 세계 작곡계에 나서면 어느 누가 상대가 되겠어요. 진짜 정람은 천재입니다. 자신의 재능에 대해 관심이 없는 그만큼 그야말로 천의무봉이랄 밖에 없는 천잽니다. 나는 그 천재에 편승해서 이름을 올려볼까 하는 생각을 가지고 있었습니다. 욕심 없이 던지는 보물을 가지고 상인들이 장사를 한다는 것이 나쁠 것이 없듯이 그러한 천의무봉의 천재에게서 얻은 음악을 내 이름으로 발표해서 한 사람 영광스럽게 되는 것도 나쁘지 않겠지 하고 생각하고 있었던 거예요. 그런데 요즘 제 생각이 달라지고 있는 것 같애요."

"어떻게."

하고 내가 물었다.

"어떻게고 뭐고 지금은 생각할 여유가 없어요."

"그러나 당신은 정람 선생을 디딤돌로 해서 크게 이름을 팔아보겠다는 야심을 포기하지는 않았겠지요."

"그렇습니다."

하는 임영숙의 눈은 너무나 진지했다. 나는 그 눈에 충격을 받지 않을 수 없었다. 여태 내가 생각한 것이 잡스럽다고 느꼈기 때문이다. 나는 경산 선생으로부터 들은 임두생과의 관련을 얘기하고 앞으로의 문제를 의논해볼까 하는 생각까지 할 뻔하다가,

"미스 임."

하고 불렀다. 임영숙은 멍청한 그러나 날카로운 눈초리로 나를 바라보았다. 그때 아차 그 얘기는 삼가야겠다는 마음으로,

"앞으로 미스 임은 정람 선생과의 생활을 어떻게 매듭지을 생각입니까."

하고 물었다. 임영숙은 고개를 숙였다. 그리고 조용하게 말했다.

"사실은 전 명년 사월에 프랑스 파리의 콩세르바투아르에 가기로 되어 있어요. 그런데 거기엔 세계 음악의 천재들이 모이는 곳이잖아요. 그때 정람 선생의 곡을 가지고 갈 참이어요."

"몇 곡이나 채보를 하셨소."

"육십 곡쯤."

"그러고도 또 더할 게 있어요?"

"아마 제 짐작으론 이백 곡쯤 해서 백 곡쯤으로 추릴 작정이에요."

"백 곡이면 대단한 부펀데요."

"채보도 문제지만 분류를 해서 편곡하는 것도 대단한 일이에요."

"편곡을 해야 합니까."

"그래요. 채보한 것은 멜로디뿐이니까요."

"분류는 또 뭡니까."

"모두 플루트곡으로서 처리할 수 있지만 그 가운덴 피아노곡으로 했으면 하는 것도 있고 바이올린곡으로 했으면 하는 것도 있고 가사를 붙여 가곡으로 했으면 하는 것도 있고……."

"아닌 게 아니라 대단한 일이겠군."

"편곡이라는 것도 보통 상상하는 것보단 쉬운 게 아니예요."

"그렇다면 그 곡들을 전부 임영숙 씨의 곡으로서 발표해도 되겠군."

"그렇게 할 생각을 안 해본 건 아니지만 도저히 내 곡으론 믿어주지 않을 그런 곡도 많고 그보다는 정람이라고 하는 무명의 음악가가 무명인 채 한국에 묻혀 있다는 사실을 알리는 것이 더욱 감동적이지 않을까 하는 생각을 해요. 그것을 발굴했다고 하는 명예만으로서도 제겐 충분한 보람이 있을 것 같아요."

나는 임영숙의 말을 들으며 살큼 감동하고 있는 나 자신을 발견했다. 그리고,

"해장국거리를 빨리 사가셔야지요."

하고 일어섰다.

복잡한 사정이 있는 집이나 사람으로부턴 멀어지려는 성향이 내겐 있다.

나는 경산 선생의 집에 한동안 발을 끊었다.

그리고 한 달쯤 되었을까.

그날 밤 나는 늦게 집에 돌아와 자리에 누우려고 하던 차에 대문을 두드리는 소리를 들었다. 누굴까 하고 나가보았더니 정람 선생이었다.

어스름 달빛이 있는데도 구겨진 바바리 코트의 어수선한 모양이 눈

에 띄었다.

"밤 늦게 실례허이."

정람의 말투에 주기가 묻어 있었다.

"이리 좀 들어오시지요."

늦은 밤에 갈 곳도 미처 생각나지 않아 나는 우선 그렇게 권했다.

"실례해도 될까?"

"좋습니다."

"오늘 밤 나는 긴히 이군에게 할 말이 있어서 왔어."

하고 정람은 대문간으로 들어섰다.

"내일에나 만날까 내일에나 만날까 하고 기다렸는데 이군이 나타나야지."

정람은 중얼거리면서 나를 따라 방으로 들어왔다. 나는 옆방의 아내를 불러 간단히 술상을 보라고 일렀다. 정람은 한참 동안 내 방의 이 벽 저 벽에 세워놓은 책장을 둘러보고 있더니,

"이게 한국 작가의 방이로군."

하고 고개를 끄덕였다. 그러곤 한다는 말이,

"초라한 게 좋아. 초라한 게 한국인의 체취에 어울려. 이 방 마음에 들었다."

며 웃었다.

그런데 그 정람의 웃는 얼굴에 황폐한 기분이 돌았다. 정람은 팔순 가까운 나이며 주름 깊게 새겨진 얼굴이었어도 고목과 같은 든든한 정력을 느끼게 했는데 그날 밤의 얼굴에선 노폐의 극에 이르렀다는 인상을 받았다.

"선생님 어디 아프신 게 아닙니까?"

어름어름 물었다.

"아프지, 아픈 데가 많아."

탄식을 섞어 정람이 말했다.

"그럼 병원에……"

말이 나오기가 바쁘게 가로막곤,

"몸이 아픈 게 아니라 마음이 아파."

하곤 아내가 술상을 들고 들어오는 것을 보자,

"야심방문은 비례인 줄 알면서도 이렇게 찾아왔시다."

하는 인사를 했다.

주변이라곤 없는 아내는 미소를 지어 보일 겨를도 없는지 총총히 바깥으로 나가버렸다. 나는 잔에 술을 따라 정람 앞에 갖다놓았다. 정람은 서슴없이 잔을 비우곤 다시 내밀었다.

"전작이 있으신 것 같은데 폭주를 해서 되겠습니까?"

하고 내가 망설이자,

"이 사람 권주는 못할망정 술상까지 내어놓고 금주를 강요할 텐가."

하고 정람은 익살이었다.

그렇게 서너 잔을 연거푸 마시더니 정람은 눈을 멍청히 뜨고 중얼거렸다.

"나도 이제 볼장 다 본 것 같애."

"무슨 일이 있었습니까. 말씀하시죠."

"이군을 찾아올 땐 이반 카라마조프가 알료샤 카라마조프에게 퍼부어 젖히듯 토론을 퍼부을 작정이었는데 초라한 소설가의 방에 앉아 쓸쓸한 책들의 동문자를 보니 기를 꺾이고 말았구먼."

"토론은 이런 데서 해야 하는 겁니다. 제가 읽기론 이반과 알료샤가 토론한 장소도 그다지 화려한 곳은 아니었던데요."

"화려하지 않대서가 아니야. 너무나 쓸쓸한 장소에선 토론이 시들어."

"제 사는 게 그렇게 쓸쓸해 보이십니까."

하고 나는 쓰게 웃었다.

"그런 것도 아니지. 그런 것도 아니지만."

하더니 정람은 돌연 나를 불렀다.

"이군."

"예?"

"이군은 센티멘털리즘을 어떻게 생각하는가?"

"최소한도의 휴머니티가 아니겠습니까."

"최소한도의 휴머니티라, 썩 좋은 말이군. 그런데 그 최소한도의 휴머니티 때문에 휴머니티의 이상을 말살해야 한다면 이건 문제가 되지 않을까?"

"너무 추상적인 설문이라서 말씀의 뜻을 분간할 수 없습니다."

"그럼, 구체적으로 말하지. 천벌을 받아야 마땅한 놈을, 휴머니티의 이상은 천벌을 받아야 할 놈이 천벌을 받게 하는 데 있는 건데, 조그마한 동정심 때문에 그놈을 용서한다면 되겠느냐, 이 말이다."

"그 말씀도 역시 추상적입니다. 왜 천벌을 받아야 하는지도 알 수가 없고 조그마한 동정심이 어떻게 해서 생기게 되었는지도 불분명하구요."

"좋아. 이군의 태도는 토론자다운 질문이다. 그럼 내 구체적으로 얘기를 하지."

정람이 목청을 다듬는 동안 나는 술잔을 들었다.

"이군, 임두생이란 놈의 거처를 내가 알았다고 언젠가 말했지?"

"예."

"그놈의 손에 걸려 죽은 한국인의 수는 직접 간접으로 수십 명은 될 걸세. 그놈의 밀고 때문에 백 명 가깝게 모인 집이 폭파되어 몇 사람 제외하곤 몰살한 경우도 있으니까. 그러나 나는 그런 불특정 다수까지 들먹일 생각은 없어. 다만."

하고 정람은 술로 목을 축였다.

나는 다음 말을 기다릴 뿐이었다.

"한 가지만을 문제로 하겠어. 경산의 부인이 바로 그놈에게 붙들려 죽은 거야. 그저 죽기나 했으면 또 몰라. 그놈이 욕을 보인 바람에 자살을 했어. 경산이 허무주의자가 된 까닭이 그 사건에 있지. 자긴 말하지 않아도 나는 알고 있어. 그 무렵만 해도 경산은 세상을 희망적으로 보았지. 이동휘의 막료로서, 아니 그 유지를 받든 사람으로서 하나의 목표를 향해 걸었지. 그런데 그 사건이 있고부터 허무주의자가 된 거야. 다소 노선이 틀렸다고 해서 적대시하는 독립군 내부의 서로를 적시敵視하는 풍조에 염증을 낸 거지. 임두생과 통해 있는 놈이 바로 독립군 내부에 있었으니 말이 돼? 경산의 부인은 착하고 아름다웠지. 그들 부부는 신념을 같이한 부부였어. 세상에 그런 결합은 쉽지 않을 거로구만. 그런데 임두생이란 놈에게 붙들렸지. 그 고문이 오죽했겠나. 그래도 경산의 거처를 불지 않자 왜놈 헌병에겐 이 여자를 데리고 가면 경산의 거처를 알아낼 수 있다고 헌병대에서 꺼내 여관으로 데리고 가선 반실신 상태에 있는 부인을 능욕했단 말일세. 정신을 차려 그 수모를 알자 부인은 '임두생이 원수'란 쪽지를 써놓고 자결하고 만 거야. 그런 짓을 한 놈이 해방된 조국에 돌아와서 한 말은 나는 빨갱이를 잡기 위해 일본군과 협력한 일이 있을 뿐이라는 거였어. 그리고 또 한다는 소리가 대한민국의 적이 공산당이면 나는 대한민국을 위한 공로자라고 했겠다. 좌우의 투쟁 속에 미꾸라지처럼 용케 살아남은 거야. 그놈을 내가 발견했어. 나는 기뻤다. 내 마지막 가는 길에 소원 성취를 할 수 있구나 하구……."

그런데 경산은 정람을 말렸다.

"죽은 자로 하여금 죽게 하라!"

"스스로 벌을 받도록 내버려둬라."

하는 등의 말을 하며 경산은 한사코 정람을 말렸다.

그러나 정람은 듣지 않았다.

정람은 착착 준비를 서둘렀다.

"그놈 따위를 죽이고 내가 철창신세가 되어야 되겠는가 말이다. 그놈을 죽였대서 내가 대한민국의 형을 받으면 대한민국으로 하여금 민족의 대의에 죄를 짓게 하는 것이니 어찌 내가 대한민국 경찰에 붙들리는, 그런 서툰 짓을 할 수 있겠는가. 그래서 쥐도 새도 모르게 나는 그놈을 없앨 궁리를 했지. 그 궁리는 거의 성공할 단계에까지 갔지. 며칠만 기다리면 절호의 찬스가 오게 돼 있었던 거라……. 그런데……."

정람은 여기서 말을 끊고 신음했다.

"아아, 괴로워 괴로워."

"물을 드릴까요."

"필요 없어."

나는 서랍을 뒤졌다. 약을 찾은 것이다. 청심환을 찾아드렸더니 정람은 손을 저었다.

"필요 없다니까 그러네."

하고 정람은 자세를 바로 하곤 술잔을 들어 다시 목을 축였다.

나는 잠자코 귀를 기울였다.

"일주일 전이었어."

하고 정람이 얘기를 시작했다.

"남의 눈에 띄지 않게 그날도 임두생의 동태를 살피고 있었지. 놈이 자기가 천벌을 받는다는 사실을 알게끔, 그러나 그밖의 사람은 아무도 모르게끔 놈을 처치할 궁리를 하고 놈의 집 골목을 지켜보고 있는데……. 뭐 이건 지켜보고 있으면 아이디어란 떠오르는 법이야. 롭신의 글을 읽으면 테러리스트가 명상에 잠기는 장면이 있지. 심오한 철리哲理도 명상에서 나오거니와 감쪽같은 테러의 방법도 명상에서 나오는 것이거든. 나는 그 골목을 지켜보고 있으면서 명상에 잠기고 있었지. 장소는 2층 다방인데 그 창가에 앉아서 보면 임두생의 집 일부와 그 집으로 통하는 골목길이 환히 바라보이는 곳이야. 그런데 돌연 골목으로 들어가는 임두생의 뒷모습이 보이지 않았겠나. 놈도 무척 늙었거든. 보잘것없이 늙은 놈의 뒷모습을 바라보고 있으면서 저런 몰골로 살아갈 놈이 무엇 때문에 그런 끔찍한 짓을 했을까 하는 생각을 해봤지. 좋은 일을 하기에도 인생은 짧은데 나쁜 일까지 할 겨를이 있었을까 싶은 생각도 들고 말야. 그때 내 눈을 끄는 것은 임두생의 손을 잡고 따라가는 7, 8세 되는 계집애였어. 조그마한 책가방을 짊어지고 하얀 스타킹을 신었는데 스타킹을 신은 가느다란 다리가 묘하게 인상에 남더만……."

그래서 정람은 그 근처의 목로술집에 들러 임두생의 집의 사정을 알아보려고 했다. 그런데 공교롭게도 그 목로주점의 안주인은 간혹 임두생의 집일을 도와주기도 하는 처지라면서 그 집 사정을 소상하게 알고 있었다.

목로술집의 안주인의 말에 의하면 임두생은 서른 살인가 아래인 아내에게 깔려 사는 형편인데 여간 구박을 받고 있는 것이 아니라고 했다. 정람은 7, 8세 되어 보이는 소녀가 임두생과 어떤 관계에 있느냐고 물었다. 그 결과 정람은 다음과 같은 사정을 알았다.

재작년인가 그 재작년, 근처에 세들어 살던 미장이 부부가 연탄중독에 걸려 그 딸아이를 남겨놓고 죽었다. 그런데 어떻게 된 셈인지 아무리 찾아도 그 부부의 계루가 되는 사람이 나타나지 않았다. 부득이 그 딸아이는 어느 고아원으로 보내야만 되게 되었는데 임두생이란 노인이 나타나서 자기가 키우겠노라고 했다.

명동엔가 종로에서 양품점을 하고 있다는 임두생의 마누라는 단 한 식구라도 붙는 것을 완강히 반대했다. 소문으론 그 여자에겐 전부前夫와의 사이에 아이가 있어 번 돈을 양육비로 보내고 있다고 했다. 내 자식도 내 손으로 키우지 못하는 주제에 남의 자식을 데려와 키운다니 말이 되는가고 임두생에게 덤벼든 적이 있다는 것이다.

그래도 임두생은 그 일만은 양보를 하지 않고 그 아이를 데리고 와서 자기 방에 재우고 손수 먹을 것도 찾아 먹이며 2년 동안을 지내왔다고 했다. 아무튼 임두생의 그 소녀 이름은 선애라고 한단다. 그 소녀에 대한 정성은 대단한 것인 것 같았다.

"나는 임두생이 그 소녀의 손을 잡고 들어가더라는 얘기를 했지. 그랬더니 아마 학교에 가서 같이 돌아오는 모양이란 안주인의 대답이었다. 선애는 금년에 국민학교에 들어갔는데 임두생은 아침 저녁 하루도 빼지 않고 선애를 학교엘 데리고 가고 학교에서 데리고 오곤 한다는 얘기였어. 그 말을 듣고보니 가슴에 맺히는 게 있드먼."
하고 잠시 입을 다물고 있더니 정람이 괴로운 듯 말을 이었다.

"내가 임두생이란 놈을 처치해버리면 그 선애라는 아이는 두 번째 어버이를 잃는 셈으로 되지 않는가. 그러니 행동이 망설여지지 않을 수가 없어."

조용히 듣고 있다가 나는 고개를 들고 물었다.

"그 선앤가 하는 아이를 생각하게 되었다는 걸 조그마한 휴머니즘이라고 하셨습니까?"

"그렇다."

는 정람의 대답이었다.

나는 좋은 기회라고 생각하고 말에 힘을 주었다.

"그건 절대로 조그마한 휴머니즘이 아닙니다. 어린아이의 장래를 생각해주는 것이 어떻게 조그마한 휴머니즘입니까. 그건 큰 휴머니즘입니다. 대단히 큰……."

"그렇다고 해서 천벌을 받아야 할 놈을 그냥 둬?"

"선생님의 말씀을 들으니 그는 지금 천벌을 받고 있는 중인 것 같습니다. 나이 젊은 아내에게 구박을 받고 산다는 게 천벌을 받고 있는 꼴 아닙니까."

"그러나 그것 갖곤 모자라. 그놈이 한 짓을 생각하면 도저히 그놈을 그냥 둘 순 없는 거야. 경산의 부인에 대한 소위만 하더라도."

"경산 선생 본인은 이미 용서하고 있다지 않습니까?"

"경산은 용기가 없어서 그따위 소릴 하고 있는 거야. 그는 피가 말랐어. 그리고 그 문제는 경산의 문제만이 아니야. 경산이 아무리 말려도 소용없어. 그놈은, 그놈은 꼭 해치워야 돼. 해치워야 되는데……."

"그 어린 소녀가 마음에 걸린단 말씀이죠?"

정람은 대답 없이 고개만 끄덕끄덕했다.

나는 다시 말에 힘을 주었다.

"임두생을 처치한다는 건 과거의 행적에 대한 보복 아닙니까. 이미 지나간 일을 결착決着내겠다는 것이 아닙니까. 그러니 정람 선생이 그자를 처치해도 현실적으론 플러스도 마이너스도 되질 않습니다. 사태에 하등의 변동도 주지 못한다는 말입니다. 그런데 선앤가 하는 그 아이의 어버이를 빼앗는 사실은 중대한 결과를 낳습니다. 그 아이는 어디로 가야 합니까. 고아원에 가야 하겠죠. 어쩌면 다른 보호자가 나올지 모르지만 그 아이가 받는 상처는 영영 아물 수가 없을 겁니다. 뿐만 아니라 그로 인해 어떤 엄청난 불행이 닥칠지도 모르는 일 아닙니까. 제 소견입니다만 그 아이의 장래를 위해서라도 정람 선생님의 결심을 포기하시는 게 좋을 것 같습니다."

"나도 그쯤은 생각하고 있어. 그래서 괴로운 거야. 눈앞에 보면서 그놈을 놓쳐야 하는 게 억울하단 말야."

"사람은 백 번 된다고 하잖습니까. 지금쯤 임두생은 그의 과거를 철저하게 뉘우치고 있을지도 모르는 일 아닙니까."

"뉘우쳐? 뉘우친다고 해서 지은 죄가 보상될까? 뉘우치는 것하고 보복을 받는 것하곤 별도의 문제야. 그러나저러나 난처하게 됐어."

"그래서 선생님은 얼굴빛을 상하시도록 고민하고 계시는 겁니까."

"내 고민이 달리 있겠나, 어디."

나는 말문이 막힐 지경이었다.

이 각박한 세상에 이처럼 순수한 고민을 하고 있는 사람이 있다는 사실이 놀라웠던 것이다. 아니 정람이란 존재 자체가 놀라웠다고 하는 게 옳을지 몰랐다. 그러한 순수한 고민자를 앞에 하고 잡스런 생각으로 가득한 속물이 감히 무슨 말을 끼울 수 있단 말인가.

나는 잠자코 술잔을 들었다.

"대신 다리뼈나 하나 분질러놓을까."

혼잣말처럼 정람이 중얼거렸다.

정람의 빈 술잔에 술을 따르고 내 잔에도 술을 따라놓고 나는 기회를 기다렸다. 정람은 뭔가를 그 순간에 결정해야 하는 모양으로 허공의 일점에 시선을 고정시키고 있더니,

"아냐."

하고 신음하는 듯 말을 짜냈다.

"놈이 고귀하고 인자한 마음으로 그 아이를 키우고 있는 게 아닐 거야. 미끼를 키우고 있는 요량일지도 몰라. 곱게 키워 그애를 팔아먹을 작정일지 모르지. 그놈은 한때 봉천에서 포주 노릇을 한 적도 있으니까. 그 따위 장수를 한 놈은 그 버릇을 고칠 수 없다는 말이 있다."

동시에 정람의 얼굴이 눈에 보이듯 밝아졌다.

"틀림없어, 내 추측은 틀림없을 거라."

정람은 무슨 중대한 발견이라도 한 것처럼 이렇게 되풀이했다.

나는 다시 아연하지 않을 수 없었으나 가만있을 수도 없었다.

"선생님, 너무 성급하게 단정하는 건 옳지 못합니다. 이렇건 저렇건 확인하셔야죠. 그것을 확인하는 방법은 있을 겁니다. 그러니……."

"확인할 방법이 있다구? 그럼, 그걸 말해봐. 양단간 빨리 결정을 내려야겠어."

정람은 숨가쁘게 말했다.

"뭣이건 확인할 방법은 있지 않겠습니까."

이렇게 말하는 나를 정람이 멍청한 눈으로 바라보았다. 나는 말을 계속했다.

"문제를 옳게 세우기만 하면 답안은 있게 마련이니까요."

"그 말은 맞아. 우리들의 과오는 모두 문제를 바로 세우지 못한 데 있

었으니까."

정람의 그 말을 파고들어가면 만만치 않은 얘기의 근원이 있을 것 같아 나는 이렇게 말해보았다.

"임두생의 본심을 떠보는 방법은 차차 생각해보기로 하고요. 제겐 못 견디게 알고 싶은 게 있습니다."

"그게 뭔데."

"단적으로 말하면 테러리스트의 심정 같은 겁니다."

정람은 한참 동안 입맛을 다시고 있더니 뚜벅 말했다.

"한 그루의 나무에도 마음이 있을 텐데 테러리스트의 마음이 없겠는가."

"그걸 알고 싶다. 이겁니다."

"어려울 것 없어."

하고 정람이 눈을 감았다.

그리고 이어진 말은

"사랑이다, 사랑."

"사랑으로 사람을 죽여요?"

"보다 큰 사랑을 위해선 사람을 죽일 수도 있지."

"못 알아듣겠습니다."

"소설가의 상상력으로써 그걸 짐작 못 해?"

"못 하겠는데요."

"그럼 내 말 하나마나일 것 같군."

"조금만 더 설명을 하시면."

"설명은 불가능해."

"그래두."

"불교의 문자에 언어도言語道가 단단斷한다는 말이 있지 왜."

"있습니다."

"그건 즉 말로썬 도저히 할 수 없는 데까지 갔다는 얘기가 아닌가."

"그렇습죠."

"한데 언어도가 단해도 마음은 좀더 갈 수가 있지. 그게 심행처心行處란 것이 아니겠는가."

나도 잠자코 귀를 기울였다.

정람의 말은 계속되었다.

"심행처도 멸하는 곳이 있지. 즉 언어도가 단하고 심행처가 멸하면 불도佛徒는 괘구벽상掛口壁上하고 면벽구년面壁九年하는 거라. 입을 떼어 벽 위에 걸어놓고 벽을 향해 9년을 앉아 있다는 얘긴데 꼭 9년일 건 없지. 영원히 그렇게 해도 돼. 9란 숫자엔 영원이란 뜻도 포함돼 있는 거니까."

"……"

"그런데 그러지 않겠다는 게 테러리스트다. 언어도가 단하고 심행처가 멸하면 집검執劍 또는 집총執銃하여 바깥으로 뛰어나가 누구의 원수이건 원수를 골라 죽이는 게 테러리스트야."

"왜 꼭 죽여야 하는 겁니까. 적당한 벌이 얼마라도 있을 텐데요. 깨우쳐줄 수도 있을 게구요."

"이 사람아. 내 말을 어떻게 듣고 있어. 언어도가 단했는데 무얼 어떻게 깨우친단 말인가. 심행처가 멸했는데 벌을 어떻게 평량評量한단 말인가."

"……"

"신은 이미 죽었다 이거야. 섭리의 집행자는 사람일 밖에 없다 이거야. 테러리스트는 신을 대리한 섭리의 집행자야."

"누가 그걸 인정합니까."

"자기 자신이."

"어떻게요."

"용기와 실천력이 자기에게 있다는 것을 행동으로써 증명하는 그 순간에 섭리의 집행자로서의 자격을 얻는 거지. 그는 사람이면서 이미 사람이 아냐. 초인이 된 거지. 니체가 말하는 그따위 빈혈적이고 귀족적인 초인이 아니라 다혈질이며 괴위魁偉하고 당당한 초인이지. 잠꼬대를 닮은 영웅으로서의 초인이 되는 거야. 그런 초인이 곧 테러리스트다."

"그러나 살생은 어디까지나 살생이 아닙니까. 살생은 무슨 의미에서라도 죄악이 아닙니까."

"살생은 죄악이지."

"그런데?"

"테러리스트는 살생은 안 해."

"그건 또……."

"들어보게. 테러리스트는 살생하지 않아. 살사殺死할 뿐이야. 다시 말하면 이미 죽은 자를 죽이는 거야."

"죽은 자를 죽인다는 건 의미가 없지 않습니까. 그러나 현실론 살아 있는 자를 죽이지 않습니까, 테러리스트들은."

"이군은 소설가니까 알 거야. 이 세상엔 죽은 놈이 살아 있는 행세를 하는 자가 많아. 이미 죽었어야 할 사람이 아직 살아 있는 자도 많아. 죽기만을 기다리고 있는 자도 많아. 테러리스트가 죽이는 대상은 그런 자 가운데서 뽑힌 자들이다. 자기의 죽음을 준비하고 있는 놈들만을 죽이는 거다. 가령 임두생이란 놈을 예로 들자. 그놈은 벌써 죽은 자야.

그 테러리스트를 위한 만사 109

이미 죽었어야 할 자야. 죽기를 기다리고 스스로의 죽음을 준비한 자야. 죽기를 준비하지 않고 어떻게 그따위 비인간적인 행동을 할 수 있었겠는가 말이다."

"......"

"테러리스트는 자비를 베푸는 사람이다. 죽길 준비했는데도 죽지 못하는 놈에게 죽음의 형식을 주니까."

"......"

"테러리스트는 욕심이 없는 사람이다. 세계를, 사회를 시정해서 그 속에서 멋지게 살겠다는 따위의 욕심이란 없어. 죽어야 하는 자를 죽인다는 섭리의 집행자일 뿐이며 아무런 보상도 바라질 않는다."

"......"

"테러리스트는 시인이다. 우주의 원한을 스스로의 가슴속 용광로에 집어넣어 섭리의 영롱한 구슬을 주조해내는 언어 없는 시인, 영혼의 시인이다."

"......"

"동시에 이건 테러리스트가 결코 바라는 건 아니지만 강력한 역사의 추진자다. 세르게이 대공의 암살이 노서아 혁명의 추진력이 되었고, 오스트리아 왕조의 죽음이 일차대전을 일으켰고, 레닌의 암살이 러시아의 역사를 바꿔놓았구······. 이를테면 어떤 정당, 어떤 조직의 힘도 테러리스트가 던진 폭탄만한 위력을 발휘한 적은 없지 않은가. 독립군 수십만의 노력이 안중근 의사가 발사한 피스톨만한 작용력이 있었던가 말이다."

"......"

"테러리스트를 무시하는 윤리와 논리는 쉽게 만들어낼 수가 있지. 그러나 그 윤리란 건 일본놈들이 만들어놓은 수신책修身冊 같은 것이 아닌가. 수신교과서적인 윤리로써 사회를 이해하고 처신할 수 있겠는가. 노예처럼 살기를 원하지 않고 당당한 인간으로서 정과 이성을 고루 충족하며 이 세상을 살아갈 수 있겠는가. 산술로써 에펠 탑을 만들 수 있겠는가. 별과의 거리를 잴 수 있겠는가. 하물며 그 깊은 곳에 있는 영혼의 신비와 슬픔 섞인 원한을 이해할 수 있겠는가."

나는 돌연 웅변이 된 정람의 말소리를 무슨 복음을 듣는 듯 황홀한 기분으로 들었다. 그 논리의 맥락을 살필 필요는 없었다. 노 테러리스트의 누구도 범접할 수 없는 심경에 외포와도 가까운 느낌을 가졌다.

정람의 말이 조용하게 울렸다.

"테러리스트란 결국 원한에 사무친 인간들을 대표하는 엘리트란 말이다."

문득 보니 정람의 눈에 눈물이 있었다.

'저 눈물은 무엇을 뜻하는 눈물일까.'

하는 충격적인 물음이 내 가슴속에 괴었지만 차마 물어볼 순 없었다.

"그들이 원하진 않겠지만 북극의 빙산 위에 무릇 이 지상에 존재했던, 그리고 존재하고 있는, 앞으로 존재할 테러리스트들을 위한 탑을 하나 세웠으면 해. 극북極北의 사상에 순절하는 숙명을 가졌다는 그것만으로도 위대하지 않은가. 숭고하지 않은가. 북극의 빙산 위에 테러리스트의 탑을 세웠으면……."

정람의 양뺨에 눈물이 흥건히 흘러내리고 있었다.

나는 정신을 바짝 차리고 쾌활한 척 꾸미며 주전자를 들었다.

"선생님 술 받으세요."

정람은 받은 술잔을 반쯤 마시고 놓았다. 그제야 자기의 뺨에 눈물이 흐르고 있는 것을 깨달은 모양으로 호주머니에서 손수건을 꺼냈다.

"늙으면 누선이 이완되는 모양이야. 괜히 눈물이 나거든."

겸연쩍어 정람은 그렇게 꾸며대고 있다는 것을 모를 내가 아니었다.

"헌데 선생님은 언제 테러리스트가 될 작정을 하셨습니까?"

"내가 테러리스트? 천만에, 나는 테러리스트가 신 벗어놓은 근처에도 갈 수가 없어."

"그건 겸양이시구. 경산 선생으로부터 듣고 알고 있습니다. 후학을 위해서 솔직하게 말씀해주십시오."

"솔직하게 말해서 나는 테러리스트가 아냐. 그 흉내를 내려고는 했지만 철저하진 못했어."

"······."

"진정한 테러리스트가 되려면 얼음장처럼 미쳐야 해."

"냉정하게 미친다는 것이 있을 수 있는 일입니까."

"그러니까 미치는 데도 천재가 있어야 해. 아무나 미칠 수 있을 것 같애? 천재 없인 테러리스트는 불가능해. 천재가 없이 테러리스트일 수가 없어."

"어쩌면 테러리스트의 흉내라도 낼 생각을 하신 데도 동기는 있어야 할 것 아닙니까."

"동기는 아무에게나 있어. 일상생활에 깔려 있어. 똑바로 말하면 일제시대엔 조선인 전부가 테러리스트가 될 동기를 가지고 있었던 거야. 그런데 그렇게 안 된 건 천재가 부족한 탓이야. 하기야 민족 전체가 천재일 수야 없지."

"정람 선생에게만 있었던 그런 동기가 있을 것 아닙니까?"

"가만 보니 이군도 꽤나 집요하군."

정람은 쓰게 웃고 마른 안주를 집는 듯 마는 듯하더니 얘기를 시작했다.

"에스토라야란 이름의 소녀가 있었지. 폴란드 태생의 소녀였어. 그 아버지가 어쩌다 백군에 섞였어. 백군이란 볼셰비키 혁명에 반대한 군사들을 말하는데 에스토라야의 아버지는 백군 보로시로프 장군의 막료였지."

나는 언젠가 경산 선생이 일러주던 폴란드 여성의 얘기가 드디어 나오는구나 하고 한편 긴장하여 귀를 기울였다.

"백군이 적군의 압박을 받고 블라디보스토크에서 배를 타고 도망쳐야 할 운명에 놓였지. 그때 그녀의 아버지는 무슨 전염병에 걸려 미국이 보내준 그 배를 타지 않았다. 배에 전염병이 만연하여 속수무책으로 되기 때문이다. 에스토라야와 그 어머니도 함께 남게 되었던 거야. 그때 에스토라야의 나이는 다섯 살. 얼마 후 아버지의 병은 나았다. 그러나 이윽고 적군들의 손에 붙들리게 되었다. 다섯 살 난 에스토라야는 자기의 아버지와 어머니가 총살당하는 광경을 목격했다. 그로써 그 여자의 운명은 결정된 거야."

정람은 여기서 말을 끊었다. 그리고 멍청해져버렸다. 다시 얘기가 이어질 것 같지가 않았다. 그래서 얘기를 재촉하는 셈으로 물었다.

"어떻게 운명이 결정됐단 말입니까."

"응?"

하고 정람은 잠에서 깨어난 사람 같은 표정이 되더니 중얼거렸다.

"이 얘기는 이 정도로 해두지. 오늘 밤엔 얘기할 기분이 안 되느먼."

이렇게 되니 그 이상 보챌 수가 없었다.

먼 곳에서 기차의 기적 소리가 들렸다.

"밤이 꽤 늦었으니 주무실까요?"

"그보다도 임두생의 속셈을 어떻게 떠보지?"

"천천히 생각해보죠, 뭐."

"천천히 생각해볼 그런 문제가 아냐. 가부간 빨리 결단을 내려야 하니까."

"꼭 그러시다면 그 임두생인가 하는 사람의 집을 제게 가르쳐주십시오."

"어떻게 할 텐가."

"그 아이를 우리 부부가 기르겠다고 간청을 해보겠습니다."

"그래서?"

"우리 부부 사이엔 아이가 없고 하니 그 아이를 정성껏 키워보겠다고 해보죠."

"당장 거절할 걸세. 뿐만 아니라 그런 방법으론 그놈의 속셈을 알아낼 수 없어."

"조건을 붙이거든요. 그 아이를 우리에게 주면 달라는 대로 돈을 주겠다구요."

"돈을 주겠다구?"

"선생님 말씀 따라 그가 그 아이를 키워 팔아먹을 작정이라면 돈을 주겠다고 할 때 무슨 반응이 있을 것 아닙니까. 액수를 흥정하려고 든다든지 또는……."

"그것 좋은 생각이구먼."

하더니 정람의 얼굴이 다시 흐려졌다. 그러곤 신음하듯 했다.

"그러나 그 방법은 좋지 못해."

"전 그 방법이 가장 적당하다고 생각하는데요."

"안 돼. 그 이유를 말할까?"

"말씀해보세요."

"혹시 임두생이 그 소녀를 진심으로 사랑하고 있을지 모르는 일 아냐? 전혀 잡스런 생각 없이 말야. 그런데 이군이 가서 그 소녀를 두고 돈 얘기를 꺼냈다고 하자. 그게 동기가 되어 옛날의 뚜쟁이 근성이 되살아날지도 모르는 일 아녀? 옳지, 이 계집애를 미끼로 돈을 만들 수 있겠구나 하고 말야. 만일 그렇게 된다면 결국 그 소녀에 대해서 불행한 일이 아닌가. 가만두었으면 아무 일 없이 잘 키울 것을 괜히 우리가 들어 일을 망치게 되는 그럴 위험도 없잖은 것 아냐?"

정람의 뜻을 나는 충분히 알아들을 수가 있었다. 한편 그런 섬세한 생각까질 하는 그에게 살큼 감동을 느끼기조차 했다.

"그렇게까지 생각하신다면 임두생인가 하는 사람에 대한 이런저런 일을 포기하시는 게 어떻겠습니까."

정람의 반응은 없었다. 나는 다시 말을 계속했다.

"그자의 속셈이야 어떻건 지금 무슨 일이 생기면 그 소녀의 신상에 해가 될 것은 뚜렷한 일 아닙니까. 장차 어떻게 될망정 지금은 그 소녀가 편안하게 걱정없이 자라고 있는 게 아닙니까."

"흐음."

"그러니까 임두생을 어떻게 한다는 건 포기하시죠. 그래야만 우선 선생님의 마음이 평정을 되찾을 수 있을 겁니다."

"마음의 평정?"

"그렇습니다. 중요한 건 마음의 평정입니다."

"이 세상엔 불의와 원한이 득실거리고 있는데 이 정람의 마음이 평정하다는 게 그렇게 대단한 문젠가?"

"대단한 문제죠."

"어떻게?"

"적어도 하나의 박물관이 온전하다는 건 좋은 일 아닙니까."

"박물관이 또 뭔가."

"전 선생님을 박물관이라고 생각하고 있습니다. 속되게 표현하면 살아 있는 박물관. 선생님이 지닌 갖가지 의미를 전부 추려버려도 살아 있는 박물관이란 뜻만은 또렷이 남을 것 같애요. 그러니 선생님의 마음이 평정을 되찾는다는 건 하나의 살아 있는 박물관이 온전하다는 뜻으로 되는 겁니다."

"그게 소설가적인 발상인가?"

"그럴지도 모르죠."

"그런데 그 박물관의 내부를 들여다보니 소장된 물건엔 전부 녹이 슬어 있고 거미줄로 가득 차 있었다고 하면 창피한 일 아닌가. 임두생의 문제에 결단을 내리지 못하면 나는 그때 마지막이 되는 거야."

하고 정람이 일어섰다.

"왜 그러십니까. 여기서 주무시고 가시죠."

"아냐. 가야 해. 경산이 걱정할 거로구먼. 어디에 갔는가 하구."

술에 취한 노체老體를 혼자 보낼 순 없었다.

가로등의 불빛을 가늠해가며 나는 천천히 그 살아 있는 박물관을 오르막 골목길로 밀어올렸다.

며칠인가 지난 후 거리에서 임영숙과 동반해 걸어오고 있는 정람을 만났다.

"전번엔 밤 늦도록까지 폐가 되었소."

하고 정람이 미소를 띠었다.

"천만의 말씀을 다 하십니다."

나는 가볍게 고개를 숙여 절했다.

"술이란 건 얻어먹었으면 갚았으면 하는 건데."

정람은 임영숙을 돌아보고 물었다.

"돈 가진 것 있나?"

"얼마쯤은."

임영숙의 대답이었다.

"그럼 나에게 그 돈 줘."

정람이 손을 내밀었다.

"술을 자실 거면 저도 같이 가요. 값은 제가 치를게요."

"우린 목로술집에 갈 작정인데?"

"저라고 그런 델 못 갈 것 있어요."

"숙녀란 앉을 자리, 설 자리를 봐야 하는 거야."

"전 숙녀가 아녜요."

"그럼 뭔가."

"동징람의 그림자."

이런 소릴 몇 마디 주고받곤 정람이 나더러 말했다.

"이 근처 이군이 잘 가는 목로술집이 있으면 그리로 안내하게. 난 목로술집 이외의 곳에서 술을 살 순 없으니까."

다섯 시는 넘어 있었으나 아직 해가 남아 있었다. 술때로선 이르다 싶었지만 정람과 만나 얘기할 수 있는 기회를 놓칠 순 없었다.

"가십시다."

하고 나는 방향을 바꾸어 마포 아파트가 있는 쪽으로 앞장서서 걸었다.

굴다리 근처에 나의 단골 목로술집이 있었던 것이다. 전라도 출생의 노인 부부가 하고 있는 집이었는데 그들의 심성이 하도 곱기 때문에 기회가 있을 때마다 그 집을 찾곤 했던 것인데 지난 봄 이래론 가본 적이 없었다.

포장을 젖히며,

"아주머니."

하고 들어섰는데 정면에 있는 건 낯선 중년 여자의 얼굴이었다. 나이는 40세쯤 되었을까. 그런데 그 얼굴은 그런 장사와 전연 무관할 것 같은 단아하고 얌전한 얼굴이었다.

"어서 오십시오."

하고 말부터가 손님과의 거래에 익숙하지 않은 투였다. 단정하고 깨끗하게 흰 행주치마를 두르고 있었는데도 약간 그늘진 인상을 받은 것은 무슨 까닭인지 몰랐다.

긴 의자에 정람을 사이에 두고 나는 오른편, 임영숙은 왼편에 앉았다.

오징어·낙지·도미 등 깔끔한 생선과 쇠고기·돼지고기·조개·달걀 등이 유리창 안에 간수되어 말끔하게 진열되어 있었다.

전의 상황과는 전연 달랐다.

"주인이 바뀐 건 아닙니까?"

하고 우선 물어보았다.

"주인이 바뀐 건 아닙니다."

하는 답이 돌아왔다.

"그럼?"

"노인이 병환에 눕게 되었어요. 할머니는 간병하시느라고 못 나오시구요. 이웃에 사는 제가 거들어드릴려고 나온 겁니다."

또박또박 이렇게 말하면서도 여자의 손은 민첩하게 움직이고 있었다. 물에 씻어 깨끗하게 행주로 닦아 글라스를 내놓고 소독저를 내놓고 젓갈과 김치를 안배해서 우선 밑안주를 차렸다.

"이군, 뭣을 할 건가 안주를."

하고 정람이 물었다.

"낙지 삶은 거나 먹죠."

했더니 정람은 그것을 주문하고 자기는 조개 몇 개를 삶아달라고 했다.

"전 삶은 달걀 하나면 돼요."

하고 임영숙이 말을 보탰다.

술은 소주를 하기로 했다.

나는 틈을 보아,

"에스토라야 얘길 좀더 해주시지요."

하고 넌지시 부탁을 했다.

술잔을 들다 말고 정람은,

"에스토라야!"

하며 나직이 발음해보더니

"한마디로 말해 기막힌 여성 테러리스트였지."

"대강 어떤."

"에스토라야가 기막힌 테러리스트였다는 것은 백군이 소탕된 뒤에 시작한 테러였는데도 그녀의 테러는 언제나 결정적이었고 그런데도 붙들리지 않았다는 점이다."

"붙들리지 않았다는 것도 공적이 되는 겁니까."

"그렇지. 붙들리지 않는다는 게 가장 중요하지. 테러리스트가 스스로를 보전했으니 대단하다는 뜻을 넘어 감쪽같이 테러행위를 하고도 아직 살아 있다는 사실이 무언의 위협이 되기도 하니까."

"아름다운 분이었어요?"

"그렇지. 새벽의 명성明星처럼 숭고하기도 했지."

"그렇게 아름다운 분이 테러리스트라! 그야말로 드라마틱하군요."

정람은 이 말엔 대꾸도 않고 묵묵히 술잔을 만지작거리고 있더니 물밀듯 회상이 몰려오는 모양으로 먼 눈빛이 되었다.

"눈이 오는 날이었어. 창밖으로 내리는 눈을 보며 나는 물었지. 이제 다시 러시아에 잠입해서 위험한 일 하지 말고 하얼빈에서 평온하게 사는 게 어떠냐고. 에스토랴는 답이 없었어. 왼팔을 묶은 붕대를 말없이 끄르고만 있었지. 그건 지난 번 행동 때 받은 부상이었어. 그 부상이 낫기도 전에 다시 러시아로 잠입할 계획을 세우고 있는 것이 안타까워 만류했던 것인데 그녀는 듣지 않았어. 부상한 팔이 낫도록까지만이라도 기다리는 게 어떠냐고 했지. 그래도 고개를 저을 뿐이어서 나도 잠잠해버렸는데 그녀가 떠날 무렵 용기를 내어 물어보았다. 당신은 뭣 때문에 테러를 하느냐고. 그랬더니 그녀는 곧 대답하진 않았다. 두 눈에 눈물이 넘칠 듯 솟고 있었다. 눈물이 넘친 눈으로 나를 가만히 보고 있더니 일어나서 책상 앞으로 갔다. 책상 위에 성서가 있었다. 성서의 어느 군데를 펴 보이고 날더러 읽으라고 했다. 거긴 다음과 같이 적혀 있었다. —너희들이 너희들의 영혼을 구하려면 반드시 죽음에 이르느니라. 만일 너희들이 너희들의 영혼을 나를 위해 버리면 그때 너희들의 영혼은 구함을 받을지어다……. 내가 다 읽었을 때 에스토랴는 속삭였다. 알겠죠? 내 마음을."

나는 잠자코 있었다.

"괜히 심각해지시구."

하고 임영숙이 재촉했다.

"빨리 자시고 돌아가요."

"술자리에 재촉하는 법이란 없어."

정람은 가볍게 영숙을 나무라놓고 목로술집의 여자에게 물었다.

"보아하니 이런 장사는 처음 하시는 것 같은데."

"처음입니다. 그러나 두어 달 하고 나니 차츰 익숙해지는 것 같습니다."

"뭣이건 익숙하다는 것은 좋은데 술장사에 익숙한다는 것은 좀."

하고 정람이 웃었다.

여자도 왼손등을 입에 갖다대며 다소곳이 웃었다.

"그러나저러나 젓갈 맛과 김치 맛이 그렇게 좋을 수가 없소."

정람이 안주 칭찬을 했다. 아닌 게 아니라 나도 그런 칭찬을 할 참이었다.

"젓갈과 김치는 제가 담갔어요."

여자는 나직이 말했다.

"고향이 어디오. 말씨가 영남 같은데."

"지리산 아래입니다."

"허어 지리산 아래라. 지리산 아래로부터 서울까지 와갖구?"

"부끄럽습니다."

"부끄러울 거야 뭐 있소. 부끄러울 거야 없지만……. 가족이 많수?"

"아들 하나 있어요."

"아들은 뭣 하시오?"

"군에 갔어요."

"남편되시는 분은?"

여자의 답이 없었다.

"선생님 왜 그런 걸 꼬치꼬치 물으세요. 실례 아녜요?"

임영숙이 한 말이었다.

"오다가다 주객으로 만나 목로술집의 한구석에서 이렁저렁 얘기 끝에 물어도 보고 대답도 하는 것인데 실례될 건 또 뭣구. 실례가 아니죠? 아주머니."

"그게 뭐 실례겠습니까."

"그렇다면 대답을 하셔야죠."

"남편은 시골에 있습니다."

여자는 망설임 없이 답했다.

다시 얘기는 나와 정람 사이로 오가게 되었는데……. 생각할수록 인생이란 불가사의하다고 할 밖에 없다.

그 목로술집에 간 것이 동기가 되어 정람의 인생에 큰 변화가 일어났으니 말이다.

그러는 동안 해프닝이 있었다.

"오늘 우리 집에서 잔치를 할 터이니 와라."

고 경산 선생이 임영숙을 내게 보냈다.

"무슨 일이우."

해도 임영숙은,

"와보면 알 거예요."

하고 달아나버렸다. 그러나 명령한 그 태도로 보아 틀림없이 좋은 일이 있구나 하는 짐작만을 했다. 바쁜 원고를 대강 설건어놓고 경산 선생의 집으로 갔다.

좁은 마루에 음식이 그득히 상을 차려놓았는데 그 위에 상보가 씌워

져 있었다. 손님을 기다려 잔치를 시작할 양의 채비로 보였다.

"예끼 이 사람, 어른이 오라고 하면 빨랑 오지 않고 사람을 그렇게 기다리게 하나."

경산이 핀잔 같지도 않게 나를 나무랐다. 정람은 옆에서 싱글벙글하고 있었다.

"어떻게 된 겁니까. 두 분 선생님 가운데 어느 분의 생신입니까."

하고 나는 두 어른의 표정을 살폈다.

"난 30세 이후로 내 생일잔치 해본 적이 없어."

경산이 상보를 걷으며 말했다.

"나는 도대체 생일이 언젠질 모르니 잔치를 하려 해도 할 수가 없지."

아무렇지 않게 정람도 한마디했다.

"그럼 어떻게 된 겁니까."

"성미도 급허이. 먼저 축배나 들어놓고 사연을 알든지 말든지 해야지."

하며 경산이 내게 잔을 권했다.

"사연을 알아야 축배를 들든지 말든지 할 것 아닙니까."

하면서도 잔을 들었다.

"임군, 술을 따르게."

하고 경산의 손으로부터 정람이 주전자를 뺏고 임영숙이 마루로 올라오길 기다려 그걸 맡겼다.

"오늘은 제가 기생 노릇할게요."

임영숙이 경산 선생의 잔에서부터 술을 따랐다.

"사환에다, 조수에다, 식모에다, 이젠 기생까지. 임군 수고하누먼."

정람이 넘칠 듯 술을 따른 잔에 입을 대며 한 말이었다.

"커닝을 하자니까 그만한 대가는 치러야죠 뭐."

임영숙이 순순히 말했다.

"커닝 공작을 할 시간에 공부를 하면 실력이 늘 텐데두, 꼭 커닝을 하려는 사람이 있더니만."

하고 경산이 껄껄 웃었다.

"공부한대서 천재가 되나요? 정람 선생님헌테선 배우지도 못해요. 커닝을 해야지."

임영숙이 말을 받았다.

"커닝은 곧 탄로가 날걸?"

경산이 꼬집었다.

"이백 곡만 채워놓으면 탄로가 안 나요. 정람 선생님이 고발할 리가 없으니까요."

"그러나 영숙이 조심해야 해. 내 곡 자체에 표절이 들어 있으니까."

정람이 넌지시 한마디했다.

"선생님의 곡 가운데 나타나는 딴 사람의 멜로디는 완전히 선생님이 소화한 뒤의 것이라서 표절이랄 것도 없으니까 안심하세요."

"겁나. 요즘 젊은 사람들은 겁나."

하면서도 정람은 유쾌한 표정이었다.

"아무튼 파리의 악단에 정람의 음악이 울려퍼진다고 생각하니 유쾌하구나."

하는 경산의 말에

"꽃다발은 내가 받구요."

하고 임영숙이 새침을 부렸다.

"그런 뜻에서 영숙이 한잔 안 할래?"

하며 정람이 권했다. 그리고 덧붙이길 "이건 송순주란 거란다. 신선들이 마신 술이라드면." 하고 술을 보내준 친구의 이름을 들먹이곤 고마워했다.

임영숙이 잔을 비우곤 꿈꾸듯 이런 말을 했다.

"꽃다발을 받구요, 박수가 터져 음악당을 뒤흔들어놓은 뒤 조용하게 되면 전 이렇게 말할 거예요. 여러분이 지금 박수를 보낸 그 음악을 만든 천재는 지금 한반도 어느 두메에 조용히 잠들고 계십니다. 자기의 음악에 보낸 이 갈채 소리도 듣지 못하고서. 그는 고아로 자랐습니다. 그가 조국으로부터 받은 거라곤 가냘픈 육신밖에 없었습니다. 고통의 조건, 가난의 조건, 박해의 조건 이외의 아무것도 그에게 조국이 준 것이라곤 없었습니다. 강보에 싸인 채 버려진 그 아이를 기른 것은 하얼빈의 어느 러시아인이었습니다. 그러고 보니 그가 조국으로부터 받은 것은 완전히 아무것도 없는 것입니다. 낫싱이었습니다. 프랑스어론 네앙. 그런데 그 소년은 자라 조국의 독립을 위해 싸운 투사가 된 것입니다. 노예 상태에 있는 조국을 해방시키려고 했던 것입니다. 그 생활은 피나는 노력의 연속이었으며 검은 공포의 연속이었습니다. 그런데도 그는 그 사이에 이처럼 청순하고 감미롭고 고상하고 박력 있는 생명력이 횡일한 음악을 창조해낸 것입니다. 여러분이 지금 들으신 음악은 그 고귀한 샘에서 흘러나온 몇 방울 물밖엔 안 됩니다. 그 물을 있게 한 위대한 샘에 대해 다시 한 번 박수를 쳐주십시오. 그 음악보다도 아름다운 그의 마음에 대해서 다시 한 번 박수를 쳐주십시오. 그분의 이름은 정람 · 사일런트 · 템페스트 · 탕페트 · 실랑스 · 메르시에 마드모와젤! 그분을 위해 박수를 쳐주십시오!"

나는 어느덧 엄숙한 기분으로 되어 있는 스스로를 발견했다.

"영숙은 꽤 사람이 나빠."

하고 정람이 겸연쩍은 표정으로 잔을 비웠다. 그러나 경산은 감동어린 소리로,

"임군 대단하구려. 정람의 곡을 커닝하기 위해 침입한 얌체 요정인 줄만 알았더니 참으로 대단한 사람이구려. 헌데 연설을 어떻게 그렇게 잘 하노."

하며 영숙을 응시했다.

"밤마다 잠들기 전에 이 대사를 외고 있었거든요."

영숙은 수줍은 소녀로 변해 있었다.

나도 겨우 말할 기회를 얻었다.

"오늘 이런 모임을 하기 위해 절 청하신 게로군요. 기쁩니다."

"아냐, 그건."

하고 경산의 설명이 있었다.

"오늘 아침 내가 삼양동의 하얼빈 양화점에 들러 황보현이란 사람을 만나지 않았겠나. 임두생에 대한 정람의 태도가 걱정스러워서 간 건데 거기서 기쁜 소식을 들었어……."

기쁜 소식이란 그 내력은 이랬다. 어느 날 임두생이 황보현을 찾아왔다. 그리고 하는 말이—자기가 데리고 사는 여자는 성정이 괴팍해서 자기가 죽고 나면 저 선애(그 꼬마의 이름)가 아무래도 구박을 받을 것 같애. 그러니 내가 살고 있는 동안 저 아이를 잘 키워줄 사람을 구해서 맡겨야겠다. 그런 사람을 황군이 좀 주선해줘야겠다.

그리고 임두생은 230만 원인가가 들어 있는 저금통장과 인장을 맡겼다는 것이다.

그것은 확실히 감격적인 이야기였다.

정람은 웃음을 띠고 경산과 나를 번갈아 보며 말했다.

"사람이란 백 번 되는 거여. 나는 그 얘기를 듣고 안도의 한숨을 내쉬었지. 그런 반가운 얘기를 듣긴 요 몇십 년 동안에 처음 있는 일이었어."

"그러니까 사람을 함부로 재판해선 안 되는 거야."

하고 경산은 눈을 흘겨보았다.

"그래서 이 잔치였습니까?"

내가 물었다.

"잔치를 할 만하잖은가. 사람을 하나 발견한 셈이고, 어린아이의 장래를 보장받은 셈이고, 정람의 마음을 구한 걸로도 되구."

나는 그렇다고 생각했다.

"정람 선생님, 그만하면 임두생인가 하는 사람은 속죄한 걸로 됩니까."

"죄는 죄대로 남지만 늘그막에 그 정도로 인간회복을 할 수 있다는 건 진정 다행한 일 아닌가. 나는 그 다행을 축하하기 위해 그놈을 용서해줄 작정이야. 다행한 일이란 그처럼 흔한 게 아니거든."

그날 밤은 참으로 축제를 방불케 하는 잔치였다. 정람이 신나게 피리를 분 것은 물론이지만 경산도 시조를 읊으며 흥겨워했다.

"청산리 벽계수야 쉬이 감을 자랑 마라……"는 시조가 그처럼 파세틱할 수 있다는 것을 안 것은 그날 밤의 수확이었다.

나는 나의 졸렬한 자로써 임영숙을 판단하고 있었다는 사실을 부끄럽게 생각했다. 임영숙을 남의 곡을 표절해서 이름을 얻어보겠다는 사악한 야심을 가진 여자로만 생각하고 있었다는 것은 내 자신이 쩨쩨한 심성의 소유자인 탓이라고밖엔 해석할 수가 없는 것이다.

좋은 사람은 비록 상대방이 나쁜 짓을 하더라도 되도록이면 좋게 해석해주려는 심성을 가진 사람이고, 나쁜 사람은 남의 좋은 일을 보아도 그걸 되도록이면 나쁘게 해석하려고 드는 심성을 가진 사람이라고 할 밖에 없는 것이 아닌가.

그러니까 생각나는 일이 있다. 시골에서 자라고 있던 어릴 때의 일이다. 우리 동네에 노인이 있었다. 송 노인과 선 노인이라고 불리었다. 송 노인은 자기 집 배밭의 배를 훔쳐따먹으러 울타리 사이를 비집고 들어간 아이들을 보고,

"늘 그런 울타리 밑을 기어다녀선 안 된다. 운수 나쁘게 독사에게나 물리면 어떻게 하니. 배가 먹고 싶거든 나를 찾아오면 될 게 아니니."
하며 배를 따서 아이들에게 주었다. 그때,

"바늘도둑이 소도둑 된다고, 아이들의 버릇을 고쳐주어야 할 텐데 그렇게 순하게 취급하면 됩니까."
하고 그 집 며느리가 반발을 하자 송 노인은,

"애들이 무슨 바늘도둑질이라도 했나 뭐? 조랑조랑 탐스럽게 배가 열려 있은께 따먹고 싶겼다 뿐이지 안 그래?"
하며 아이들을 보고 싱긋 웃었다.

지금도 그 장면이 눈에 선한 것은 그 소년 가운데 나도 끼어 있었기 때문이다.

송 노인과 대조를 이룬 노인이 곧 선 노인이었다. 소 치는 아이들이 어쩌다 선 노인의 밭 근처로 소를 몰고 지나가기만 해도 야단이었다.

"이놈들이 우리 밭 콩을 절단낼려고 이리로 오는 거재. 고얀 놈들, 당장 저리로 소를 몰고 나가라."
고 고함인 것이다.

사실 그리로 소를 몰고 가면 소가 지나가면서 길가의 콩을 한두 포기 뜯어먹기가 예사였다. 그러니 그리로 소를 몰고 지나지 말라는 말은 당

연하기도 했지만 그 길을 지나지 않고 산으로 가려면 상당한 거리를 우회해야 했고, 누군가의 밭가를 지나야만 하게 되어 있었던 것이다.

뿐만 아니라 선 노인은 아이들만 보면 무언가 자기에게 손해를 입힐 가해자, 또는 도둑놈들로만 취급했다. 그런 때문인지 몰라도 선 노인의 집은 잘살고 송 노인의 집은 구차함을 면하지 못했다.

그래도 송 노인의 얼굴엔 언제나 웃음이 있었고, 선 노인의 얼굴은 언제나 찌푸려져 있었으니 송 노인의 생애가 선 노인의 생애보다 행복했던 것이 아닌가 하는 짐작을 했다.

아무튼 나는 임영숙을 나쁘게 생각하고 있었던 것이 죄스러웠다. 사죄할 기회를 찾았다. 그 기회는 경산 선생 집에서 잔치가 있은 뒤 일주일쯤 후에 있었다.

잡지사에 원고를 갖다주고 돌아오는데 버스를 내린 곳에서 소낙비를 만났다. 하는 수 없이 길가의 다방으로 들어갔는데 거기에 임영숙이 있었다. 그녀도 비를 피해 거기 와 있었던 것이다.

임영숙이 반기는 눈치라서 나는 그 옆자리에 가서 앉았다. 내가 앉자 임영숙은,

"뭐라도 드셔야죠."

하며 레지를 불렀다.

"매너리즘 아닙니까. 커피로 하죠."

하고 나는 마침 잘 되었다며 사과를 했다. 그랬더니 임영숙이 피식 웃었다. 그리고 한다는 말이

"사과하실 것 없어요. 맨 처음 생각은 선생님이 짐작하신 그대로였으니까요."

"설사 그렇더라도 나는 사과를 해야겠다는 기분입니다."

임영숙은 커피를 젓고 있는 나를 한동안 지켜보고 있더니 한숨을 쉬었다.

"왜 한숨입니까?"
하고 내가 고개를 들었다.

"너무너무 기가 막혀서요."

"뭣이 기가 막히단 말입니까."

"경산 선생과 정람 선생이 너무너무 기가 막히단 말입니다."

"기가 막히게 좋다는 뜻?"

"그래요. 시궁창같이 오염된 사회에서 칠십 년 넘게 사시면서 어떻게 심성들이 그처럼 깨끗할 수 있을까요. 전 놀랐어요."

"……"

"마음이 꼭 소년들 같애요. 아니 소년들도 그처럼 순진하지 못할 거예요. 경산 선생도 그렇구, 정람 선생도 그렇구."

"순진한 어른들이죠."

"그러면서도 세상일은 환히 알고 계시거든요. 남의 사정도 잘 이해해 주신단 말예요. 세상 일을 다 아시면서 소년, 아니 천사처럼 순진하다는 것 상상이라도 할 수 있어요?"

"……"

"가끔 집에 돌아가서 엄마랑 아빠랑 얘기를 해보면, 천당에 있다가 지옥으로 간 것 같은 기분이 돼요. 누구네 집의 딸은 어떻구, 시청이 어떻구, 상공부가 어떻구, 세무서가 어떻구, 심지어는 골프의 핸디가 어떻구, 누구네 업체는 무슨 장관과 통하고 있으니까 어떻구……"

"그게 생활이 아닙니까. 이른바 사회생활. 그런 생활인과 경산이나 정람을 비교해선 안 되죠. 경산과 정람은 사회완 아무런 관계가 없는

지대에서 살고 있는 겁니다. 생존경쟁의 권외에서 살고 있는 거죠. 그런 사람들과 생존경쟁의 권내에 있는 사람들을 어떻게 비교합니까."

"저도 그쯤은 알고 있어요. 그러나 산다는 명분으로 스스로를 더럽힐 대로 더럽혀야 살 수 있다면 그게 어떻게 되는 거죠? 경산 선생이나 정람 선생처럼 살 수 있다는 표본이 바로 가까이에 있을 때 말예요."

"그렇게 사는 데도 천재가 필요해집니다. 헌데 누구나 천재일 순 없는 것 아닙니까?"

"그럴 테죠. 그러나 예술가만은 그분들의 생활태도를 배워야 한다고 생각해요. 그걸 절실히 느꼈어요. 정람의 음악은 재주도 아니고 기술도 아녜요. 바로 그의 마음이에요. 그의 마음은 맑은 샘이거든요. 샘에서 쏟아져나오는 겁니다. 한편 경산 선생은 피리 없는 피리, 말하자면 악기도 악보도 소리도 필요로 하지 않는 천성 그대로의 예술가예요. 구체적으로 말하면 경산과 정람은 꼭같은 레벨에 있는 예술가예요. 진짜 예술가란 말입니다. 모든 것이 안정된 단계가 예술이라고 말하지 않아요? 그런 뜻에서의 예술이란 말입니다."

나는 잠자코 있을 밖에 없었다. 임영숙은 뭔가 벅찬 감격을 컨트롤하지 못하는 그런 정신 상태에 있는 것 같아서였다. 그러나 다음과 같이 물어보지 않을 수 없었다.

"요즘 무슨 일이 있었습니까?"

임영숙이 수긍하듯 고개를 끄덕였다.

"무슨 일입니까."

"이건 비밀인데."

하고 임영숙이 미소를 띠곤 말했다.

"비밀이지만 선생님에겐 알려야겠네요. 며칠 전 임두생이란 사람이 선애라는 아이를 황보현 씨에게 맡기겠다고 했다는 얘기 들으셨죠?"

"그 때문에 잔치까지 하지 않았소."

"그런데 그게 경산 선생이 그 하얼빈 양화점의 주인과 짜고 한 연극이었어요."

"뭐라구?"

나는 깜짝 놀랐다.

"정람 선생이 아무래도 일을 저지를 것 같으니까 경산 선생이 고심 끝에 그렇게 일을 꾸민 거예요."

"흠."

하고 나는 나도 모르게 신음 소릴 냈다.

"임두생이란 사람의 도장까지 파서 230만 원짜리 통장까지 만들어, 물론 그 돈은 황보현 씨가 임시로 그렇게 꾸며놓은 거지만……. 아무튼 감쪽같이 정람 선생을 속인 거예요."

"경산 선생도 거짓말하실 줄을 알구먼."

"이건 거짓말이라도 흰 거짓말이라면서 경산 선생이 웃으시데요."

나는 콧잔등이 새큼하는 것을 느꼈다. 사랑하는 아내를 능욕하고 죽인 원수를 친구가 갚아주려는데 그걸 잔꾀까지 부려가며 만류한 사람의 마음이 어떨까 해서다.

"비가 멎었다."

는 소리가 어디에선가 들려왔다.

비가 갠 거리는 얼굴을 씻은 소년처럼 청신해 보인다. 그런 마음의 까닭은 임영숙을 통해 들은 얘기 때문일 것이고, 임영숙이란 처녀의 마음을 더욱더 잘 알게 되었던 때문이 아닐까도 했다.

임영숙과 나란히 걸으며 물었다.

"언제쯤 프랑스로 갈 거요."

"명년 봄쯤에 갈까 해요."

"부럽군요."

"프랑스엘 가는 게 부러워요?"

"부럽지 않구."

하며 나는 내 감상을 솔직하게 털어놓았다.

"내 소원은 프랑스에 가서 한 3년쯤 공부했으면 하는 데 있었소. 그런데 그게 그렇게 잘 되지 않더만. 우리가 젊었을 무렵엔 해외 여행이 극도로 제한되어 있어서 가기가 힘들었고, 공식적인 루트를 타기란 하늘에 별따기 같았으니까. 언젠가 언젠가 하다가 보니 나이가 들어버렸어."

"이 선생이 프랑스에 가려는 목적이 뭐죠?"

"단순합니다. 서양 문명의 중심에서 살아봤으면 하는 마음이었죠."

"이 선생도 결국 서양 문명의 숭배자였군요."

"지식인치고 서양 문명의 숭배자 아닌 사람이 있었습니까. 나는 우리가 가지고 있는 가장 소중한 것을 간직하고 가꾸기 위해서는 서양 문명을 진지하게 배워야 한다고 생각하니까요. 지금 사방에서 하는 근대화란 일단은 서구화를 말하는 것 아니겠습니까."

"이 선생은 동양과 서양이 근본적으로 다른 것이 뭐라고 생각하세요."

"근본적으로 다른 건."

하고 나는 내 생각을 다음과 같이 간추렸다.

"서양에서 진행된 일은 비록 그것이 비합리적인 것이라도 합리적으로 해석될 수가 있어요. 그런데 동양에 있어선 합리적인 성싶은 것까지도 합리적인 해석이 불가능하니까요."

"어려워 알아들을 수가 없군요."

"그럼 예를 들어서 설명해보죠. 서양에선 원시시대가 봉건시대로 질서화합니다. 소규모의 영주들이 실력에 따라 할거하고 있다가 그것이 약육강식의 과정을 거쳐 대단위의 국가로 발전했죠. 그러나 봉건시대도 그 한계에 이르자 자본주의시대로 이행하게 됩니다. 그 원인을 일일이 설명할 순 없지만 그렇게 되었던 거죠. 그러다가 자본주의의 발전에 따라 제도의 변화가 이루어지는 겁니다. 민주정치의 형태를 갖게 되는 거죠. 그러니 유럽에 있어서의 정당은 이걸 이념적으로 해석할 수가 있는 겁니다. 결론적으로 말해 서양의 역사는 아주 합리적으로 발전해왔다 이겁니다. 그런데 비합리적이라고 할 수 있는 현상 가운데의 하나가 나폴레옹이니 히틀러니 무솔리니니 하는 인물들을 중심으로 나타난 사태지요. 그런데 이것마저 합리적인 해석이 어느 정도까진 가능하다 이겁니다. 그런데 동양, 특히 우리나라의 경우는 도저히 합리적인 해석이 30퍼센트까지도 가능하지 않다는 겁니다. 고려조가 이조로 바뀐 것은 당시 지배계급들의 세력균형의 문제이지 역사의 필연이란 것은 없었던 거지요. 역사의 필연, 그 합리적인 진행을 외면하면서 지탱해온 것이 이조의 성격이었습니다. 그런 까닭으로 그 500년 동안은 진보라고 하는 것이 전연 없었던 시기였거든요. 그런데다 합리적인 서양 문명이 들이닥쳐 놓으니 혼란이 생깁니다. 도무지 합리성이란 찾아볼 수 없게 된 거죠."

"알 듯도 모를 듯도 하네요."

하고 임영숙은 방긋 웃었다.

"시시한 얘기가 되어버렸군."

하며 좁은 골목으로 들어서는 지점에서 내가 물었다.

"내년 봄에 프랑스로 가면 몇 해나 머물 작정입니까?"

"글쎄요."

고개를 갸웃하더니 임영숙이 중얼거렸다.

"한 오 년쯤……."

"오 년? 너무 길지 않을까?"

"그보다 더 늦어질지 모르죠."

"그럼 결혼은 안 할 작정인가요?"

"계기와 상대가 있으면 하죠 뭐."

"프랑스에서?"

"거긴 남자가 없나요?"

하고 임영숙이 쾌활하게 웃었다. 그러곤 덧붙였다.

"솔직한 얘기로 결혼 같은 건 생각해본 일이 없어요. 음악이라고 하는 무궁한 바다 속에 헤엄치고 있으니 그 바다의 신비에 홀딱 빠져버려 결혼이니 뭐니는 염두에 떠오르지 않는걸요."

나는 그 말이 임영숙의 감정을 정직하게 표현한 것으로 믿을 수밖에 없었다. 그렇지 않고서야 어떻게 그처럼 정람 선생의 곁에서 식모살이처럼 할 수 있겠는가 말이다.

"뭔가를 대성하려면 그것에 미쳐야 한다는 말을 들었는데 임영숙 씨는 대성할 수 있을 것 같애."

"그렇게 보여요?"

"지금 임영숙 씨가 하고 있는 짓을 봐도 그걸 알 수가 있거든."

"내가 지금 뭣을 하고 있는데요."

"지금 미쳐 있지 않습니까."

"내가요?"

"정람 선생에게."

"아, 그 말씀이군요. 아무튼 그런 분을 발견했는데 좋아하지 않을 수 있나요?"

"미친다는 것도 재능이 있어야 하는가 봅니다. 재능이 없었더면 정람에게 미칠 수도 없었을 테니까."

"나는 운수가 좋았다 뿐예요. 미친 건 아녜요."

하다가,

"저기."

하고 임영숙이 가리켰다.

정람이 이제 막 모퉁이를 돌고 있었다. 부르려는데 그럴 시간적 여유가 없었다.

"어딜 가실까?"

내가 중얼거렸더니,

"벌써 다섯 시 반이군요."

하고 임영숙이 장난스러운 얼굴이 되었다.

"정람 선생님은 요즘 열심이에요."

"뭣에?"

"전에 목로술집에 같이 간 적이 있죠?"

"굴다리 밑에 있는 목로술집?"

"그래요. 요즘 정람 선생은 열심히 거길 다녀요. 다섯 시에 시작하거든요, 장사를."

"흠."

"가보세요, 거길."

"같이 가십시다."

"난 안 가요."

"왜?"

"샘이 나서요."

"샘이 나다니. 그건 또……."

"나도 여자거든요. 정람 선생은 그 목로술집의 아주머닐 좋아하나 봐요."

"그럴 리가."

"아녜요. 정람 선생은 그 아주머닐 좋아해요. 약간 샘은 나지만 나는 정람 선생님의 사랑이 성공했으면 해요."

"엉뚱한 말씀을 하는군."

"엉뚱한 얘기가 아녜요. 나는 진심으로 그걸 바라요. 정람 선생의 만년을 누군가가 보살펴줘야 하거든요. 지금은 저렇게 정정하시지만 언제 어떻게 될지 모르는 게 노인 아녜요?"

임영숙의 말 소리에 슬픈 빛깔이 묻었다.

나는 잠자코 걷고만 있었다.

"그 아주머니와 사랑하게 되고 그 아주머니가 맡아만 주신다면 난 안심하고 프랑스로 갈 수 있을 것 같애요."

이것도 또한 뜻밖인 것이다. 나는 놀란 얼굴로 임영숙을 돌아봤다.

임영숙은 조용히 덧붙였다.

"그러나 전 지금의 상태론 프랑스로 떠날 수가 없어요."

골목의 어귀에 왔다.

"이 선생님, 정람 선생님한테로 가보세요. 그리고 어떻게든 정람 선생의 사랑이 성취할 수 있도록 도와주세요."

"같이 가봅시다."

"내가 가면 어색할 거예요."

하고 임영숙은 걸음을 바삐하여 왼편 골목으로 접어들었다. 나는 멍청히 그 뒷모습을 지켜보고 섰다가 목로술집이 있는 곳으로 방향을 돌렸다.

목로술집으로 들어서자 중년의 그 여자가 상냥한 얼굴로 나를 맞이했다.

정람이 놀란 빛으로 돌아보며 물었다.

"이군, 어떻게 된 건가."

"주당이 술집에 오는 게 뭐 대단한 일입니까."

하고 나는 정람의 맞은편에 앉았다.

"이번 동동주는 꽤 맛이 있어."

정람이 성큼 손을 뻗어 유리컵을 집어와선 내 앞에 그걸 놓고 주전자의 술을 따랐다.

"동동주는 사발로 마셔야죠."

하면서도 나는 그 술잔을 들었다.

아닌 게 아니라 동동주의 맛이 좋았다.

"맛이 좋지? 이거야말로 한국의 맛이라고나 할지, 하여간 토속적인 맛이 좋아."

정람이 음미하듯 술을 마셨다.

"러시아 같은 데도 이런 술이 있습니까?"

하고 내가 물었다.

"있지. 우크라이나 그루지야 지방에 가면 이런 술이 있지. 이와 똑같진 않아도 비슷하지."

이것이 계기가 되어 정람은 다음다음으로 술에 관한 지식을 피력하기 시작했다. 위스키·브랜디·보드카·카오량으로부터 비롯해서 세계 각지에 있는 갖가지의 술에 관한 얘기는 정람 특유의 익살을 섞어 흥미로웠다.

"……코카서스의 산속을 헤매고 있을 때였어. 어디엔가서 향긋한 내음이 풍겨오지 않는가. 그래서 그 내음이 나는 곳을 찾아보았지. 어느 바위 틈에서 그 내음이 풍겨오고 있더만. 얼굴을 디밀어보았더니 술독에 얼굴을 디민 꼴이야. 물씬한 술내음이었어. 바위가 말야, 옆으로 파여 굴처럼 되어 있었는데 바위 틈으로 샘물 또는 옆으로 치는 빗물이 고였던 모양이야. 그렇게 고인 물이 나뭇잎의 발효 때문에 술로 변하고 있었어. 손바닥으로 가만히 떠마셔 보았더니 그 술맛의 방준함이란 형언할 수가 없었어."

"감로주라는 게 있긴 있는 모양이로구먼요."

"그게 바로 감로주야. 그래서 나는 생각했어. 원시인들이 술을 발견한 것은 극히 우연한 일이었을 거라고."

"나뭇잎에 따라선 술이 되는 게 있는 모양이죠?"

"그 근처는 느티나무의 숲이었어. 느티나무의 잎이 주성분을 가지고 있지 않나 해. 시험을 해보진 못했지만."

"헌데 선생님은 코카서스까지 무슨 일로 갔습니까."

"얘길 하면 길어."

하고 정람은 입을 다물어버렸다.

정람은 누가 부탁한다고 해서 내키지 않는 얘길 하는 사람이 아니다. 그 대신 마음이 내키기만 하면 밤을 새워서라도 얘기를 하고 만다.

정람은 동동주를 마신다기보다 핥고 있다고 하는 편이 나을 만큼 조금씩 조금씩 마시고 있었다.

"그렇게 마시고 있어도 맛이 있는 겁니까."

내가 핀잔을 섞어 말했다.

"매일 마시는 술을 말이 물 켜듯 할 수야 없지 않은가."

하고 정람이 씨익 웃었다.

나는 그제야 정람이 술을 마시러 오는 게 아니고 안주인을 보러 온다는 사실에 마음이 미쳤다. 슬그머니 장난기가 돌았다.

"선생님, 혹시 제가 방해되는 것 아닙니까?"

"무슨 그런 소릴."

정람이 당황했다.

"아주머니."

하고 내가 불렀다.

아주머니는 가게 뒤쪽에서 뭔가를 씻고 있는 모양이더니 행주에 손을 닦으며 나타났다.

"뭐 맛있는 걸로 안주를 좀 주시오."

해놓고 덧붙였다.

"그리고 선생님 옆에 계셔드리지 않고 어딜 갔었습니까."

안주인의 얼굴에도 당황하는 빛이 보였다. 그로써 나는 정람과 안주인과의 사이에 사랑의 정이 서서히 교류하고 있다는 것을 확인할 수 있었다.

"참, 이군도 이 집을 좀 도와줘야 하겠어."

정람의 말이었다.

"왜 그렇습니까."

"저 진주 아줌마가 이 가게를 정식으로 인수했다누먼."

"그럼, 전에 주인은?"

하고 내가 묻자 아주머니는

"할머니가 갑자기 돌아가셨어요. 그러자 할아버지도 병상에 눕게 되었는데 기동을 못 하셔요."

하며 서글픈 표정을 지었다.

나는 언제나 퉁명스러운 말을 나누며 장난 반, 싸움 반으로 이 가게를 꾸려나가고 있던 그 노부부의 정황을 생각했다. 목로술집에 생계를 건 궁박한 생활 속에서도 그들은 부부가 같이 일할 수 있는 그 재미로 살아왔을 것이니, 짝을 잃은 노인의 슬픔을 짐작할 수 있었다. 그러나 나는 이런 감상을 얼른 털어버리고 물었다.

"그래서 선생님께서 다섯 시만 되면 매일 여기 나와 계시는 겁니까?"

"술집이란 덴 손님이 있어야 하는 법여. 다섯 시엔 아무도 없잖아. 아무도 없을 때 손님 노릇을 하는 거여. 그러다가 손님이 들게 되면 난 가지."

"대단한 정성입니다."

"정성이 또 뭔가. 나는 아무런 하는 일도 없는 사람이 아닌가. 집에 앉아 있으나 여기 앉아 있으나 마찬가지니까 다섯 시가 되면 이리로 와 보는 거지."

삶은 조개에 살큼 데친 파나물을 어울린 쟁반을 갖다놓으며 아주머니가 말에 끼었다.

"선생님에겐 뭐라고 감사드려야 할지 몰라요. 가게를 열어놓고 아무도 없으면 허전하기 짝이 없거든요. 그런데 선생님이 와주셔서 앉아 계시니 그렇게 마음 든든할 수가 없어요."

안주인이 말하고 있는 동안의 정람은 우스울 정도로 수줍은 표정이었다.

안주인이 저리로 가고 난 후 정람이 낮은 소리로 말했다.

"사정 애길 들으니 저 아줌마의 형편도 딱하더먼. 아들 하나 있는 게 그렇게 애를 먹인대. 직장이라고 해서 구해줘 놓으면 사흘을 지탱하기가 어렵다니 말여. 자식 하나 보고 사는데 그런 꼴이니……."

정람이 한숨을 섞었다.

나는 보탤 말도 없이 앉아 있으면서 막연히 생각했다. 아주머니에게 그런 아들이 있으면 정람과의 결합은 무망한 것이 아닐까 하는. 그렇다면 임영숙의 희망도 보람없는 것으로 된다.

막일을 하는 노동자로 보이는 중년 사나이 셋이 포장을 젖히고 들어섰다.

"그놈의 집 여편네 영등포쯤에 벼락이 떨어지면 거기까지 달려가서 맞아 죽을 년이야……."

한 사람이 이렇게 시작하자 두 사람도 질세라 욕을 하기 시작했다. 가만히 들어보니 그들은 오늘 어느 집의 아궁이를 고치러 갔던 모양인데 그 집의 여자가 여간 꼼꼼하지 않아서 세 번 네 번 일을 고쳐 했다는 것이었다.

욕을 하다가 모자라 그 여자의 남편까지 싸잡아 욕설의 대상으로 했다.

"무슨 회사의 중역인가 뭔가라고 하더라만 그깐 여자 데리고 사는 주제이고 보면 별놈 아닐 거여……."

"제가 날고 기는 놈이라도 그 따위 여편네 데리고 사는 놈이 별 볼일 있을라구?"

정람이 나가자고 재촉했다. 내가 얼른 셈을 했다. 셈이라야 천 원에 미달하는 금액이었다.

"내일 또 오지요."

하는 인사말을 남기고 포장 밖으로 나온 정람은 혀를 끌끌 차고 말했다.

"요는 몇 번을 고쳐 시켰는데 결국 그들이 맨 처음 해놓은 그대로가 되었더라는 사연을 갖고 저렇게 욕설을 퍼붓는 걸 봐. 사람을 쓴다는 건 그래서 어려운 거야."

정람과 진주댁 사이에 익어가는 사랑은 봄철 새싹이 돋아나 그것이 줄거리가 되고 꽃으로 피는 것을 지켜보는 느낌마저 없지 않았다.

어느 날이다. 무슨 일이 있어서 오후 네 시쯤에 그 목로주점 앞을 지나는데 반쯤 열린 문틈으로 목수가 일하고 있는 동정이 보였다. 내부 수리를 하는가 하고 고개를 디밀어보았더니 뜻밖에도 목수라고 본 것은 정람이었다.

정람은 대패질에 열중하고 있었다. 놀라게 하는 것도 본의가 아니라서, "에헴." 하고 헛기침을 했더니 고개를 든 정람의 얼굴에 당황한 듯한 수줍은 웃음이 괴었다.

"뭣하시는 겁니까."

"보면 알지 않겠는가."

정람은 다시 대패질을 시작했다.

"선생님이 목공 노릇을 하신다는 것도 발견인데요."

"칠십 평생에 못 해본 일이란 없지."

대패질을 멈추지 않고 한 말이었다.

그런데 그의 대패질은 숙련공의 그것이었다. 서툰 구석이라곤 한 군데도 없는 것이다. 힘을 들이는 것 같지도 않게 팔을 움직이는데 대패는 나무껍질을 순순히 토해내고 있었다. 나는 한참 동안을 그 능란한 솜씨를 바라보고 있었다.

"두 시간쯤 빨랐어."

여전히 톱질을 하며 정람이 중얼거렸다.

"뭣이 빨랐단 말입니까."

"이군이 두 시간 후에만 와도 산뜻한 술집에 앉을 수가 있었을 텐데."

"두 시간 후에 또 오죠 뭐."

"아냐, 이런 과정을 보지 않아야 놀랄 것 아닌가. 실토를 하면, 이군을 한번 놀라게 하려고 지금 이짓을 하고 있는데 말야."

하고 그제야 대패를 놓고 저쪽에 놓여 있던 도면을 내 앞에 펼쳐놓았다.

"보라구, 이걸 마제형이라고 하는 거야. 말발굽 말일세. 이것이 부엌쪽이구, 이 둘레에 손님들이 빙 둘러앉는 거야. 걸상을 꽤 많이 놓을 수 있지 않은가. 지금 이 집엔 7, 8명 앉아버리면 꽉 차는데 이렇게 마제형으로 해놓으면 십오륙 명은 앉을 수 있거든. 이런 차림새를 해놓고 이군을 놀래주려는 건데 그만."

하고 정람은 담배를 맛있게 빨았다.

"나를 놀라게 하는 게 목적이었지, 진주 아주머니를 기쁘게 할 작정은 아니었구먼요."

내 말이 빈정대는 투가 되자

"소설가라고 하는 건 저렇게 삐딱해서 큰일이야."

하며 또 수줍은 얼굴이 되었다.

"헌데 아주머닌 어디로 갔습니까."

"그 사람은 페인트 사러 갔어. 내가 적어 보냈지."

"그 사람과 집사람과의 거리가 얼마 되지 않을 것 같은데요?"

"예끼 이 사람."

정람은 다시 대패를 들었다.

그래도 서 있으려니까,

"이군은 빨리 집으로 가서 소설을 쓰게."

하고 정람이 나를 쫓으려고 했다.

"내가 뭐 도와드릴 게 없겠습니까?"

"도와줄 생각이 있거든 빨리 가게. 거게 그러고 서 있으니까 방해가 될 뿐이다."

"그렇게 쉽겐 갈 생각이 안 나는데요."

"왜?"

"선생님 목공 노릇 하고 있는 걸 보니 나도 목공을 배우고 싶네요."

"목공 배워 뭣하게."

"소설 쓰는 것보다 목공 노릇 하는 게 좋을 것 같아서요."

"소설 쓰는 것보다야 목공 노릇 하는 게 낫지."

당연한 말을 한다는 식으로 이렇게 말하곤 덧붙였다.

"그러나 잘 안 될 걸세. 목공이란 소설 쓰는 것보단 어려우니까."

"어려우니까 배워보고 싶다는 겁니다."

"목공은 어릴 때부터 배워야 하는 거야. 뼈가 굳어버리고 나선 배우기 힘들어."

"그럼, 선생님은 소싯적에 목공을 익힌 겁니까?"

"내 목공술이야 어디 축에나 드나. 직업으론 성립될 수 없고 겨우 무료봉사를 할 수 있을 정도니까."

정람은 대패를 내려놓고 판자의 표면을 만져보더니 말했다.

"퇴산하지 않으려면 이리 와서 좀 돕게."

정람은 조립을 시작했다. 미리 깎고 철요凸凹를 만들어놓은 기둥과 판자를 요령 있게 순서대로 맞추어나가는데, 그러자면 꼭 다른 사람의 손이 필요하다는 것을 일을 돕고 있는 동안 나는 알아차렸다.

"이렇게 사람의 손이 필요한데 왜 나는 내쫓으려고 했습니까."
하고 물었다.

"이군 손이 없으면 다른 사람의 손도 없을까?"
하고 정람이 웃었다.

"음 그렇군요."

속셈을 알았다는 듯이 나는 고개를 끄덕였다.

"그 투는 또 뭔가?"

"내가 방해를 한 것 같아서요."

"방해?"

"진주댁이 오면 그때 오순도순 맞추려고 한 것 아닙니까?"

"그럴 작정이긴 했지만 오순도순은 필요 없는 문잔데."

"둘이서 짝짜꿍 하고 있으면 오순도순하게 될 것 아닙니까."

"역시 소설가란 건……"

"거기에 소설가까지 끼일 필요는 없지 않습니까. 눈치하면 코치로 되는 건데."

"싱거운 소리 말고 그 판자를 반듯이 들어주게."
하고 정람은 망치를 두드렸다.

새살할 사이 없이 긴박한 작업의 시간이 한동안 진행되었다. 깔끔한 성과였다. 이를테면 유선형으로 되진 않고 주인의 자리를 중심으로 오각형으로 되어버렸긴 해도 각이 모나게 느껴지지 않을 정도의 세련된 모양이 되었다.

"훌륭한데요."

나는 꾸밈이 없는 탄성을 올렸다.

"이 정도의 솜씨면 직업으로서도 가능하겠는데요."

"그럴까?"

정람도 흐뭇한 기분인 모양으로 도구를 설겆이 시작했다. 내가 비를 들어 바닥에 너절하게 깔려 있는 대팻밥, 톱밥 같은 것을 쓸어 모으고 버릴 곳을 찾고 있자 정람은 시멘트 포대를 가지고 와서 흙이 섞이지 않도록 대팻밥과 톱밥을 넣으라고 했다.

"쓰레기통에 넣어버리면 될 텐데."

하니까 정람이,

"연탄 피우는 데 이용할 수 있는 거라. 버리지 말아요."

하는 것이 아닌가.

속절없이 목로술집의 바깥주인이라고 해주려다가 참았다.

진주댁이 페인트가 든 깡통과 저자바구니를 들고 들어왔다. 그것을 받아드는 정람이나 그것을 건네주는 진주댁의 태도에 완연히 나타나 있는 사랑의 정경. 나는 웃으려다가 말고 고개를 돌렸다.

"자, 그럼 페인트칠이다."

하며 정람은 내게 페이퍼를 주며,

"판자를 이걸로 닦아요."

하고 서슴없이 명령이었다. 거절할 겨를이 있을 까닭이 없었다.

나는 저편에서 정람이 하는 식을 본따 페이퍼로 판자를 닦기 시작했다.

"고양이 이마빡만 해놓으니 일은 수월하게 끝나는군."

정람은 브러시를 들더니 묘한 냄새가 나는 걸 칠하기 시작했다. 코를 막고 물었다.

"그게 뭡니까?"

"시녀라고 하는 거야."

정람이 껄껄 웃었다. 나는 내가 도와야 할 일이 없어졌다기보다 정람과 진주댁과의 사이에 오순도순한 분위기를 만들어주기 위해 목로술집에서 나왔다.

진주댁의 인사가 등 뒤에 있었다.

"고맙습니다, 선생님."

나는 속으로 대답했다.

'고마울 것 뭐 있소, 고목에 피는 꽃을 구경할 참인데.'

신장을 한 목로술집은 처음 나온 기생처럼 예뻤다. 이건 정람의 말이다.

'진주집'이라고 제법 아담하게 붙여놓은 간판을 쳐다보며 정람은 꽤나 감개가 있는 모양으로 그 집엘 들어설 때마다 잠깐 걸음을 멈추고 쳐다보곤 했다.

정람이 들어서면 진주댁은 눈으로만 웃어 보이고 날 보고만 인사한다.

"이 선생님 오셨어요?"

그 정도로 두 분 사이도 진전하고 있는 것이다.

어느 때는 그들 사이에 이런 대화가 있었다.

"그것보다 저것이 나을 텐데."

"그것이나 저것이나 매양 한가지가 아닐까요?"

"그렇진 않아. 조그마한 차이가 큰 의미, 큰 보람을 내는 거유."

"그렇긴 하지만."

"그렇긴 하지만 어떻다는 거요?"

"거기까진 멀어서."

"버스 타면 거기나 저기나 한 정거장 사인데."

"그래두."

"그럼, 내가 한번 가보지."

옆에서 듣고 있으려니 웃음이 났다. 말하자면 암호통신인 것이다.

또 어느 땐 이런 경우도 있었다.

"그 사람 왔어?"

"아아뇨."

"그 사람은?"

"엊그제 왔어요."

"그 사람은?"

"오지 않구요."

"그래, 이상한데."

이에 이르러서는 기가 막힌다고 할 밖에 없다.

이것, 저것, 그것 할 때는 이미 알고 있는 물건이 문제되어 있다는 걸 알 수 있지만, 그 사람, 그 사람이 세 차례 되풀이되었는데 낌새를 보니 모두 다른 사람인 것이다. 그런 걸 말외 억양만으로서도 분별해서 들을 수 있으니 그분들 사이의 텔레파시가 얼마나 민감한가 말이다. 아니 민감한 것만으로도 안 될 것이었다. 나는 그분들 사이에 오가는 깊은 정 같은 것을 느꼈다.

어느 날의 밤이다.

임영숙이 나를 찾아왔다.

"절 진주집에 데려다줄 수 없어요?"

"왜요?"

"어쩐지 가보고 싶어요."

"모르는 사이도 아닐 텐데, 아주머니하곤."

"알아요. 알지만 어떻게 혼자."

"정람 선생더러 데려다달라고 하면?"

"정람 선생은 이제 막 거기서 돌아오셨어요."

나는 뭔가 임영숙의 마음에 짐작이 갔다.

"그러질 말구 경산 선생 모시고 올까, 우리 함께 그 집엘 가게."

"그것 좋은 아이디어예요. 그러나."

"걱정 말아요. 내가 가서 모시고 올게."

나는 곧바로 경산 선생을 부르러 갔다.

"선생님 좀 같이 가야겠습니다."

하고 나는 무턱대고 졸랐다.

"무슨 일인데."

"꼭 이유를 알려야만 되겠습니까. 여름밤의 소풍쯤으로 생각하고 나가십시다."

"노인이 필요하다면 정람을 데리고 가게."

"안 되겠어. 난 이제 막 돌아왔을 뿐야. 팔다리가 쑤셔."

정람이 지레 거절이다.

"이 사람 요즘 무슨 까닭인지 밤에 들어오면 이 모양이거든."

경산이 혀를 끌끌 찼다.

"나는 매일처럼 노동을 한다네. 노동에 재미 붙였어."

"노동에 두 번만 재미 붙였다간 앓아 눕겠군."

두 노인 사이에 말이 오가면 끝간 데를 모른다.

"선생님 가십시다요."

하고 내가 역정을 냈다.

"허 참, 소년 대접이 무서운 거라고 하더니."

하며 경산은 어슬렁 나왔다.

"우리 재미보러 가는데 정람 선생이 빠져 미안하게 됐습니다."

"미안할 거 없어."

"그렇겠죠. 목하……."

하다가 나는 말을 삼켜버렸다.

사립문을 나서자 경산이 물었다.

"뭔가. 무슨 일인가?"

"잠자코 따라만 오십시오."

좁은 골목길을 빠져나간 어귀에 임영숙이 서 있었다.

"임군은 또 언제?"

경산이 놀란 소리로 물었다.

"이 선생님 청해 술 한잔할까 했더니 선생님이 끼시지 않으면 안 되겠대요."

"그건 또 왜 그러던가."

"이 선생님의 사모님이 성내실까봐 그런 것 같애요."

임영숙이 서슴없이 말했다.

"임영숙 씨 그건 무고라는 거요. 중상이란 거요."

"아무튼 경산 선생을 끼우지 않으면 나하곤 상대 않겠다로 된 거예요."

임영숙이 깔깔대고 웃었다.

"어딜 가자는 건가."

경산이 물었.

그 테러리스트를 위한 만사 151

"술을 마실려면 술집에 가야지 않아요?"

"그 술집이 어디냐 말여."

"성미도 급하셔."

"궁금해서 그러는 거다."

"진주집엘 가요."

"진주집?"

"아주 하이칼라한 술집이 생겼어요."

"음 그래?"

"호기심이 나시죠."

"별루."

"거겐 기막힌 미인이 있어요."

"미인과 나와 무슨 상관이 있겠나."

"속담에 뭐라더라?"

임영숙이 장난스럽게 얼버무렸다.

"요 가시내가."

경산이 성을 낸 척했다.

"늙은 말 콩을 마다하라는 말을 할려다가 만 것 아냐?"

내가 말을 끼웠다.

"그러니까 내가 성을 낸 거지."

"헌데 선생님."

하고 이번엔 내가 경산을 차지했다.

"전에 왜 노인 부부가 하고 있던 목로술집 아시죠?"

"이군과 옛날 간혹 갔었지."

"그 집이 진주집으로 된 거예요."

"주인이 바뀌었나."

나는 집주인의 내력을 간단히 설명하고 정람의 열성이 목로술집을 기생집처럼 만들어놓았다고 하자,

"오오 그래."

하고 탄성을 올리곤,

"그 친구 내겐 한마디도 않구."

하며 쯧쯧 혀를 찼다.

"정람 선생이 왜 경산 선생님께 그 얘기 안 하셨는가의 이유 아시겠어요?"

"장난꾸러기가 돼서 그렇지, 별 이유가 있을라구."

"아녜요."

"아니라니."

"본의는 아니지만 두 선생님 사이를 이간질 좀 해야겠어요."

"이간질?"

"들어보세요, 선생님. 진주집의 아주머니는 기막힌 미인이에요. 나이는 사십 전후, 선생님들 연배에겐 기가 막힌 대상의 여자예요. 그런데 정람 선생은 경산 선생님께 그 여자를 소개하면 뺏길까봐 겁이 난 거예요. 그래서."

"뺏기다니 그 여자가 정람의 여잔가."

"그럼요."

"농담 말거라."

"아녜요. 이 선생님께 물어봐요."

"그런가? 이군."

"하여간 보통의 사이는 아닌 것 같습니다."

그 테러리스트를 위한 만사 153

"듣던 중 반가운 소리군."

"그런데 말입니다. 그 여자는 어느 모로 보나 경산 선생님을 좋아하실 소질과 기질을 가졌구요. 그걸 정람 선생이 알았다 이겁니다. 그래 말씀 않고 혼자 비밀로……."

"듣고 있으니 임군이 무슨 질투를 하고 있는 것 같군."

"질투를 하다뇨?"

"그래."

"어림도 없는 소리 마세요."

"이군 어떤가, 내 육감이 틀림없지?"

"그런가 봅니다."

"몰라요."

하고 임영숙이 길 한가운데 서버렸다.

"몰라도 할 수 없죠. 우리끼리만 갑시다."

나는 경산 선생을 끌고 걷기 시작했다.

임영숙이 따라와 어깨를 나란히 하곤,

"농담이라도 그런 말씀 마세요. 제겐 중대한 계획이 있어요."

하고 웃었다.

"오늘 밤 진주집으로 가자고 미스 임이 왔을 때 나는 뭔가 질투심 같은 것을 느꼈어."

나는 억지로라도 그렇게 우기기로 했다.

임영숙이 내 말을 듣고 당황한 건 그녀의 마음속에 질투의 가닥이 있었기 때문일 것이었지만 물론 그것만이 아니었다는 것은 다음의 말로써 알 수가 있었다.

"뭐라도 생각해도 좋아요. 오늘 밤 선생님들을 모시고 온 것은 저 진주집 아주머니와 정람 선생님을 결합시키는 데 도움이 되어달라는 뜻이었어요."

그러자 경산이,

"정람이 목로술집의 바깥주인으로서 평생을 끝낸다?"

하고 웃었다.

"왜 목로술집의 바깥주인이라고만 생각하세요. 매력 있는 여자의 남편이 된다고는 생각 않으시구요."

임영숙이 볼멘소리를 했다.

"시집도 안 간 여자가 못 할 소리가 없군."

경산이 투덜댔다.

"아무튼 제수씨를 보신다는 셈치고 잘 해보세요."

하고 임영숙이 목로술집의 문을 열고 들어섰다. 따라 들어간 나는 내 눈을 의심할 정도로 놀랐다. 가게 안이 너무나 깨끗하고 아기자기하게 꾸며져 있기 때문이다.

카운터를 오각형으로 만든 것은 이미 알고 있었지만 그 카운터의 좌우로 선반이 차려졌는데 각종 먹음직한 안줏감이 유리상자 속에 청결하게 간수되어 있었고 전구 세 개를 어울려 세이드를 붙여 만든 샹들리에는 문화된 목로주점의 기분을 다소곳하게 내뿜고 있었다.

진주댁은 카운터 저편에 서서 들어오는 우리들을 상냥한 웃음으로 맞이했다.

"목로주점으로선 지나치게 깨끗한데."

하고 경산이 자리를 잡았다.

"너무 깨끗해서 약간 질려요."

미리 자리를 잡고 술을 마시고 있던 세 사람 일행 가운데 노동자풍의 사람이 말했다.

"목로주점도 이 정도론 깨끗해야지. 농촌에도 새마을 한다고 야단이라는데."

경산이 넌지시 한마디했다.

"술은 뭘로 하시렵니까?"

내가 물었다.

"막걸리가 좋을 것 같구먼."

경산의 답이었다.

"안주는 뭘로 드릴까요."

진주댁의 말이었다.

"안주인 솜씨껏 뭘 만들어보슈."

경산이 말하며 술집 구석구석을 살피는 눈이 되었다.

막걸리가 나오고 콩나물에 조개를 어울려 만든 찜이 나왔다. 경산이 한 젓가락 입에 넣어보더니,

"이것 별미로군. 막걸리 안주로선 최고다."

하며 탄성을 올렸다.

"소주 안주로서도 그저 그만입니다."

하는 소리가 옆자리 노동자로부터 나왔다.

"이게 진주식인가?"

"진주식이랄 것도 없어요."

진주댁은 수줍게 대답했다.

"나도 한잔 마셔볼래요."

하고 주전자를 당겨 사발에 얼만가의 막걸리를 따라놓고 임영숙이 조

개찜을 먹어보더니,

"참말로 맛이 좋은데요."

하고 눈동자를 굴렸다.

"내 언제 거짓말하는 것 봤나?"

경산이 핀잔을 주었다.

이런저런 얘기를 하며 술을 마시다가, 안주를 먹다가 했다. 이웃자리의 노동자들이 일어서더니 셈을 하고 나갔다. 목로주점 안은 우리들만으로 되었다.

"아줌마."

하고 경산이 불렀다.

"예."

아주머닌 경산의 카운터 앞으로 자리를 옮겨 섰다.

"나이 많이 먹은 사람이 묻는 거니 대답해주시오."

아주머니는 "뭣을?" 하는 표정이 되었다.

"아줌마 나이가 어떻게 되시오."

경산의 말에 아주머니는 살큼 얼굴을 붉혔다.

"요즘 풍속으론 여성의 나이를 물어선 안 된다고 합디다만."

경산이 이렇게 말하자 임영숙이,

"옛날엔 여자의 나이를 함부로 물어도 됐나요?"

하고 받았다.

"옛날이나 지금이나 중매를 설 생각이 있으면 나이를 물어봐야지. 아줌마 나이가 몇이시우."

진주댁은 머뭇머뭇했다.

"아주머니, 이 어른은 정람 선생의 둘도 없는 친구입니다."

내가 말을 끼웠다.

진주댁이 고개를 숙였다.

"친구라기보다 내 아우요, 정람은."

경산이 술을 한 모금 마시곤 이었다.

"솔직히 말하겠소만 정람이 아줌마를 대단히 좋아하는 모양 같수. 정람은 좋은 사람이오. 그런데 외로운 사람이오. 칠십 평생에 장가 한 번 못 가본 총각이오. 칠십 세라고 하지만 아직 젊은 사람 못지 않을 것이오. 내 짐작으론 아직 백 살까진 살 것 같은데 그렇다면 30년은 더 살 수 있다는 얘기가 아니겠수……."

진주댁은 고개를 숙인 채 뭘 장만하고 있었다.

그 표정을 볼 수 없었으나 안절부절못하고 있는 기분이란 것만은 짐작할 수가 있었다. 그게 민망스러워 나는 화제를 돌리려고 했다.

"경산 선생님, 『이동녕 일대기』란 책이 나왔던데 보신 일 있습니까?"

"뜻밖에 이동녕 일대기가 이 자리에 왜 나오누."

하고 흘겨보곤 경산이 진주댁에게 말했다.

"이래저래 생각이 있어서 묻는 거유. 나이가 몇이시우."

"마흔한 살입니다."

진주댁이 고개를 들지 않은 채 말했다.

"마흔한 살이라!"

경산은 고개를 끄덕끄덕하며 뭔가를 생각하는 척하더니,

"앞으로 평생을 혼자 사실 작정은 아니시겠지."

하고 물었다.

진주댁의 대답은 없었다.

"세상은 맹랑해요."

이렇게 요령부득한 서두를 해놓곤 경산이 임영숙을 슬쩍 보며 말했다.

"이십삼사 세밖에 안 되는 처녀가 정람을 꼬셔 결혼할려고 하니 어디 참."

임영숙의 몸이 꿈틀하는 것 같았다. 내 마음의 탓인지 모른다.

진주댁이 고개를 들었다가 도로 숙였다.

"하기야 괴텐가 뭔가 한 사람은 팔십 세에 십대 소녀를 연모했다고 하지만······. 이건 거꾸로 이십대의 처녀가 칠십 세의 노인을 짝사랑한다니 원 참."

"선생님 말씀이 좀 심하시지 않으세요?"

임영숙이 싸늘하게 말했다.

"진실은 원래 따끔할 정도로 들리는 거지."

경산이 너그럽게 받았다.

"그런 진실이 어딨어요."

임영숙이 단단히 화가 난 모양이었다.

"임군은 왜 그러나. 내 말을 들으니 뭔가 켕기는 게 있는 것 아닌가?"

"몰라요 전."

임영숙이 완전히 토라져버렸다.

경산이 임영숙의 태도엔 아랑곳없이 얘기를 시작했다.

"생각하기에 따라선 미담이 될지 모르지. 이십대의 처녀가 칠십 세의 남자와 결혼할 의사를 가졌다는 건. 그 어린 나이인데도 남자의 진가를 파악할 수 있었다는 사실로도 될 것이고, 그런 만큼 순수한 정신적 사랑이라고 이해할 수도 있으니까 말야. 물론 정람에게 막대한 재산이라도 있다고 하면 불순한 동기가 있는 것이라고 오해해볼 수도 있지만 정람에겐 그런 것도 없고보니 어느 모로 보아도 불순하다곤 할 수 없거든."

"정람에게 왜 재산이 없습니까. 아니 재산 이상의 것이 있지 않겠습니까."

내가 한마디 거들었다.

"재산 이상의 것?"

경산이 내게 묻는 표정이 되었다.

"음악이 있지 않습니까?"

"그것 갖고야 불순한 동기를 운운할 재료가 될 까닭이 없지."

그러자 임영숙이 자리에서 서더니,

"아주머니 술값 얼마죠?"

하고 묻곤 경산을 향해,

"선생님 돌아가십시다."

"그렇게 하지."

경산은 순순히 일어섰다.

"술값은 제가 낼 테니 그만둬요. 미스 임은 선생님 모시고 먼저 돌아가세요. 난 한잔쯤 더하고 가야겠소."

그렇게 해야 할 필요를 느끼고 나는 목로주점에 남았다.

정람과 진주댁이 결합할 수 있다면 두 사람을 위해 그런 다행한 일이 없을 것이란 믿음 같은 것이 생겨나기도 해서 나는 적극적으로 그 일을 추진할 작정을 했다.

그렇자면 진주댁의 사연을 대강이나마 알아두어야만 하는 것이다.

나는 사이를 두어가며 이것저것 묻기 시작했다. 그런 결과 다음과 같은 사실을 알았다.

진주댁이 처음 결혼한 남편은 결혼한 지 두 달도 채 안 되어 징용으로 끌려가 태평양 어느 섬에서 죽었다. 아이도 없이 혼자 살다가 어느 사업가의 첩이 되었다. 본처가 아들을 낳지 못한다고 해서 정식으로 중매인을 넣어 청혼한 것이다.

남의 첩이 되긴 싫었으나 주변의 압력에 굴복하고 말았다. 첩으로 들어가자마자 아들을 낳긴 했는데 얼마 후 본처가 아들을 낳았다. 그때부터 구박이 시작되었다. 진주댁은 자기가 낳은 아들을 데리고 그 집을 나왔다. 나올 때 얼만가를 받은 돈으로 서울에 집을 장만하고 삯바느질을 하며 아들을 키워왔는데 그 아들이 말썽꾸러기라고 했다.

"아들의 아버지는 어디에 삽니까?"

"진주에서 살아요."

"연락은 있습니까?"

"가끔 서울에 옵니다."

"서울에 오면 같이 지냅니까?"

"천만에요, 벌써 남이 된 걸요."

"아들하곤 그 사람이 더러 만납니까?"

"그애는 자기 아버지를 보지 않을려고 해요."

"호적은 그 집에 들어 있겠군요."

"큰어머니 밑으로 입적이 돼 있지요."

"그럼, 장남 아닙니까. 그 사람의……."

"그게 문제가 된 겁니다. 호적에서 파버릴려고 수단을 쓰고 있지만 그게 잘 되지 않는 모양 같애요."

이런 말들이 오가고 난 뒤 나는 단도직입적으로 말해보았다.

"아주머니 어떻습니까, 정람 선생과 결혼하시면."

진주댁은 들은 척도 안 하는 것 같더니 손님들이 다 나가고 나자 내 옆으로 와서 뚜벅 한마디했다.

"그런 말씀 마세요."

"왜요?"

했으나 답이 없었다.

하기야 진주댁으로선 심각한 문제일 것이었다. 나는 그 이상 추궁하지 않기로 하고 그날 밤은 그대로 돌아왔다.

그 이튿날 밤의 일이다.

정람이 나를 불러내어 그 목로술집으로 갔다.

다른 손님은 없었다.

정람은 진주댁을 불러놓고 선언하듯 했다.

"들으니 나와 진주댁을 두고 엉뚱한 계교를 꾸밀려고 하고 있는 모양이지만, 진주댁, 그런 일로 신경쓰지 마슈. 주객간으로 지냅시다. 서로 부담스럽지 않은 관계로 지내자, 이거요. 경산으로부터 그런 말을 듣고 나는 다른 곳으로 가버릴 생각이었는데 모처럼 이곳에 정을 들이고 훌쩍 떠나는 게 섭섭할 것 같애 진주댁에게 통사정을 하는 거요. 그런 말 들었다고 불쾌하게 생각지 말고 종전대로 지냅시다. 술집의 주인과 뜨내기 손님으로 말이오. 만일 진주댁이 조금이라도 께름한 마음을 가진다면 난 다른 곳으로 떠나겠소."

그러자 진주댁이 황망하게,

"선생님, 전 아무시렁도 안 해요. 그러니 선생님 다른 곳으로 가시지 마십시오. 선생님이 다른 곳으로 가신다면 전 이런 장사 그만두겠어요. 선생님 말씀대로 주객간으로 종전처럼 지내시면 될 것 아닙니까. 제 걱정일랑 조금도 마세요."

하고 눈물을 글썽였다.

이렇게 결혼 얘기는 없었던 것으로 되었다.

생각하면 그후로 얼마 동안의 목로술집은 내게 있어서 아카데미와 같은 의미를 가졌다. 가끔 경산, 정람, 임영숙과 나, 넷이 어울려 환담하는 경우도 있었고, 임영숙과 정람과 나, 셋이 어울리는 경우도 있었고, 나와 정람 단 둘이서 밤이 깊어가는 줄도 모르고 얘기에 열중하는 경우도 있었다.

어느 때엔간 이런 대화가 있었다.

"선생님이 레닌을 만나시게 된 동기는 어떤 거였습니까?"

"이동휘 선생이 모스크바에 오셨어. 레닌과 만나게 되었는데 통역이 필요하다는 거라. 난 그때 모스크바 대학의 학생이었지. 내게 전갈이 와서 그래 따라가게 된 거야."

"이동휘 선생이면 고려공산당의 당수 아닙니까?"

"당수라고 하기보다 창립자였지."

"어떻게 이동휘 선생이 공산주의자가 되었을까요?"

"이동휘 신생은 공신주의자가 아냐. 독립운동의 수단으로 공산주의를 이용하려고 한 거지. 요컨대 소련의 도움을 받을려는 목적으로 공산당을 만든 거다."

"그때 레닌과 이동휘 선생 사이에 무슨 말이 오갔습니까?"

"레닌은, 조선을 독립시키는 방안이 어떤 것이냐고 묻더만. 이에 대해 이동휘 선생은 이천만 동포를 총무장하여 일본놈을 내쫓는 방법밖엔 없는데 우선 그렇게 하기 위해선 민족의 간부, 즉 전위 부대를 양성해야 한다고 대답을 하셨지. 그러니까 레닌이 전위부대 양성엔 확고한 이념이 있어야 할 것인데 그 이념을 말해보라고 했어. 그랬더니 이동휘 선생은 공산주의의 이념이라고 하셨다. 레닌은 빙그레 웃으면서 조선 독립을 위해선 공산주의 이념보다 민족주의 이념을 앞세워야 할 것이라고 하더만. 이어 레닌은 조선의 경제사정을 물었어. 이동휘 선생은 인구의 거의 반이 만성적인 기아상태에 있는데도 일본의 수탈이 너무나 가혹하기 때문에 궁핍이란 말 한 마디밖엔 없다고 하셨어. 그랬더니 레닌은 그러한 궁핍 위엔 아무것도 이룩될 것이 없을 것이라면서 얼굴을 찌푸렸어. 그리고 레닌은 당신이 독립운동을 추진하는 데 자금이 얼마나 필요한가, 하고 물었다. 이동휘 선생은 다다익선이겠지만 우선 40만 루블이 필요하다고 했다. 레닌은 40만 루블 갖고는 어림이 없을 것이라면서 우선 백만 루블쯤 원조하겠다고 쾌히 말했어."

"여운형 선생 때도 정람 선생이 통역하셨습니까?"

"여운형 씨의 통역은 한필수 군이 했지. 그러나 나는 그때도 따라갔지."

"여운형 선생관 어떤 얘기가 있었습니까?"

"이동휘 선생의 경우와 비슷한 질문을 했는데 여운형 씨의 대답은 이동휘 선생보다 훨씬 이론적이고 구체적이었어. 경제 문제에 이르러선 국토 면적과 농토와의 비율, 산업의 각 형태 등, 꽤 내용이 알찬 것이었어. 그런데 이상해. 레닌은 이동휘 선생에게 더욱 호감을 가졌던 것 같애. 이동휘 선생에겐 백만 루블이나 주었는데 여운형 씨에겐 그런 원조를 할 생각을 안 했거든."

"그 이유가 무엇이었을까요?"

"뒤에 내가 물어봤지. 그랬더니 레닌의 말은 이랬어. 이동휘 씬 무식하지만 순진하고 기백이 있는데 여운형 씬 다소 유식하지만 소피스트

케이트한 데가 있다는 거야. 그리고 여운형 씨의 유식보다 이동휘 씨의 무식을 높이 평가한다고 했어. 레닌과 같은 천재 앞에선 여운형 씨의 유식쯤은 문제도 안 되었던 거지."

"그건 그렇고 정람 선생은 레닌의 총애를 받았으면서도 어떻게 공산당에 들지 않고 배겨내셨습니까?"

"아닌 게 아니라 공산당에 들 생각이 없느냐고 묻기도 했어. 그때 나는, 공산당은 당원의 희생을 요구하는데 나에겐 아직 그런 각오가 되어 있지 않다고 했지. 그랬더니 레닌은 껄껄 웃으며 넌 정직해서 좋다고 하더만."

이밖에도 느긋한 기분이 되면 레닌의 갖가지 일화를 들먹였다.

불과 일주일의 공부로써 전기공학에 관한 일류의 전문가가 되었다는 것, 바쁜 가운데도 어린이와 어울려 놀기를 좋아하여 조카딸하고 집무실에서 숨바꼭질을 시작하여 소파 밑에 기어들어가는 장난을 연출했다는 것, 집권한 후에도 신분을 숨기고 농촌에 가서 건초 더미에 자며 농부들과 어울려 담소했다는 것, 개인숭배적인 경향엔 철저하게 반발했다는 것……. 그리고 정람은 다음과 같은 결론을 짓기도 했다.

"레닌의 위대한 천재, 위대한 정력이 없었더라면 소련이라고 하는 범죄국가는 성립되지 못했을 것이다. 인류가 저지른 극악의 상태를 만들어내기 위해서 레닌과 같은 천재를 필요로 했다는 것은 확실히 역사의 비극이다."

아무튼 진주댁의 그 목로술집은 정람 선생과 나와의 우정을 가꾼 보금자리였다. 아니 우정이라고 하기보다 사제간의 정이라고 하는 것이 옳을지 모른다. 나는 그로부터 중국에서부터 시베리아에 깔린 민족의 슬픈 역사를 배웠다. 동시에 러시아 문학의 진수를 배웠다. 내가 그 이름이라도 알고 있는 러시아 작가는 열 명 이상을 넘기지 않는데 나는 정람을 통해 세프첸코, 크루이로프, 페트로프 등 수많은 천재들을 알았다.

거의 초인적이라고 할 수 있는 정람의 기억력은 그들 작품의 줄거리와 특색 있는 장면을 선명하게 전개하는 것인데 그런 얘기를 듣고 있으면 할머니의 옛이야기에 귀를 기울이고 있던 어린 시절이 생각나기도 했다.

그런데 이 보금자리는 뜻밖인, 실로 뜻밖인 사건으로 하룻밤 사이에 궤멸하고 말았다.

그해의 겨울이 깊어 첫눈이 내리던 밤의 일이다. 그 밤도 진주집에서 나와 정람은 이런저런 얘기를 주고받고 있었는데 밤이 깊어 손님들이 떠나고 나자 정람이 심각한 얼굴을 하고 이런 말을 꺼냈다.

"이군의 양해를 구해야겠다."

그러자 진주댁은 왠지 당황한 표정으로 저편 구석으로 가서 그릇을 설거지 시작했다.

"결심했어, 이군. 진주댁과 결혼하기로 했어. 내가 결혼해야만 임군이 프랑스로 가겠다는 거야. 고집이 대단해. 그 아이를 프랑스로 보내기 위해서도 결혼해야 하겠고, 진주댁의 사정으로 봐서도 결혼해야 될 형편이야. 옛날의 남편이 강제적으로 끌고 가려고 한다네. 그런데 진주댁은 죽어도 그렇게 못 하겠다는 거여. 그래 며칠 전 아들에게 통사정을 했다는구먼."

정람의 말은 침통했다.

"잘하신 결심입니다."

하면서도 나는 어쩐지 불안해서 진주댁이 들을 수 있게 소리를 높여 물었다.

"아드님은 쾌히 동의를 하셨나요?"

"암말이 없더래. 그러나 그게 문제될 수 있겠나, 사정 따라 할 일이지."

정람도 덤덤하게 말했다.

"경산 선생께도 의논하셨나요?"

"경산도 좋다고 하더만. 임군은 대찬성이구."

그러나 나는 여전히 불안했다. 언젠가 한 번 본 진주댁 아들의 독기가 서려 있는 듯한 눈이 뇌리를 스쳤기 때문이다.

"결혼하면 아들은 어떻게 되는 겁니까?"

내가 물었다.

"우리와 같이 있고 싶으면 같이 있고 자기 아버질 찾아간다면 그것도 좋구. 결혼하면 당분간 경산의 집으로 이사갈 참이다. 뒤의 골방을 치우면 방이 세 개가 되는 셈이니까, 그 아이는 그 골방에 와 있어도 되거든. 나와 경산이 한 방에 거처하고, 진주댁과 일보는 아주머니와 같은 방을 쓰면 되니까."

"요컨대 임영숙 씨를 쫓아내자는 계획이구먼요."

"쫓아낸다는 말은 과해."

"들으니 구조적으로 그렇게 되어 있는 것 아닙니까."

정람은,

"그렇게라도 해야 결말이 날 것 같지 않은가."

하고 웃었다.

문제의 발단은 바로 그 계획에 있었다.

이튿날 밤 나는 감기 기운이 있어서 목로술집엘 나가지 못했다. 밤 열 시쯤 되었을까.

그 테러리스트를 위한 만사 167

요란스럽게 판자문을 두드리는 사람이 있었다. 외투를 걸치고 나가 보았다.

"진주집에서 큰일이 났습니다. 빨리 가보십시오."
하는 소리를 남기고 그 사람은 어둠 속으로 사라졌다.

급히 달려간 나는 유리창이 부서진 채 길바닥에 놓여 있고 그릇들이 땅바닥에 뒹굴고 있는 진주집의 광경을 보고 질끔했다.

마을 사람들이 한모퉁이에 모여 혀를 끌끌 차고 있는데 정람이 한쪽 벽에 등을 기댄 채 눈을 감고 앉아 있었다. 진주댁은 보이지 않았다.

"어떻게 된 겁니까, 선생님."
하고 내가 말을 걸었다.

정람은 눈을 떴다가 다시 감았다. 눈물이 한 줄기 뺨 위로 흘러내리고 있었다.

마을 사람들의 말을 종합하면……

진주댁의 아들이 가게 안으로 들어서더니 성큼 정람 앞으로 다가섰다. 정람이 거기 앉으라고 자리를 가리켰다. 그 찰나 아들이 포켓에서 잭나이프를 빼 들었다. 그러곤,

"더러운 영감쟁이."
하고 덤벼들었다.

정람은 민첩하게 제일격은 피했으나 아들은 두 번째 칼을 휘둘렀다. 그때 진주댁이 사이에 들어섰다.

아들은 어머니를 밀쳤다. 진주댁은 밀쳐지지 않으려고
"이놈아 나를 죽여라."
하고 악을 썼다.

"늙어도 곱게 늙어. 이런 영감쟁이와 놀아난 년은 엄마가 아니다."

며 아들은 사정 없이 진주댁을 밀어버렸다. 아이쿠, 하고 진주댁이 흙바닥에 쓰러졌다.

   정람이,

   "이 만고에 후레자식놈 같으니."

라며 벌떡 일어서서 아들의 어깨를 치고 칼을 뺏으려고 했다. 젊은 아들인데도 나이 많은 정람의 적수는 아니었다. 비틀 하면서 칼을 뺏기지 않으려고 팔을 치웠다. 흙바닥에서 일어난 진주댁이 아들의 허리를 안았다. 허리를 안긴 채 아들은 정람을 겨누어 칼질을 했다.

   앗차 하는 순간이었다. 진주댁이 몸을 돌려 아들과 정람과의 사이에 끼었을 때 칼이 진주댁의 몸을 찔렀다…….

   정람이 아들의 다리를 걷어찼다. 아들은 뒤로 뒹굴었다.

   그러나 그땐 때가 이미 늦었다. 진주댁의 목에서 선혈이 분수처럼 솟아올랐다. 정람이 수건으로 지혈하려고 들었지만 피는 좀처럼 멎지 않았다. 경찰이 들이닥쳤다. 진주댁은 앰뷸런스에 실려 병원으로 갔다. 이웃 사람 몇이 따라갔다. 아들은 경찰서로 연행되었다.

   대강 이와 같은 것이 내가 그곳에 도착하기까지의 경위였던 것이다.

   진주댁은 이윽고 병원에서 숨을 거두고 말았다. 정람이 주동이 되어 장사를 치렀다. 그 직후 정람은 행방을 감추어버렸다. 물론 임영숙도 떠났다.

   경산의 적막한 생활만 공덕동에 남았다.

   내가 공덕동에서 녹번동으로 이사한 것은 그로부터 두 달 후의 일이다.

   그래도 한 달에 한 번 꼴로 경산을 찾았던 것인데, 석 달 동안의 외국여행을 하고 찾아갔을 때엔 이미 경산은 이 세상에 없었다.

십수 년이 흘렀다.

어느 잡지사의 전교로 한 통의 부고가 날아들었다.

"동정람 선생이 어젯밤(4월 21일) 돌아가셨습니다."

발신자는 임영숙이었다.

나는 황급히 성북구 상도동으로 되어 있는 주소로 찾아갔다. 뜻밖에도 아담한 집, 피아노까지 놓은 아늑한 방에 바야흐로 봄철을 만나 만발한 갖가지 꽃에 묻혀 정람은 평화로운 얼굴로 잠들어 있었다.

장지는 청평호를 바라보는 산기슭이었는데 거긴 경산 선생의 무덤이 있었다.

"어떻게 그곳을 아셨는지, 경산 선생 옆에 묻어달라는 것이 그분의 유언이었습니다."

하고 임영숙이 울먹거렸다.

임영숙은 그 큰 사건을 당하고 행방을 감춘 정람을 찾아내는 데 꼬박 2년이 걸렸다고 했다. 그러니 프랑스고 뭐고 자신의 장래를 모두 팽개치고 정람의 만년을 모셨다는 얘기가 된다.

그러한 발심의 근거가, 그 비극의 원인이 자신에게 있다는 속죄의식이었을까, 그런 의식조차도 넘어선 사랑이었을까, 그러나 이러한 전색詮索은 다시 새로운 얘기를 필요로 한다.

지금은 대로가 되어버려 그 옛날의 흔적도 남기지 않은 공덕동을 지나면서 나는 경산을 생각하고, 정람을 생각한다.

그런데 이 치졸한 기록이 과연 두 선생을 위한 진혼의 보람을 다할 수 있을는지 아득한 기분이기만 하다.

철학적 살인

사랑하는 아내에게 과거가 있었다는 것과 그 과거의 사나이와 아내가 정을 통하고 있다는 사실을 알았을 때, 남편은 어떻게 해야 하는 것일까. 상황에 따라 성격에 따라 갖가지의 태도와 행동이 있을 것이다. 민태기閔太基의 태도와 행동은 그런 경우에 있어서의 대표적인 하나의 예가 되지 않을까 한다.

민태기는 30대의 중간에 있는 나이로 나라에서도 굴지하는 대상사회사의 부장이며 미구에 중역으로 승진할 앞날을 가진 사람이다. 아내 김향숙은 부유한 집안의 딸로서 자란, 재능과 미모가 함께 뛰어난 갓 서른을 넘긴 여성이다. 그리고 두 사람은 금슬이 좋기로 소문난 부부이기도 했다.

더위가 한고비를 넘기고 코스모스에 하늘거리는 바람에 가을빛이 살금 비끼기 시작하는 계절이면 서울의 높고 낮은 빌딩들이 각기 하늘에 선명한 윤곽을 그리게 된다. 그럴 무렵의 어느 날 민태기는 회사의 승용차를 타고 정각 하오 여섯 시에 회사를 출발해서 여섯 시 반쯤에 T동의 자택으로 돌아왔다. 가을이 시작하는 계절의 퇴근길이란 나쁘지 않다는 기분으로 그는 초인종을 눌렀다.

아내는 집에 없었다.

가정부의 말에 의하면 네 시부터 몇 차례 연속으로 걸려온 전화를 받고 다섯 시쯤에 아내는 나갔다는 것이다.

"조금 늦을지도 모르니 식사는 먼저 하시란 분부였어요."

약간 서운한 느낌이 없지 않았으나 아내에게 급한 용무가 없으란 법은 없다. 동창생 가운데 누군가가 초대했는지도 모르고, 여학사회 같은 모임에 긴급한 일이 생길 수도 있는 것이며, 느닷없이 친정엘 잘 가는 버릇도 있고 했으니 민태기는 곧 마음을 편안하게 돌이킬 수가 있었다.

샤워를 하고 파자마를 갈아입고 응접실을 겸한 호화로운 서재에서 신문을 펴들었다. 그리고 식당에 가서 식사를 하곤 거실로 돌아와 텔레비전의 스위치를 넣었다. 텔레비전에선 어색한 코미디가 화면을 메우고 있었다. 강작強作된 코미디는 코미디이기 전에 일종의 파르스다. 파르스는 보는 사람까지 싸잡아 우스운 존재로 만든다. 그러나 민태기는 텔레비전 앞을 떠날 수가 없었다. 그러기만 하면 아내의 부재로 인한 공간과 시간의 공허함이 돋아날 것은 필지의 일이었다.

어느덧 여덟 시가 되어 있었다.

'전화라도 한 통쯤 있음직한데.'

하는 생각에,

'곧 오겠지.'

하는 생각이 잇달았다.

텔레비전의 뉴스는 텔레비전의 뉴스니까 우울한 것이 아니라, 그 사실 자체가 우울했다. 주식 공개의 문제가 중대한 뉴스거리로 등장하고 있는데 그 내용을 속속들이 알고 있는 민태기는 쓴웃음을 웃을 수밖엔 없다.

연속극의 차례가 되었다. 이곳저곳 다이얼을 돌려보아도 신통한 거라곤 없다. 아무 데나 틀어놓고 바보처럼 들여다보고 있기로 했다. 총각 때는 머리를 땋아 늘어뜨리는 것이라고 어릴 때 할머니로부터 들은 적이 있었는데 텔레비전의 시대극에 나타나는 총각들은 예외없이 상투를 틀어 올리고 있으니 초보적인 고증도 해보지 않았단 말 아닌가. 꼼꼼한 성격의 민태기는 그런 문제에 신경이 쓰인다. 고증이 틀렸다는 것으로 드라마에 대한 흥미는 잡치고 만다. 계수計數를 틀리는 사원은 무능한 사원이란, 회사에 있어서의 그의 인식과 통하는 데가 있다.

시계종이 아홉 시를 알렸다.

민태기는 슬그머니 부아가 났다. 아내가 어디를 쏘다니고 있는지도 모르면서 멍청히 텔레비전을 들여다보고 있는 자기가 바보스럽게 느껴졌다.

전화벨이 울렸다. 수화기를 들었다.

"민태기 씨 댁이죠?"

귀에 익은 것 같기도 하고, 생판 처음 듣는 것 같기도 한 목소리가 흘러나왔다.

"그렇습니다."

"민태기 씨입니까?"

"그렇습니다. 누구신지."

"전 민 부장님의 사모님을 잘 알고 있는 사람입니다. 하도 공교로운 일이 돼놔서 저의 이름을 밝힐 순 없습니다. 고민한 끝에 용기를 갖고 거는 전홥니다. 제 말을 듣기만 하십시오……"

마음의 탓인지 음성이 조금 들떠 있었다. 누군진 모르나 사원의 하나

임엔 틀림이 없다는 짐작이 갔다. 망설이는 듯 조금 사이가 있었다.

"말씀하세요, 듣고 있습니다."

민태기는 수화기를 귀에 댄 채 한 손으로 담배를 피워물었다. 떨리는 듯한 목소리가 이어졌다.

"사모님이, 여러모로 확인을 했으니 사모님이 틀림없습니다. 사모님이 지금 P호텔에 있습니다."

"그래서 어쨌단 말입니까?"

민태기는 자기도 모르게 흥분했다.

"아닙니다. 제 말만 듣고 계십시오. P호텔의 스낵바에서 사모님을 보았습니다. 그게 여섯 시 반쯤입니다. 어떤 남자와 카운터 구석진 곳에서 술을 마시고 있었습니다. 한 시간쯤 그곳에 계시더니 옆에 있던 사나이의 부축을 받고 스낵바를 나갔습니다. 호기심도 나고 해서 그 뒤를 따라가보았습니다. 두 사람은 엘리베이터를 탔습니다. 11층에서 멎더군요. 다른 손님은 없었고 중간에 선 일도 없었으니 같이 11층의 방으로 간 것이 틀림없습니다. 그때부터 전 엘리베이터가 보이는 곳의 소파에 자리를 잡고 여덟 시 반까지 앉아 있었지만 사모님은 나타나지 않았습니다. P호텔의 엘리베이터는 로비를 향해 세 대가 나란히 있는 것뿐이고 그밖엔 달리 오르내릴 수 없게 돼 있습니다. 여덟 시 반까지 지켜보다가 전 단념하고 다시 스낵바로 가서 아까 두 사람이 앉아 있던 카운터에 앉아 바텐더에게 슬며시 얘기를 걸었습니다. 자연스럽게 지나가는 말투로 이 얘기, 저 얘기를 하다가 사모님과 같이 있는 그 사나이의 정체를 알 수가 있었습니다. 이름은 고광식이구요, 미국에서 무역을 하는 사람인데 일주일 전에 귀국해서 P호텔에 투숙하고 있다는 겁니다. 바텐더와는 C호텔 시절부터 아는 자라고 합니다. 바텐더는 고광식과 친하다는 걸 퍽 자랑으로 알고 있는 말투였습니다. 미국으로 초대하 겠다는 말도 있었던 모양입니다. 그리고 프런트에서 알았는데 고광식 의 방 번호는 1103호입니다. 아까도 말했습니다만 고민한 끝에 하는 전화입니다. 너무도 공교로운 일이라 저도 얼떨떨합니다. 공연한 짓이 란 생각이 없지 않습니다만 진상은 알아두시는 게 좋지 않을까 해 서……. 죄송합니다. 이만 실례합니다."

전화는 거기서 끊어졌다.

가슴이 얼어붙었다. 터무니없는 장난 전화라고 하고 싶었으나 그럴 엄두에 앞서 갑자기 한기가 엄습했다. 팔다리가 오그라붙고 이빨이 덜 덜 떨렸다. 가운을 걸칠 양으로 일어서려는데 손아귀에 수화기가 쥐인 채 있었다. 간신히 수화기를 올려놓았다.

파자마 위에 가운을 걸치고 소파에 도로 앉았다. 한기는 사라진 듯 했으나 턱은 계속 떨렸다.

피아노 위에 앉은 오뚝이의 유머러스한 표정이 그로테스크하게 확대 되어 다가왔다. 항아리에 가득히 넘칠 만큼 꽂혀 만발한 꽃들이 돌연 홍소를 터뜨렸다. 벽에 걸린 가르시아의 초상이 추악한 마녀의 표정으 로 이지러졌다. 창 쪽으로 드리운 핑크빛 커튼이 새빨간 피를 내뿜기 시작했다.

'나는 미치는구나. 이게 바로 발광 직전의 상태로구나.'

뇌수의 어느 골짜기에서 신음하는 것 같은 이런 소리가 들려왔다. 이 소리에 일깨워진 듯 뇌수의 다른 골짜기에선,

'미쳐선 안 되지!'

하는 소리가 메아리를 남겼다.

고광식의 얼굴이 꽉 차게 시야를 덮었다. 민태기는 고광식을 알고 있었다. 대학의 동기 동창이며 학교 시절 줄곧 라이벌의 관계에 있었다. 그는 부잣집 아들이었고 민태기는 가난한 농부의 아들이었다. 고광식과 그 일파는 호화스런 대학 생활을 했고 민태기는 어두운 음지에서 공부에만 열중했다. 고광식이 민태기를 보는 눈엔 언제나 시골의 천민을 보는 경멸감이 있었다.

'저놈에게 질 수는 없다.'

는 결의가 민태기의 청춘을 지탱한 원동력이었고, 그것이 민태기의 오늘을 만든 조건이라고 해도 과언은 아니다.

'그 고광식과 아내가……. 그들은 언제부터 아는 사이였을까?'

민태기는 와락 일어서서 주먹을 불끈 쥐었다.

'이성을 잃어선 안 된다.'

그는 입을 악물어보기도 했다. 다시 자리에 앉았다.

얼어붙은 가슴에 분노의 불꽃이 일기 시작했다. 그 불꽃으로 인해 민태기는 이성을 되찾게 되었다. 대개의 경우 사람들은 분노와 더불어 이성을 잃는다. 그러나 이와는 반대로 민태기는 분노와 더불어 이성을 되찾는다. 민태기의 분노는 그 불꽃을 안으로 태우기 때문이다. 그는 분노의 불꽃 속에서 사상事象을 더욱 명백하게 파악하는 특징을 가지고 있었다. 분노의 조명 아래 그의 사고는 보다 치밀하게, 보다 신속하게 작용하기도 했다.

오뚝이는 유머러스한 조그만 표정으로 되돌아섰다. 가르시아의 초상은 그 본래의 우아함을 되찾았다. 항아리에 가득한 꽃들은 침묵의 합창을 시작했다. 핑크빛 커튼만이 여전히 피를 흘리고 있었다. 그것은 민태기의 짙은 눈에 짙은 핏발이 선 탓인지 몰랐다.

민태기는 자기가 아내 향숙을 얼마나 사랑했는가를 생각했다. 그에게 있어서 향숙은 그야말로 훈훈한 행복의 향기였다. 책읽기를 좋아하는 향숙은 고금의 명작을 읽은 차례대로 민태기에게 그 내용과 독후감을 들려주었다. 때문에 민태기는 읽지도 않고 명작에 통할 수가 있었다. 민태기는 아내 대신 패션 잡지를 뒤져 아내에게 가장 어울리는 의상을 가려내선 그렇게 입혀보는 취미를 가꾸었다.

'오늘도 향숙은 내가 선택한 옷을 입고 그놈과 어울렸을 것이다……'

숨이 막힐 듯했다.

민태기의 눈 앞으로 아내의 그 유연하고 아름다운 나체가 펼쳐졌다. 따스한 온기가 묻어 있는 주옥에 비길 만한 젖가슴, 가냘프게 곡선을 그려 탐스런 궁둥이로 해서 허벅다리로 내려가는 그 생명의 조각, 아아, 그 허벅다리 언저리에 피어 있는 오묘한 샘! 그 샘이 지니고 있는 감미로운 마력!

그러나 민태기는 밖으로 번져나오려는 질투와 분노의 불꽃을 안으로 안으로 몰아넣어야 했다. 그 노력과 고통이 얼마나 벅찬 것이어도 감당해내야만 했다. 그의 이마엔 기름땀이 솟고 숨은 가빴다. 민태기는 자기가 어떻게 해야 할 것인가를 구상하고 계산해야 할 단계에 이르렀다.

먼저 스카치를 한 잔 했다. 꼭 한 잔이어야 한다. 그 이상은 이성의 브레이크에 고장을 일으킬 위험이 있다.

집 안이 너무 조용해선 안 된다. 그러니 텔레비전은 끄지 말고 그냥 두어야 한다. 그런데 텔레비전은 끝나는 시간이 있다. 미리 두세 시간쯤은 감당할 수 있게 녹음기에 카세트를 꽂아놓아야 한다. 음악은? 베토벤? 너무 장중하다. 모차르트? 너무 현란하다. 차이코프스키? 너무

감미롭다. 무소르크스키? 그것이 적당할지 모르지.
 가운은 벗어야지. 춤질 않으니까.
 향숙이 들어서면 자연스럽게 대범하게 대해야 한다. 조그마한 의혹의 흔적도 나타내선 안 된다…….

 향숙이 돌아온 것은 열한 시를 이십 분쯤 넘기고 있을 때였다.
 민태기가 엷은 미소를 꾸며 보였을 때 향숙은 부신 듯 그를 바라보곤,
 "아, 지쳤어."
하고 남편과 나란히 소파에 앉았다.
 화장을 이제 막 한 것처럼 다듬어져 있었다. 더욱이 루즈의 신선함이 민태기의 눈을 끌었다. 술냄새는 없었다. 여느 때보다 향수의 내음이 진했다.
 '결정적이다.'
 분화구를 찾는 지구 내부의 광열이 일순 민태기의 가슴패기 이곳저곳을 핥아젖혔다. 그것을 민태기는 안으로 몰아넣었다. 그리고 침을 삼켜 목 안을 축였다.
 "옷을 갈아입지. 왜 그러구 앉았소?"
 말은 태연스럽게 나왔다.
 반가운 신호나 받은 듯이 향숙은,
 "아줌마!"
하고 불러놓곤 안방으로 들어갔다. 들어가며 남긴 말은 이랬다.
 "미국에 갔다왔다는 게 그렇게 대단한 건가? 사람을 놓아주려고 해야지."
 '진실의 근처까진 말하긴 하누만.'

민태기는 저도 모르게 쏘아보는 눈이 되었다고 느껴 얼른 시선을 누그럽게 했다.

향숙이 샤워를 하는 소리가 들려왔다.

'호텔에서 분명히 샤워를 했을 텐데, 카무플라주하는 셈인가?'

향숙은 이내 샤워를 마치고 잠옷 차림으로 나왔다. 그리고 담배를 물곤 남편을 쳐다봤다. 라이터를 켜주길 기다리는, 언제나와 같은 포즈다.

민태기는 라이터를 켜서 아내의 입술에 물린 담배 끝에 갖다 댔다. 손이 떨릴까 두려워했는데 그러진 않았다.

"대학 때의 동창이 미국 갔다왔어요. 친정이 서울에 있는데두 호텔에 버터 앉아 나를 그곳까지 나오라고 하잖아요. 하두 졸라대는 바람에 나갔더니 글쎄……."

"글쎄, 어쩝디까?"

민태기는 대범하게 말을 끼웠다.

"식사를 같이 하자, 술을 마시자, 하구 성화 아니겠어요. 가정에 꽁꽁 매여 산다는 핀잔을 받을까봐 응응응 하는 바람에 시간이 늦어졌지 뭐예요."

민태기는 호텔에 혹시 고광식 부처가 와 있는지도 모른다는 생각을 얼핏 해봤다. 방으로 가기 전에 고광식을 먼저 만난 것인지도 모른다. 아니 그 부인이 향숙의 친구인데 향숙의 친구가 미장원에 나가 있는 동안 같이 스낵바에 있었던 것인지 모른다. 그런 것을 괜한 친구가, 하다가 민태기는 그럴 수는 없다고 생각했다. 이제 막 다듬은 듯한 화장이, 더욱이 너무나 선명한 루즈가 무엇이 있었다는 사정을 말해주고 있는 것이다.

'영어의 betray란 말은 참으로 잘된 말이다. 배신한다는 뜻을 가진

이 말은 아무리 달리 꾸미려고 해도 진실을 폭로하고 있다는 뜻으로 쓰인다. 향숙의 선명한 루즈는…….'

민태기는 이런 엉뚱한 생각을 하다가, 아내 향숙의 가느다란 목줄기를 곁눈으로 훔쳐봤다. 상아를 깎아 만든 공예품 같은 그 우아하고 염려한 목줄기, 그 목줄기가 고광식의 팔에 감겼을지 모른다고 생각하니 선뜻 민태기의 뇌리를 살의가 스쳤다. 동시에 강렬한 정욕이 아랫배를 고통스럽게 자극하곤 척추를 따라 뇌수에 고였다. 그 정욕은 살의를 곁들여 두 팔이 광폭하게 향숙의 목줄기를 향해 뻗을 만큼 충격적이었다. 민태기는 가까스로 그 충격을 억제했지만 언젠가는 향숙의 그 우아한 목줄기를 졸라 죽일 날이 있을지 모른다는 상상에 바르르 몸을 떨었다.

"밤이 깊으니 춥군."

민태기는 저도 모르게 중얼거렸다.

"아 피로해."

향숙은 담배를 비벼 끄며 하품을 했다. 그리고 일어서서 마루로 나갔다.

"아줌마, 금붕어 물 갈았수?"

향숙의 목소리는 마냥 평안스럽기만 하다. 민태기는 일어서 텔레비전을 껐다. 리모트 컨트롤이 있어야 하는데……. 엉뚱한 생각을 또 해 봤다. 세계가 붕괴하려고 하는데 텔레비전의 리모트 컨트롤이 무슨 소용이냐. 언제 목이라도 졸려 죽을지 모르는 가느다란 목줄기를 가진 여자가 금붕어 걱정을 해?

민태기는 향숙이 만나러 간 사람이 고광식이 아니라 고광식의 아내일지도 모른다는 생각에 아직도 미련을 갖고 있는 자신을 발견했다.

'이런 것이 탈이다. 그런 아련한 미련 때문에 서툴게 말문을 열어 이편의 의혹을 눈치 채일 경우가 있는 것이니 말이다.'

경쟁업체와의 허허실실한 거래 방식을 통해 조그마한 허점을 보여서도 안 된다는 상사맨의 습성을 익힌 민태기는 그런 점으로서도 이성적인 인물이다.

그는 또 이상한 강도로 압박해오는 향숙의 육체를 향한 정욕을 죽이지 않으면 뜻밖의 실수를 저지를 수 있을지 모른다는 경각심을 가졌다. 그러자면 오늘 밤은 말없이 고이 잠들어야 하는 것이다.

"여보, 당신 가끔 먹는 수면제 있지 않소."

민태기는 마루를 향해 말했다.

"수면제는 또 왜요. 이때까진 들어보지 못하는 소릴 하시네요?"

마루로부터 들어서며 향숙이 한 소리다.

"아냐, 오늘 밤은 푹 자야겠어. 내일 아침은 빨리 일어나야 하는데 어쩐지 잠이 올 것 같지 않아."

"수면제에 습관을 들이면 안 되는데."

하면서도 향숙은 문갑을 뒤졌다.

"전연 부작용이 없는 수면제라고 뽐낸 것은 누군데."

민태기의 이 말엔 주저없이 수면제를 내놓지 않을 수 없게 하는 마력이 있었다.

민태기는 세 알의 베로날을 머금고 냉수를 마셨다. 그리고 위스키를 원샷 하고 다시 냉수를 마시곤 화장실을 들러 침실로 들어갔다.

'지옥이 있다면 지금의 내 마음이 지옥이다.'

하마터면 쏟아질 뻔한 눈물, 그러니까 눈언저리를 적신 눈물을 민태기는 이불의 커버로써 닦았다.

'비누 물방울 같은 행복!'

이 말이 뇌수 전체에 그야말로 비누 물방울 같은 거품으로 번졌다. 민태기는 잠에 빠져들었다.

관철동 어느 중국 요정의 특별실에 고광식과 김향숙, 그리고 민태기가 대질하는 장면을 만들기까지 민태기로선 일주일의 시간과 치밀한 계략과 기민한 동작이 필요했다.

고광식이 부인을 동반하지 않고 혼자 P호텔의 1103호에 투숙하고 있는 사실을 확인하긴 쉬운 일이었다. 며칠을 두고 고광식과 김향숙이 밀회하는 장면을 덮치려고 했으나 그런 기회는 없었다. 도리 없이 민태기는 부하를 시켜 회사의 중역을 가장하고 만날 장소와 시간을 정하게 했다. 미국에서 무역을 하는 사람이면 그 회사의 중역을 만나길 바랄 것이란 짐작이 맞아떨어진 결과였다.

바로 그 장소에 약 20분쯤 늦게 김향숙이 도착하도록 마련도 되었다. 오래간만에 같이 중국 음식을 먹자는 제의만으로도 족했으나 운전사를 미리 집에 대기시켜놓고 만일에 예외라는 것도 없게끔 배려까지 해놓았다.

약속한 시간, 지정한 장소에서 민태기는 기다렸다. 20분쯤 늦게 방문을 두드리는 사람이 있었다. 나타난 사람은 바로 고광식이었다. 고광식은 민태기를 보자 멈칫하는 것 같았으나 곧 태연한 자세로 돌아와선,

"이게 얼마만이오?"

하고 손을 내밀었다.

"앉으시오. 중역 대신 내가 나왔소."

짤막하게 말하고 민태기는 고광식이 내민 손을 못 본 척했다.

묘한 공기가 감돌았다. 침묵이 견디기 어려웠던지 고광식이 먼저 입을 열었다.

"당신 회사에서 나를 만나자고 했는데 용건이 무엇인지 그것부터 압시다."

"사람이 하나 더 올 거요. 그 사람이 오거든 얘기를 시작합시다."
하고 민태기는 시계를 봤다. 김향숙이 나타나기까지엔 10분을 기다려야 했다.

"주문하십시오."
하고 보이가 들어왔다. 민태기는 고광식에겐 묻는 법도 없이 이것저것 대여섯 가지의 요리를 시키고 술은 배갈을 가지고 오라고 했다.

고광식이 겸연쩍게 웃었다.

"왜 웃는 겁니까?"

민태기가 싸늘하게 물었다.

"나는 명색이 손님 아뇨. 그런데 손님에겐 한마디 물어보지도 않고 요리를 시키니까 그게 우스워서……."

"시골뜨기를 아직도 면하지 못했단 뜻이겠군요."

"그런 건 아니지만……."

"도리가 없죠. 사람은 자기의 바탕대로 살아야 하니까."

그리고 다시 침묵이 흘렀다. 두 사람은 경쟁이나 하듯 담배를 피웠다.

민태기는 다시 시계를 바라봤다. 2분 전, 1분 전, 30초 전, 20초 전, 이때 노크 소리가 있었다.

"들어와요."

민태기의 소리와 함께 도어가 열렸다. 김향숙은 발을 들여놓다 말고

철학적 살인

고광식의 모습을 보자 멈칫 그 자리에 서버렸다. 고광식의 얼굴에선 핏기가 가셨다.

"이리로 와 앉아요."

민태기는 향숙의 손을 끌어 안쪽 의자에 데려다 앉혔다. 고광식과 민태기와의 중간에 있는 자리였다.

무거운 침묵이 방 안을 억눌렀다.

민태기는 주문한 요리와 술이 다 들어오길 기다려 보이에게 일렀다.

"부르기 전엔 아무도 이 방에 못 들어오게 해요."

"알았습니다."

하고 나간 보이의 등 뒤로 문이 닫히자 방 안의 공기는 아연 긴장했다.

민태기가 입을 열었다.

"간단하게 해결합시다. 고광식 씨, 당신과 김향숙은 언제부터 아는 사이요?"

"왜 그런 걸 묻죠?"

고광식은 새파랗게 질려 있었다.

"왜 묻다니, 나는 물어볼 만하니까 묻는 거다. 솔직하게 말해!"

민태기의 말투는 나지막했으나 거칠었다.

"고등학교 시절부터 아는 사이요."

그러면 어쩔 테냐 하는 배짱을 보이는 고광식의 말투였다.

"그래 연애한 사이요?"

"그렇소."

향숙이 황급히 머리를 들었으나 다시 고개를 숙였다. 말은 없었다.

"지금도 사랑하고 있소?"

"지금도 사랑하고 있소."

고광식의 대답은 당당했다.

민태기는 얼굴을 향숙에게 돌렸다.

"당신도 고광식 씨를 사랑하오?"

"……."

"이건 중대한 문제요. 대답을 하시오!"

"……."

"적어도 한두 사람은, 아니 확실히 한 사람은 생사의 기로에 놓인 문제요. 정직하게 답을 하시오!"

"왜 그렇게 묻죠? 그게 무슨 뜻이죠?"

향숙의 소리는 비명에 가까웠다.

"당신이 고광식과 한 짓이 있잖소. 그걸 나는 다 알고 있소. 그래 묻는 거요. 물어서 나빠요? 나는 모르는 척해야 하나? 말해봐요, 당신이 고광식을 사랑한다면 나는 언제든 물러설 용의가 있으니까!"

향숙은 멍청히 민태기를 바라봤다. 그 멍청한 얼굴을 향해 민태기는 쏘아붙였다.

"내가 이 세상에서 제일 미워하는 놈이 고광식이다. 하필이면 그놈하고 놀아나? 이놈만 아니었더라도 나는 모든 것을 용서할 수가 있다. 고광식은 나를 망치려고 갖은 모략을 다한 놈야. 그러니 말해봐, 고광식을 사랑한다면 나는 깨끗이 물러서겠다. 두말하지 않겠다. 말해봐, 솔직하게! 이 개 같은 년!"

세상이 무너지는 듯한 굉음과 더불어 향숙은 의자와 함께 뒤로 넘어졌다. 민태기는 자기도 모르게 황급히 달려가 향숙을 안아 일으켰다.

"향숙이!"

하고 부르며 민태기는 눈물을 쏟고 있는데 고광식은 냉엄한 자세로 앉아 있었다. 그 자세가 시야에 들어서자 민태기는 안았던 향숙의 머리를 마룻바닥에 도로 놓고 일어섰다. 그리고 고광식에게 다가섰다.

"이 자식아, 향숙은 네가 안아! 그리고 병원으로 데리고 가!"

고광식은 꼼짝도 안했다.

"지금도 넌 향숙을 사랑한다며? 사랑한다면 이 자식아, 네가 책임을 져야 할 게 아닌가?"

고광식이 여전히 움직이지 않았다.

"사랑하는 사람이 기절을 하고 넘어졌는데 이 자식아, 보고만 있어?"

민태기는 고광식의 어깨를 내리쳤다.

"이놈이 미쳤나?"

고광식이 벌떡 일어서며 민태기를 밀었다. 그러나 완력으로 고광식이 민태기의 적수가 아니었다. 민태기는 고광식의 멱살을 잡고 고광식의 머리를 벽에 한 번 찍어놓고 낚아챘다.

"미쳐? 그래 나는 미쳤다. 나를 미치게 한 놈은 누구지? 그러나 나는 너희들의 사랑을 방해할 의사는 없다. 향숙을 사랑한다면 지금 이 순간부터 네놈이 책임을 져라, 이 말이다."

"내가 왜 책임을 져?"

고광식이 민태기의 손아귀에서 벗어나려고 몸부림을 쳤다.

"책임을 못 져?"

"못 지겠다."

"그렇다면 네가 한 행동은 뭣꼬? 장난 삼아 남의 부인을 농락했단 말인가?"

"장난은 아냐."

"장난이 아니면 뭣꼬?"

"나는 향숙 씨를 사랑했어."

"사랑하는데 책임을 못 져?"

"내게도 아내가 있어."

안으로 안으로 몰아넣었던 민태기의 분노가 드디어 밖으로 폭발했다.

"뭐라구? 네게도 아내가 있다구?"

민태기는 자기의 손목을 물어뜯으려고 이빨을 세우고 덤비는 고광식의 낯짝을 턱으로부터 밀어올려 힘껏 벽에다 갖다 부딪혔다. '쿵' 하는 소리가 지나치게 높았다 싶었는데 고광식의 다리에서 힘이 빠졌다. 고광식의 멱살을 쥔 민태기의 손에 중량이 걸려왔다. 손을 놓았다. 고광식의 몸뚱어리는 꺾어지듯 마룻바닥에 거꾸러졌다. 그 볼품없이 거꾸러지는 꼴이 민태기의 분노를 더했다. 그까짓 모밀대 같은 녀석이 남의 행복의 성을 산산이 부숴놓았다고 생각하니 더욱 용서할 수 없었다. 창쪽 나무대 위에 놓인 큼직한 화분을 집어들었을 때 민태기는 결정적인 살의를 가졌다.

'저런 놈을 없애버리는 것도 뜻있는 일이다.'

민태기는 빛나는 날이 있을지도 모르는 자기의 장래를, 냉정한 이성으로 복수의 행동과 맞바꾸기로 했다. 민태기는 정확하게 고광식의 두상을 겨눠 그 큰 화분을 힘껏 내리쳤다.

경찰에 출두한 민태기의 태도는 침착하고 냉정했다. 그의 진술은 그냥 그대로 문장이 될 만큼 정연했다. 현장 검증에서 시종 일관 태도에 흐트러진 곳이 없었다.

변호사는 창가의 화분은 두 사람이 격투하는 바람에 넘어진 것이 아닌가 하고 과실 치사의 방향으로 꾸며나가려고 했지만 민태기는 자기

가 행동한 그대로를 말하고 분명한 살의가 있었다는 것을 밝혔다. 그리고 덧붙이길

"그놈이 만일 살아 있고 기회만 있다면 나는 한 번 더 그놈을 죽일 작정입니다."

재판정에 있어서의 그의 최후 진술도 이와 같았는데 그 진술에선 색다른 말이 끼어 있었다.

'어떤 법률도 도덕도 사랑을 넘어설 순 없다. 사랑 이상의 가치가 이 세상에 있다고 나는 생각하지 않는다. 남편을 가진 여자가, 아내를 가진 사내가 사랑에 겨워 남의 눈을 피해 밀회를 한다고 할 때 법률은 이를 벌할 수 있을지 모르나 인간성의 재판에선 이를 용서할 것이다. 진정한 사랑은 남의 가정을 생각할 수 없을 정도로 과격하게 발현되는 경우도 있다. 동시에 그 일이 폭로되었을 땐 용감하게 벌을 받을 뿐 아니라 그 사랑에 따른 모든 책무를 져야 한다. 그러나 진정한 사랑이 아닌, 일시적인 기분, 동물적인 성적 충동으로 남의 가정을 유린하는 결과를 가져올 행동을 하는 남녀는 어떠한 명분으로서도 그들을 용서할 수가 없다. 만일 그때, 향숙 씨가 넘어졌을 때 고광식이 달려가서 향숙 씨를 안아 일으키는 성의만 있었더라도 나는 그를 더욱 미워했을지는 몰라도 죽이진 않았을 것이다. 사랑한다면 책임을 지고 데리고 가라고 했을 때 고광식이 그렇게 하겠다고 단언을 했어도 나는 그를 죽이지 않았을 것이다. 내가 그에게 향숙을 책임지라고 마지막 요구했을 때 그는 그 제의를 거절하는 이유로서 내게도 아내가 있다는 말을 했다. 나는 그 말을 듣고 그를 죽일 작정을 했다. 자기의 가정을 파괴할 용의와 각오도 없이, 그만한 사랑도 없이 어떻게 남의 아내를 탐낼 수 있단 말인가. 분명히 고광식은 장난하는 기분으로 향숙을 농락했다

는 결론을 얻었다. 장난으로 사랑을 유린하는 놈은 용서할 수 없다. 나는 감정적으로 그놈을 죽인 것이 아니라 나의 철학에 의해 그놈을 죽였다. 그러니 나는 정상의 재량을 바라지도 않고 관대한 처분을 바라지도 않는다……'

질투로 인한 살인 사건, 치정에 의한 살인 사건이라고 하면 간단한 사건이다. 그러나 구형량을 정해야 하는 검사의 심리는 복잡했다. 검사뿐 아니라 남편된 입장에 있는 사람이면 '그럴 경우 나는 어떻게 행동할 것인가.' 하는 생각을 안 해볼 수 없는 것이다. 사건을 담당한 A검사는 하룻밤을 꼬박 새우다시피했다.
 민태기란 전도가 양양했을 인물에 대한 동정도 있었지만
 '나 같으면 어떻게 할까.'
하는 문제를 쉽사리 풀 수 없었기 때문이다.
 A검사는 드디어 검사라는 입장은 사정私情을 섞어선 안 되는 입장, 즉 국가를 대표하는 입장에 서야 한다는 원칙을 새삼스럽게 깨달았다. 어떠한 입장에서라도 사사로운 감정으로 사람을 죽여선 안 되는 것이다. 민태기는 분명히 귀중한 국민 한 사람을 죽여 없앴다. 고광식은 살려 두었으면 수출 증대에 크게 이바지할 수 있었던 사람이 아니었던가. 남의 가정을 파괴하고 여자를 농락하는 탕아의 존재쯤은 국가 이익에 그다지 큰 손실을 가져오는 것은 아니다. 이렇게 결론을 짓고 A검사는 민태기에게 징역 10년을 구형했다.
 B판사의 고민도 A검사의 고민에 못지 않았다. 구형이 5년쯤만 되어도 징역 3년에 집행 유예 5년 정도로 선고할 수 있었을 터인데 징역 10년의 구형이니 사정이 딱했다. 뿐 아니라 징역 10년을 구형하는 논고의

내용이 너무나 완벽하고 보니 섣불리 형량을 정할 수도 없었고 정상 재량을 대폭으로 한다면 검찰이 불복할 것이니 아무런 보람도 없을 것이었다.

B판사는 민태기의 형량을 가급적 적게, 그리고 그 재량을 설득력 있는 것으로 하기 위해서 각국의 판례집을 뒤적이고 있었다.

그러다가 다음과 같은 골자의 판례를 발견했다. 목수를 직업으로 하는 사나이가 있었다. 그 사나이의 이름을 갑이라고 해둔다. 갑은 을이란 자가 경영하는 목공장에서 일하고 있었는데 어느 날 자기의 아내와 을이 정을 통하고 있는 현장을 보고 아내와 이혼했다. 갑은 재혼했다. 그땐 을의 공장에서 나와 다른 데서 일하고 있었는데 처와 을이 또 밀회를 했다. 갑은 그 재혼한 아내와 헤어지고 다시 다른 여자를 맞아들였다. 그랬는데 을은 또 갑의 세 번째 마누라를 농락했다. 이때까진 참아왔던 갑도 드디어 분통을 터뜨려 을을 죽이겠다고 나섰다. 을은 갑의 서슬이 보통이 아님을 알자 어디론지 피신해버렸다. 갑은 만사를 제폐하고 을을 찾아 방방곡곡을 헤맸다. 3년이란 세월이 흐른 뒤 갑은 을을 고베 어느 여관에서 붙들어 비수로써 난자한 끝에 드디어 죽이고 말았다.

이 사건을 재판한 고베 재판소는 심의 끝에 갑에게 무죄를 선고했다. 그 판결 이유인즉 요약하면 법률은 개인의 개인에 대한 복수를 금하는 것을 원칙으로 하지만 이런 경우는 다르다. 일본엔 현재 간통죄가 없어 아내를 빼앗긴 남편의 울분을 풀어줄 합법적인 수단이 없다. 그러니 당하고만 있어야 하는 처지다. 그런데 본 건의 경우는 한 번이 아니라 세 번이나 동일인에 의하여 남자로서의 면목을 짓밟힌 것이다. 그럼에도 불구하고 법률은 그에게 대해 보복을 금하고 있다. 갑은 자기 힘으로 보복할 수단을 찾았다. 그렇게 해서 보복을 했다. 아무리 법률이라도 인간성을 깡그리 무시할 수는 없다. 법정도 갑에 대해 동정을 금할 수가 없다. 만일 갑이 첫 번째 아내를 빼앗겼을 때 을을 죽였더라도 10년 이상의 형은 받지 않았을 것이다. 두 번째 아내를 빼앗겼을 때 을을 죽였더라면 징역 3년에 집행 유예 5년쯤으로 낙착되었을 것이다. 이와 같은 양형量刑의 비율을 감안한다면 한 번 두 번까지 참고 견디다가 세 번째에야 복수를 감행한 갑에겐 무죄를 선고할 밖에 도리가 없다…….

이것은 1950년 일본 고베 재판소가 내린 판결인데 검찰도 이 판결 이유에 승복한 것으로 나타나 있었다.

B판사는 일본 재판관들의 재량권의 폭에 약간 부러움을 느끼면서도 민태기 사건에 참고가 되지 못하는 게 아쉬웠다. 우리나라엔 간통죄가 있어 배신당한 남녀가 합법적으로 보복할 수 있는 기회가 있다. 그런 만큼 민태기에 대한 정상 재량의 폭은 줄어드는 셈이다.

B판사는 민태기에게 징역 5년을 선고했다. 검찰도 민태기도 이의 없이 이 판결에 승복했다. 민태기는 기결수가 되었다.

기결로 결정된 날 민태기는 변호사의 방문을 받았다. 변호사는 민태기에게 이런 말을 했다.

"김향숙 씨는 기왕 고광식과 연애 관계에 있은 적이 없었답니다. 고광식 편에서 끈덕지게 따라다니긴 한 모양입니다. 이번 P호텔에서 만난 것은 그가 미국에서 자기 아내로부터 무슨 부탁을 받아왔으니 꼭 만나자고 조르는 바람에 의례적인 뜻 반, 호기심 반으로 그렇게 된 모양입니다. 스낵바로 따라간 것은 대중들의 눈이 있는 로비나 커피숍보다는 그곳이 사람의 눈에 덜 띌 거라는 생각에서였는데 향숙 씨는 카운터에서 페퍼민트로 보이는 술을 꼭 석 잔 마셨답니다. 그랬는데 온몸이 나른해지기 시작하더니 앉을 수도 설 수도 걸을 수도 없게 정신이 몽롱해졌다는 겁니다. 엘리베이터를 탄 것까진 아슴푸레 알았지만 방에 들어간 기억도 침대에 누운 기억도 없는데 돌연 자기를 사랑한다는 속삭임만이 계속 귀에 들려왔다는 겁니다. 어떻게 된 셈인지 손발을 까딱할 수도 없었더랍니다. 정신을 차려보니 열 시였답니다. 어이가 없었더랍니다. 그러나 창피하기도 해서 목욕탕에 가서 목욕을 하고 화장을 고치고 나오면서 얼굴에 침이라도 뱉고 싶었지만 그대로 나와버렸다는 겁니다. 그런데 중국집에서 그런 장면이 되고 보니 심한 충격을 느꼈던 모양이죠?"

민태기는 조용히 눈을 감고 변호사의 이야기를 끝까지 들었다. 변호사의 말은 계속되었다.

"호텔 같은 데의 바텐더, 일류 바의 바텐더 가운덴 고약한 놈이 있는 모양입니다. 팁이나 후하게 집어주면 여자를 그 꼴로 만드는 기술을 부린답니다."

그런 얘기는 민태기도 일찍부터 듣고 있었다. 다루기 힘든 여자를 이 카운터까지만 데리고 오면 만사 형통이라고 제법 뽐내며 하는 말을 어느 바텐더로부터 직접 들은 적이 있는 것이다.

"그러니 향숙 씨를 용서할 수 없겠수? 향숙 씬 거짓말을 하고 있는 것 같진 않습니다."

"나는 벌써 용서하고 있소."

민태기는 조용히 말했다.

"그럼."

하고 변호사가 눈에 생기를 돋우고 말하려는 것을 민태기는 앞질렀다.

"향숙 씨가 거짓말을 꾸몄다고는 생각하지 않습니다. 그리고 난 벌써 용서하고 있습니다. 그러나 같이 살 수는 없습니다. 새로 시작해야죠. 아직 시간은 있으니까. 김향숙 씨를 만나거든 새로 시작하라고 하십시오. 차입이나 편지 같은 건 하지 말라고 일러주십시오. 그리고 변호사께선 빨리 이혼 수속을 서둘러주십시오. 내 도장은 집 책상서랍에 있습니다. 나는 정말 새로 인생을 시작할 작정입니다."

하고 민태기는 먼저 일어섰다.

"잠깐만."

변호사는 그를 도로 붙들어 앉혔다.

"또 전할 말이 있습니다. 미국에서 성명을 숨긴 사람으로부터 민 선생을 도와주라고 내 앞으로 얼마간의 돈이 와 있습니다."

"까닭 모를 돈을 받을 수가 있습니까. 보낸 사람을 알 때까지 선생님이 보관하셨다가 도로 보내주도록 하십시오."

민태기는 미련 없이 등을 돌려 간수에게 이끌려 감방으로 사라졌다.

민태기의 감옥 생활이 1년이 지났을 때 그는 미국에서 살고 있다는 어떤 한국 여인으로부터 편지를 받았다.

"……김향숙 씨와 이혼하셨다는 소식을 듣고 정말 섭섭했습니다. 그러나 한편 이해할 수도 있었습니다. 남의 불행을 딛고 서서 자기의 행복을 탐한다는 것은 도리에 어긋난 일이오나 꼭 말씀드리지 않고는 견딜 수 없는 실정이어서 몇 자 올립니다. 들으니 선생님께선 인생을 새로 시작할 작정이라고 하셨다죠? 인생을 새로 시작할 경우 혹 반려를 구하실 의사가 있으시면 저를 그 제일 지원자로 꼽아두십시오. 채택 여부는 서로 교제한 연후에 하시더라도 그런 지원자가 있다는 사실만을 명념하십시오. 제가 만일 마음에 드신다면 전 한국으로 돌아가 살아도 좋습니다. 고광식은 용서할 수 없는 자입니다. 저는 거번의 사건이 저와 선생님과의 참된 행복에로의 협동을 위한 기회를 마련한 것이란 아름다운 해석으로 지금 생기에 넘쳐 있습니다. 어떻게 이런 뻔뻔스런 여자가 있을까 싶으시겠지만 근원을 따지면 선생님의 철학에서 얻은 용기가 시킨 행동입니다. 어떤 법률도 도덕도 사랑을 넘어설 순 없다고 선생님은 말씀하셨습니다. 사랑은 모든 가치의 으뜸이라고도 선생님은 말씀하셨습니다. 그리고 선생님은 그 사랑의 철학으로 감히 사람을 죽이기까지 하셨습니다. 저도 그 철학으로 모든 잡스럽고 제이의적인 조건을 넘어설 각오를 했습니다. 가출옥의 은전이 있을 것이라고 하니 2년 후이면 출옥하게 될 것이 아니겠습니까. 저는 그날을 손꼽아 기다리겠습니다. 부디 건강에 유의하시고 아울러 저를 기억해주시기 바라마지 않습니다……."

그로부터 그 여인의 편지는 일주일에 한 번 꼴로 민태기의 감방을 찾아들게 되었다.

민태기는 그 편지를 볼 때마다 쓸쓸한 웃음을 띠지 않을 수 없었다. 시간이 감에 따라 그는 자기가 한 행동이 철학적인 살인이기는커녕, 경솔하고 허망한 질투가 저지른 비이성적인 행동이었음을 깨닫게 된 것이다. 그러나 고광식을 죽인 것을 결코 뉘우치진 않았다. 사람은 이성에 따르기보다 감정에 따르는 게 훨씬 정직하고 인간적일 수 있다는 신념을 가꾸게도 되었다. 그런데 민태기는 그 편지의 주인, 한인정韓仁貞이란 여성이 고광식의 아내였음에 틀림없을 것이라고 짐작하면서도 그 여인에게로 쏠리는 마음을 어떻게 할 수 없었다. 동시에 불의의 사고로 꼭 한 번 고광식에게 짓밟힌 김향숙의 육체는 혐오하면서도 오랜 시일 고광식의 육체와 섞여 있던 한인정을 용납할 수 있을 것이란 심리적 전

개로 해서 스스로 놀라는 마음으로 사랑에 있어서 육체란 그다지 중대한 문제가 아니란 발견을 하기도 했다. 이런저런 생각에 곁들여 민태기는 실현성 여부는 고사하고 만일 고광식의 아내였던 한인정과 자기가 맺어져서 사랑의 성을 쌓을 수 있게 된다면 그건 기막힌 인생의 드라마일 것이라고 생각하곤 했다.

삐에로와 국화

 법원 서기과로부터의 전화라고 듣고 강신중姜信中 변호사는 수화기를 들었다.
 "영감님 차례가 돌아왔는데요."
 귀에 익은 목소리가 흘러나왔다.
 "차례가 또 뭐요."
 강신중은 알면서도 이렇게 물었다.
 "아시지 않습니까. 국선 변호인입니다."
 "벌써 그렇게 됐나?"
하고 강신중은 약간 상을 찌푸렸다. 며칠 후 친구들과 소백산에 가기로 예정을 잡아놓고 있던 터였다.
 "공판이 언젠데요."
 "5월 11일 오후 두 시로 돼 있습니다."
 "5월 11일이면."
하고 강 변호사는 망설였다. 예정대로 한다면 그땐 소백산에 가 있을 무렵이다. 강신중의 망설임을 눈치챈 모양으로 상대방은,
 "사정이 있으시면 차례를 바꿔도 무방합니다만."

선심을 쓰듯 말했다.

"그럴 것 없소. 하겠소."

하고는 강신중이 물었다.

"무슨 사건이오."

"간첩 사건입니다. 임수명이란."

간첩 사건이면 그다지 신경이 쓰일 일은 아니다.

"하여간 좋습니다."

강신중은 전화를 끊고 메모를 했다.

'5월 11일, 오후 2시. 간첩 임수명, 국선변호.'

그러고는 일어서서 창가에 가 섰다. 빌딩의 7층에서 내려다 뵈는 거리엔 5월의 태양이 꽉 차 있었다. 골목마다엔 사람들이 넘치고 있었다.

'아무래도 사람이 너무 많아!'

이건 거리를 내려다볼 때마다 느끼는 감상이었다. 강신중은 범죄가 많은 것은 사람이 너무 많은 까닭이라는 나름대로의 철학을 가지고 있었다.

문득 소백산의 신록이 거리의 풍경에 겹쳐진 채 눈앞에 펼쳐졌다. 맑은 개울물 소리가 귓전을 스쳤다.

'이러다간 금년엔 소백산엘 못 가고 말지 모르겠구나.'

강신중의 고향은 소백산 줄거리의 어느 두메에 있었다. 지금은 먼 친척이나 있을까, 가까운 계루라곤 한 사람도 없는 곳이었지만 소년의 꿈을 가꾼 그곳을 그는 잊지 못했다. 한 해에 한 번 그곳을 찾는 것이 강신중에게 있어선 연례행사처럼 되어 있었다.

자리로 돌아와 앉은 강신중은 소백산에 같이 가기로 약속한 친구들에게 전화를 걸기 시작했다. 간단하게 사정 설명을 하고,

"미안하게 됐어."
하는 말을 덧붙였다.

모두들 사정이 그렇다면 할 수 없지, 하는 수월한 대답이었는데 소설을 쓰는 일을 직업으로 하고 있는 Y만은 투덜댔다.

"모처럼 소백산 구경을 하게 됐다고 잔뜩 들떠 있는데 그거 무슨 소리야."

"소백산 가는 건 기분이고 못 가게 된 것은 직업 탓 아닌가."

"헌데 그 국선 변호란 건 바꿀 수도 없나?"

"바꿀 수도 있지. 하지만 놀러 가기 위해 의무를 등한히 할 순 없잖나."

"육법전서 삶아 먹은 것 같은 소릴 하는군. 그런데 무슨 사건이구."

"간첩 사건."

"북에서 넘어온 간첩인가?"

"그럴 테지."

"대단한 사건이구나."

"대단치도 않아."

"대단하지 않다구? 간첩이면 사형이 되는 것 아냐?"

"그럴지도 모르지."

"그런데 그런 걸 대단하지 않다는 말이 변호사 입에서 나와?"

"그런 결정적인 사건엔 변호사가 간여할 폭이란 게 없는 거다. 그러니까 변호사의 입장으로선 대단하지 않아도 될 수 있지."

"자네마저 매너리즘에 빠졌구나."
하며 Y는 그런 사건일수록 성의를 다해야 한다는 말을 늘어놓았다.

자기는 변변찮은 작가이면서도 남에겐 완전무결한 변호사가 되란다.

강신중은 쓴웃음을 지었다.

"이봐, 명색이 소설가라고 자부하는 인간이 변호사도 직업이란 걸 모르나? 시시한 소리 그만 집어치우게. 나중에 만나 대포나 한잔하자."

며 전화를 끊으려는데 Y의 말이 잇따랐다.

"하여간 그 사건은 치밀하게 다뤄봐. 그리고 재료를 내게 제공하도록 말야. 혹시 걸작 소설의 소재가 될지 아나."

"서툰 요리사에겐 아무리 좋은 재료를 갖다 안겨도 돼먹지 못한 요리밖엔 못 만드는 거여. 대리석이면 모두 예술 작품이 되나? 미켈란젤로가 있어야만 대리석도 예술이 되는 거다."

강신중이 야무지게 한방놓았다 했는데 Y는 바람을 받은 수양버들이다.

"재료 덕택으로 멕이는 수도 있느니."

"알았다, 알았어. 오후 일곱 시쯤 요 아래 다방으로 나와."

강신중은 전화를 끊고 소파로 옮겨앉아 담배를 피워물었다.

5월의 하늘이 창 너머로 흰 구름을 메우고 있었다.

점심을 먹고 강신중은 법원으로 갔다. 간단한 수속을 끝내놓고 N검사실에 들렀다. 임수명의 국선 변호인이 된 김에 그 기록을 한번 보고 싶었던 것이다. 굳이 그럴 것까진 없었지만 아까 Y가 한 말이 되살아났기 때문이었다. 간첩 사건이란 재료를 안겨놓으면 그 옹졸한 소설가의 펜도 뜻밖인 비약을 할 수 있을지 모를 일이란 생각이 들기도 했다.

N검사가 엉거주춤한 표정으로 강신중을 맞았다. 그제야 강신중은 한 달쯤인가 전에 법정에서 그와 다부진 응수가 있었다는 사실을 상기했다. 그리고 그후론 처음으로 만나는 것이다. 공적인 일로 공적인 장소에서 싸웠던 일이므로 강신중은 예사로이 지나쳐버린 건데 젊은 N검

사는 아직도 그 일을 잊지 못하고 있는 거로구나, 하는 생각이 들었다. 강신중과 N검사와의 연령 차는 열 살 이상이었다. 강신중의 나이는 45세다.

강신중이 N검사의 옆자리에 놓인 의자에 앉았다. N검사가 담배를 권했다.

"오늘 날씨가 좋은데요."

"임수명의 국선 변호를 맡았는데요. 기록을 좀 뵈주실 수 없습니까."

"임수명? 아아, 간첩 사건이군요."

하더니 N검사는,

"보여드리죠. 국선인데도 영감은 역시."

하며 캐비닛에서 서류를 꺼내 강신중에게 건넸다. N검사의 얼굴엔 계속 엷은 미소가 있었다.

'이 사건으로 또 물고늘어질 참인가?'

하는 함축이 섞인 웃음일지도, 그저 단순한 의례적인 웃음일지도 몰랐다.

"그럼 잠깐 실례하겠습니다."

하고 강신중은 그 서류 뭉치를 집어들고 응접 탁자가 놓인 곳에 있는 소파로 옮겨앉았다. 서류의 부피는 뜻밖에도 얄팍했다.

성명은 임수명, 나이는 45세, 본적과 주소는 평양……. 이런 형식적인 부분에 이어 기록은 다음과 같이 전개되고 있었다.

문   무슨 목적으로 대한민국에 침입했는가.

답   도청자를 죽일 목적으로 침입했습니다.

문   도청자가 누구냐.

답 사명을 띠고 왔다가 자수한 반역자입니다.

문 무슨 사명인가를 설명해봐라.

답 그건 나도 모릅니다.

문 그것도 모르면서 반역자 운운할 수가 있는가.

답 그렇게 듣기만 했습니다.

문 누구로부터 그렇게 들었는가.

답 지도원으로부터 들었습니다.

문 이름이 뭣인가.

답 최 지도원이라고만 알고 있을 뿐 이름은 모릅니다.

문 지도원이라면 어디 소속이 있을 것 아닌가.

답 그것도 모르겠습니다.

문 대남공작부가 아닌가.

답 그럴지도 모르겠습니다만 나는 아는 바 없습니다.

문 도청자에 대해서 아는 대로 말하라.

답 도청자는 한때 열렬한 당원이었다고 들었습니다. 국가로부터 많은 명예를 받기도 했다는 것입니다. 그런데 반동에게 매수되어 인민과 조국을 배신한 반역자가 되었다고 합니다. 그런 자를 살려놓는 건 조국을 위해서 큰 손실이라고 했습니다.

문 도청자를 기왕 만난 일이 있는가.

답 서로 만나서 얘기한 적은 없습니다만 먼빛으로 그 여자를 본 적은 있습니다.

문 그래 도청자를 어떻게 했어.

답 어떻게 하기 전에 그 여자는 죽고 없었습니다.

문 그밖의 임무는 뭣인가.

답 그밖엔 없습니다.

문 그럴 리가 있는가. 바른 대로 말하라!

답 내 임무는 도청자를 죽이고 돌아가는 것, 그것 하나뿐입니다. 다른 임무는 전연 없습니다.

문 어떻게 죽일 작정이었던가.

답 기회를 포착해서 적당한 수단을 쓸 작정이었습니다.

문 구체적으로 말해보라.

답 손으로 목을 졸라 죽일 수도 있고 칼로 찔러 죽일 수도 있고 독침으로 죽일 수도 있습니다.

문 그럼 무기를 가지고 왔겠지.

답 무기는 가지고 오지 않았습니다.

문 권총쯤은 가지고 왔겠지.

답 가지고 오지 않았습니다.

문 바른 대로 말해. 권총은 어디다 버렸나.

답 가지고 오지 않았습니다.

문 독침은 가지고 왔겠지.

답 독침을 가지고 올 필요는 없었습니다. 주사기를 사고 청산가리만 사면 간단하게 만들 수가 있습니다.

문 침입한 날짜를 말하라.

답 197×년 10월 8일입니다.

문 그동안 2년이나 지났는데 다른 임무도 없이 머물러 있을 필요가 없었던 것이 아닌가.

답 접선이 잘 안 되어 돌아갈 수가 없었습니다.

문 어떤 경로로 들어왔는가.

답 원산 근처에서 배를 타고 남하해선 고무보트를 갈아타고 주문진을 조금 지난 곳에서 내렸습니다.

문 서울로 들어온 것은?

답 하두 피곤해서 주문진의 어느 주막집에서 자고 9일 아침 버스를 타고 서울로 들어왔습니다.

문 도중에서 검문을 받은 일이 없었던가.

답 있었습니다.

문 그때 어떻게 했는가.

답 북에서 준비해준 주민등록증을 내보였더니 아무 말없이 통과시켜주었습니다.

문 그 뒤 서울에 와서 체포될 때까지의 행동을 말하라.

답 경찰에 진술한 그대로입니다.

문 다시 한 번 말해보란 말야.

답 청량리에 도착한 것이 오후 다섯 시쯤 되었습니다. 그리고 곧 동영출판사라는 곳으로 전화를 했습니다. 그곳에 전화를 걸면 도청자가 있는 곳을 알게 될 것이라고 북에서 교육을 받았으니까요. 전화를 했더니 그런 사람 모른다고 했습니다. 그래 당신네 출판사에서 그 사람의 책을 냈는데 어떻게 모를 수가 있느냐고 했더니 다른 사람으로 바뀌었습니다. 그 사람의 말이 도청자 씨가 죽은 지 벌써 오래 되는데 죽은 사람을 찾는 당신은 도대체 누구냐고 되물었습니다. 나는 하두 당황해서 얼른 수화기를 내려버렸습니다. 그러고는 곧 후회를 했습니다. 신변이 위험하니 그런 속임수를 쓰는 게 아닌가 하구요. 그러나 정신을 돌리고 차차 알아볼 작정을 했습니다. 신설동으로 나와 어떤 음식점에서 요기를 하며 시골서 취직하러 서울로 온 사람인데 어디 적당한 하숙이 없겠느냐고 물었습니다. 하숙비는 선금을 내겠다고 했습니다. 음식점 주인은 바로 가까운 데 그럴 만한 곳이 있다고 하며 나를 데려다주었습니다. 그 집은 유인수란 사람의 집이었습니다. 두 끼 먹고 한달에 3만 원을 내기로 하고 선금을 주었습니다. 그때 생각으론 열흘쯤 있으면 돌아갈 수 있을 것이다 싶어 열흘 동안의 것만 줄까 하다가 혹시 의심이나 받지 않을까 해서 그렇게 한 것입니다. 그 이튿날 나는 신문사로 갔습니다. 안착했다는 것을 광고로써 알리게 되어 있었거든요. 그때 사용할 암호문은 '청주에서 온 정순이를 찾습니다' 하는 것이었습니다. 임무를 완수했을 때의 광고 문안은 '정순이를 찾았으니 영동에 사는 아저씨는 주소를 알리시오' 하는 것인데 나는 약간 곤혹을 느꼈습니다. 도청자가 죽었다는 데 대한 암호문을 준비해 있지 않았거든요. 부득이 임무를 완수했을 때의 것을 대신해야 하는데 그러자면 같은 날 두 가지의 광고를 할 순 없었기 때문입니다. 나는 우선 안착을 알리는 광고만을 내기로 했습니다. 광고를 낼 신문은 S신문으로 하기로 미리 정해놓고 있었던 것입니다. 그리고 돌아오는 길에 동대문시장의 책가게에 들러 도청자가 쓴 책을 입수했습니다. 교육을 받을 때 인민과 조국을 팔기 위해 뻔뻔스러운 거짓말을 한 책이라고 듣고 있었기 때문에 꼭 그 책을 구해 읽어야겠다고 마음 먹고 있었거든요. 그 책가게에서 도청자가 병사했다는 사실을 확인했습니다. 하숙으로 돌아와선 그 책을 읽으며 이틀을 지냈습니다. 사흘째 되던 날부터 취직을 했다는 거짓말을 하고 거리를 나다녔습니다. 일주일 후에 임무를 완수했다는 광고를 내고부턴, 매일 S신문을 사들고 다방에 앉아 있는 것을 일과로 했습니다. 내가 북으로 돌아가는 방법과 일자가 S신문 광고에 나기로 되어 있었기 때문입니다. '갑순이 몇월 며칠에 안산'이라고만 되어 있으면 그 날짜의 꼭 한 달 뒤의 밤에 내가 올 때 내렸던 지점에 가서 기다리기로 되어 있고 '남아 안산'이면 삼척에서 5킬로미터쯤 남쪽의 해안, '여아 안산'이면 근덕에서 역시 5킬로미터쯤 남쪽의 해안, '쌍둥이 안산'이면 사천에서 5킬로미터쯤 북쪽의 해안, 이렇게 정해놓고 있었던 것입니다. 물론 예상 지점은 미리 답사해서 지리를 익혀놓기도 해야 했습니다. S신문에 광고가 난 것은 그로부터 해가 바뀌고 난 뒤의 정월 7일께쯤 되었습니다. '갑순이 1월 5일 안산'이라고만 있었기 때문에 나는 주문진 그곳으로 가서 추운 밤인데도 벌벌 떨고 기다렸습니다. 그러나 소식이 없었습니다. 그 무렵엔 돈도 떨어지고 해서 죽을 지경이었습니다. 3만 원이나 주고 하숙할 형편도 안 되어 마포로 옮겨와서 날품팔이를 했습니다. 그러면서도 계속 S신문을 보았으나 북으로부터의 연락은 없었습니다. 그리고 어언간 2년 가까운 세월이 흘렀습니다. 이상이 내가 체포될 때까지의 경위 전부를 말씀드린 것입니다.

문　그동안 접선한 사람이 있겠지.

답　전연 없습니다.

문　여기서 지휘하는 고정 간첩이 있었을 것 아닌가.

답　나는 아는 바 없습니다.

문　똑바로 대는 것이 네게 유리할 거다. 바른 대로 말해.

답　접선한 사람은 전연 없습니다.

문　하나의 연고자도 없었나?

답　없었습니다.

문　서울의 지리를 꽤 잘 아는 모양인데. 서울에 온 적이 이번 말고 또 있지?

답　일제시대 일본놈 상점에 2년 동안 고용살이한 적이 있습니다.

문 그때 안 사람이 있을 것이 아닌가.

답 다소는 있었겠지만 하도 오래되어 알 수가 없습니다.

문 6·25동란 땐 어디에 있었는가.

답 사리원의 병기 공장에서 직공 노릇을 하고 있었습니다.

문 병정으로 일선에 나가본 적은 없는가.

답 병기 공장의 직공은 병역이 면제되어 있었습니다.

문 그 정도라면 대단한 숙련공인가 본데 어떻게 그런 사람을 간첩으로 내려보냈단 말인가.

답 지금 이북에선 그 정도의 숙련공은 많습니다.

문 말투가 전혀 이북 사람 같지 않은데, 넌 남쪽에서 넘어간 사람이지?

답 이남말을 밀봉 교육 받을 동안 철저하게 익혔습니다.

문 도청자의 책을 읽어보니 감상이 어떻던가.

답 일일이 옳다고 생각했습니다.

문 그런데 왜 자수할 생각을 하지 않았는가.

답 …….

문 그 책을 읽고 그 속에 쓰인 것이 옳다고 생각했으면 자수할 마음을 먹어봄직도 하지 않은가. 무슨 끔찍한 일을 저질렀거나, 아니면 또 다른 사명을 띠고 있거나 한 것이 아닌가?

답 조사를 해보시면 알 것 아닙니까. 경찰에서 이미 조사를 하기로 했구요. 나는 끔찍한 일을 한 적도 없고 다른 사명을 띠고 있는 것도 아닙니다.

문 그런데 왜 북쪽에서 돌아오라는 연락이 없는가.

답 지금 생각하니 나 같은 놈 하나쯤은 어떻게 되어도 좋다는 결정이 내린 것이 아닌가 싶습니다. 아니면 이미 몇 년 전에 죽은 도청자를 죽지 않은 것으로 알았다는 죄과로 나를 보낸 사람들이 숙청된 때문일지도 모릅니다. 아니면 내게 관한 연락 책임을 맡고 있던 이곳의 고정 간첩에게 무슨 사고가 생겼는지도 알 수가 없습니다.

문 그런 것까지 생각하면서도 자수를 안 했어?

답 …….

문 너희들이 말하는, 이를테면 당성이 강한 놈이로구나.

답 …….

문 도청자가 쓴 글에 공감을 느꼈다면 김일성이 민족의 반역자라는 것을 알았을 것 아닌가.

답 …….

문 도청자가 살아 있다면 넌 그 여자를 죽였겠지.

답 예.

문 그 책을 읽고 공감을 했으면서도 죽였겠나?

답 예.

문 한심스러운 놈이로구나. 네가 북에서 넘어올 때 무슨 물건을 가지고 왔는지 말해봐.

답 양복 한 벌하고 돈 30만 원, 미화 2백 불, 그리고 주민등록증 그것뿐입니다.

문 무기를 숨겨둔 곳을 대라.

답 무기는 가지고 오지 않았습니다.

문 사람을 죽일 목적으로 침입한 놈이 무기 없이 올 까닭이 있나. 이치에 닿는 말을 해라.

답 나는 무기 없이도 사람을 죽일 기술을 밀봉 교육할 동안 익혀 왔습니다.

문　무슨 기술인데?

답　목 조르는 기술, 주먹으로 뒤통수를 치는 기술, 독침을 사용하는 기술…….

문　독침은 어떻게 했나?

답　아까 말한 것처럼 필요하면 만들 작정이었는데 필요가 없어서 만들지 않았습니다.

문　이북에 있을 때 계급이 뭐야?

답　계급은 노동 계급입니다.

문　지위가 뭐냐 말이다.

답　지위랄 것도 없습니다. 평양 제2철공소의 제5조 세포장이란 것이 밀봉 교육을 받기 전의 직책이었습니다.

문　정식 노동당원이었단 말이지?

답　당원이 아니면 세포장이 될 수 없습니다.

문　하필이면 네가 대남 간첩으로 뽑힌 이유라도 있나?

답　잘은 모르겠습니다만 당성이 강한데다 사람이 단순하고 게다가 다소 완력이 센 까닭으로 발탁된 것이 아닐까 합니다.

문　밀봉 교육은 언제부터 받았나?

답　1969년 11월부터 받았습니다.

문　장소는?

답　평양 교외 을밀대 근처였습니다.

문　몇 명이나 같이 받았나?

답　나 혼자만 받았습니다.

문　네가 밀봉 교육을 받기 직전에 소속했던 곳의 당 조직을 말해봐라.

답 (생략)

문 네가 아는 대로의 조직 체계를 말해보라.

답 (생략)

문 너의 성장 과정을 말해보라.

답 평양에서 국민학교를 졸업하고 서울 황금정의 나베시마란 일본인 가구점에서 고용살일 하다가 해방이 되어 고향에 돌아가선 진남포의 철공장에 직공으로 들어갔습니다. 전쟁이 나기 1년 전에 사리원 병기 공장으로 뽑혀왔습니다. 공산당에 입당한 건 그때였습니다. 전쟁이 끝나고도 5년간 거기 있다가 평양으로 와서 제2철공소 직공이 되었습니다. 제5조 세포장이 된 것은 4년 전입니다.

문 가족 상황을 말해보지.

답 부모님은 돌아가시고 안 계십니다. 형님이 셋 있었는데 하나는 전쟁 때 죽었습니다. 내가 끝입니다. 누님이 하나 있습니다. 그리고 처와 아들 하나, 딸 둘이 있습니다.

문 지금이라도 회개할 생각은 없나?

답 …….

문 지금이라도 회개할 뜻을 표하면 죄가 가벼워진다. 그런데도 회개할 마음이 없어?

답 …….

문 처자식이 보고 싶지 않나? 처자식이 보고 싶으면 어떻게든 살아날 궁리를 해야 할 것이 아닌가.

답 단념하고 있습니다.

문 단념은 너무 빨라. 지금이라도 늦지 않으니 조국의 품 안으로 돌아오겠다고 마음을 고쳐 먹어봐.

답 …….

문 그렇겐 못하겠단 말인가?

답 …….

문 할 수 없군. 특별히 할 말은 없나?

답 없습니다.

심문 조서는 그것으로 끝나 있었다. 그밖에 경찰이 붙인 의견서, 현장 검증서, 증언 청취서 등이 첨부되어 있었으나 보나마나한 것이었다.

강신중은 약간 피로를 느꼈다.

피의자를 심문하다 말고 N검사가 얼굴을 강신중에게 돌리며 말했다.

"간첩 사건 치곤 싱겁죠?"

"그런 느낌이 있네요."

강신중이 일어서서 임수명의 기록을 N검사의 책상 위에 놓았다.

"기록을 보여주셔서 감사합니다."

"천만에요. 그런데 이 사건 갖곤 영감님과 시비할 건덕지가 없을 것 같죠?"

하며 N검사는 웃었다.

"글쎄요."

강신중은 애매한 웃음을 띠고 물었다.

"면회는 할 수 있겠죠?"

"물론입니다."

강신중은 그 길로 서대문 구치감으로 갔다. 그는 원래 국선 변호인이라고 해서 변호사로서의 임무를 소홀히 하는 그런 성격은 아니었지만 단순히 그런 임무감만으로 바로 그날 임수명을 찾을 생각을 한 것은 아니었다.

다년간 단련된 직업적인 후각으로 그 심문 조서 전체에서 풍겨나오는 일종의 조작감, 굳이 말하면 허위의 냄새를 맡았다. 자기의 죄를 은폐하기 위해서, 또는 김일성 집단을 찬양하기 위해서 꾸민, 그런 거짓이 아니라 뭔가 가장 중요한 부분을 감추고 있다는 느낌이었다.

N검사에겐 그런 말을 안 했고, 또 할 필요도 없었지만 도청자의 수기를 읽고 일일이 옳다고 공감했다면서 회개할 마음이 없느냐고 거듭 물었을 땐 완강하게 답변을 거부하고 있는 그 점이 우선 마음에 걸려 임수명을 빨리 만나볼 생각을 강신중이 한 것이다.

앞뒤로 교도관의 호위를 받고 변호사 접견실엘 들어오는 임수명을 보는 순간 강신중은 막연하게나마 지니고 있던 뭔가 석연찮은 기분이 확실히 근거가 없지 않은 것이라고 느꼈다.

후리후리한 키, 이목구비가 큼직큼직하게 단정한 윤곽, 가득 슬픔이 고여 있긴 했으나 그런 대로 맑은 눈동자, 이와 같은 것이 풍겨내는 그 분위기로서

'이자는 간첩이 아닐지도 모른다.'

'간첩이라도 특수한 간첩이다.'

하는 상념을 강신중의 마음속에 일게 했다.

임수명은 가볍게 머리를 숙이고 앉았다. 정상의 머리는 거의 반백이 되어 있었다. 강신중은 조심스럽게 입을 열었다.

"임수명 씨죠?"

"그렇습니다."

부드러운 목소리였다. 이북의 사투리가 조금도 느껴지지 않는……. 밀봉 교육이란 게 그처럼 효과가 있는 것일까, 하는 생각을 새삼스럽게 해보도록 하는 말투였다.

"나는 강신중입니다. 임수명 씨의 변호를 맡은 변호사입니다."

"변호사를 부탁한 적이 없는데요."

"본인이 변호사를 선임하지 않을 경우엔 나라가 변호사를 붙여주도록 대한민국의 법률은 그렇게 돼 있습니다."

"난 변호사가 필요 없는데요."

역시 부드러운 말투였다.

강신중은 너무 딱딱하게 시작해선 안 되겠다고 생각했다.

"도청자 씨의 수기를 읽으셨다죠?"

"예, 읽었습니다."

"일일이 옳다고 공감하셨다는데."

"사실 그대롭니다. 그 수기는 옳았어요. 감동적이기도 하구요."

"그렇다면 조금 생각해야 할 문제가 아닙니까?"

"뭘 생각한단 말입니까?"

"마음의 방향을 말입니다."

"내가 도청자 씨처럼 되라! 이 말씀인가요."

"꼭 그렇게 하라는 것은……."

"옳다고 느꼈다고 해서 그 사람과 같이 할 순 없는 것 아닙니까. 공감했다고 해서 그대로 따를 순 없는 거구요."

강신중의 확신은 굳어졌다. 임수명은 결단코 국민학교를 나오면서부터 일본인 상점에 고용살이 한 사람도 아니고 청장년 시절을 철공소의 직공으로서 보낸 사람일 수가 없는 것이었다. 철공소의 숙련공이면 날품팔이 해서 어려운 생활을 지탱할 까닭도 없다. 영등포 등지의 군소 철공장엔 그러한 숙련공이 부족해서 야단들인 것이다.

그런 건 다 덮어두고라도 직공 생활로 20여 년을 지낸 공산당원이 '공감했다고 해서 그대로 따를 순 없는 것'이란 소피스티케이트한 발상을 할 도리가 없다.

그러나 섣불리 그런 의욕을 표명할 수는 없었다.

"어디 아프신 데는 없습니까."

"불행하게도."

하고 그는 쓸쓸하게 웃었다.

얼굴의 피부가 누르스름한 병색이기에 물어본 말인데 건강할 때면 윤기가 흐르는 하얀 피부빛이었을 것이었다.

"당신은 간첩 같은 그런 건 아니지 않습니까?"

강신중이 가볍게 물었다.

"내가 간첩일 순 없죠. 기밀을 탐지하거나 정보를 캐내서 연락하거나 하는 것은 할 작정도 없었고 하지도 않았으니까."

"그럼 뭡니까?"

"구식으로 말하면 자객이라고나 할까요."

"내 생각으론 당신은 그런 정도도 안 되는 것 같애. 요컨대 당신 같은 사람을 북괴가 남파했다는 사실 그 자체가 의심스럽단 말요. 어떻게 당신 같은 사람을, 북괴의 정보 기관은 지독하다고 들었는데, 어떻게 남파를 했을까요?"

"내가 그처럼 호락호락해 보입니까?"

"아닙니다. 그런 뜻이 아니구."

"그런 뜻이 아니면 검사가 못다한 질문을 대신해서 보충하자는 겁니까?"

여전히 부드러운 말이었으나 강신중의 귀엔 거칠게 들렸다.

"오해하지 마십시오. 대한민국에선 변호사와 검사의 직분이 명백하게 구별되어 있습니다. 아무리 악질적인 범인의 경우라도 변호를 담당한 자가 검사에게 도움을 주는 짓은 안 합니다. 당신도 이 땅에 한 2년 살아보셨으면 그만한 건 아실 것 아닙니까?"

"그러나 내겐 변호사가 필요 없습니다."

하고 임수명은 일어섰다.

강신중은 굳이 그를 붙들어 앉힐 필요가 없다고 느꼈다. 물어보고 싶은 말, 풀어보고 싶은 수수께끼가 너무나 많았지만 한꺼번에 쏟아놓았다간 되레 오해를 살 우려마저 있었다.

강신중도 따라 일어섰다. 일어선 채 다음과 같이 말했다.

"당신은 나를 필요로 안 한다지만 나는 당신을 위해 최선을 다할 참이오. 이미 마지막 결심까지 하고 계시는 것 같습니다만 마음을 그렇게 각박하게 먹을 필요가 어디에 있겠소. 지금, 이 순간부터 나는 당신의 유일한 편이오. 이 사실만은 잊지 않도록 바라겠소."

그러나 임수명은 아무런 반응도 보이지 않고 무표정한 얼굴로 걸어 나가버렸다.

강신중의 경험에 의하면 간첩엔 세 종류가 있다. 하나는 치명상을 입은 개가 주인을 바라보는 눈빛으로 변호사에게 애원을 한다. 살려만 달라고 빈다. 처음부터 그런 태도로 나오는 경우도 있고, 이때까진 거만하게 굴다가 돌연 그런 태도로 변하는 경우도 있다.

또 하나는 전신이 독기의 덩어리처럼 되어 있는 사람이다. 그 입에선 저주밖엔 나오지 않는다. 변호사를 보곤 '시바이(연극) 집어치우라'고 악을 쓴다. 혁명이 성공한 그날, '네놈들의 자자손손에 이르기까지 용광로에 집어넣어 태워 죽일 거라'고 으름장을 놓기도 한다.

또 하나는 설교형이다. 얄팍한 팸플릿에 담긴 정도의 지식을 구사해서 변호사를 구워삶으려고 한다. 굶주린 이리와 같은 눈을 하고 있으면서도 애써 점잔을 빼려고 서둘며, 반동 변호사 하나라도 개종시켰다는 자부심을 가지려고 애쓰는 꼴이야말로 목불인견이다.

그런데 임수명은 이 세 가지 구분 어느 것에도 해당이 되질 않았다. 영웅 의식을 휘두르는 법도 없고 그렇다고 해서 비굴하지도 않고, 뿐 아니라 대한민국에 적대 의식을 가지고 있는 것도 아니고, 솔직하게 진상을 털어놓는 것도 아니고, 그러면서 모든 것을 체관하고 있는 듯도 하고……. 그러한 태도란 십수 년 변호사 노릇을 하고 있는 강신중으로서도 처음 보는 것이었다. 자기의 운명을 체관해버린 공산주의자는 차돌처럼 다부지다. 그리고 비정하고 가혹하다. 이와는 반대로 체관하지 못한 공산주의자는 빈사 상태에 있는 개 꼴을 닮는다. 헌데 임수명은 이것도 저것도 아니었다.

사무실로 돌아온 강신중은 사환을 동대문 근처의 책가게로 보내 도청자가 쓴 책을 한 권 구해오라고 시켰다.

거물 여간첩으로서 전향한 도청자의 이야기는 강신중도 들은 적이 있었다. 그러나 바쁜 나날을 보내다가보니 별다른 관심을 갖지 않았던 것인데 임수명의 출현으로 돌연 호기심을 느꼈다.

어떤 여자이기에 북에서 특별한 사람까지 보내어 죽이려고 했을까.

그를 죽이려고 남파한 자가, 그의 수기를 읽고 일일이 옳다고 공감을 했다는 그 수기가 어떤 것일까.

다행히 사환은 도청자의 수기를 사들고 왔다. 흰 바탕에 붉은 선을 그어놓은 종이 표지는 때가 묻어 있었지만 본문 부분은 비교적 깨끗했다. 그런데 국판 대형으로 4백 페이지가 넘는 부피여서 약간 비겁한 생각이 들었다.

책 제목은 『내가 반역자냐?』. 그리고 서브 타이틀은 「전향 여간첩의 수기」로 되어 있었다.

강신중은 책을 펴들었다.

수기는 도청자가 일제시대 진주부청에 근무하고 있었을 무렵부터 시작하고 있었다.

해방과 동시에 좌익 운동에 가담하여 10월폭동 때 주동자격으로 활약했다는 얘기, 공산당 간부인 남편을 따라 서울에 와서 지하운동을 했다는 얘기들은 당시 좌익 운동을 한 사람이면 으레 그랬으려니 하고 짐작이 되는 상식의 범위를 넘는 것은 아니었다.

그런데 남편이 체포된 직후의 일을 쓴 다음과 같은 대목은 상당히 박진력이 있었다.

……나는 사촌동생 집을 향해 뛰었다. 때마침 그 집도 사돈 할머니가 대문을 열고 있었다. 이른 아침에 헐떡거리며 들어온 나를 보자 놀란 눈으로

"아니, 이 웬일이시우? 첫새벽에……."

하신다. 나는 말도 못하고 동생 방으로 염치 불구하고 쑥 들어섰다. 놀란 눈으로 일어난 사촌은 나를 보자마자 말없이 빈방으로 밀고 들어가서

"언니! 어떻게 된 일이우? 그러잖아도 요즘 잡혀간단 말을 듣고 아

저씨하고 언니가 걱정스러웠는데……. 왜 이러구 왔수? 무슨 일이 있었수?"

하고 다그쳐 물었다.

나는 입 안의 침이 말라서 말이 나오지 않았다. 그런데 동생은 계속 나의 대답을 재촉했다.

"미안해, 잠깐만 쉬어가게 해줘."

"아저씨가 어떻게 됐소?"

"……."

그는 내 표정을 살피다가 잠시 밖으로 나갔다 들어오더니

"언니 빨리 나가줘, 응! 내 시집살이 언니도 알지 않아? 빨리 나가줘요."

하는 사촌동생은 마치 겨울철에 밥을 굶은 나그네같이 몸을 떨었다. 나는 아무런 말도 못하고 숨을 죽이고 앉아 있었다.

"이 뒷집이 헌병 집이야. 우리 집에서 무슨 일이 생기면 우리까지도 못살게 되잖아? 빨리 나가줘, 언니!"

"그래 갈 테니 옷 한 벌만 빌려줘, 곧 갈게."

"난 몰라, 빨리 나가요. 언제 옷을 갈아입어?"

"돈을 줄게, 한 벌만 줘. 옷을 안 주면 난 못 가."

당황한 동생은 벽에 걸린 적삼 하나를 던져주었다.

"얘! 이건 속적삼 아니니?"

"몰라, 난, 아무 거나 입고 빨리 가아."

"속적삼을 입고 어딜 나가니……. 나를 빨리 보내고 싶거든 적삼을 하나 빨리 내줘."

그러나 동생은 겁을 먹고 옷을 줄 것 같지 않았다.

"그럼 버선 한 켤레하고 화장품과 빗이나 빌려줘. 머리 좀 빗고 갈게."

내가 이렇게 말하자 사촌동생은 그만 다 죽어가는 사람처럼 되어버렸다.

나는 벌떡 일어서서 내 손으로 양복장을 열어젖히고 적삼을 찾았으나 보이지 않았다. 화장품도 빗도 보이지 않았다. 모두 건넌방에 두고 있는 모양이었다. 부득이 나는 손으로 머리형을 바꿔 빗고, 짧은 속적삼에는 너무나도 어울리지 않는 고급 치마를 걸치고 내가 벗은 원피스를,

"이건 식모나 줘라."

하고 던졌다.

"싫어, 가져가."

하고 동생은 내 옷도 무서워했다.

나는 부엌으로 나와 아궁지 안에 원피스를 밀어넣고 부엌 벽에 걸린 바구니를 들고 나왔다.

막상 내가 나올 때는 사촌도 언짢은지 눈 언저리에 눈물을 글썽하게 하고 있었다. 그걸 보는 순간, 나는 괘씸하다는 생각보다는 역시 죄스럽고 미안하다는 마음이 앞섰다. 사촌동생이 인정이 없어서 냉대하는 것은 결코 아니었다. 그는 독실한 천주교 신자이며, 시모님 밑에서 된 시집살이를 하는 봉건적인 주부이니, 성품은 양과 같이 온순하지만 나와는 사상도 다르거니와 그보다 뒷일을 무서워하는 것도 무리가 아니었다.

이 대목을 읽으며 강신중은 얼핏 소설가 Y를 생각했다. Y에게 이 문장을 보였으면 하는 기분으로서였다. 그러자 곧 Y가 진주 출신이라는 데 생각이 미쳤다.

시계는 벌써 여섯 시를 훨씬 지나고 있었다. 강신중은 도청자의 수기를 가방 속에 넣어 사환을 시켜 집에 갖다두라고 일러놓고 다방으로 내려갔다.

정각 일곱 시에 Y가 나타났다.

"소설은 엉터린데두 시간 하나는 잘 지키누만."

강신중이 빈정거렸다. Y의 소설이 엉터리일 까닭이 없지만 그런 익살이 버릇처럼 되어 있었다. Y의 익살도 결코 만만친 않다.

"좋은 소설을 쓰게 돼봐. 너 같은 엉터리 변호사를 상대라도 하는가."

두 사람은 허물 없이 웃으며 차를 마셨다.

술집으로 자리를 옮긴 뒤 강신중이 물었다.

"자네 도청자란 사람 아나?"

"도청자? 우리 고향 사람인 도청자 말인가?"

"그렇지."

"한데 난데없이 그런 건 왜 묻지?"

"혹시 자네도 아나 허구."

"우리 고향에선 명물의 하나인데 모를 까닭이 있나."

"그럼 그 사람 전향했다는 사실도 알고 있겠구나."

"알지."

"그 사람의 수기는 읽어봤나."

"그런 게 있었던가?"

"있어. 작가라면 그런 걸 읽어봐야 하는 거여."

"그런 것 아니라도 읽을 게 너무 많아서 탈이다."

"그럼 도청자가 죽은 것도 알겠구먼."

"죽었는가? 언제 죽었어."

"2, 3년쯤은 되는가봐."

"흠, 죽었구나."

Y는 덤덤하게 말했으나 그 덤덤한 말투엔 숨겨진 감정이 있다는 것을 강신중이 눈치챘다.

"도청자에 관해서 아는 대로 얘기해봐."

"그 사람 얘긴 하기 싫어, 불쾌해."

Y는 정색을 하고 말했다.

"왜, 그 사람이 전향했다구?"

"천만에, 전향은 환영할 일인데 내가 불쾌해할 까닭이 있나."

"그런데?"

"하여간 얘기하기 싫어."

"하기 싫다 들으니 꼭 듣고 싶은데."

"이 친구 오늘은 왜 이러지? 난데없이 도청자 얘길 꺼내기도 하구."

"그럴 까닭이 있어."

"그 까닭부터 먼저 얘기해보렴."

"자네가 걸작 소설을 쓸 재료를 내가 제공하게 될지도 모르니 순순히 얘길 해봐. 내가 한 잔 딸지."

하고 강신중이 슬슬 Y를 구슬렸다.

Y는 대포 한 잔을 비우고 말을 시작했다.

"전향하는 건 좋아. 나는 환영해. 그러나 전향하는 데도 순서가 있고 방법이 있어야 할 것 아닌가. 모두가 자기 때문에 생긴 일인데 자기만 혼자 전향해버리면 어떻게 되나."

"요령있게 말을 해요. 그런 식이니까 자네 소설이 엉터리란 말 듣는 것 아닌가. 처음부터 말해봐."

"도청자가 전향을 하는 바람에 적잖은 사람이 죽었어."

Y의 말이 시무룩해졌다.

"한 사람이 전향하는 덕으로 많은 빨갱이 잡았다면 그건 좋은 일 아닌가."

강신중이 베이스를 넣었다.

"내 말은 그게 아냐. 자기가 전향할 결심을 했으면 자기 때문에 누를 입을 사람들도 데리고 같이 자수를 했어야 했다 이 말이야."

"자수하길 거절당하면 어떻게 하나? 그래서 자기도 자수 못할 사정이 되면 야단 아닌가."

"그만한 판단쯤은 있을 여자거든. 이 사람은 자수하는 데 동의할 사람이고 저 사람은 아니고 하는 판단력 말야. 그런데 도청자는 그러질 않았거든. 그 때문에 장본인인 자기만 살아 남고 그에게 단순한 호의를 베푼 사람까지도 다 죽이게 된 거야."

"간첩의 자수는 이 사람아, 그렇게 여유 있는 행동을 못하게 돼 있어."

"그건 나도 안다. 변호사가 아니라고 해서 상식도 없는 줄 아나? 내 말을 들어봐. 내 중학교 선배인데 박복길이란 사람이 있었어. 4형제 가운데 세쩬가 아마 그럴 거야. 천진난만한 사람인데 친구들과 술 마시는 흥미밖엔 가지고 있지 않은 사람이었어. 6·25동란 직전까진 굉장한 부자였지. 큰 고무 공장을 가지고 있었고. 그런데 이 사람들이 좌익에 정치 자금을 대줬던 모양이지. 아냐, 전 재산을 몽땅 공산당에게 바친 거라. 그래 가지고 6·25 때 3형제가 월북을 한 거야. 박복길과 어머니만 남쪽에 남고. 막내동생의 마누라도 남았지만 곧 개가를 해버렸고……. 내가 대강 알고 있지만 그 4형제 가운데 박복길만은 공산당을 싫어했어. 그 때문에 대한민국에 남은 거야. 그런데 간첩으로 남파된 도청자는 그 집을 거점으로 활동을 한 모양이거든. 아들이 셋이나 북에 있고 보니 칠순 노모는 자기가 굶고 있으면서도 도청자에겐 불편 없이 해주었던 것 같고 박복길도 그런 사정이니 속으론 탐탁지 않았지만 괄세할 수가 없었던 거지. 그런 상황이었으니까 말야, 도청자가 자수를 할 작정이었으면 박복길에게만은 귀뜸을 해서 같이 행동했어야 했어. 그렇게만 했더라도 박복길은 사형을 받진 않았을 것 아닌가."

Y의 심정이 어떻다는 것은 소위 작가라는 사람이 두서없이 말을 엮어대고 있는 것만으로도 알 수가 있었다.

"흥분하지 말게."

강신중이 Y의 어깨를 두들겼다.

"흥분까지야 할 게 있냐만, 자기만 살기 위해 자기에게 호의를 베푼 사람들을 모조리 낭떠러지로 차넣어버린 그 소위는 괘씸하지 않은가."

"공산주의란 원래 인정을 무시하는 데서부터 시작되는 것 아닌가."

"공산주의를 그만두고 인간으로 돌아오려고 할 때쯤은 인정을 되찾을 노력이 있어야 하는 거야."

Y는 술맛을 잡쳤다는 듯 쓰게 입맛을 다셨다. 그리고 우울히 덧붙였다.

"도청자만 나타나지 않았더면 박복길은 아직 살아 있을 사람야. 혹시 자네하고도 좋은 술친구가 됐을지 모르지."

강신중은 집으로 돌아가 샤워를 하고 가방 속에서 도청자의 수기를 꺼내들었다. 그런데 Y로부터 얘기를 들은 때문인지 아까 느꼈던 호기심은 사라지고 없었다. 직업 의식만 남았다. 제법 같은 소릴 하고 있는 대목에선 뻔뻔스럽다는 느낌마저 가졌다.

그러나 그 수기는 북한의 내부를 폭로하고 있는 의미로선 대단한 것이었다. 괴뢰군이 압록강까지 밀려 올라갔을 무렵의 사정 설명은 그 나름대로의 기록문학의 가치를 인정할 만했다. 이미 국군이 점령하고 있는 지대에 국군을 가장하고 들어가 자기들이 먼저 인민군의 욕을 꺼내놓고 부락민들이 이에 동조하기만 하면 모조리 쏘아 죽이는 장면 같은 덴 소름이 끼쳤다.

1956년 8월 이른바 당 중앙위원전체 회의에서 김일성 노선을 비판했대서 최창익, 박창옥 등을 체포하는 결정을 해놓고 소련의 미코얀, 중공의 팽덕회의 압력으로 9월 회의에서 취소하는 결정을 한 경위의 설명을 비롯해서 남로당 일파를 무자비하게 숙청하는 과정을 쓴 부분은 특히 압권이었다.

수기의 성립 과정으로 보거나 필자의 성격, 그리고 운필運筆하는 데 따른 느낌으로 판단해서 이것을 허위의 기록이라곤 단정할 수가 없을 때, 북괴의 공포정치를 묘사한 책으로서 이 이상 가는 것이 없을 것이란 생각으로 기울어 들기도 했다.

그런 까닭으로 강신중은 밤이 새는 줄도 모르고 수기를 읽어나가고 있는데 거의 마지막 부분 가까운 곳에서 다음과 같은 대목에 부딪혔다.

……그 다음날 또 병원에 갔다가 돌아오는데 뜻밖에도 수갑을 차고 내무서원을 따라 내 앞으로 걸어오고 있는 한 청년이 있었다. 그 청년은 키가 후리후리 큰 미남인데 나와 시선이 마주치자 갑자기 고개를 푹 숙이고 말았다.

나는 그 자리에 우뚝 섰다. 그리고 내 눈을 의심하며 다시 그를 쏘았다. 그 청년은 수재라고 불리어오던 공과대학 3학년에 재학중인 '박명구'였다. 내가 일차 남한에 나왔을 때 신세진 몰락기업가의 조카였다. 나는 청년의 뒤통수가 보이지 않을 때까지 가는 곳을 바라보았다.

……그 이튿날 나는 또 관리원과 같이 병원을 향해 걷다가 다 죽게 된 얼굴로 시름없이 전주에 기대어 서 있는 명구 아버지인 박복수 씨(몰락기업가의 둘째형)를 보았다. 나는 관리원이 앞서 걷도록 천천히 걷다가

"웬일이세요."

하고 인사를 하자 그는 당황하여 내 손을 잡으면서

"아아, 오래간만입니다."

하곤 말을 잇지 못했다.

"명구 때문에 나오셨군요."

"어떻게 아셨습니까. 동지들 보기 부끄럽습니다."

"어제 우연히 수갑을 차고 가는 명구를 봤습니다만, 걱정 마세요. 곧 풀리겠죠."

"글쎄 그럴 줄 알았더면 일찍 짝이라도 맞춰줄걸. 그놈이 글쎄 강간미수죄에 걸렸다지 않습니까. 이런 창피한 일이……."

여윌 대로 여위어서 코만 유난히 우뚝 솟은 그의 얼굴에서 실망과 공포를 넉넉히 읽을 수 있었고 그의 선량한 눈은 초점을 잃고 있었다. 그는 낡은 운동화를 신고 땅을 비비다가 나를 쳐다보면서,

"아지마씨 세상에 이럴 수 있을까요? 이런 일이 어디 있겠습니까. 자식놈 때문에 지 에미가 죽게 됐습니다. 아무것도 먹지 않고 누웠는데 폐결핵은 더 악화되어 돈도 한 푼 없이 이꼴이 되었으니."

하고 눈물을 흘렸다. 나도 울었다. 가진 돈이라도 있었다면 몽땅 털어놓았을 텐데 그것도 없고 안타깝기만 했다……. 병원 대기실엔 앉을 자리가 없어서 여기저기 돌아보는데 대학생복을 입은 청년 한 사람이 반갑게 인사를 했다. 공과대학 모표에 내 시선이 가자 문득 나는 명구 생각을 했다. 나는 그와 나란히 앉아서 물었다.

"동무도 박명구를 알지?"

"박명구요?"

하곤 그의 얼굴에 구름이 떴다.

"명구가 무슨 사고라도 저질렀소? 검찰에 가는 걸 봤는데."

"아주머닌 명구 부모하고 잘 아시지요."

"잘 알고말고."

"명구는 퇴학됐어요. 결국은 가정 성분 때문에 희생된 걸 겁니다. 집중 지도 때도 말썽이 많았고 민청 회의에서도 문제가 되었는데 자기 비판을 잘해 오다가 돌아버렸는지 이번엔 그만 반항을 했어요."

하고 그는 쓴웃음을 지었다.

나는 계속 캐물었다.

"명구가 친구와 모란봉에 갔는데 처녀들이 따라오면서 놀리더라나요. 그래서 같이 응수를 하다가 계속 따라오는 것을 보고 욕을 했다나봐요. 그것이 문제가 되어 입싸움을 하다가 명구가 처녀 뺨을 한번 때렸는데 이상하게도 강간 미수로 몰렸어요."

"그게 어째 강간미수죄로 되오? 그럼 같이 갔던 학생도 퇴학되었겠네?"

"아뇨……. 명구가 원체 머리가 좋고 미남이라서 처녀들이 많이 따르지요."

나는 분함을 느꼈다. 호의호식을 뿌리치고 자기의 전 재산을 공산당에 바친 그들이 북에 와서 거지꼴이 된 것도 억울한데 자식에게 공부도 못 시키게 수갑을 채우다니. 더욱이 이남에선 그 가족들이 희생적으로 당사업을 협조하고 있는데 당은 눈이 어둡고 귀가 막혔단 말인가. 울분을 참지 못해 나는 당장에라도 당으로 뛰어가고 싶었다.

강신중은 Y가 들먹인 박복길이란 이름을 상기했다. 도청자가 몰락기업가라고 한 사람이 박복길임에 틀림없었다. 헌데 이만한 동정심을 가진 도청자가 어떻게 박복길을 죽음터에 몰아넣었을까. 그러나 강신중은 그 생각을 이어나가지 못했다. 잠이 엄습했기 때문이다.

며칠 동안을 강신중은 정신없이 바빴다. 소백산으로 가기로 예정했던 날은 스케줄이 비어 있었다. 그날을 위해 할 일을 앞당기고 뒤로 미루고 해놓았기 때문이다.

임수명 생각을 해봤으나 또 구치감에까지 갈 필요는 없을 것 같았다. 공판을 기다리면 되었다.

공판정에 선 임수명의 태도는 침착했고 담담했다. 심문조서 그대로의 순서에 따라 묻는 검사의 질문에 항거하는 빛 없이 순순히 대답했다.

이러다간 한 번만의 공판으로 결심結審되어버릴 것 같았다. 그런 동안에도 뭐가 감추어진 것이 있다는 생각이 강신중의 머리를 떠나지 않았다. 그 뭔가를 포착하기 전에 결심이 되어선 안 된다는 마음으로 안타깝기도 했다.

변호인이 물을 차례가 돌아왔다.

강신중의 첫 질문은 '도청자를 죽여야 할 개인적인 문제가 있었느냐.'는 것이었다.

"없소."

라는 대답이었다.

"피의자가 도청자를 죽일 목적으로 한국에 침입했다는 사실을 증명할 만한 재료가 있는가."

이에 대해선,

"여기 서 있는 나 자신이 그 증겁니다."

하고 답했다.

"그러면 피의자가 도청자를 죽일 임무를 맡고 한국에 침입했다는 사실을 피의자 외의 누군가 그 당시 알고 있었던 사람이 있는가."

"내게 지시한 사람은 알고 있었겠죠."

"그 사람은 북쪽에 있죠?"

"그렇소."

"한국 내엔 없었소?"

"한국 내엔 없었소."

"그렇다면 피의자가 말하기 전엔 그 사실을 아는 사람이 없다는 얘기도 되는 것이 아닙니까."

"그럴지도 모르죠."

"그럴지도 모른다는 것이 아니라 그건 확실한 일입니다. 그런데 무엇 때문에 피의자는 자기밖엔 아무도 모르는 사실을 자진해서 발설을 했는지 그 이유를 알고 싶소."

"사실이니까 사실대로 말한 것뿐입니다."

"누가 강제로 시킨 것은 아니죠?"

"아닙니다."

"그렇다면 더욱 이상한 일입니다."

"사실을 사실대로 말한 것뿐이니 이상한 것이 없다고 생각합니다."

"그럼 피의자는 그렇게 함으로써 대한민국 법정의 신성성에 대한 국민으로서의 의무를 다하려고 한 것입니까?"

"천만에요. 그럴 목적은 없습니다."

"현장 확인과 증인 심문으로 명백해진 사실입니다만 다시 묻겠습니다. 피의자는 간첩 행위를 한 적은 없죠?"

"없습니다."

"공산주의의 선전, 또는 북괴를 찬양하는 주장 등으로 사람을 포섭했거나 포섭하려고 한 일은 있습니까?"

"없습니다."

"그렇다면 피의자의 피의 사실이란 도청자를 죽일 생각을 가진 적이 있다, 그런데 넘어와보니 도청자는 죽어 있었다. 그것뿐 아닙니까?"

임수명은 대답을 망설였다. 그러다가,

"또 있습니다."

하는 뜻밖인 소릴 했다.

서툴게 물었다간 무슨 소리가 나올지 모른다고 직감한 강신중은

"요즘 어디 몸이 불편하거니 한 일은 없소?"

하고 엉뚱하게 화제를 돌렸다.

그때 검사가 말을 끼웠다.

"피의자에게 또 할 말이 있는 모양인데 그걸 들어봅시다."

임수명이,

"나는 대한민국을 반대하는 노동당 당원이며 언제나 마음속에 대한민국에 대한 반대 의사를 가지고 있습니다."

하고 또박또박 말했다.

삐에로와 국화 229

강신중은 어이가 없었다. 피의자 스스로 불리한 발언을 조작하고 있는데 변호사가 나설 자리는 없는 것이다. 강신중은 거기서 심문을 중단해버렸다.

뭔가 석연치 않은 감정과 함께 조금만 노력을 하면 임수명 사건의 진상 같은 것을 캐낼 수 있지 않을까 하는 생각이 간혹 머리를 쳐들기도 했지만 바쁜 변호사가 그 문제에만 사로잡혀 있을 수도 없는 일이고, 본인이 자신의 일에 그처럼 무성의한데 변호사가 어쩌란 말인가, 하는 생각도 곁들어 그냥 며칠을 지내버렸다.

그런데 내일 검사의 논고가 있기 전날, 강신중은 그러나 그대로 방치해둘 수도 없다는 생각이 들어 구치감으로 임수명을 찾았다.

이미 작정을 하고 간 강신중은 정면으로 쏘아붙였다.

"임수명 씨, 사람의 성의를 그렇게 무시하는 법은 아닙니다. 나는 당신의 무죄를 증명하려고 기를 쓰고 있는데 당신의 그 태도는 뭐란 말요."

"미안한 말입니다만 요전에도 말했듯이 나는 당신의 변호를 필요로 하지 않습니다."

임수명의 말은 조용했다.

일순 강신중은 꼭 그렇다면 좋소, 하고 자리를 박차고 일어서버리고 싶었으나 임수명이 풍겨내고 있는 그 분위기의 슬픔이 제동을 걸었다.

"그렇게 말하는 당신의 기분을 나는 이해할 것 같소. 그러나 사람은 최후까지 최선을 다해보아야 하는 것 아닐까요. 자포자기하는 건 좋지 않습니다. 나라에 대한 죄, 사회에 대한 죄, 타인에 대한 죄는 각각 법률이 준비되어 있어 벌을 받음으로써 보상을 하기도 하지만, 자기 자신에 대한 죄는 법률의 규정이 없으니 벌도 없지만 인생에 있어서 이보다 더 큰 죄는 없습니다. 자기를 소중히 해야 합니다. 자포자기는 안 됩니다."

"결과는 마찬가지 아닙니까. 자기를 소중히 하건 자포자기를 하건."

강신중은 그것을 오랜 생각 끝에 나온 말로 들었다.

"그렇게 비약하지 맙시다. 최선을 다해 연속된 시간하고 자포자기로 써버려진 시간의 퇴적하곤 엄연히 다릅니다."

"좋은 말씀입니다."

임수명은 싸늘한 웃음을 띠곤,

"그러나 그건 인생을 시작하는 청년에게 할 말이지 인생의 마지막에 놓인 사람보구 할 충고는 아닌 것 같습니다."

"그러나 임수명 씨, 이번 재판엔 이겨봅시다. 공소 사실은 순전히 당신의 자백만으로 된 일이오. 대한민국의 법률은 아무리 본인이 자백해도 객관적으로 입증될 증거가 없으면 벌할 수 없게 되어 있습니다."

"강 변호사님!"

강신중은 임수명의 입에서 나온 정중한 호칭에 놀랐다. 변호사님이라고 임수명이 발성한 것은 처음 있는 일이었다.

"강 변호사님, 헛된 노력은 하지 마십시오. 나는 분명히 대한민국에 죄를 지은 사람입니다. 나는 내가 지은 죄에 대해서 책임을 질 작정입니다."

"당신은 대한민국에 반대하는 사람이라고 하지 않았소? 대한민국에 반대하는 사람이 무엇 때문에 그처럼 대한민국에 충실하려는 거요. 그러나 나는 당신을 대한민국을 속이고까지 구출할 생각은 없소. 대한민국의 법률에 충실한 그 범위 내에서 당신의 무죄를 증명할 수 있단 말

삐에로와 국화

이오."

 임수명은 답답해 견디지 못하겠다는 듯이 깊이 숨을 들이마시고 있더니,

 "강 변호사님, 내 말을 비밀로 해주시겠죠."
하고 물었다.

 강신중이 약속을 했다.

 "나는 대한민국의 법률에 의해 무죄가 되는 것보다 대한민국의 법률에 의해 처단받길 원합니다."

 임수명의 목소리는 나직했으나 단호했다. 강신중이 어이가 없어 되물었다

 "그 까닭이 뭐요."

 "내겐 이북에 가족이 있습니다. 내 처자식만이 아니라 형들도 있고 조카들도 있구요. 그들의 생활을 보장받고 나는 도청자를 죽이러 이남으로 내려온 겁니다."

 강신중의 머리 위로 스쳐가는 하나의 상념이 있었다. 도청자의 수기 속에 나타난 '박명구'란 학생이었다. 후리후리한 키에 미남으로 생겼다고 기록된 그 학생! 그와 임수명의 모습이 아슴푸레 겹쳐진 것이다. 그러나 나이로 봐서 그럴 까닭은 없을 것이었다. 그런데도 다음과 같은 물음이 튀어나왔다.

 "혹시 박명구란 사람 아시오?"

 임수명이 움찔하는 것을 강신중은 분명히 느꼈다. 그러나 임수명의 말은 태연했다.

 "도청자의 수기에 나오는 이름이죠? 그 책에서 읽었지요. 직접적으론 모릅니다. 강 변호사도 그 책을 읽으셨군요."

이렇게 나오는데 더 할 말이 없었다. 강신중은 분위기를 부드럽게 하기 위해 다음과 같은 얘길 했다.

"외국 잡지에서 읽은 얘긴데요. 아까 당신이 가족을 들먹이기에 생각난 것입니다. 닉슨과 소련의 브레즈네프가 어떤 절벽 위에 나란히 서 있었더랍니다. 물론 이건 꾸민 얘기입니다. 두 사람이 각기 자기들 부하의 충성심을 자랑하게 되었죠. 그러다가 그런 충성 테스트를 해보자고 했는데 먼저 닉슨이 자기의 부하를 보고 '이 절벽 아래로 뛰어내려!'라고 했더라나요. 그랬더니 그 부하가 말하길 '각하 제겐 가족이 있습니다.' 하고 뛰어내릴 수 없다고 했어요. 그러자 브레즈네프의 부하는 명령이 있기가 바쁘게 절벽 아래로 뛰어내렸죠. 그런데 중간에 있는 나뭇가지에 걸려버렸다는 겁니다. 로프를 내려 그 사람을 끌어올려 놓고 미국의 신문기자가 물었답니다. '당신은 어떻게 그런 행동을 할 수 있었느냐'고. 그랬더니 그자의 답은 '내게도 가족이 있어요.'"

임수명은 웃지 않았다.

강신중은 다시 재판 관계로 화제를 돌렸으나 임수명은 귀찮다는 표정으로 듣고 있다가 돌연 물었다.

"나를 신고한 사람, 보상금은 받았을까요?"

"참, 당신은 신고에 의해 붙들렸죠?"

하고 강신중은 다음과 같이 얼버무렸다.

"간첩을 잡으면 백만 원인가 얼만가의 돈을 주기로 되어 있는 모양이지만 당신이 간첩인지 아닌지, 재판도 채 끝나지 않았는데 그 사람들이 어떻게 돈을 받았겠소?"

사실 강신중은 보상금에 관한 구체적 내용을 모르고 있었던 것이다.

강신중은 나름대로의 최선을 다해 변론을 했다.

임수명이 도청자를 살해할 목적을 가지고 있었다고 하나 도청자가 이미 죽고 없어진 후의 일이니 법률의 대상이 될 만한 범의犯意로는 취급할 수 없다는 데서 시작해서,

1. 비록 그것을 범의라고 치더라도 본인의 자백만으로 증거가 없는 점을 감안해서 처벌할 수가 없고,

2. 그밖에 조금도 범법 행위가 없었다는 것이 명백하고,

3. 북괴에서 위조한 주민등록증을 소지하고 행사한 점은 위법 행위라고 하지만 피의자가 그 주민등록증을 없애버린 지 이미 오래된 이때에 와서 그런 자백만으로 처벌할 수가 없고,

4. 피의자는 또 자기 자신을 노동당 당원이라고 하지만 그렇다는 것을 증명할 만한 재료가 전연 없고보니 원래 공소를 유지할 수 없는 사건이라고 논단했던 것이다.

그러나 재판부는 검사가 제출한 S신문 소재所載의 암호광고를 증거로 채택하는 한편 피의자가 추호도 개전의 정을 표하지 않는 사실에 중점을 두고 요인 암살이 최근 북괴가 취하고 있는 대남 공작 목적 중 가장 요긴하다는 점을 상기시키고 이러한 악질적인 분자는 일벌 백계원칙에 따라 엄벌해야 한다는 취지에서 검사의 구형 그대로 사형을 선고하고 말았다.

판사가 임수명을 악질분자라고 단정한 덴 이유가 없지 않았다. 임수명은 최후 진술에서 대한민국에 대해 어마어마한 욕설을 퍼부어놓곤 '김일성 만세!'를 부르고 진술을 끝맺었던 것이다.

개전의 정이 없는 간첩에겐 그 소행 다과를 불문하고 극형이 내려지는 것인데 최후의 진술에 가서 불손 오만한 태도를 취한 임수명에게 정

상 재량을 베풀 여지가 없다는 것을 강신중이 모르는 바는 아니었다. 그러나 강신중이 그 언도가 지나쳤다고 생각한 것은 임수명이 대한민국을 욕한 것과 김일성 만세를 부른 행동이 그의 본심에서 우러난 것이 결코 아니라는 사실을 알고 있었기 때문이다.

언도가 있은 그 이튿날, 강신중이 임수명을 만나러 갔다. 그리고 놀랐다. 임수명의 몰골이 전연 달라 있었던 것이다. 눈동자는 초점을 잃고 있었다. 어제까지의 침착성은 찾아볼 수가 없었다. 사형 언도가 준 충격이 완연했다.

이렇게 충격을 받을 사람이 왜, 무엇 때문에 스스로 죄를 뒤집어쓰려고 그처럼 서둘렀을까 하는 의혹이 가슴을 메웠다. 강신중은 타이르듯 말했다.

"지금도 늦지 않아요. 내 시키는 대로만 하면 사형은 면할 수가 있소. 이심에 가서 잘 해결해봅시다."

임수명은 무슨 말을 듣고 있는지도 모르는 그런 표정으로 초점 잃은 눈으로 사방을 휘둘렀다.

'정신이상을 일으킬 전조로구나.'

이런 생각이 직감적으로 떠올랐다.

"임수명 씨."

하고 불러보았다.

답이 없었다. 여전히 쉴 새 없이 몸을 흔들고 눈을 이곳저곳으로 움직였다.

"임수명 씨, 진정하시오. 이심에 가선 잘해봅시다. 내 변론만을 듣고 당신은 잠자코만 있으면 됩니다. 일부러 죄를 뒤집어쓰려는 그런 태도만 시정하면 돼요. 알았소?"

"이심 필요없어요. 이심 안 해요."

겁에 질린 듯 임수명이 소리쳤다.

"안 되오, 이심을 받아야 하오."

"난 이 이상 끌려다니는 건 싫소. 빨리 끝장이 나야 하오. 난 견딜 수가 없소. 나는 죽어도 이심은 안 받을 겁니다. 빨리 끝장이 나도록 해주십시오. 이 이상 끌면 무슨 사고가 날지 모르겠소."

임수명의 정신상태가 정상으로 돌아온 것으로 보였다. 강신중은 이때다 싶어

"사형 이상의 사고가 어디에 있겠소. 그 이상의 사고는 없소. 그러니 겁낼 아무것도 없단 말요. 이심에 가선 절대로 좋게 해결할 자신이 있으니 내 말을 들으시오."

하는 변호사로선 할 수 없는 말까지 지껄였다. 사실 임수명이 협조만 해준다면 강신중에겐 그럴 만한 자신이 있었다.

"다 소용없는 일입니다."

임수명은 냉랭하게 말했다.

강신중은 기가 막혔다. 사람의 성의를 이렇게 무시할 순 없다. 분한 마음이 들기도 했다.

"임수명 씨, 당신의 본심을 좀 알아봅시다. 당신은 간첩이 아니죠? 간첩이 당신 같을 순 없소. 아무리 북조선에 사람이 없기로서니 당신 같은 사람을 간첩으로 보내겠소? 당신은 노동당 당원도 아니오. 당원은 영리하고 야무집니다. 누가 묻지도 않는데 자기 입으로 자기 죄를 불어버리는 그런 어리석은 짓도 하질 않아요. 대한민국의 법을 무시하면서도 그 법망을 뚫는 기술이 비상한 놈들이 공산당 당원이오. 또 당

신은 철공소 직공도 아니었소. 철공소의 숙련공이 날품팔이를 해요? 어림도 없는 소리요. 숙련공으로서 철공소에 취직하는 것이 수입이 좋을 뿐 아니라 신변 보호도 안전한 거요. 숙련공은 날품팔이를 하곤 견딜 수가 없어요. 그런데 당신은 뭐요. 아무것도 아닌 사람이 간첩의 죄명을 쓰고 꼭 죽어야 할 까닭이 뭐요. 가족을 위해서요? 당신이 이곳에서 이렇게 죽는다고 해서 놈들이 당신의 가족들을 칙사 대접이나 해줄 줄 아오? 터무니없는 꿈을 꾸질 마시오. 지금이라도 늦지 않으니 당신의 정체를 정정당당하게 내세워놓고 그리고 심판을 받으시오. 그래야 최악의 경우라도 사형 이상은 없을 것 아니오. 당신이 이 모양대로 죽는다면 참으로 어이가 없소. 국선 변호인으로선 지나친 노릇을 내가 하는 건 변호사의 입장에서보다 인간의 입장에서요. 놈들에게 속아 비명에 넘어진 많은 친구가 내겐 있었소. 나는 당신을 만나자 그 친구들을 생각했소. 그 친구들에게 대해 못다한 내 노력을 당신을 위해 하고자 하오. 지금도 그 생각엔 변함이 없소. 당신은 솔직히 말해 빨갱이도 아니지 않소? 그런데 뭣 때문에 빨갱이의 누명을 쓰고 죽으려는 거요."

강신중은 저도 모르게 흥분해 있었다.

임수명은 처음에 살짝 긴장하는 빛이 보였으나 뒤에 가선 완전히 냉정을 되찾고 있었다.

"강 변호사, 그 뜻만은 고맙소. 그러나 사람에겐 각자 따라야 할 운명이란 게 있습니다. 이 이상 강 변호사가 노력하는 것은 나를 괴롭히는 것으로 됩니다. 얼마 남지 않은 시간이나마 나를 조용하게 내버려두시오. 이심은 절대로 원치 않습니다."

임수명은 조용히 일어섰다.

복도 끝으로 사라지는 임수명을 지켜보다가 강신중은 되돌아섰다.

'도무지 알 수가 없는 일이다.'

강신중은 이렇게 중얼거리며 이미 7월에 들어선 여름의 거리를 느릿느릿 걸었다. 발광 직전으로 보이기까지 하던 임수명의 몰골과 곧 침착을 되찾은 그 태도와의 진폭 사이에 있었던 그 마음의 갈등은 어떠한 것이었던가. 그러나 이러한 궁금증은 곧 가셔지고 말았다. 그날 오후 강신중이 소속한 변호사회의 임원회의가 있었기 때문이다.

그 다음 강신중이 임수명을 만난 것은 일심의 판결 그대로 사형이 확정되고 난 후 한 달쯤 지나서다. 그땐 강신중이 다른 의뢰인을 면회하러 간 김에 그를 불러달라고 했다.

사형이 확정된 사람을 만난다는 것은 고통스러운 일이었지만 가슴 밑바닥에 깔려 있는 찌꺼기 같은 것이 남아 있어 강신중이 딴으론 용기를 낸 것이다.

임수명은 차마 정시할 수 없을 정도로 수척해 있었다. 초점을 잃은 그때와는 달리 이번엔 눈동자가 푹 팬 안광 속이 틀에 박힌 듯 움직이지 않았다. 매일처럼 죽음을 응시하고 있는 동안에 그렇게 되어버렸을까 하는 인상이었다.

그래도 임수명은 강신중을 보자 입 언저리에 가벼운 웃음을 띠고 인사를 했다.

"고맙습니다. 선생의 호의만이 내 마지막 길의 커다란 위안입니다."

그 말엔 진심이 서려 있었다.

강신중이 얼른 대꾸할 말을 잊었다.

그래 겨우 한다는 말이,

"거처가 불편하시죠."

하는 어색한 것이었다.

"불편하진 않습니다. 이것 빼놓군."

하고 임수명은 수갑을 찬 손을 들어 보였다.

"이제 와선 소용없는 일이겠습니다만 임수명 씨가 왜 이렇게 되었는지 그 까닭을 알고 싶은데요."

강신중이 간신히 말해보았다.

"강 선생께서 무엇을 알고 싶어하시는지 난 알고 있습니다. 그러나 그걸 알아 무엇하시렵니까. 말할 수가 있었다면 말씀드렸을 것 아닙니까."

"꼭 그러시다면 할 수 없죠. 그런데 혹시 내게 부탁할 건 없습니까? 임수명 씨를 위해 뭔가 해드리지 않곤 내 마음이 편칠 않습니다."

임수명은 잠깐 생각하는 듯하더니 얼굴에 보일락말락 생기를 돋우었다.

"내가 3년 전 서울에 왔을 때, 그땐 늦은 가을이었는데 거리의 꽃 가게에 샛노란 국화꽃이 진열되어 있었습니다. 그걸 들여다보고 있는데 어떤 젊은 여자가 꽃가게로 들어갔어요. 조금 있다가 그 여자가 국화꽃을 한 다발 사들고 나오더니 나를 힐끔 보고 하는 말이 '이 꽃 이쁘죠.' 하며 다발 가운데서 꽃 두 송이를 뽑아주었어요. 하두 뜻밖인 일이라서 고맙다는 말도 못하고 멍청히 서 있기만 했죠. 그 젊은 여자는 꽃다발을 안고 활발한 걸음으로 걸어가버렸지요. 그 뒷모습을 보며 나는 그 여자의 행복을 진심으로 축복했습니다. 서울이란 도시를 축복하고 싶은 마음도 생겼구요. 대한민국을 축복하고 싶은 마음도……. 북쪽, 이북에선 어림도 없는 일이죠. 감방에서 나는 가끔 생각해봅니다. 그때 내게 꽃을 준 그 젊은 여자가 내가 이 꼴이 되어 있다는 것을 알면, 아니 이 꼴로 될 인간이었다는 것을 알면 어떤 생각을 할까 하구요."

임수명의 눈에 눈물이 고여 있었다.

강신중은 시선을 창 너머로 돌렸다. 흐린 하늘이 그곳에 있었다.

임수명의 말이 계속되었다.

"나도 평생에 한 번은 꽃을 사서 누구에겐가 보내보고 싶은 생각이 간절했습니다. 그러나 당치도 않은 일이죠. 강 선생에게 부탁하고 싶은 건 늦은 가을에 샛노란 국화꽃을 사 가지고 내 대신 선사를 해주었으면 하는 겁니다."

"누구에게요."

"주영숙이란 사람입니다."

"그 사람이 누군데요."

"나를 고발한 사람입니다."

"당신을 고발한 사람에게 꽃을 사서 주라구요."

"이유는 묻지 마십시오. 굳이 원하는 것도 아닙니다. 만일 호의가 있으시면 부탁하겠다는 겁니다."

"부탁이시라면 그렇게 하죠."

"그런데 그 꽃은 늦은 가을의 국화꽃이라야 합니다."

"알았습니다. 주소를 알아야죠."

임수명은 주영숙의 주소를 말했다. 성북구 장위동의 꽤 까다로운 번지였는데 임수명은 수월하게 들먹였다. 강신중은 그 주소를 수첩에 적어넣었다.

해질 무렵 임수명이 일어서며 말했다.

"이게 강 선생님을 뵈옵는 마지막일지도 모르겠습니다."

처량한 목소리였다.

강신중이 뭐라고 할 말을 찾지 못하는 가운데 문턱을 넘어선 임수명이 고개를 돌려 한마디를 보냈다.
　"언젠간 나를 알 날이 있을 겁니다."

　가을이 왔다. 강신중 변호사의 집 뜰에 심은 국화꽃도 봉오리를 맺었다. 그 봉오리를 보며 강신중은
　'꽃가게에서 국화꽃을 사 가지고 갈 것이 아니라 뜰에 있는 꽃을 꺾어다 줘야겠구나.'
하고 임수명의 부탁을 상기했다.
　그러한 어느 날 강신중은 조간신문의 한 구석에서 '간첩 임수명 사형 집행.'이란 짤막한 기사를 읽었다.
　당연히 예기한 일이지만 기분이 좋을 까닭이 없었다. 식욕을 잃고 주스 한 잔만을 마시고 사무실로 나갔다.
　그러나 병원엘 나가야 할 일, 사람들을 만나야 할 일들이 겹쳐 정신없이 한나절을 지낼 수가 있었는데 오후에 평복을 한 교도관이 강신중을 찾아왔다.
　교도관이 한 말은 다음과 같았다.
　"어제 간첩 임수명을 집행했습니다. 우연히 제가 입회하게 되었는데요. 형장으로 가는 도중 제게 귀띔을 했습니다. 자기의 본명은 박복영이라면서 그 말을 꼭 영감님께 전해달라는 부탁이었습니다. 두 번 세 번 되풀이했습죠. 그래서 위법이 아닌가도 싶습니다만 상대가 영감님이구, 간첩이긴 하나 마지막 길에서 한 말이구 해서 전해드리려고 왔습니다."
　강신중은 자기의 짐작이 옳았다고 느끼며 동시에 뭐라고 형언할 수 없는 감정에 사로잡혔다. 일단 그런 짐작을 해보았으면 그것을 기점으

로 철저하게 파고들었어야 할 일이었다. 자기의 잘못으로 사람 하나를 죽인 것이 아닌가 하는 엉뚱한 자책감까지 돋아났다. 그러나저러나 확인을 해보아야겠다고 생각하고 전화기를 들었다.

Y는 다행히 집에 있었다.

"자네 박복길이란 사람을 안다고 했지."

"그래, 그런데 아닌 밤중에 무슨 홍두깨야."

"농담 말구 묻는 말에나 대답을 해. 박복길의 큰형 이름이 뭐구."

"박복식일 거야."

"작은형은."

"박복수."

"복길인 그러니까 셋째라고 했지?"

"그렇다, 왜."

"사형제니까 박복길의 동생이 있을 것 아닌가. 그 사람 이름이 뭐야."

"박복…… 복자는 돌림자니까 들었을 거구, 뭐랬더라? 알쏭달쏭한데, 왜 그러나."

"혹시 박복영 아냐?"

"그래 맞았어, 박복영이야."

"그럼 빨리 내 사무실로 나와요. 의논할 일이 있으니까."

"뭔데."

"전화론 안 돼. 빨리 나와."

강신중의 얘기를 끝까지 듣고 나선 혀를 차며 Y는 말했다.

"그런 짐작이 있었으면 진작 말하지 않구."

"진작 말했더면 자네가 어떻게 했을 건데?"

"방청하러 나가 확인이라도 해봤을 것 아닌가. 그 사람관 접촉한 일이 없지만 한두 번 본 적은 있거든."

"자네가 아는 그 사람 나이는 어때."

"쉰 살을 한둘 넘긴 나일걸. 복길이보단 두 살쯤 아래였을 테니까."

"기록에는 45세로 돼 있어."

"이름부터 가명으로 하고 있는데 나이쯤이야. 하여간 자넨 틀렸어. 그런 얘긴 왜 안 하노."

"법정 관계의 얘기를 함부로 할 수야 있나. 게다가 그 사람이 박복영이란 사실을 알았더라도 어떻게 할 수가 없어. 변호인이 본인에게 불리한 사실을 폭로할 수 없거든. 설혹 그걸 밝히는 게 본인에게 유리할 수 있어도 본인이 반대한다면 안 되거든."

"그런데 이상하지 않나. 자네가 읽은 도청자의 수기엔 그의 조카인 박명구가 성분 문제로 대학에도 못 다닐 뿐 아니라 온 집안이 박해를 받고 있더라며? 그런데 어떻게 그런 사람을 간첩으로 남파했을까."

"그게 이상하긴 해. 그러나 도청자의 수기를 보니 그런 것만도 아닌 것 같애. 무슨 관직에서 파직시킨 이인달이란 사람을 고정 간첩으로 남파했다는 사실도 있던데. 간첩 남파엔 두 가지 종류가 있는 모양 아닌가. 당성이 강한 자를 보내 실리를 얻자는 것과 남한을 혼란시킬 목적만으로 숙청 삼아 보내는 것과. 성과를 내고 돌아오면 그만큼 플러스가 되는 거고 붙들려 죽으면 숙청한 셈으로 치고 말야."

"그러나 어느 정도의 충성도는 인정받아야만 될 것 아닌가."

"가족이 있잖나. 가족이 볼모가 되는 거지. 놈들의 말대로라면 담보지, 담보."

"하여간 지독한 놈들이야."

"참 자네 말 들으니 박복길한테 제수가 남았다고 하잖았나. 그 제수가 곧 박복영의 마누라란 말 아닌가."

"그렇지."

"혹시 그 여자의 이름을 아나?"

"복영의 이름도 잘 몰랐는데 여자의 이름까지 어떻게 아나."

이런저런 얘기를 하던 끝에 두 사람의 의견이 다음과 같은 짐작을 성립시켰다.

박복영 일가의 처지가 말이 아닌 상태로 빠져들었다. 그 박해를 이겨 나갈 방도가 없어졌다. 옛날 공산당에 제공한 재산은 남로당에 준 것이란 취급을 받고 되레 그런 사실이 불리한 상황을 만들었다. 그런데다 도청자가 자수하여 전향하는 바람에 이남에 있는 박복길과 그 어머니가 사형을 당했다는 소식을 뒤늦게야 알았다.

박복영이 도청자를 죽이고 오겠다고 자원해서 나섰다. 개인적인 감정도 감정이려니와 공적을 올림으로써 일가의 사정을 좀 펴도록 하겠다는 의도도 있었다.

북괴의 기관은 이 자원을 받아들이기로 했다. 만일 실패하거나, 그밖에 사고가 있으면 가족들에게 좋지 않을 것이란 조건을 붙여서 그를 남파했다. 북괴가 그를 그 이외의 일론 신용하지 않았다는 것은 그에게 다른 임무를 주지 않았을 뿐 아니라 남한에 있는 고정간첩과 연락하는 방법을 가르쳐주지 않은 것으로 알 수가 있다. 그를 북으로 데리고 갈 의사가 없었다는 것도 확실하다. 자수를 해봤자 손해될 기밀이 없는 것이니 몇 사람의 위험을 무릅쓰고까지 그를 데리고 갈 의사가 없었던 것이다.

여기까지의 짐작엔 두 사람의 의견이 합치되었으나 다음의 문제에서 엇갈렸다.

Y는 '북괴가 도청자의 죽음을 미리 알고도 박복영을 보냈을 것'이라

고 했고 강신중은 '북괴가 목적 없이 박복영을 보냈을 까닭이 없으니 그 당시엔 알지 못했을 것'이라고 맞섰다.

"북괴의 정보가 그렇게 어두워? 그럴 리가 없지."

하고 Y는 버티고 강신중은

"놈들이 우리 사는 형편에 대한 소상한 정보를 알아봐. 전쟁 준비 같은 것을 하는가. 놈들은 놈들의 비위에 맞는 정보만 수집하는 거라. 예를 들면 남한의 무역 사정이 좋아졌다, 중공업이 굉장하게 발달했다 하는 따위의 정보는 보내지도 않고 받아도 무시하는 거여. 그렇지 않고서야 북괴가 어떻게 그런 태도로 나오겠어."

이 토론은 술좌석에 옮겨가서까지도 계속되었는데 결론이 나진 않았다.

"하여간."

하고 Y가 탄식했다.

"그 일문은 우리 고향에선 일러주는 집안이었는데 비참도 하지. 아들 둘은 대한민국에서 사형당하고 아들 둘은 북한에서 학살당할 판이구."

그날 밤 강신중은 집으로 돌아가서 도청자의 수기를 꺼내놓고 박복길에 관한 기사가 있는 곳을 찾았다. 다음과 같은 대목이다.

……우리가 다시 몰락기업가(박복길) 집으로 들어섰을 때 그의 얼굴 표정은 죽을 상이었다. 그럴 수밖에 없었다. 자기들의 끼니도 간신히 이어가는데 벌써 20일이 넘도록 우리가 자기 집에 있었고, 앞으로도 접선이 안 되면 계속 우리 생활까지 그가 보장해줘야 할 판이니 오죽 애가 탔겠는가! 그러나 부득이 그 집에 있을 수밖에 다른 방도가 없었다. 나는 그 집의 딱한 생활 조건을 알고도 그들에게 돈을 줄

수 없는 것이 죄스러워서 밥을 적게 먹기 위해 위장병이란 핑계를 대고 누룽지를 먹거나 그렇지 않으면 밥을 적게 먹으면서 생배를 앓았다. 그 집 어머니와 몰락기업가는

"그렇게 안 먹고 건강을 유지할 수 있느냐."
고 걱정하면서 때때로 과일을 사주기도 하였다. 이 모든 성심성의는 오로지 북에 있는 가족들을 생각한 때문이었다.

······이 몰락기업가는 직업도 없이 생활하는데 친척들이 약간 생활비를 보태주는 형편이었지만 그래도 그들 가난한 생활이 북한에서 지위가 높은 국장급 생활 수준보다 훨씬 높다는 것을 나는 인정했다. 그 집에서 제사 차리는 것을 보니 감히 북한 사람들과는 비교도 못할 정도였다. 떡을 몇 가지씩이나 만들고 도미 생선이니 쇠고기 육전이니, 별별 음식을 장만했다. 그런데도 그 몰락기업가는 북한 사람들은 다 잘사는 사람들만 있고 남한엔 굶는 사람들만 있는 것처럼 말했다. 그러면서, 그는 이상하게도 매일 술을 마시고 고급 담배를 피웠다. 그리고 그가 외출할 때 보면 고급 양복에 나일론 양말을 신고 와이셔츠에 넥타이를 매었다. 나는 마음 속으로 '이 사람을 북에 데리고 가서 북한 주민 생활을 한 달만 맛보이면 자살을 하겠구나.' 하고 생각하기도 했다.

······그 집 할머니는 매일 밤 목욕을 하곤 정화수를 떠놓고 북쪽을 향해 빌었다. 북쪽에 있는 세 아들의 행복과 그 아들들과 만나볼 수 있는 통일의 날이 빨리 오도록 비는 것이다.

이 대목을 읽으면서 강신중은 솟구쳐오르는 의분감을 금할 수가 없었다. 도청자란 여자에 대한 미움이었다. 비판하는 안력이 있고 그런

장면을 목격도 하고 했으면 응당 그 몰락기업가인가 하는 사람을 데리고 자수해야 하는 것이다. 이북의 사정을 털어놓고 다신 속지 말자는 당부와 더불어 그 사람에게도 회생의 길을 주어야 하는 것이다. 도청자는 그 수기 가운데 아무리 뻔뻔스러운 소릴 해도 이 세상에 재앙을 몰고 온 악마의 시녀랄 수밖에 없다.

 이런 생각을 하다가 강신중은 문득 도청자의 죽음이 자살이 아닐까 하는 의혹을 가졌다. 몰락기업가와 그 어머니가 처형되었다는 소식을 듣고 그 충격으로 자살을 결행할 만도 한 일이 아닌가. 만일 그렇게라도 되었다면 도청자에게 한가닥 양심이 있었다고 할 수 있을 것이다. 아무튼, 하고 강신중은 쓰다가 말다가 한 일기장을 꺼내 그 밤의 감상을 다음과 같이 적었다.

 어떤 주의를 가지는 것도 좋고, 어떤 사상을 가지는 것도 좋다. 그러나 그 주의, 그 사상이 남을 강요하고 남의 행복을 짓밟는 것이 되어서는 안 된다. 자기 자신을 보다 인간답게 하는 힘으로 되는 것이라야만 한다. 인간답다는 것은 첫째 자기가 존재함으로써 남을 불행하게 하는 일이 없도록 한다는 마음먹이며 실천이다. 어떤 고상한 목적으로서도 남을 희생시킬 순 없다는 각오다. 자기가 행복을 바라고 있는 그만큼 남도 행복을 바라고 있다는 사실에 대한 공감이며 이해다. 그러기 위해선 부득불 평범한 생활을 소중히 할 밖엔 없다. 요컨대 이상이 아무리 높다고 하더라도 거기에 이르는 데 부자연한 수단이 필요하다면 포기해야 하는 것은 이상이다. 그 증거를 우리는 공산주의에서 볼 수가 있다. 공산주의는 그들이 만들어낸 성과가 설사 얼마나 눈부시다고 하더라도 그들이 저지른 죄악을 보상할 순 도저히 없을 것이다. 그 실례가 로서아(소련)에 있고 북한에 있다. 도청자 같은 인간을 있게 한 것도, 임수명 같은 인간을 있게 한 것도 모두 그들의 수작이 아닌가. 우리는 우리의 평범한 생활을 지키기 위해서도 그들을 용납할 순 도저히 없다. 임수명, 아니 박복영이 집행당했다는 소식을 듣고 이렇게 적어 본다…….

늦은 가을까지 기다릴 필요가 없었다. 시월에 드니 꽃가게는 샛노란 국화꽃으로 넘쳤다. 강신중은 어느 일요일을 택해 Y와 함께 주영숙을 찾기로 했다.

번지가 가까워진 곳에서 구멍가게 주인에게 물었다. 주인인 노인은 '주영숙, 주영숙' 하고 되뇌이면서도 생각이 떠오르지 않는 모양이었는데 부엌 쪽에서 계집아이가 얼굴을 내밀더니 '할아버지, 간첩 잡아줬다고 상탄 집이라예.' 하고 눈망울을 두 사람을 향해 굴렸다.

"아아, 그 집이면."

하고 구멍가게의 노인은 가게에서 서너 발자국 밖으로 나와 서서 서쪽으로 가장 가까운 곳에 있는 전신주를 가리키며 우물우물 말했다.

"저 전신주 있는 골목을 왼편으로 들어가서 오른쪽으로 셋째 집이 바로 그 집일 거요."

강신중과 Y는 어슬렁어슬렁 노인이 가리킨 골목으로 돌아가선 그 집 앞에 서서 동정을 살폈다. 비좁은 뜰 저편에 부엌 하나, 방 하나, 그 앞에 좁은 마루가 달려 있는 집의 구조가 판자문 틈으로 환히 들여다보였다. 그런데 시각이 오전 열한 시가 넘었는데도 사람이 기동해 있는 흔적이 없었다.

"여보세요."

하고 강신중이 부르고 Y는 판자문을 흔들었다. 그래도 아무런 기척이 없었다.

"이상한데."

먼저 Y가 중얼거렸다.

"도루 구멍가게에 가서 물어볼까."

한 것은 강신중이었다. 그 근처는 다닥다닥 집이 붙어 있었는데 이상하게도 다른 집들은 그 골목에 등을 돌리고 있고, 문이 그 방향으로 나 있는 것은 근처에선 그 집뿐이었다.

한참을 그렇게 서성거리고 있었는데 골목 어귀에서 사람의 기척이 있었다. 돌아보니 옥색저고리에 다갈색 치마의 수수한 한복 차림의 초로의 부인이 걸어 들어오고 있었다. 강신중은 그 여자가 그 집 주인일 것이라고 직감했다. 수수한 차림이었지만 어릴 적부터 깔끔하게 한복을 입기 길들인 사람 특유의 짜임새가 몸 전체에서 풍겨나오고 있었다.

가까이 왔을 때 두 사람은 판자문 앞에서 비껴 섰다. 여자는 꽃을 한아름 안고 선 강신중을 이상하다는 눈초리로 흘겨보더니 기둥 쪽으로 손을 넣어 걸쇠를 끄르곤 판자문을 열었다. 그리고 그냥 들어가려다가 계속 그 자리에 서 있는 두 사람 쪽으로 돌아섰다.

"이 집에 무슨 일이 있으세요."

초년엔 미인으로 칠 수 있었을, 윤곽이 바른 얼굴이었다. 주름이 잡혀 있었는데도 미녀의 잔향 같은 것이 서려 있었다.

두 사람이 머뭇거리는 걸 보자 부인은

"주인은 지금 강원도에 가 계시는데요."

했다.

"주영숙 씨를 뵈러 왔습니다."

강신중이 가볍게 고개를 숙여 보이곤 말했다.

"주영숙은 접니다만, 무슨 일루."

"여게 서선 말씀을 드릴 수가 없습니다."

"그럼 잠깐 들어오세요."

주영숙이란 그 여자는 빠른 걸음으로 먼저 들어가더니 행주로 마루의 먼지를 훔치곤,

"누추합니다만 잠깐 앉으시지요."

하고 자기는 부엌문에 기대섰다.

"다름이 아니라 부탁을 받고 왔습니다. 혹시 임수명이란 사람을 아시는지요."

강신중이 조심스럽게 물었다.

"임수명!"

하고 낮게 중얼거리더니 여인의 얼굴이 단번에 상기됐다.

"간첩 아녜요? 얼마 전에 사형이 되었다는……."

눈엔 공포의 빛이 있었다.

"그렇습니다. 그 사람 일로 왔습니다."

"경찰관이신가요."

"아닙니다. 어려워 마십시오. 나는 그 사람의 변호를 맡은 변호삽니다. 이 사람은 내 친구이구요."

"그럼 어떻게 절……."

"임수명 씨가 죽기 얼마 전 내게 부탁을 했어요. 늦은 가을에 샛노란 국화꽃이 피거든 그 꽃을 한아름 사다가 부인에게 갖다드리라구요."

주영숙이 굳은 표정이 되었다.

"꽃을요? 제게요?"

"부인께서 고발한 사실도 알고 있었던 모양입니다만 꽃을 갖다드리라는 덴 결코 나쁜 뜻이 있는 것 같진 않았어요."

주영숙의 몸이 와들와들 떨고 있었다. 강신중이 일어서서

"부인, 이리로 좀 앉으세요."

하고 자기가 앉아 있었던 자리를 권했다. 주영숙은 하마터면 쓰러질 듯한 몸을 가까스로 가누고 마룻끝에 걸터앉아 상체는 부엌 쪽 판자벽에 기댔다. 그 이마엔 기름땀이 솟아 있었다.

"진정하십시오. 꽃을 보내드리라는 그 사람에게도 악의가 없었고 이렇게 찾아온 우리들에게도 악의가 없습니다. 뿐 아니라 다른 의도란 전연 없습니다. 꽃이나 받아주십시오."

강신중이 꽃다발을 내밀었더니 주영숙이 겁에 질린 듯 손을 움츠려 치마폭으로 가렸다. 강신중이 하는 수 없이 꽃다발을 마룻바닥에 놓았다.

"진정하시고 사정 얘기나 하십시오. 사실 우리들은 뭐가 뭔지 몰라 찾아오기로 한 겁니다."

강신중이 부드럽게 말했다.

주영숙은 약간 냉정을 되찾았는지 마른 침을 삼키곤 입을 열었다.

"지난 봄 어느 날이었어요. 한 통의 편지가 날아들었어요."

꺼져버릴 듯한 목소리였다. 강신중과 Y는 귀에다 신경을 모았다.

"그 편지는 마포 어느 집에 북쪽에서 온 간첩이 있으니 당국에 신고하라는 편지였어요. 편지를 받고도 신고하지 않으면 불고지죄에 걸릴 것이니 그리 알라는 무서운 말도 있었어요. 자기가 직접 신고할 수도 있지만 간첩으로 온 사람이 친한 친구여서 인정상 그렇게 못하겠다는 사연도 씌어 있었구요. 전 겁이 나서 어쩔 줄을 몰랐는데 남편이 신고를 했나 봐요, 그런 편지가 있으니 무고죄에 걸릴 염려가 없다면서요.

그렇게 된 거예요."

"보상금은 받았습니까?"

"백만 원 얼만가를 탔어요. 그 돈 쓰기가 겁이 났지만 빚 때문에 이 집까지 남의 손으로 넘어갈 판이고 해서요. 아이들 등록금도 못 낼 사정이었구요. 그럭저럭 쓰고 말았어요."

"보탬이 되셨구먼요."

"그 돈이 없었더면 우리는 길바닥에 나가앉을 형편이었으니까요."

주영숙의 얼굴에 괴로움의 흔적이 비꼈다.

"괴로워하실 건 없습니다. 그 사람은……."

하다가 강신중이 말을 중단했다.

"그 사람이 사형 집행이 되었다는 신문을 읽곤 한동안 잠자리에 들기가 무서웠어요. 지금도 무서운 걸요. 간혹 무서운 꿈을 꿔요. 그런데 그 사람이 꽃을 선사하라는 건 무슨 까닭일까요. 사정을 모르는 그 사람으로선 우리가 원수처럼 생각이 되었을 텐데요."

하고 주영숙은 마루에 놓인 꽃을 힐끗 보며 징그러운 듯 꽃다발에서 조금이라도 멀어지려고 몸을 틀었다.

"그 사람은 대한민국에 대한 자기의 죄를 뉘우치고 스스로 벌을 받은 거나 마찬가집니다. 그리고 그 사람은 혹시 부인을 잘 알고, 부인의 생활이 곤란하다는 것도 알고 해서 도움을 주려고 한 것인지도 모르죠. 여러 가지 사정을 종합해볼 때 부인에게 그런 편지를 쓸 사람은 그 당자를 두곤 있을 것 같지 않으니까요. 하여간 부인에겐 조금도 나쁜 감정을 가지지 않았다는 것을 나는 단언할 수가 있습니다. 그러니 겁을 먹거나 후환을 두려워하거나 할 필요가 없습니다. 그런데 우리가 궁금한 건 어떻게 그 사람이 그런 결심을 하게 되었는지, 그 사정입니다. 부인을 만나보면 혹시 그 수수께끼가 풀리지 않을까 했는데요."

주영숙의 얼굴은 긴장이 풀어진 대신 멍청하게 되었다. 무언가를 생각해내려는데도 생각의 실마리가 잡히질 않는다는 그런 표정으로 한참을 있더니 맥없이 중얼거렸다.

"모를 일이에요. 어떻게 그런 편지가 날아들게 되었는지 모를 일이에요. 도무지 모를 일이에요."

강신중이 여태껏 참고 있던 말을 안할 수가 없었다.

"부인, 박복영이란 사람을 아십니까?"

여자의 얼굴에 핏기가 가셨다. 순식간의 변화였다. 이때까지 상기된 얼굴이었던만큼 그 변화는 눈에 보이도록 선명했다. 그리고 어른이 때리려고 할 때 어린아이가 보이는, 그 속수무책의, 그저 낭패를 당한 것 같은, 뭐라고 형언할 수 없는 표정이 얼굴 위에 얼음처럼 굳어붙었다.

"그 사람은 임수명이가 아니고 박복영이었습니다."

강신중이 조용히 덧붙였다.

"역시."

하는 신음소리가 주영숙의 입에서 새어나왔다.

인생에 있이서의 어떤 클라이맥스를 지켜보고 있다는 것처럼 괴로운 일은 없다. Y는 강신중의 소매를 끌었다.

조금 후에 강신중과 Y는

"실례했습니다."

하는 요령부득인 말을 남겨놓고 걸어나왔다.

두 사람이 판자문 밖으로 나섰을 때였다. 등뒤에서 무슨 소리가 있었다. 두 사람은 동시에 고개를 돌렸다.

주영숙이 꽃다발을 뜰에다 내동댕이친 직후였다. 국화꽃의 그 샛노란 송이송이가 산란한 채 비좁은 뜰을 꽉 채우고 있었는데 그 꽃송이 하나하나가 살아 있는 괴물처럼 소리 없는 아우성을 치고 있었다.

강신중과 Y는 안 볼 것을 본 것처럼 얼른 고개를 돌리고 발길을 옮겨놓았는데도 일순간에 보았던 산란한 그 뜰의 샛노란 국화꽃은 영원히 잊을 것 같지 않은 인상을 가슴속에 새겨버렸다.

큰길로 내려와 겨우 숨을 돌려 택시를 기다리며 두 사람은 다음과 같은 대화를 나눴다.

"꽃이 그처럼 무서울 수도 있다는 걸 처음으로 알았다."
고 한 것은 강신중이었고
"혹시 박복영이란 그 친구, 연극 공부를 한 사람이 아닐까."
한 것은 Y였다.

두 사람은 그 길로 단풍이 들락말락한 우이동 산골짜기를 찾아갔다. 술이라도 한잔하지 않고는 견딜 수 없는 심정이었고 거리의 소음에 휘말리기도 역겨운 기분이었던 것이다.

그 무렵인데도 일요일인 탓인지 우이동엔 사람들이 붐비고 있었다. 강신중과 Y는 좀더 깊은 곳으로 가서 대낮부터 술을 시작했다.

거기까지 오면서 문제가 되었던 주영숙의 심리가 계속 화제에 올랐지만 정확한 결론엔 물론 이를 수 없는 것이었다. 하나의 결론은 박복영이 자기의 죽음을 최대한으로 이용해보려고 했다는 사실이다. 그는 자기의 사형을 북쪽에 있는 가족들을 편하게 살리기 위한 수단으로 했고—그 성공 여부는 고사하고—한편 남한에 있는 옛 마누라를 도우기 위한 수단으로 했다는 건 분명했다.

"빌어먹을! 도대체 그런 인생이 있을 수 있단 말인가."

강신중이 투덜댔다.

"끔찍한 일이지."

Y도 맞장구를 쳤다.

"그러나 그런 비극을 안주로 이렇게 술을 마시고 있으니 인간은 비정적 실존非情的實存?"

"이번 케이스는 비극이랄 수가 없어, 참극이야, 참극."

"그 참극에 끼어들어 괜히 나만 겉돈 셈이 된 거로군."

"참극에도 삐에로는 있어야 하는 법이니까."

"Y군 자네도 오랜만에 좋은 말 했네. 정말 나는 삐에로였어. 본인이 자기의 유죄를 주장하고 있는데 나는 무죄로 하려고 기를 쓰고 있었으니까 말야."

"이제 그 얘긴 집어치우지."

한 것은 Y였고,

"그러자."

고 동조한 것은 강신중이었는데 화제는 자꾸만 그리로 돌아갔다.

"주영숙이란 여자 말야. 그 여자가 그처럼 구차하게 살고 있지만 않았더라면 이번 사건은 일어나지 않았고, 박복영은 그냥 날품팔이를 하고 살고 있었을 것 아닐까?"

강신중은 처음으로 이 생각이 났다는 듯 이렇게 말했다.

"그밖에 무슨 강박관념 같은 게 있었겠지, 이대로 있어선 안 된다 하는. 그런데 나는 그보다는 일류 부르주아의 막내아들이 날품팔이를 하며 2년 동안이나 지낼 수 있었다는 것이 기이해."

"그건 이 사람아, 아무것도 아냐. 박복영 형제는 이북에서 육체노동을 하지 않고는 못 살게 돼 있는 거라. 박복영에겐 강제노동의 경험도 있었을 거구. 아무래도 나는 이번 사건의 직접적 원인은 주영숙이란 여자에게 있을 것 같애."

"직접 원인이구 뭐구……. 주영숙이 구차하게 살고 있지 않았더라면 샛노란 국화꽃이 아까 본 것처럼 그 집의 뜰에 깔리는 그런 광경은 없었을 테지."

이렇게 말하고 Y는 국화꽃이 깔린 좁은 뜰을 들여다보는 눈빛이 되었다.

돌연 골짜기가 떠들썩해졌다. 마이크를 통해 노랫소리와 환성소리가 일기 시작한 것이다. 토막토막의 소리를 합쳐보니 무슨 군민회를 하고 있는 것 같았다.

"아아, 산이 막혀 못 오시나요……."

하는 노래가 울려퍼졌다.

"저놈의 노래 지긋지긋해."

Y가 상을 찌푸렸다.

"남이사 뭣을 하건 말건."

얼근하게 취기가 돈 모양으로 강신중이 Y에게 술잔을 쑥 내밀었다.

"어때, 아무리 엉터리 소설가라도 재료가 이만하면 걸작 소설을 쓸 수 있겠지."

"어림도 없어."

하고 Y는 손을 저었다.

"왜."

"비극 정도는 소설이 될 수 있어도 참극은 안 돼."

"무슨 잠꼬대 같은 소릴 하노."

강신중이 거칠게 나왔다. 술에 취했을 때 가끔 있는 버릇이었다.

"옛날의 소설가는 말이다. 현실이 너무 평범하고 권태로우니까, 그 밀도를 짙게 얘길 꾸밀 수가 있었던 거라. 그러나 요즘은 달라. 현실이 너무나 복잡하구 괴기하거든. 그대로 써내 놓으면 독자에게 독을 멕이는 결과가 되는 거여. 그러니 현대의 작가는 현실을 희석할 줄을 알아야 해. 이를테면 물을 타서 독을 완화시키는 거라구. 옛날 작가들관 역으로 가는 작업을 해야 한다, 이 말이여. 그런데 그 물을 타는 작업이 이만저만 어려운 게 아냐."

"삐에로 노릇하는 변호사보다도 더 어려운가?"

"삐에로는 국화꽃을 안고 가면 되지만 작가는 그 국화꽃의 의미를 제시해야 할 것이 아닌가. 물을 타지 않고 어떻게 그 의미를 전하지? 그런데 어떻게 물을 타야 할지 그걸 모르겠어."

"알았다. 알았어. 자네 소설이 싱거운 까닭을 이제사 알았다."

강신중이 돌연 깔깔대고 웃었다. 그 웃는 소리가 한동안 군민대회의 소음을 눌렀다.

8월의 사상

'8'이란 숫자를 보면 나는 으레 레프 톨스토이를 생각한다. 그의 생년월일이 1828년 8월 28일이기 때문이다. 팔자가 좋았다고도 하겠지만 그의 생년월일엔 팔자도 많다. 이건 여담이고, 8자와 우리 민족과의 관련도 심상한 것은 아니다. 한일합방이란 치욕의 역사는 1910년의 8월 22일에 비롯된 것이고, 해방이 된 것은 1945년 8월 15일, 대한민국의 건국은 1948년 8월 15일, 그 밖에도 8자와의 인연을 찾으면 더러 있겠지만 우리 민족과 8자와의 유관성은 이상의 재료만으로도 증명하기에 족하다.

그런 때문에서가 아니라 나는 1980년 8월 15일을 기해서 단연코 술을 끊길 결심했다. 특히 '단연코'란 강세엔 주의할 만하다.

술을 끊겠다는 것은 결심이기도 하거니와 내게 있어선 비원悲願이다. 뇌수의 골짜기골짜기에서, 혈관의 가닥가닥에서, 세포의 마디마디에서 알코올분을 말쑥이 추방해버리고 데카르트의 정확성과 폴 발레리의 영롱함을 얻어 진리에 이르는 인식의 달도達道를 닦아야겠다는 것이 나의 연래의 숙원이었던 것이다.

나는 니체라고 하는 나쁜 교사로부터 아폴론의 혜지와 디오니소스의 도취가 협동해야만 가장 좋았던 시절의 그리스적 문화인이 될 수 있다고 배웠다. 어리석게도 나는 그 교훈을 금과옥조로 하고 아폴론의 혜지와 디오니소스의 도취를 익히려고 시작했다. 그런데 많은 책을 읽고, 많은 것을 생각하고, 더불어 지혜를 닦은 많은 수련이 있어야만 아폴론의 혜지를 배울 수 있었던 것이니 여간 고된 일이 아니었지만 디오니소스의 도취를 배우는 노릇은 간단했다. 디오니소스는 바쿠스와 통하는 사이이니 바쿠스처럼 마시면 되었다. 얼만가의 푼돈이 있으면 소주 한 병 사고 마른 오징어 한 마리 사서 바쿠스처럼 마시면 인스턴트 라면을 끓이는 것보다도 쉽게 디오니소스의 도취에 이를 수 있었던 것이다. 게다가 또 나쁜 것은 이태백이다. 그는 주선酒仙과 시선詩仙을 겸한 주일두 시백편酒一斗詩百篇 하는 사람이다. 나는 술만 마시면 이태백처럼 시나 문장을 지을 수 있는 것으로만 알았다.

 아폴론의 혜지와 디오니소스의 도취는 일치될 수도, 협동할 수도 없는 것이란 사실을 비로소 깨닫게 된 것은 언제였던가. 정확한 날짜를 기억할 순 없지만 무교동이나 관철동의, 그 수많은 음주 인구들이 술을 한 말 마실 수는 있어도 시 1백 편은커녕 단 한 줄의 시도 생산할 수 없다는 것과 젖소가 마신 물은 젖이 되어도 독사가 마신 물은 독이 되듯, 이태백이 마신 술은 시가 되어도 잡배가 마신 술은 오줌이 될 뿐이란 사실을 알았던 시기와 거의 동일하지 않았는가 한다.

 아무튼 아폴론과 바쿠스, 아니 디오니소스완 합동할 수 없다는 사실을 체험적으로 깨닫고 나는 아폴론을 택하고 디오니소스완 결별하기로 작정했다. 그랬던 것인데 사정은 그대로 되질 않았다. 디오니소스의 사촌쯤 되는 바쿠스와 매일처럼 어깨동무를 하고 돌아다니면 아폴론과는 점점 멀어져가기만 했다는 것은 1년 365일 불무주일不無酒日 했다는 애기이다. 그렇다고 해서 나는 아폴론과 절교할 의사를 가졌던 것은 아니다. 바쿠스와의 어깨동무는 일시적인 일이고 내가 원하기만 하면 언제이건 아폴론과 친구될 수 있다는 믿음 같은 것은 남았다. 뿐 아니라 바쿠스와 아폴론과 나와의 삼각 연애가 혹시 가능할지도 모른다는 막연한 기대마저 없지 않았다.

  그러는 동안에 믿기 어려운 엉뚱한 일들이 속출하게 되었다. 어제 찾아놓았던 외국어의 단어를 오늘 또 찾아야 하는 번거로움이 빈번하게 생겼다. 그러나 이런 것쯤이 문제될 것은 없었다. 사전 찾기가 귀찮으면 몇 개의 단어쯤은 걸러버려도 책을 못 읽을 바 아니었으니 말이다. 헌데 약간 난처한 일이 잇따랐다. 수학엔 자신이 있다고 뽐낸 바람에 친척집 고등학교 학생이 가끔 수학 문제를 들고 찾아오곤 했었는데 어느 날, 전에 같으면 수월하게 풀 수 있었지 싶은 문제를 놓고 반나절이나 악전고투해야만 했다. 악전고투라고 해서 풀리기라도 했더라면 그런 대로 체면이 섰을 것인데 중도에서 항복하고 말았으니 그 꼴이야말로……. 그러나 이것까지도 별로 대단한 사건은 아니다. 수학엔 자신이 있다는 등의 하찮은 자랑을 삼가기만 하면 그런 궁지엔 몰려들지 않을테니까. 그럴 무렵 또 만만찮은 사건이 생겼다. 최근 유행한 시양 사상을 곁들여 깔끔한 문장을 하나 쓸 참이었는데 종전 같으면 거미 똥구멍에서 실이 뽑혀 나오듯 해야 할 논리가 썩은 새끼처럼 동강동강 잘라지는 것이 아닌가. 이를테면 그런 거미줄 갖곤 겨울파리 한 마리 사로잡을 수가 없는 것이다. 하물며 원고료를 어떻게 낚아내겠는가. 이렇게 되면 직업상의 문제로 되어 아사에 직결하는 상황으로 될 것이었다. 술빚을 많이 안기고 있는 나로선 악우惡友들 틈에 끼어 술을 마시며 서서히 자살을 기도해볼 수도 있는 일이지만 아직 세정에 어두운 자식들은 어떻게 될 것인가 하고 생각하니 미상불 딱한 사정이었다. 그래도 이 정도로써 심각한 문제라고 생각하진 않았다. 실업과 기아라는 것은 그다지 희귀한 현상이 아니기 때문이다.

 이윽고 심각한 사태가 생겼다. 어떤 사람과 자리를 같이하게 되었는데 못난 사람일수록 인사성은 밝아야 한다는 충언을 상기하고 얼른 인사를 했다.

 "처음으로 뵙겠습니다. 나는 이……."
하고 채 말끝을 맺지도 못했는데 그 사람은 노골적으로 불쾌하게 말했다.

 "이 선생, 이번이 세 번쨉니다."

 나는 쥐구멍이라도 있으면 들어가고 싶었다. 다시는 이런 일이 없어야 할 텐데 하고 마음으로부터 반성도 했다. 그래도 그 사건은 그것으로 끝났다.

 정작 무섭고 심각하고 두려운 일이 얼마간 후에 발생했다. 그땐 내가 화신 앞에 서 있었는데, 봄인지 초여름인지 수목이 걷힌 맑은 하늘이었고 좋은 날씨였다. 서울의 거리가 꽤 로맨틱하게 보이기도 해서 지하도 입구의 옹벽에 기대서서 오가는 사람들을 눈을 가느다랗게 뜨고 바라보고 있었다. 그러던 중, 동대문 방향으로부터 밀려오는 인파에 섞여 얼굴이 익은 여인이 다가오고 있었다. 얼굴이 익어도 이만저만하게 익은 얼굴이 아니어서 '누굴까' 하는 기분으로 곧장 그 여인을 바라보고 있다가 그 여인이 서너 발 앞으로 가까워졌을 때 나는 얼른 머리를 돌리고 지하철 계단으로 내려가려고 했다. 남의 여자를 뚫어지게 바라본다는 게 실례가 된다는 사실을 뒤늦게나마 깨달았던 때문이다. 그 찰나였다. '여보' 하는 노기를 띤, 이것 역시 귀에 익은 음성이었다. 움찔 돌아보았더니 그건 바로 수십 년 내내 미운 정 고운 정으로 칡뿌리처럼 얽히고설켜 살고 있는 내 아내였다.

"왜 사람을 보고도 못 본 척해요?"

아내는 서슬이 시퍼렇게 따지고 들었다. 나는 뭐라 대답할 말을 잃었다. 백배 사죄하고 방면은 되었지만 뒷맛이 썼다. 비로소 나는 내가 심각한 사태에 있다는 것을 깨달았다.

병원으로 가볼 생각을 한 것은 그때의 충격 때문이었다. 며칠 후 S대학병원 신경외과에 있는 조카뻘되는 의학박사를 찾아가 자초지종을 얘기했다.

조카는 고개를 갸웃하더니

"아직 노망은 아닐 텐데."

하고 중얼거리곤 물었다.

"술이 심한 건 아닙니까?"

"1년 365일 불무주일이니까 심한 편일지도 모르지."

"그건 안 됩니다."

조카는 준엄한 얼굴을 했다. 그 준엄한 얼굴을 보고 생각했다.

'이 사람은 관상학적으로 고등학교 교장이 될 수 있겠구나.'

의학 박사인만큼 조카는 술을 마시면 좋지 않다는 이유를 백열한 개쯤이나 나열했다. 그 해박한 지식에 놀라

'역시 박사는 다르군.'

하면서도 무교동이나 관철동의 음주 인구가 연년 불어만 가는데 한국인의 평균 수명이 해마다 늘어만 가는 이유가 어디에 있을까 하는 생각을 해보았다.

"아저씨, 그렇게 술을 자시면 죽습니다. 조심하세요. 전연 술을 안 마

실 순 없겠지만 절주는 하셔야죠."

조카로부터 수신 강화修身講話를 듣는 것이 나쁠 것은 없었지만

"그렇게 의지력이 약해져 갖고 무슨 문학을 하겠다는 겁니까?"

하는 말은 심히 내 자존심을 건드렸다. 나는 당장 동양에선 이태백·두보·도연명·왕유·백거이 등을 추려내고 서양에선 보들레르·베를렌느·뮈세·아폴리네르 등을 추려내어 문학과 술이 얼마나 밀접 불가리한가에 관해서 웅변을 토하고 싶었지만 버릇 없고 무식한 조카 상대로 떠들어봤자 무슨 소용이랴 싶어 잠자코 나와버렸다.

그러나 그때부터 나는 정식으로 술을 끊을 생각을 했다. 그리고 매년 8월 15일이 되기만 하면 그날을 기해 술을 끊으려고 했다. 그 이유는 정월 초하루는 부득이 친척과 친구들과 교환交歡해야 할 터이니 부적당하고, 봄철의 어느 날을 선택할 수도 있지만 세세 연년 인부동世世年年人不同이고 연년 세세 화상사年年世世花相似이니 그런 감회를 술 없이 넘기기엔 곤란한 것이다.

그럴 바에야 8월 15일이었다.

8월 15일에 해방이 되었으니 술을 끊고 갱생의 길을 걷는 출발의 날로선 부족함이 없었다. 민족이 일제의 사슬에서 해방된 날, 나는 술의 유혹에서 해방되었다고 하면 자타를 납득시킬 수 있을 뿐 아니라 일기장에 써넣어도 당당한 문장이 아니겠는가.

그래서 나는 8월 15일이 올 때마다 '단연코'라는 강세어를 접두하고

"앞으론 술을 마시지 않겠다."

고 다짐하기에 이른 것이다.

그러나 십수 년래, 이런 다짐을 되풀이하면서도 나는 술을 끊질 못했

다. 그러고 보니 단주 기념일이 되어야 할 8월 15일이 번번이 단주 좌절일이 되고 만 셈이다. 무슨 까닭으로 이렇게 되었는가.

어떻게 된 일인지 10년 만의 친구, 20년 만의 친구가 꼭 그날 나를 찾아온다. 어느 해의 그날엔 그런 친구가 찾아오지 않아

'이윽고 오늘은 성공할 수 있겠구나.'

하고 시원섭섭한 심경으로 석방을 맞이하려는 참이었는데 전화벨이 울렸다.

"나를 잊으셨어요?"

은쟁반에 구슬을 굴리는 것 같은 소리가 나무쟁반에 흠집난 구슬 굴리는 소리로 변해 있기는 했으나 어찌 잊을 수 있었으랴. 이십 수년 전 내가 짝사랑을 바친 여자의 목소리였다.

'어찌 잊을 수 있으리오.'

하는 신파조 대답이 되려는 것을 가까스로 참고 점잖게 말했다.

"안녕하셨습니까?"

"아아, 알아보시는군요."

"……"

"의논드릴 일이 있어요. 어떻게 만나뵐 수 없을까요?"

'하필이면 오늘.'

싶었지만 나의 대답은 순순했다.

"장소와 시간을 말씀하시지요."

한 시간 후 나와 그 여인은 명동의 어느 음식점에 있었다. 여자의 용건은 자기 사위에 관한 일이었는데 사위가 근무하고 있는 회사의 사장과 내가 친하다는 헛소문을 듣고 나를 찾은 것이었고 전화번호부에도 없는 내 전화번호는 모 신문사의 문화부를 통해 알았다고 했다. 결론적

으로 나도 그 여인의 청을 들어줄 형편이 아니었기 때문에 술을 마셔야 했고, 여인이 술을 마시지 않으니 여인 몫의 술까지 마셔야 했고, 짝사랑을 바치던 시절의 모습이 온데간데가 없어 그때의 나의 감정을 회상하느라고 마셨고, 시간이 지니고 있는 파괴력에 감탄해서 술을 마셨다.

짝사랑을 바치던 그 무렵, 나는 그 여인에게 '호도'胡桃라는 별명을 붙였다. 틀림없이 감칠맛이 있는 과육을 가지고 있을 텐데 망치로써 부수지 않고선 먹을 수가 없으리란 초조감, 그런데도 망치를 들어 그 껍질을 쪼갤 수 없는, 용기의 상실감으로서 지은 별명이었다. 지금은 그 이름도 잊은 어느 시인의 시를 헌납하기도 했었다. 아슴푸레한 기억을 더듬으면 아마 그 시는 다음과 같이 될 것이다.

호도!
호도처럼 마른 채로 익은 여자가 있었다.
떫은맛, 감칠맛이 다소곳이 간직되어 있을 것 같은 평범한 여자이면서 이상한 여자이다.
늙은 성녀랄 수도 없었다.
마녀를 닮은 노파도 물론 아니었다.
하여간에 기괴한 건 호도이다.
백주의 그 눈부신 광선마저 호도의 둘레에선 망설이고 계면쩍스럽게 서성거린다.
아무래도 무섭게 드리워진 밤의 장막 앞에 놓인 고풍 촛대古風燭臺 아래에 세월과 손때에 늙은 트럼프의 여왕 옆에 앉아 있어야만 비로소 어울리는 그러한 나무열매이다.
……

이 시에다 나는 「호도와 같은 여인이여」 하는 헌사를 덧붙였던 것이다.

아무튼 그날 밤 나는 단주를 단행하지 못할 바에야 실컷 술에 두들겨맞거나 술에 빠져죽거나 해야겠다는 자포자기한 기분으로 실컷 마셨다.

어느 해의 8월 15일엔 옛날의 제자들이 몰려왔다. 세상에 옛날의 제자들처럼 처리 곤란한 족속들이란 없다.

"은사님, 은사님."

하고 바쳐올리면 술잔을 거절할 수가 없고

"같이 늙어가는 판국에 왜 이러십니까."

하고 어리광을 곁들여 빈정대기 시작하면 역시 술잔을 거절할 수가 없다.

미국서 박사가 된 놈, 독일에서 박사가 된 놈, 프랑스에서 박사가 된 놈들이 섞여 있고 보니, 옛날 가르쳤던 엉터리 영어, 엉터리 프랑스어가 켕기기도 해서 빨리 취할 양으로도 술을 마신다.

그밖에도 피치 못할 사정으로 맺어진 친구들을 만나야만 한다. 술을 잘한다는 악명 탓으로 단주의 각오를 밝힐 수가 없어 결국 술잔을 들게 되는데 이럴 때 나 자신에 대한 변명은,

강철 같은 의지의 사나이로서 떳떳하기보단 인간다운 인간으로서 부드럽게 살아야 하니까…….

요컨대 스스로의 약한 의지에 대한 씨알머리 없는 변명일 뿐이다.

이러한 곡절이 있었던 것만큼 금년의 각오는 달랐다. 1980년이란 해가 지닌 의미도 컸거니와 20년만 더 살면 21세기를 볼 수 있다는 아슴푸레한 희망이 자극하기도 했다. 보다도 시간이 지니고 있는 파괴력과

형성력을 20세기가 끝나는 그날, 또는 21세기가 시작되는 그날 내 눈으로 확인하고 싶었다.

구체적으로 말하면 휴전선 이북의 땅을 송두리째 감옥으로 만들어 모든 국민을 노예로 하여 군림하고 있는 김일성과 그 체제가 어떠한 소장消長을 겪는가를 보고 싶은 것이다.

1천 수백만을 학살해도 모자라 전토를 수용소 군도화하고 있는 소련의, 지금의 체제가 21세기의 그날까지 과연 지탱될 수 있을까를 보고 싶은 것이다.

일편의 양심도, 한 움큼의 능력도, 백성의 행복에 대한 비전도 의욕도 없는, 이를테면 폴 포트 같은 괴물들이 권력만을 수단으로 못할 것이 없는데 그렇게 사악한 무리와 그 에피고넨들이 21세기의 초에 어떠한 양상으로 살아남아 있을까, 또는 멸망해 있을까를 내 눈으로 보고 싶은 것이다.

그때 가서 확인해보고 싶은 것은 이밖에도 많다. 가령 일본과 같은 나라가 그 예이다. 전후 20년에 경제대국을 이루어 언론의 자유를 비롯해 가장 선진된 국민에게만 허용되는 모든 자유를 누리며 그 기세가 당당하여, 언제나 우리나라를 깔보는 버릇을 버리지 않는 그들이 과연 21세기의 그날까지 오늘의 오만과 사치를 유지하고 있을까 없을까도 보고 싶은 것이다.

보다도 가장 보고 싶은 것은 두말할 나위 없이 우리나라의 모습이다. 21세기의 아침을 통일된 나라의 국민으로서 맞이할 수 있을까. 오늘 우리의 지도자들이 그려 보이고 있는 복된 나라, 자유로운 나라, 민주주의에 있어서도 든든하고 경제의 터전도 든든하고 세계 모든 사람들이 '저 한국을 보라. 반만년 간단間斷없이 비극이 연출된 무대 같은 나라가 지금은 찬란한 문화와 평화를 누리는 행복한 나라가 되었다'고 찬탄을 아끼지 않는 그런 나라가 될 수 있을까. 3·1운동을 비롯해 6·25동란, 그리고 갖가지의 수난으로 억울하게 죽은 원혼들이 '이젠 우리도 안심하고 눈을 감을 수 있다. 이러한 나라를 만들기 위한 희생이었으니 우리의 원한은 이로써 풀렸다.'고 말할 수 있는 나라가 되어 있을까.

20년만 더 살면 아니 20년 동안만 시간의 파괴력을 견딜 수 있으면 21세기를 볼 수 있다는 희망을 안고 나는 1980년 8월 15일부터 그 희망을 달성하기 위한 노력의 일환으로 단연코 술을 끊기로 한 것이다.

나는 이 결의를 관철하기 위해선 위지危地에서 탈출해야겠다고 마음을 먹었다.

'어디로 갈까.'

산사로 찾아가는 것이 어떨지, 하는 아이디어가 일었다.

'그건 안 돼.'

하는 부정이 곧 잇따랐다. 수삼 년 전의 일이 생각났기 때문이다. 그때 나는 양주의 어느 산사를 찾았던 것인데 주지가 나를 알아보고 계곡으로 청했다. 그리고 그 자리에서 곡차라고 하며 술을 권했다.

'해방된 그날의 기쁨을 위해서라도' 하며 다정다감한 주지는 해방 직후 만주로부터 돌아왔노라고 감격과 고난이 교차한 체험담을 얘기하곤 눈물을 글썽였다. 비슷한 체험을 지닌 나에게 그 눈물이 감염되지 않을 까닭이 없다. 그는 나에게 술을 권하고 나는 그에게 곡차를 권하며 긴 하루를 지내다보니 심한 숙취에 걸렸다.

이튿날

"숙취가 심할 때 사람은 자살할 수 있을 것 같애요. 가까운데 독약만 있으면."

하고 숙취의 고통, 그 뭐라고 형언할 수 없는 고통 이상의 고통을 호소했더니 그 주지스님의 대답은 과연 법문 이상이었다.

"숙취를 낫게 하려면 어제 마셨던 주량의 배 이상을 마셔요. 그럼 숙취는 없어져버립니다."

"그럼 내일의 숙취는?"

"또 그 배 이상을 마시면 되죠."

"그 다음의 숙취는?"

"그런 식으로 계속할 밖에요."

"그럼 술을 한 섬 이상이나 먹어야 할 때가 오지 않겠소."

"사람의 몸은 견디어낼 한도란 것이 있는 겁니다. 그러니 그런 걱정은 하지 않아도 될 거요."

"죽어버린다는 뜻이로구먼요."

"불가의 말로는 열반이라고 하지요."

"헌데 스님은 숙취로 고생하신 일은 없으십니까?"

"없소."

"되게 술이 세신 거로구먼요."

"아니지요. 곡차는 마셔도 술은 마시지 않으니까요."

이상도 한 일이었다. 이런 문답을 주고받고 있는 동안에 숙취의 고통은 훨씬 누그러들었다.

'그 스님은 지금 어디에 있을까.'

하는 그리운 마음이 절에 가보았자 단주 단행엔 도움이 되지 않는다는 마음으로 번졌다.

'그럼 어디로 간담?'

하다가 이런 마음먹이 자체가 의지의 약함을 증명하는 것이 아니냐는 뉘우침이 일었다. 의지만 강하면 홍로紅爐에서도 녹지 않고 남는 일편一片의 눈일 수도 있고 빙고氷庫 속에서 땀을 뻘뻘 흘린 사명대사일 수도 있는 것이다.

유혹의 전화가 오면 당당히 선언하면 될 것이 아닌가. 1980년 8월 15일을 기하여 나 스스로에게 단주령을 내렸노라고.

사람을 피하고 곳을 피해야만 단주할 수 있다면 북극으로 가든지 태평양의 무인도를 가든지 해야 할 것이 아닌가. 요는 의지의 문제다 하고 나는 1980년 8월 15일을 집에서 버티며 소기의 목적을 관철하기로 했다.

세수를 하고 방으로 돌아와 신문을 펴들었다. 양명문楊明文 씨의 「광복 36년을 맞으며」란 서브 타이틀이 달린 「새 역사의 대하여」란 시가 있었다. 이 가운데 있는 다음의 구절

도도히 굽이치며 흘러내리는
새 역사의 대하여, 새 물결이여
새로운 각오, 새로운 결의로
민주 복지의 새 사회를 여는 새 질서
엄청난 정화 작업은 벌어졌어요.
진실로 눈부신 새로운 변화 속에
우리들의 새 시대는 열리는 것
멀지 않은 날에 우리의 소원
조국의 통일은 오고야 말 것이다
가만히 귀기울이면

메아리져 오는 그날의 만세소리
통일의 종소리가 울려온다.

나는 그 만세소리와 통일의 종소리를 직접 듣기 위해서도 20년은 더 살아 21세기를 맞이해야 한다. 그러기 위해서 이날을 기해 단주를 단행하려는 것이다, 하고 새삼스럽게 다짐을 다시 하곤 적어도 역사의 기록자임을 자부 자처하려면 나날의 신문을 주의 깊게 읽곤 스스로의 건망증과 민족의 건망증을 방지하기 위해서 세심한 계획에 의한 신문의 스크랩을 만들어야겠다는 착상을 했다. 이를테면 주목할 만한 인물별로 각 권으로 하여 보도된 언행을 수집하는 것이다. 일목요연하게 연차적으로 그 인물의 궤적을 일람할 수 있도록 말이다.

이런 착상과 더불어 아득히 2천 수백 년 전의 사마천에 마음을 미치고 있었을 때 전화벨이 울렸다.

벨소리는 이미 어떤 예감을 전달하고 있었다. 나는 심호흡을 했다. 어떤 상황에도 강철 같을 수 있도록 각오를 다짐하고 송수화기를 들었다.

"누구시오."

"나, 나, 정이야 정, 정."

더듬는 소리로써가 아니라도 알 수 있었다. 정현상 군이었다.

"어, 어."

틀림없이 어떤 예감, 아니 예감의 예감 같은 것이 있긴 한데 짐작할 수가 없어 애매하게 응한 것이다.

"오, 오늘 모이는 것 알지."

하는 정현상의 말이 있었다. 아슴푸레 무슨 약속이 있었던 것 같은 느낌이 들었다.

"응 그래, 그래 그래서?"

"회장이 모를 리야 없겠지."

그제야 나는 사태의 윤곽을 반쯤 파악했다. 정군이 나를 회장이라고 할 땐 소주회蘇州會의 회장 이외의 것을 들먹일 까닭이 없었기 때문이다. 정군은 소주회의 간사였다.

"그런데?"

하고 나는 우물우물 정군의 말을 유도했다.

"장소를 어디로 하면 조, 좋겠소."

그 말로써 사태의 윤곽과 의미를 확실히 알았다. 내 말도 분명해졌다.

"그 다방에서 모이기로 하지. 내가 잘 나가는 그 다방."

"아랑다방 말이지? 시간은?"

"여섯 시. 아니, 여섯 시 반쯤으로나 할까?"

"좋소. 모두에게 그렇게 연락할게요. 그, 그, 그때 만납시다."

전화가 끝난 뒤 나는 멍청해 있었다. 멍청은 했지만 사태의 의미는 알았다. 5월에 가졌어야 할 모임을 내가 외국에 나갔기 때문에 미루어 온 것이었는데 내가 돌아오자마자 7월 초에 간사인 정군이 언제쯤 모임을 갖는 게 좋을까 하고 물어왔다.

나는 대중을 잡을 수가 없어 우물쭈물하다가 거나하게 술에 취한 김에 8월 15일쯤으로 하자고 하고 장소와 시간은 그날 아침에 연락해서 정하자는 것으로 말했을 것이었다.

'까마득히 그 일을 잊고 있었구나.'

하며 나는 사태의 중대성을 그야말로 심각하게 인식하지 않을 수 없었다.

그 괴물들이 모여놓기만 하면 술을 안 마시곤 배겨내지 못할 것이 뻔했다. 섣불리 단주 선언 같은 것을 했다간 정신병 환자를 간호원들이 억박지르듯 사지를 붙들고 코를 막아 병째로 입에다 술을 붓는 야료쯤은 예사로 부릴 놈들이다. 그래서 그 모임에 나가기만 하면 술을 잘 못하는 놈도 여부없이 잘 마시는 척 돌아오는 술잔을 받아야 했다. 어느 때는 술을 안 마시려다가 새 양복에 술벼락을 맞는 놈이 있기까지 했다.

어떤 구실을 만들어 결석해버릴까 하는 생각이 없지 않았지만 가능할 일이 아니었다. 나 때문에 미루어온 모임이기도 하거니와 내가 그 모임의 회장, 즉 책임자였으니 그토록 비겁할 순 없는 일이었다.

게다가 나는 소주회의 회장이란 것에 만만찮은 애착을 가지고 있기도 하고 그 감투는 내가 자청해서 쓴 것이기도 했다. 소주회란 37년 전 일본의 학병으로 강제 징발되어 중국 소주에 있었던 일본군 60사단 수송 부대에 입대한 전력을 가진 놈들이 만든 모임의 이름이다.

몇 해 전 이런 모임을 갖자고 합의를 보고 이름을 소주회라고 하기로 한 것인데 그때 내가 재빠르게 선언하고 나섰다.

"소주회의 회장은 내가 할 끼다. 소주회의 회장은 나다."

이 선언엔 모두들 아연했다. 온순하기로 두메의 처녀 같은 내가 그런 대담한 선언을 할 줄은 아무도 상상조차 못했던 터였다. 선언이 있자 조금 후에 누군가가 그래도 일단 회장의 선출 방안에 관해서 의논은 있어야 할 거구 어쩌구 하며 불평을 하기도 했는데 모두들 하는 방향으로 의견이 일치되었다.

그 결의를 기다려 나는 한술을 더 떴다.

"소주회의 회장은 종신직이니 앞으로도 아예 엉뚱한 소릴랑 말아라. 생각도 먹지 말구."

그러자

"그건 너무하다."

"중임, 삼임을 하더라도 임기는 정해놔야지."

"저 자식에게 저런 독재자적 소질이 있는 건 몰랐네."

하는 따위의 반대가 잇따랐다.

부득이 나는 대연설을 하게 되었다.

골자는 이랬다.

학교 다닐 땐 급장 한번 못했고, 일본 군대에 가선 소대장 한번 못했고, 돌아와 교사가 되었을 땐 교장이나 학장 한번 못했다. 회사의 대표이사 회장을 한 적이 있었지만 부도를 내어 망했고 또 다른 회사의 대표이사 회장을 한 적도 있었지만 증자增資를 따라할 힘이 없어서 밀려났다. 이런 억울한 처지에 있는 나에게 소주회의 회장 감투 하나쯤 주었다고 해서 느그들 배 아플 게 뭣꼬……

"회장을 하라고 하잖았나. 그런데 종신회장이란 게 뭣구."

"한번 회장을 해놓으면 다음다음으로 자꾸 하고 싶을 것 아닌가. 헌데 임기니 뭐니가 있으면 그때에 가서 심히 불안해질 것 아닌가. 그러니 마음 턱 놓고 회장 노릇하도록 종신회장을 시켜달라는 얘기다. 왜."

"그놈 배쌍 한번 쇼야. 시켜 주사 시켜 주사"

하고 열렬히 지원한 자가 정현상 군이었다. 그래서 간사라는 요직을 그에게 맡기기로 한 것이다.

아무튼 이러한 곡절을 겪고 회장이 된 체면상 비겁할 순 없었다.

그뿐 아니다. 소주회란 이름이 좋지 않은가. 비록 회원은 30명 정도에 불과하지만 그 이름만을 강조하면 중공 치하의 소주, 3천 년 전통을 가진, 역사적으로도 경승지로서도 유명한 소주를 식민지로 하고 있는 듯한 환상마저 가꿀 수도 있지 않은가 말이다. 내가 소주회의 회장, 그것도 종신 소주회장의 자리에 집착한 심정은 이만한 설명으로써도 짐작할 수 있지 않겠는가. 물론 이유는 이것만이 아니다. 내게 있어서의 소주의 의미는 내 인생의 규모를 벗어나 있을 만큼 클지도 모른다. 훼손된 청춘의 1년은 1백 년의 생애로써도 보상할 수 없을 경우가 있다는 사실을 두고 하는 말이다.

내가 중국 소주에 있었을 때의, 그 2년간은 연령적으로도 내 청춘의 절정기였다. 그 절정기에 나의 청춘은 철저하게 이지러졌다. 일제 용병에게 어떤 청춘이 허용되었을까. 용병은 곧 노예와 마찬가지이다. 노예에게 어떤 청춘이 허용되었을까. 육체의 고통은 차라리 참을 수가 있다. 세월이 흐르면 흘러간 물처럼 흔적이 없어지기 때문이다. 그러나 정신이 받은 상흔은 아물지를 않는다. 우선 그런 환경을 받아들인 데 대해 스스로를 용서할 수 없기 때문이다. 그런데 일제 용병의 나날엔 육체적 정신적인 고통이 병행해서 작동하고 있었다. 일제 때 수인囚人들은 고통 속에서도 스스로를 일제의 적으로서 정립할 수는 있었다. 그런데 일제의 용병들은 일제의 적으로서도, 동지로서도 어느 편으로도 정립할 수가 없었다. 강제의 성격을 띤 것이라곤 하지만 일제에게 팔렸다는 의식을 말쑥이 지워버릴 수 없었으니 말이다.

눈물을 흘리기도 하고 흘리지 않기도 하면서 나는 소주에서 얼마나 울었을까. 누구를 위해 누구를 죽이려고 이 총을 들고 있느냐는 양심의 아픔이 어느 정도였을까. 모른다. 분명히 말할 수 있는 것은 그때 내가 흘린 눈물이 부족했다는 것과 보다 더한 아픔을 느꼈어야 했을 것인데, 하는 뉘우침이다.

일본 군대의 관습에 따라 우리는 수월찮게 얻어맞기도 했다. 신체발부身體髮膚는 수지부모受之父母이니 감불훼상敢不毁傷의 효지시孝之始란 전통 속에 자란 우리가 하찮은 놈들로부터 뺨을 맞고 있을 때…….

아아, 나는 평생 남에게 성 한번 내어보지 못하고 말겠다고 이를 악물었다. 강한 놈들로부터 받는 수모는 견디면서 상대방이 호락호락하면서 수모를 견디지 못한다면, 내가 나를 모욕하는 행위를 제곱하는 것으로 된다고 믿었기 때문이다.

자기의 얼굴은 씻지 못하면서 말발굽을 씻고 기름을 바르고 있을 때, 어느 날엔가 나는 돌연 놈들이 시키니까 마지못해 하는 것으로서가 아니라 진정으로 이 동물을 내가 사랑해야겠다고 마음 먹었다. 그 동물에게 사랑을 쏟음으로써 시궁창에 빠진 인간으로서의 나의 위신을 보상하는 것으로 될 거라고 믿었기 때문이다. 애절한 이야기이다.

이지러진 청춘엔 이지러진 청춘의 철학이 있다. 그때의 내 철학의 단편을 주워보면,

그러나
사자는 사자시대의 향수를 지니고 있다.
독사는 독사시대의 향수를 지니고 있다.

그런데
너는 도대체 뭐냐.
용병을 자원한 사나이.
제값도 모르고 스스로를 팔아버린
노예.

그러니

너에겐 인간의 향수가 용인되지 않는다.
지금 포기한 인간을 다시 찾을 순 없다.
갸륵하다는 건 사람의 노예가 되기보다는 말의 노예가 되겠다는
너의 자각이라고나 할까.

먼 훗날
살아서 너의 집으로 돌아갈 수 있더라도
사람으로서 행세할 생각은 말라.
돼지를 배워 살을 찌우고
개를 배워 개처럼 짖어라.

고 적어놓은 네 수첩을 불태우고
죽을 때 너는 유언이 없어야 한다.

헌데 네겐 죽음조차도 없다는 것은
죽음은 사람에게만 있는 것이기 때문이다.
죽을 수 있는 것은 사람뿐이다.
그밖의 모든 것, 동물과 식물, 그리고 너처럼
자기가 자기를 팔아먹은, 제값도 모르고 스스로를 팔아먹은,
노예 같지도 않은 노예들은 멸하여 썩어
없어질 뿐이다……

 죽을 수 없다는 것은 살 수도 없다는 뜻이다. 그렇다면 지금의 나는 어떠한 형태에 있는 것일까.

그렇더라도 아니, 노예의 눈에도 소주는 아름다웠다……

나는 용기를 갖고 소주회의 모임에 나가기로 하되 1980년 8월 15일을 기해 단주하는 데 있어서 회장으로서의 독재권을 행사하기로 하고 한동안 그 정략을 꾸몄다. 꾸며놓고 보니 그럴싸했다. 물약병, 산약포散藥包 등을 수두룩이 준비해 가서 의사로부터 중병 선고를 받았다고 할 참이었다.

37년 전 소주의 그 부대에 입대한 사람이 전원 살아 있으면 소주회의 회원은 60명으로 되어 있을 것이다. 그런데 죽은 자, 행방불명된 자가 생겨 37년 동안에 30명 정도로 줄어들었다. 소주에서 죽은 사람이 근 3명에 불과하다는 사실을 감안하면 비록 혼란기가 끼어 있었다고는 하나 해방 후 너무나 많은 죽음이 있은 셈이다. 실로 무자비하다고도 할 만한 시간의 파괴력이다.

나는 아침밥을 먹고 벌렁 드러누워 해방 이후 이날까지에 잃은 친구들을 헤아려보기 시작했다. 그런데 그들 모두가 하나같이 억울한 죽음이었다는 사실은 나를 감상적으로 만들었다.

그 가운덴

아아, 너의 추억은
인류의 애사哀史,
이 낡은 수첩에 적힌
나의 통곡이여!

하고 지금도 북받쳐오르는 눈물을 억제할 수 없는 죽음도 있고,

허부능운만장재 虛負凌雲萬丈才
　　　일생포금미증개 一生抱襟未曾開
　　구름을 뚫어 만장의 높이로 솟았던 그 재능은 결국 헛된 것이었던가. 일생 동안 품어온 너의 포부는 꽃피지 못하고 말았구나

하고 땅을 치며 서러워해야 할 죽음도 있었다.
　　백만 명이 넘게 무고한 생명이 쓰러진 6·25동란을 겪은 시간 속에 앉아, 기십 명의 죽음을 특기하여 서러워한다는 건 이치에 맞지 않은 일이지만 내겐 그들의 모습이 너무나 생생하게 보이는 것이다. 오죽했으면 다음과 같은 글을 썼을까.

　　시간이 해결한다는 말이 있다. 그러나 나는 이것이 뭔가 잘못된 인식이 아닌가 한다. 시간은 해결하는 것이 아니라 파괴하는 것이다. 말하자면 시간은 대립된 문제를 해결해주는 것이 아니라 대립자를 파괴해버림으로써 문제 자체를 없애버리는 것이다. 시간이 파괴하는 것은 물론 사람만이 아니다. 시간은 이처럼 모든 것을 파괴하면서도 언제나 환상의 무늬를 엮어선 덫을 만들어 사람을 사로잡아버린다. 이렇게 사로잡힌 사람 가운데의 극악인이 히틀러이며 스탈린이며 김일성이며 폴 포트이다. 이들은 시간의 파괴력을 기다리기에 앞서 그들의 악의를 발동하여 사람을 죽인다. 히틀러는, 스탈린은 그들 자신의 죽음을 생각해보지 못했을까. 김일성 또한 그의 죽음을 생각해보지도 않을까. 메멘토 모이. 죽어야 할 인간은 자기의 죽음도 알고 남의 죽음에 임해야 하는 것이다. 죄 없는 자를 죽이는 김일성, 폴 포트에게 저주가 있거라. 우리의 무수한 동포를 업수이 여기는 북괴를 비

롯한 사악한 놈들에게 저주가 있거라. 시간의 파괴력이 두렵다는 것을 알면 시간을 앞지르는 파괴 행동은 삼가야 옳을 일 아닌가.

정각 여섯 시 반에 나는 약속 장소엘 나갔다. 모여 있는 사람은 10명에도 미달이었다. 가까운 음식점으로 가기로 하고 뒤에 오는 사람에게 알려주라고 다방의 마담에게 부탁을 했다.

음식점에 가서 좌정을 하곤 간사에게 물었다.

"왜 이처럼 모인 사람이 적지?"

"바, 바캉스에 간 사람이 많아서."

라고 정군은 더듬거리며 대답했다.

만나기만 하면 싸우기부터 먼저 하는, 그런 만큼 서로 친한 두 사람의 독일제 박사가 보이질 않았다. 박재봉 박사는 세미나가 있어 합숙으로 들어가 있다는 것이고, 김덕겸 박사는 두어 달 전 상처를 하고 실의에 차서 바깥 출입을 안 한다는 얘기였다.

전 장군 최암은 요즘 한창 바쁘다는 얘기, 변호사 김치규는 연락이 됐으니 곧 나타날 거라는 추측이었는데 나는 지연석 군의 불참이 마음에 걸렸다.

"연석인 어떻게 된 거지?"

"연석인 죽었어."

누군가의 말에 나는 소스라치게 놀랐다.

"언제?"

"석 달쯤 전. 자네가 외국에 가 있었을 때요. 그러고 보니 깜빡 잊었구나. 지연석 군 말고도 회장 없는 사이에 둘이나 죽었소."

하고 정현상이 이름을 들먹였다.

"내가 없는 석 달 동안에 셋이나 죽었구나."

"자꾸 죽는 거라."

하며 실업가 손영승 군이 소주회 이외의 학병 친구들의 죽음 몇을 들먹였다.

"지연석은 어떻게 죽은 건가."

하고 내가 다시 물었다. 지연석은 5척 8촌의 성성한 체구에 유도 3단의 실력자였다. 일본 게이오 대학慶應大學에 다니던 중 학병에 끌려갔기 때문에 해방 후 돌아와선 서울대학에 재입학하여 졸업했다. 집안은 호남 고흥의 갑부, 최근엔 큰 배 몇 척을 갖고 주로 해운업을 하고 있었다. 나는 그가 소주회의 회원으로선 제일 마지막에 죽을 놈이라고 치고 있었던 터였다.

"고혈압이었던가봐. 갑자기 죽었어."

이런 말들이 오가고 있을 때 요리가 들어오고 술이 들어왔다.

나는 글라스를 주워들고 아가씨에게 내밀었다.

"빨리 술을 따라라."

단주 선언이고 술 먹지 않을 정략이고를 잊은 것은 아니었다. 그럴 필요를 느끼지 않았던 것이다.

1980년 8월 15일이란 날짜가 돌연 공허하고도 낡은 일자로 느껴졌기 때문이다. 보다도 술이라도 마시지 않곤 배겨낼 수 없는 심정이었다.

큰 글라스를 비우고 그 잔을 손영승에게로 돌렸다.

"초장부터 왜 이러노."

어물어물 글라스를 받아쥐며 손군이 한 말이었다.

그러자 이곳저곳에서 육두문자가 쏟아지기 시작했다. 그로부터 36년 후, 각기의 직업을 찾아 전연 다른 세계에서 살고 있는데도 이렇게 모이면 37년 전, 학병으로 끌려갔을 때의, 그 자포자기가 곁들어 육두문자를 마구 써젖힌 그때의 말투로 돌아가버리는 것이다.

하기야 직업적 또는 사교적으로 동떨어진 사이에 있기 때문에, 공통적인 화제란 그때 그 시절의 얘기뿐이니 불가불 일군 이등병의 작태로 되돌아갈 수밖에 없는 것이기도 했다.

누군가가 나더러 외국에서 겪은 재미있는 얘기를 하라고 했다.

"재미있는 일? 재미있는 놈이 외국엘 가야만 재미있는 얘길 찾아오지, 나같이 재미없는 놈은 구슬처럼 쏟아놓은 방석에 앉았다가 와도 아무것도 줍지 못해."

하며 나는 외국 얘기를 권하는 발언을 봉쇄해버리려고 했다.

"그라지 말구."

하는 소리가 이곳저곳에서 나왔다.

"꼭 듣고 싶다면 말하지. 세계 어느 나라로 가도 우리에게 있어서 우리나라처럼 재미있는 나라란 없어. 살기 좋은 나라도 없구. 프랑스엘 갔더니 남편을 따라 파리에서 살고 있던 어떤 젊은 부인이 이런 말을 하더라. 파리가 아무리 좋기로서니 간혹 덕수궁 담을 끼고 산책할 수 있는 서울에서 살고 싶어요. 이곳은 아무리 좋아봤자 남의 나라인걸요. 실감이 나던데……."

이윽고 내 얘기는 술 취한 놈의 횡설수설이 되고 말았다. 큰 맥주 글라스로 청주를 연거푸 마셨기 때문에 취기가 급격하게 오른 때문이었다.

"종신직이구 뭐구 다 싫다. 소주회 회장할 놈 없나?"

이렇게 외쳤던 것 같은데 그후 그 술자리가 어떻게 되었는지는 알 수가 없다.

다만

"회원이 자꾸만 죽어버리는 이런 회의 회장은 하기 싫다, 싫어!"
이렇게 몇 번인가 고함을 질러댔다는 사실만은 아슴푸레 기억하고 있을 뿐이다.
결국 1980년 8월 15일도 단주일이 되기는커녕 대폭주일이 되고 말았다.

숙취에 지친 몸을 일으켜 서가를 뒤졌다. 한 권의 시집을 찾기 위해서였다. 그 시집엔 「시간」이란 제목의 시가 있는 것이다.

시간!
때론 안개 속에 휴식하는 것처럼 보이기도 하고 때론 폭풍우와 리듬이 맞지 않아
속도를 늦추는 이도 보이지만
시간은 비를 세로실로 바람을
가로실로 하여
정확하게 인생을 짜고 엮으며
차가운 박자를 울려나간다.

시간의 차가운 박자는 몇백 몇천억 년의 저편에까지 울려갈 것이었지만, 역사는 그 차가운 박자의 부산물이지만, 필경 인생은 시간이라고 하는 영겁의 바다 속에 미시적인 점일 뿐이다…….
이렇게 나는 1980년 8월 15일에도 단주를 단행하지 못했다.
그렇다고 해서 21세기의 태양을 보고 싶다는 염원을 단절한 것은 아니다. 조용히 운명에 맡겨버리자는 것이다.

그러고 보니 내게 있어서의 '8월의 사상'이란 이해에도 술을 끊지 못했다는 푸념 이상일 수가 없다.

그건 그렇고 레프 톨스토이의 생년월일엔 8자도 많다.

박사상회

이름이 좋아 불로초가 있듯이 이름이 좋아 불로동不老洞이다. 하기야 빈민들만 사는데 부민동富民洞, 복숭아나무 한 그루 없는데도 도화동桃花洞이란 이름이 있고 보면, 동명을 두고 의미를 따질 건 없지만, 무슨 까닭으로 하필이면 이곳에 불로동이란 이름이 붙었는지 궁금하지 않을 바는 아니다.

이곳에 사는 사람들이 늙지 않는다는 뜻은 아닐 테니까 늙기 전에 죽어 없어진다는 뜻인가 하면, 매일처럼 하 노인 복덕방에 모여드는 노인만 해도 초로, 중로를 섞어 5, 6명이 되니 그것도 이치에 닿지 않는다.

15년 전, 이 불로동이 서울시에 편입되었을 때만 해도 형편이 없었다. 포장이 되지 않은 길이 널따랗게 마을을 관통하고 있는데 맑은 날엔 지나가는 버스와 트럭이 일으키는 먼지 때문에 줄곧 눈을 감았다 떴다 해야 했고, 비라도 오는 날이면 뻘탕밭이 돼서 촌보를 옮겨놓기가 힘들었다.

길가의 집들이란 온전히 서 있는 것이 없고 서로가 서로의 어깨에 기대 그야말로 상부상조하고 있는 몰골이었다. 그런 집들 가운데에서도 볼품을 그냥 지니고 있는 것은 해방 전 일본인이 살았다는 네거리 잡화점뿐이었다.

그 집에 살고 있는 이들은 안 노인 부부였다. 아들이 점원 노릇을 한 덕택으로 일본인이 간 뒤 그 집에 눌러 살게 된 것인데, 그 아들은 6·25 동란 때 행방불명이 되었다. 안 노인 부부는 그 아들이 돌아오길 기다리며 옹색하게 잡화점을 꾸려나가고 있는 터였다.

그러나 그 집도 퇴락일로에 있었다. 손을 보지 않은 탓으로 기왓장 사이에 잡초가 자라 가을철에 들면 지붕이 풀밭처럼 되었다.

조진개가 불로동에 나타난 것은 잡화점 지붕의 풀이 가을 바람에 스쳐 노인의 헝클어진 백두白頭처럼 되어 있을 무렵이다.

그는 석양을 등에 지고 불로동에선 유일한 복덕방인 하 노인의 가게에 들어섰다. 키는 겨우 150센티미터가 될까 말까 한 땅딸보, 얼굴빛은 해를 등진 탓도 있었겠지만 아프리카인만큼이나 검었고, 눈은 족제비를 닮아 가느다랗고 길게 째어져 있었다. 국방색 점퍼에 검은 바지, 등산모 같은 것을 쓰고 있었는데 최소한도의 재료로써 못난 사내를 만들어보았다는 표본 같은 인상이었다. 나이는 30세에 두세 살 모자랐을까말까.

그는 등산모를 벗더니,

"구둣방을 하고 싶은데요."

하고 누구에게라고도 할 수 없이 그 가느다란 눈으로 가게 안을 둘러보았다.

"내가 주인이오. 하준칠이라고 하오."

하 노인이 자기 존재를 분명하게 했다.

"저는 조진개라고 합니다. 이곳에서 구둣방, 아니 구두가게를 할까 해서 왔는뎁쇼. 그래서 영감님의 도움을 청할까 해서요."

그때 나는 하 노인의 바둑 상대를 하고 있었는데 '조진개'란 말이 '조진깨'로 들려 내심으로 피식 웃었다. 워낙이 천생賤生이라서 그런지 나는 근사한 말만 들으면 황당한 연상을 하는 버릇을 가졌다. 천하에 돌자갈처럼 많은 이름을 두고 하필이면 '조진깨'가 뭣고.

상상력이 없는데다 점잖기만 한 하 노인이 그런 연상을 할 까닭이 없다.

"조진개 씨라, 구둣방을 하고 싶다구요?"

하고 집었던 바둑을 통 속에 넣었다.

결정적으로 이기고 있는 판인데 거게서 중단하면 내 손해가 이만저만이 아니라서 마저 두고 일을 보라고 떼를 쓸 판이었지만 남의 업무를 방해할 순 없다. 잠자코 두 사람의 응수를 들었다.

"가게를 월세로 빌렸으면 하는데요."

"전세가 아니구?"

"돈이 모자라서요. 월세를 꼬박꼬박 내면 될 게 아닙니까?"

"구둣방이면 구두 수리를 하겠단 말인가?"

"아닙니다. 새 구두를 파는 겁니다."

"우리 불로동엔 구두가게가 없으니까 좋긴 하지만 월세로 빌릴 수 있는 가게가 있을까 몰라."

이렇게 오가는 소리를 들으며 나는 조진개의 관상을 슬금슬금 보았다. 어느 한군데 복이 붙은 곳이라곤 없다. 그러니까 이런 빈민굴에 기어들어오려는 것이지. 사람은 팔자에 맞추어 살 곳을 찾는 법이니까. 이런 데 와서 구두가게를 해서 무슨 생색이 있을 건고.

이름은 불로동이라 제법 같지만 우리 동네는 완전 빈민굴이랄 수는 없어도 준빈민굴이었다. 거지 노릇을 하거나, 끼니를 놓거나 하는 사람이 없다 뿐이지 겨우겨우 먹고사는 빈민들만 모인 곳이다. 막바로 말해 탈출할 곳이지 기어들어올 곳은 못 된다. 꼴값하느라고 넌 이런 곳에 기어들었구나. 그런데 이런 거리에서 가게를 얻을 작정을 하고서도 월세 즉 사글세로 해야만 하다니, 쯧쯧.

이런 생각을 하고 있는데,

"그럼, 하여간 나가서 찾아보기나 합시다."

하고 하 노인이 일어서려고 했다.

그러자 조진개는,

"아닙니다, 아닙니다."

하고 하 노인을 도로 앉혔다.

"찾아나설 필요 없습니다. 내가 한 군데 봐둔 곳이 있습니다."

"봐둔 게 있다? 어딘데요, 그게."

"저 네거리 우체통이 서 있는 바로 옆에 있는 집, 지붕에 풀이 앙상하게 자라 있는 집 말입니다."

조진개는 안 노인의 집을 가리키고 있는 것이다.

"그건 안 될 거요. 노부부가 그 가게로 먹고사는 판인데 가게를 빌려주겠소. 지붕에 풀이 나 있다고 해서 그 집을 호락호락 봐선 안 되우."

하 노인이 난색을 표했다.

"호락호락하지 않다는 것은 저도 알고 있습니다."

"어떻게 아시우?"

"제가 여기 들르기 전에 그 집엘 가보았거든요. 노인은 내 말을 들으려고도 안 합디다. 그런데 건너편 우동집에서 우동을 먹으며 주인더러 말했더니 터줏대감인 하 영감님이 들면 될 수 있을지 모른다고 하던데요."

"안 될 걸 붙들고 씨름을 해봤자 소용없는 일이니 다른 델 찾아봅시다. 그럴 만한 곳이 두세 군데 있으니끼니."

"안 되는 걸 어떻게, 영감님의 힘으로……."

조진개의 말이 애원하는 투로 되었다.

"그 노인의 고집은 대단하우. 언젠가 시가의 세 배를 주고 그 집을 사겠다는 사람이 나왔는데도 어림이 없었으니까. 그러니 그 집은 단념하는 게 좋을 거요. 구둣방할 만한 집이 어디 그 집뿐이겠소!"

"난 그 집 외엔 생각이 없습니다. 난 그다지 넓은 장소를 필요로 하지 않으니까요. 다섯 평이 안 되면 세 평이라도 좋습니다. 잡화상은 그대로 하고 그 옆 빈자리를 빌릴 수 있으면 됩니다. 보아하니 가게 전체가 15평쯤 되던데 팔리지도 않는 물건 너절하게 늘어놓을 것 뭐 있습니까. 그리고 한쪽에 구둣방을 하고 있으면 그 덕에 물건을 많이 팔 수도 있잖겠습니까. 여섯 달치 월세를 미리 드릴 테니까요. 영감님께 구전은 톡톡히 드리겠습니다."

막상 불가능한 일은 아니란 심산이 섰던지 하 노인은 덤덤히 말했다.

"한번 말이나 해보지."

월세를 얼마로 정했는지, 하 노인이 구전을 얼마 먹었는지 그것까진 모른다. 일주일쯤 후에 보니까, 15평 남짓한 그 가게의 5평쯤 공간을 조진개가 차지하고 있었다.

도로를 향해 ㄷ형으로 진열장을 시설하고 양편엔 주로 검은 빛깔인 남자용 구두를 진열하고, 도로 정면으로 향한 부분엔 별난 모양을 한 여자용 하이힐이 진열되어 있었다. 조진개는 그 땅딸보 키에 뒷짐을 지고 가게 앞을 왔다갔다하고 있었다.

며칠 후 근사한 간판이 그 집 양쪽 처마 사이를 꽉 채운 크기로 걸렸는데, 일러 '박사상회'라고 했다. 가로로 된 그 간판을 사이에 두고 양켠에 세로로 '박사양화'라고 써붙였다.

우선 그 '박사'라는 글자가 사람들의 주목을 끌었다.

"그럼, 조진개가 박사란 말인가?"

"설마 그럴 리야."

"그러지 않고서야 어찌 박사상회라고 할 수 있는가?"

"박사 가운데 가짜 박사도 있잖은가."

중구난방으로 하 노인 복덕방에 모인 사람들도 한마디씩 했던 것이지만, 이 거리의 간판이래야 '쌀집'·'푸줏간'·'방앗간'·'탁주직매소'·'이발소'·'식당' 등 판자 쪼가리에 조잡한 글씨로 아무렇게나 써붙인 것이었고, 집들 또한 보잘것없는 몰골이며, 길은 갠 날엔 먼지가 풀신하고, 비라도 올라치면 진탕 뻘밭이 되어버리는 쇠잔한 거리에, '박사상회'란 글자도 여려麗麗한 큼직하고 본격적인 간판이 나붙었으니, 그 자체 하이칼라한 문명의 냄새를 풍겼고, 따라서 거리의 위신이 높아진 것 같았다. 어느덧 '박사상회'의 간판은 동네의 명소가 되었고 길을 가르칠 적의 요긴한 표적이 되었다.

조진개의 상술 또한 교묘했다.

—박사구두 일등신사

—문화인의 상징은 박사구두

—사랑을 하려면 먼저 박사구두를 신고

—체면은 구두로부터

―명동 구둣값의 3분의 1
―명동 구두보다 3배나 좋은 박사구두
―박사구두 신는 사람 우리나라 좋은 나라
―절약과 호사의 일치, 박사구두
―박사구두 한 켤레 행운의 시작

자기의 가게 앞은 물론 근처의 전신주, 담벼락 등에 이렇게 다닥다닥 써붙여놓으니 길 가는 사람은 싫어도 그 표어를 보지 않을 수 없게 되었다. 국민학교 아이들은 '박사구두 신는 사람, 우리나라 좋은 나라'라고 노래를 부르게시리 되었다.

사실 구둣값이 싸기도 했다. 명동에선 최저 5, 6만 원 주어야 살 수 있는 구두를 1만 원, 2만 원으로 살 수 있었다. 질은 신어보아야 알 일인데 우선 외양은 별반 다를 바 없을 뿐 아니라, 변두리의 풍경 속에선 더욱 화려하게 보였다.

문전성시라고까진 할 수 없었으나 박사상회 앞은 언제나 붐볐다. 아무리 빈민굴의 주민이기로서니 문화인이 되고 싶은 소망이 없을 까닭이 없다. 불로동에서 박사구두는 문화의 상징처럼 되어가고 있었던 것이다. 뿐 아니라 새 구두 사 신고 으쓱해보고 싶은 허영은 누구에게나 있게 마련이다.

그런 허영에 빙자해서 조진개는 구두계를 만들도록 책동을 했다. 열 사람이 한 조가 되어 매월 2천 원씩 내고 있으면 가장 늦은 사람으로서 9개월 만에 새 구두를 신을 수 있게 되는데 조진개는 방울을 돌려 당첨자를 결정하는 추첨기까지 준비해놓고 거리의 활기를 돋우었다.

하 노인 복덕방에 나타나는 사람 가운데도 박사구두를 신은 사람의 수가 불어갔다.

"허어, 자네도 신사가 되었구랴."

"허어, 자네도 문화인이 되었구랴."

하고 빈정대는 말이 있기도 했지만 그것은 선망과 질투의 감정이었지 악의와 비방은 아니었다.

박사상회의 선전 문구는 수시로 바뀌었다.

―신성일이 신는 구두 있음

―이미자 신는 하이힐 있음

물론 이건 신성일과 이미자의 인기가 절정에 있었을 때의 것인데 어느 날 나는,

―이승만 대통령이 즐겨 신은 형의 구두 있음

―영국 수상 처칠이 즐겨 신은 형의 구두 있음

이란 광고를 보고 새삼스럽게 혀를 내둘렀다. 조진개는 구두를 팔아먹기 위해선 죽은 대통령, 죽은 영국 수상까지도 무덤에서 일으켜 세워 부려먹는 것이기 때문이다.

겨울에 들어선 어느 날의 밤이다. 나는 늦게까지 복덕방에서 놀다가 집으로 돌아가는 참이었는데 박사상회에 불이 아직껏 켜져 있는 것을 보고 유리창 문을 열고 들어섰다. 드디어 절節을 굽혀 박사구두를 살 작정이었다. 내일 도심의 예식장에 친척집 조카딸의 결혼식이 있는데 창이 미친개 혓바닥처럼 벌름거리는 구두를 신고 갈 수 없었기 때문이라기보다 내기 바둑에 딴 돈을 합쳐 2만 원 가량의 돈이 호주머니에 있었기 때문이다.

그런데 가게 안엔 뜻밖에도 술판이 벌어져 있었다. 잡화점 노인 부부와 조진개가 연탄난로 위에 뭔가를 끓여놓고 소주를 마시고 있었다.

잡화점 노인이 술 마시는 걸 본 것은 처음이어서 놀라 내가 물었다.

"노인, 술을 자십니까?"

"소싯적엔 많이 마셨지. 그러나 술 마실 형편이 못 되어 끊었는데 요즘은 조씨 덕택으로 가끔 마시오."

주름진 노인의 얼굴에 흡족한 웃음이 있었다. 보아하니 할머니의 얼굴에도 주기가 있었다.

내 발에 맞는 구두를 이것저것 고르고 있으면서 조진개가 한마디 했다.

"술은 백약의 장이라고 하잖았습니까?"

그런데 조진개 자신은 그 백약의 장을 마시지 않았던 모양으로 그의 입김에 술내음이란 없었다.

아무튼 그땐 벌써 구두쇠란 소문이 나 있는 조진개가 외롭게 사는 노부부에게 술 대접을 한다는 것은 기특한 일이라고 생각하지 않을 수 없었다.

박사상회가 그 가게의 반을 차지하게 된 것은 그해를 넘기기 직전의 일이다. 그와 전후하여 노부부의 잡화점은 흐지부지한 상태가 되었다. 과자 부스러기를 담은 함이 텅텅 비었는데도 사입할 생각을 안 했다. 남은 상품에 먼지가 부옇게 앉아도 먼지를 털 생각을 안 하는 것 같았다. 껌만은 여전히 팔았는데 경쟁하는 회사들이 다투어 배달해주었기 때문이란 사정은 그후에 얻어들은 지식이다. 그런데 그 껌을 파는 것은 조진개의 역할이었다.

듣는 바에 의하면 노인 부부는 아침부터 저녁까지 술에 취해 비실비실하고 있다는 얘기였다. 그러한 노부부를 모시는 조진개의 정성이 웬만한 효자 뺨칠 정도라는 소문이 돌게 된 것도 그 무렵의 일이다.

원래 그는 그 집 방 한 간을 빌려 자취를 하고 있었던 것인데 어느 사이 노부부의 식사는 물론 빨래까지 그가 도맡아하게 되었다는 것이니 일종의 미담이 아닐 수 없었다.

"그 땅딸보 대단한 사람이여."

"꼴만 보고 사람을 판단할 건 아니란께."

"그건 그렇고 그 많은 구두를 어디서 가지고 오는 걸까."

"땅딸보가 딴 데 공장을 차리고 있는 건 아닐 테구."

"꼭 밤중 가까이 돼서 딸딸이로 싣고 오는 모양이더마."

"불로동에서 양화점이 성업일 줄이야 누가 알았겠나."

"시내에서 구두 사러 젊은 아가씨들이 이곳까지 온다지 않아."

"여하간 땅딸보, 보통으로 볼 사람이 아녀."

"제 부모도 보기 싫다는 세상인데 어떻게 노인 부부에 대한 성의가 그럴 수가 있담."

이처럼 조진개는 복덕방에 있어서의 심심찮은 화제가 되기도 했다.

해가 바뀌어 봄이 왔다. 봄이 왔는데도 제비가 불로동에 돌아오질 않았다.

"불로동이 서울시로 편입됐다는 걸 제비가 알아차린 모양이구랴."

복덕방에서 누군가가 한 소리였다.

"서울이라서 제비가 안 오는가?"

다른 누군가가 받았다.

"제비는 도시를 좋아하지 않거든."

"천만에, 언젠가 창경원에 갔더니 제비만 많더라."

"창경원이 어디 서울인가."

"창경원이 서울이 아니면 뭐구."

사소한 문제를 갖고 목에 핏대를 세워 싸우기도 하는 곳이 복덕방이다. 그런 싸움이야 어떻건, 제비는 돌아오지 않아도 몇 그루 남아 있는 가로수 수양버들에 파릇파릇 움이 돋아났다.

그러한 어느 날 잡화상의 안 노인이 죽었다. 이어 한달쯤 후에 할머니가 죽었다. 두 장례식에 충청도에서 살고 있다는 몇 사람의 친척이 참석하긴 했으나 상주 노릇을 한 것은 조진개였다.

그는

"아들을 보지 못하고 돌아가셨으니 얼마나 억울하셨을까, 좀더 살다가 가실 것을……."

하고 슬피 울었다.

"두 분 다 살 만큼 살았는데 애통해할 것 뭐 있소."

누군가가 위로했을 때 조진개는,

"남의 속도 모르고 그 따위 허튼 소리 말아요."

하고 버럭 화를 냈다고 한다.

노부부의 장례가 있은 지 며칠 후, 60세 안팎의 여자가 나타났다. 조진개의 어머니라고 했다. 어느 곳에 꽁꽁 숨어 있다가 노부부가 죽길 기다려 불쑥 나타난 그런 느낌이었다.

그리고 한달쯤 지났을까.

가게의 반이 구두 진열장으로 되고 나머지 반이 백화점으로 되었다. 천장에 샹들리에를 달고 소형 만국기로 치장한 것을 비롯하여 갖가지 가전제품부터 그야말로 백화百貨가 가득찬 광경은 백화 요란百花搖亂한 위관偉觀이랄 수가 있었다.

따라서 선전문구도 화려해졌다.

'불로동의 파리, 박사백화점으로!'
라는 선전 벽보엔 '巴里'라는 한자가 토처럼 달려 있었는데 그것은 곤충의 파리와 혼동될까 두려워한 까닭이었으리라. 조진개의 계산은 이처럼 세밀한 것이다.

당연히 조진개는 복덕방의 화제에 빈번하게 올랐다.

"그러고 보니 저렇게 될 요량하고 간판을 큼직하게 미리 붙여둔 거로군."

"선견지명이 있다, 그건가?"

"땅딸보가 저 집을 산 걸까?"

"아들이 나타날 때까진 그 집을 팔지 않겠다던 노인이 아니었던가?"

"거저 물려받았을 리는 만무하구."

"무슨 흑막이 있었던 게 아닐까?"

얘기가 점점 위험 수위에까지 오르려고 하면 하 노인이 으레,

"어쨌든 조진개의 명의로 이전 등기까지 되어 있으니 그만 아닌가."

하고 이런저런 추측의 발동을 막아버리곤 했다.

그러나 이런 소리도 여름이 가고 가을에 들어섰을 땐 흔적 없이 사라지고 박사상회는 여전히 성업을 거듭하여 번창일로에 있었다.

땅딸보란 별명이 없어지고 그 대신 '면장'이란 별호가 등장했다. 창안자는 윤 노인이었다. 긴長 것을 면했다는 뜻, 즉 '免長'이다. 창안자 윤 노인의 말에 의하면, 불로동에 활기를 몰고 온 사람이 바로 조진개인데, 공로자일 수도 있는 그런 사람을 '땅딸보'라고 부르는 것은 불로동민으로서의 예의가 아니라는 것이다.

아니나다를까, 박사상회의 간판을 달고 난 이래 이 거리에도 서서히 변화가 생겼다. 우선 재래식 미봉적인 간판이 현대식 간판으로 바뀌고,

그만큼 거리가 사람 사는 곳다운 체모를 갖추게 되었다. 특히 두드러진 변화는 신발에 있었다. 신발이 바뀌고 가게들의 간판이 바뀌면 거리는 일신된 면목을 갖게 마련이다.

조진개의 어머니는 틈만 있으면 이웃을 돌아다니며 아들 자랑을 늘어놓았다.
"우리 아들 고집은 누구도 못 꺾는다우. 중학교 안 보내주면 죽을 끼라고 감나무에 목을 당그래 매지 않았겠수. 즈그 아부지가 남의 집 머슴을 살면서도 그애를 중학교에 보냈다니께유……."
"군에 가서 돈 벌어온 사람은 우리 아들밖엔 없을 거라유. 같이 간 친구는 구두공장 직공밖에 못 하는데 우리 아들은 의젓한 상점 주인이 되지 안 했는가유……."
그 어머니의 아들 자랑 덕택으로 조진개의 경력과 구두가게를 하게 된 연유를 아슴푸레하게나마 알 수 있었다는 것은 다행이었다.
심심찮게 혼담이 일고 있었던 모양이지만 조진개는 계속 독신이었다. 방앗간 안주인이 쌀집 부탁을 받고 조진개의 어머니에게 혼담을 내놓았다가,
"이 동네엔 우리 아들 색싯감은 없을 거라유."
란 한마디로 무안을 당했고, 복덕방 하 노인은 누군가의 부탁을 받고 중신아비를 자처하고 나섰다가 조진개 본인으로부터 보기 좋게 거절을 당하였다.
"결혼은 시기상조입니다. 그런 말 아예 마시오."
조진개의 대답은 이처럼 결연했다는 것이다.

또 한 해가 가고, 그러니까 노인 부부가 죽은 지 1년쯤 지났을 때다. 조진개는 돌연 집을 헐어젖히더니 땅을 깊이 파기 시작했다. 불도저가 윙윙거리고 바가지차가 으르렁대고 있구나 싶었는데 석 달이 채 못 되어 적갈색 타일이 번쩍번쩍하는 5층 건물이 섰다. 집을 헐기 시작해서부터 석 달 만에 완공을 보았으니, 눈깜짝할 사이라는 것은 지나친 표현이겠지만 실감으로선 그랬다.

60평 대지 위에 선 그 5층 건물은 쓰러질 듯한 집들만 늘어서 있는 이 거리에선 뉴욕에 있다던가 한 마천루를 방불케 하는 장관이었다. 땅딸보 조진개의 키가 갑자기 그 건물의 높이만큼이나 커 보였다.

건물의 이름은 '박사빌딩'. 진주판眞鍮板에 새겨진 글자의 한 획 한 획이 태양의 조명으로 황금빛으로 빛났다. 낙성식엔 구청장과 경찰서장 등 고위 고관도 참석했다. 검은 양복, 하얀 와이셔츠에 분홍색 넥타이를 맨 차림으로 조진개는 일장의 연설을 했다. 그 가운덴,

"……미국 사나이들의 꿈은 대통령이 될까, 빌딩의 주인이 될까 하는 데 있다고 들었습니다. 이것을 빌딩이라고 할 수 있을지 없을지, 하여간에 빌딩인 것만은 사실입니다. 나는 앞으로 백층 빌딩을 지을 작정입니다……."

하는 대목이 있었다.

그 연설은 각양각색의 반응을 일으켰다. 어떤 사람은 "조진개가 진짜 박사일지 모른다."고 했고, 어떤 사람은 "그만한 연설이면 국회의원 시켜도 될 거라."고 했고, 또 어떤 사람은 "뻔뻔스럽기가 그만하면 송병준이 빰칠 놈이다."고도 했다.

그런데 어떤 사람은 "이런 거리에 저런 건물을 지어 갖고 과연 수지가 맞을까." 하고 걱정인지, 조진개가 망하길 바라는 마음으로선지 중

얼거리기도 했는데, 그런 자야말로 대붕大鵬의 뜻을 모르는 연작燕雀 따위의 사람이다.

대도시의 인구는 변두리부터 팽창을 시도한다. 모르는 사이에 불로동의 인구는 엄청나게 불어났다. 난데없이 불도저라고 불리는 시장이 나타나서 밤 사이에 불로동 근처의 길을 포장해버리고 나니 어느덧 이 거리는 서울의 중심지처럼 되어버렸다.

조진개는 5층을 자기의 살림집으로 하고, 4층을 전당포와 창고로 쓰고, 3층엔 열 평씩 다섯 부분으로 나눠, 사무실 또는 간이 아파트로서 빌려주기로 하고, 2층은 당구장과 다방, 1층은 백화점, 지하층은 음식점과 바로 쓰도록 안배했다. 당구장과 음식점, 바, 다방, 아파트, 사무실을 빌려준 전셋돈으로 빌딩을 짓는 비용이 빠졌고, 다달이 들어오는 집세가 백만 원을 넘을 것이라고 했으니 조진개의 성공은 절정에 이른 셈이다. 구구한 계산이지만 13, 4년 전의 백만 원이면 지금 돈으로 쳐서 천만 원의 가치에 해당했다.

조진개가 결혼한 것은 빌딩의 낙성식이 있고 두 달 후쯤의 일이다.

일양래복一陽來復, 매화꽃이 필 무렵 그의 결혼은 서울 도심의 호텔에서 어마어마하게 거행되었다는데 나는 가보질 못했다.

처가는 충청도의 유서 있는 집안이며 신부는 대학을 나온 미인이라고 했다. 나는 비로소, 그 언젠가 하 노인이 혼담을 꺼냈을 때 단호히 거절한 조진개의 의도를 짐작할 수 있었다. 그는 빌딩을 짓고 나서야 결혼 상대를 찾겠다는 계산을 하고 있었던 것이 틀림없다.

전당포 허가가 내린 것은 그 무렵의 일이다. 우연히 그 앞을 지나다가 높이 1미터 가량, 너비 50센티미터 가량의 입간판이 박사상회 양화부에 서 있는 것을 보았다. 이렇게 씌어 있었다.

　'경리 사원 모집!
　강철 같은 의지!
　대쪽 같은 정직!
을 가진 유능한 경리사원 구함.
　학력 상업학교 졸
　참고! 조건에 맞는 사람이면 박사전당포의 사장에 임명할 수도 있음.'

　근자에 내가 본 구경거리로선 특별한 것이어서 복덕방에 들어서자마자 이 얘기를 했다.
　모두들 폭소를 터뜨리고 한마디씩 했는데, 입을 열기만 하면 조진개의 욕을 하던 허대식이란 친구는 웃지도 않고 핼쑥한 얼굴을 긴장시키고 있더니 스르르 빠져나갔다. 허대식은 어느 신용금고에 있다가 그 신용금고가 파산하는 통에 실직 중에 있었던 50세 안팎의 사나이였다. 나는 직감적으로 그가 박사전당포의 경리사원 모집에 응모하러 간 것이라고 보았다.
　뒤에야 안 일이지만 그날, 허대식과 조진개 사이엔 퍽 재미나는 응수가 있었던 모양이다. 목격자의 얘기에 의하면 그 장면은 이렇게 된다.
　허대식이 박사상회의 양화부에 들어섰다.
　조진개가 일어섰다.
　조　구두를 사시려구요?
　허　아니오.
　조　그럼 뭣 하러…….

허 월급이 얼맙니까?

조 무슨 월급 말입니까?

허 저 광고에 있는 사원 월급 말입니다.

조 채용도 안 했는데 월급을 정해요?

허 월급을 알고 나서 모집에 응하려구요.

조 당신을 채용하지 않을 테니 알 필요 없잖소.

허 그럼 한 가지 물어보겠소.

조 물어보시오.

허 전당포 경리 보는데 강철 같은 의지가 무엇 때문에 필요하죠?

조 매사에 강철 같은 의지는 필요한 겁니다.

허 대쪽 같은 정직이란 또 뭐요?

조 정직해보지 못한 사람에겐 손바닥 위에 얹어주어도 모를 거요.

허 당신은 대쪽같이 강직하다고 생각하우?

조 가시오. 당신은 남의 일 방해하러 다니는 사람인가 보군요.

허 그리고 그 뭐요. 전당포 사장이라고 했던데 전당포가 무슨 회사요? 합자회사요? 주식회사요?

조 이 사람이 왜 이래요.

허 왜 이러다니 공중의 눈에 뜨이게 광고를 했으면 그것에 관해 납득이 갈 설명이 있어야 할 것 아뇨.

조 안 가면 업무 방해로 경찰을 부르겠소.

허 덕택으로 국비 호텔에 가서 공밥 좀 먹어봅시다. 그러기 전에 전당포 사장이란 게 뭔지 그거나 알고 싶은데요.

……

이런 옥신각신이 있고 돌아온 허대식은 복덕방으로 돌아오자 사정없이 조진개의 욕을 해댔다.
경리사원 응모로 갔다는 사실을 눈치챈 윤 노인이,
"당신이 혼자 갈 게 아니라 하 노인을 사이에 넣었더라면……."
하자 하 노인은,
"내가 사이에 들어도 안 될 거요. 그 사람은 자기보다 키 큰 사람은 절대로 채용하지 안 할 거라."
며, 백화점 점원들을 보라고 했다.
백화점엔 두 사나이가 심부름을 하고 있는데 둘 다 조진개의 키보다 작았다.
"그런데 마누라만 대자를 얻었더군."
누군가의 말이었다.
아니나다를까 나도 조진개의 마누라를 꼭 한 번 보았는데 그 마누라는 조진개보다, 적어도 10센티미터는 키가 더 컸다. 뿐 아니라 시원스런 눈과 덩실한 코를 가진, 어느 모로 보나 현대적이고 싱그러운 미인이었다.
나는 그런 마누라를 얻은 조진개의 계산을 읽었다. 앞으로 낳을 아들 딸의 키를 고려하고 키 큰 아내를 구한 것이리라고.

얼마 되지 않아 입간판에 새로운 광고가 나붙었다.

'운전사 구함
운전 경력 5년 이상
무사고 운전사
착실한 미혼자'

그걸 보고 나는 조진개가 자가용차를 샀다는 것을 알았다. 가끔 검은빛 자가용차가 박사상회 양화부 앞에 서 있기도 했는데 어느 때부터인가 보이지 않았다. 알고 보니 부인이 운전을 배워가지고 그 차는 주로 부인이 이용하는 차로 된 모양이었다.

얘기가 늦게 되었는데 조진개는 결혼하자마자 살림집을 시내 어느 아파트로 옮기고, 본인은 박사상회에 출퇴근하고 있었다. 부인이 불로동에서 살기를 완강하게 거절했기 때문이라고 들었다.

박사상회 5층의 살림집은 3등분해서 빌려주었던 것으로 안다.

한동안 보이지 않았던 조진개의 어머니가 불로동으로 돌아와 셋방살이를 하게 된 것은 조진개가 시내 아파트로 이사간 지 반년 후쯤이 아니었을까 한다.

그녀는 박사상회의 이웃을 돌아다니며 며느리 욕하는 것을 일과로 삼았다.

"지독한 년도 다 있지, 아침엔 빵인가 뭔가, 소세진가 뭔가 하고 우유라나 코피라나를 처먹고 나더러 그걸 먹으라는데 어찌 그걸 먹겠더래유. 도리가 없어 쌀을 사 와서 밥을 먹으면 밥내가 난다, 김치 냄새가 난다구 상을 찌푸리구, 낮에 어딜 돌아다니는지 몰라유. 점심때쯤 해서 나가면 밤늦게야 돌아오니께유. 당최 배가 고파서 못 살겠데유. 아들보구 며느리 좀 타이르라고 하면 아들은 되레 나에게 대든단께유. 세상에 여편네에게 쥐여사는 사내가 더러 있긴 있는 모양이긴 하더라만유, 우리 아들처럼 꿈쩍달싹 못하는 놈은 아마 없지 않을까유. 세상에 아들 두구 이 고생할진댄 누가 아들 낳으려고 애쓰겠시유."

하고 눈물 반 웃음 반을 섞어가며 넋두리하는 것을 나도 직접 들은 적이 있다.

조진개의 어머니에겐 그보다 더한 불평이 있었다. 어느 날 부부 싸움하는 것을 들으니 조진개는 아들을 갖고 싶어하는데 며느리는 한사코 반대하더라는 것이다.

"세상에 남의 집 며느리로 들어와서 그 집 손을 끊으려는 년이 있겠시유? 그러지 않아도 인구가 불어 야단인데 아들딸 놓아 뭣할 거냐는 얘기고 보면 이게 될 말인가유? 꼭 아이를 키우고 싶으면 고아원에 가서 데리고 오라고 하잖아유? 아들은 좋은 말로 사정사정하더만유. 그래도 듣지 않아유. 아들 번 돈 물 쓰듯 하고 자가용 타고 돌아다니며, 남편이 사정하는데두 고문가 뭔가를 끼우지 않으면 잠자릴 안 하겠다니 이런 청천에 벼락 맞을 년이 어디 있겠시유."

그래, 어느 날 밤 그 노모의 표현을 빌리면, 성이 하늘 끝까지 나서 아들 부부의 침실에 뛰어들었다는 것이다.

"아들은 벌거벗고 있는데 며느리년은 파자만가 잠옷인가를 입고 가슴팍을 꽉 막고 있지 않겠시유. 하두 화가 나서 이년아, 그 가슴 풀어라, 우리 집 손 좀 받자고 덤볐지유. 그랬더니 날 쾅 밀고 일어서며 며느리년 한다는 소리가, 저 할망구를 내쫓을 거냐, 자길 내쫓을 거냐고 아들에게 대들지 않겠어유? 그러니께 아들녀석이 내 목덜미를 잡고 방 밖으로 끌어내더니 당장 나가라고 하잖겠어유? 세상에 이런 분한 일이 어딨겠시유."

하고 조진개의 어머니는 방바닥을 치며 통곡을 터뜨렸다.

안 노인 부부에 대해선 효자 뺨칠 정도로 정성을 다한 조진개가 자기 친어머니에 대해선 그런 불측한 짓을 했다는 소문이 불로동에 돌았다.

그러나 뒤에서 숙덕일망정 조진개의 면전에서 그런 사실을 들고 힐책할 사람도 없거니와, 어머니를 잘 돌보라고 충고하는 사람도 없었다.

어느덧 조진개는 불로동 일대에선 무시 못할 존재가 되어 있었을 뿐 아니라, 그의 비위를 거슬러 이익이 될 게 없다는 것을 누구나 다 알고 있었기 때문이다.

허대식만이,

"조진개의 성공엔 흑막이 있다. 안 노인의 부부가 급격하게 죽게 된 데도 필시 원인이 있다. 집을 넘겨받은 데도 반드시 꿍꿍이속이 있다. 그걸 내가 캐내야지."

하고 벼르고 있었지만, 설혹 그의 추측이 들어맞는다고 해도 이제 와서 어쩔 도리가 없는 것이다.

조진개의 어머니가 걸식하다시피 불로동 이 집 저 집을 돌아다니며 며느리의 악담을 퍼붓고 있을 무렵, 박사상회 입간판에 또 새로운 광고가 나붙었다.

'가정부 구함!
내 살림같이 맡아서 일해줄 50세 이상의 여성을 구함
시골에서 갓 올라온 사람을 특히 우대함'

이 광고를 본 불로동 사람들은 모두 혀를 끌끌 찼다. 물론 조진개가 보지 않는 곳에서.

그 광고는 석 달 넘어도 그냥 붙어 있었다. 그런데 두 달이 넘었을 때부터 다음과 같은 글귀가 첨가되어 있었다.

'아파트 살림임'

대강 이 무렵부터가 아닌가 한다.

박사상회 바로 앞 인도에 중고품 가재도구가 각기 가격표를 어깨에 달고 진열되었다. 집세 못 낸 사람들을 내쫓고 압류한 물건들을 그런 식으로 팔기 시작한 것이다. 그 가운덴 어린이가 가지고 노는 인형, 노리개, 자동차 같은 것이 있어서 이채를 띠었다.

양화부 한구석엔 고물상이 생겼다. 전당포에서 잡은 물건들을 팔 셈이었다. 그것까진 좋았는데 조진개가 인도에 접한 양화부의 한쪽에 담배와 커피 자동판매기를 설치하고 바로 그 옆에 광고를 써붙였다.

'피로 회복에 제일 좋은 따끈한 커피를 자십시오.'

사건은 커피 자동판매기를 설치한 사흘 만에 발생했다.

박사빌딩의 2층에 세들어 있는 다방 마담 천금순 씨가 오후 3시경 아래로 내려와서 커피 자동판매기 앞에 서서 행인들이 차례대로 돈을 넣고 종이컵에 든 커피를 받아 들고 마시는 것을 지켜보고 있다가 손님이 뜸한 기회를 노려 주먹으로 그 자동판매기의 면상을 꽝 쳤다. 가만 지켜보고 있기만 하면 돈을 벌어주는 판매기를, 설치한 지 사흘밖에 안 되는 터라, 신통하다는 눈초리로 조진개가 지켜보고 있는 면전에서 있었던 일이라 조진개는 벌떡 일어나 천금순 마담에게 덤벼들었다.

"왜 남의 기계를 쳐."

그만한 상황은 미리 짐작하고 있었던 모양으로 천 마담은,

"내 장사 방해하는 물건을 가만둘 수 없지 않소."

하고 점잖게 나왔다.

"방해를 하다니 뭣이 방해했단 말인가?"

조진개는 극도로 흥분했다.

"이것이."

하고 천 마담은 이번엔 발로 판매기의 복부를 힘껏 찼다.

그러자,

"이게."

하고 조진개는 천 마담을 와락 밀었다. 천 마담이 궁둥방아를 찧었다. 천 마담은 땅 짚은 손을 털털 털며 일어서더니 목청을 돋우었다.

"이놈, 조진깨야. 전세 올려 받은 게 언제지? 바로 나흘 전이다. 고스란히 3백만 원 바쳤어. 그런데 이게 뭐야. 이것 들어오는 바람에 매상이 반이나 줄었다. 이렇게 남의 장사 방해할 속셈을 해놓고 전세를 올려 받아? 달세는 반이나 높이구? 그래, 나는 그런 꼴을 당하고도 가만있어야 돼?"

"이 여자 대단하군. 다방을 빌렸으면 그만이지, 내 자유까지 구속할 작정이야?"

하고 조진개도 지지 않았다.

"자유 좋아하네. 그래서 네 마음대로 하긴가? 사람은 경우란 게 있어. 같은 집에 두 개의 다방을 만들어? 그러지 않아도 세월이 없는데 또 여기다 다방을 만들어?"

"야, 이 여자야, 어데다 다방을 만들었단 말인가. 괜히 떼를 쓰고 야단이야."

"괜히 떼를 써? 이게 다방이 아니고 뭐고?"

하고 천 마담은 커피가 나오는 아래 쪽을 걷어찼다. 그 부분이 반쯤 망가졌다. 눈깔이 뒤집힌 조진개는,

"이년을 당장."

하고 멱살을 잡으려고 했다.

천 마담은 자기의 멱살을 잡으려는 조진개의 손을 비틀어 잡고,

"요 난쟁이 ×길이만한 녀석이 누구헌테 손찌검을 할라고 해."

하면서 조진개를 커피 판매기 쪽으로 떠밀었다. 조진개는 판매기를 안고 넘어질 뻔했다. 가까스로 몸을 가눈 조진개는,

"이년, 누구 앞에 덤벼들어."

하곤 이번엔 주먹을 휘둘렀다. 그러나 체격이 조진개의 배나 되는 천 마담이 그만한 공격에 지칠 여자가 아니었다. 조진개의 넥타이를 덥석 잡고 몇 번을 흔들어대더니 도로를 향해 밀어버렸다. 마침 가을비가 온 직후라 인도와 차도 사이의, 단이 진 곳에 물이 괴어 있었다. 조진개는 그 물속에 대가리를 처박았다. 옷이 뻘투성이가 된 것은 물론이다. 요컨대 사내의 체면이 묵사발이 되자 조진개는 혼신의 용기를 다해 천 마담에게 돌진했다. 천 마담이 살짝 피했다. 조진개는 커피 판매기에 박치기를 했다. 커피 판매기가 뒤로 넘어졌다.

이 무렵에 그 근처는 인산인해를 이루었다. 누구나 갈채를 보내고 싶은 충동을 참느라고 빙글빙글 웃고 있었다.

물불 가리지 않게 된 조진개는 양화부에서 막대기를 들고 나왔다.

"이년을 죽이고 말 테다."

하고 그 막대기로 후려치는데 천 마담은 어깨를 맞았다.

"아얏."

하고 비명을 지른 다음 순간 막대기는 천 마담의 오른손에 있었고, 조진개의 멱살은 천 마담의 왼손에 잡혀 있었다.

"이놈아, 조진깨야. 너 잘못 걸렸다. 나는 경상도 여자다. 경상도 지리산에서 벌어 먹겠다고 서울 변두리에까지 와서 너 같은 놈을 만났다. 이 난쟁이 ×길이만한 놈아, 네가 그 꼴이니까 네 여편네가 서방질을 하는 거다. 네 어미 거지꼴을 만들고, 서방질하는 여편네에겐 꼼짝달싹 못하게 쥐여살면서 남의 여자는 업수이 여겨? 내가 항의한 것이 잘못

됐나? 엊그제 전세돈을 올려 받고, 월세까지 올려놓고서 바로 그 이튿날 다방 입구에 커피 판매기를 갖다놔? 장사에도 의리가 있고, 버는 데도 경우가 있는 기다."

이렇게 외치면서 "잘못했다고 빌어!" 하며 목을 졸라대는 바람에 조진개의 족제비 같은 눈이 개구리눈으로 부풀어올랐다.

복덕방의 하 노인이 와서 겨우 뜯어말렸는데 멱살이 풀리자 조진개는 그래도 입은 살아,

"네 이년, 내 마누라를 향해 뭐라고 했지? 명예훼손죄가 뭔지 알기나 해? 증인은 여기 꽉 찼다. 주둥아리 함부루 놀리면 어떻게 된다는 거, 맛을 보여줄 테다."

하고 으르렁댔다.

경상도 여자 천금순은 여걸다운 미소를 띠고 한마디 뱉었다.

"나를 걸어 명예훼손 고발도 좋지만 네 여편네 단속이나 똑똑히 해라. 내가 안 할 말을 한 것 같다만 두고두고 내게 감사할 날이 있을 기다."

그리고 천금순은 2층으로 올라가버렸다. 군중 사이에 박수가 났다.

"천 여걸 만세."

누군가가 선창을 하자 '천 여걸 만세'를 화창하는 소리가 꽤나 높았다.

'천 여걸 만세'는 조진개를 장송하는 서곡처럼 되었다.

누가 주장한 것도 아닌데 불로동 사람들은 박사백화점은 물론이고 박사양화부에도 발길을 끊었다. 조진개가 별의별 꾀를 내어 광고를 붙여도 그 이튿날 보면 그 위에 가위표가 그려져 있었다. 반면 조진개가 떼어내고 떼어내고 해도 박사상회의 간판엔 '이 집 물건 사는 자는 사

람도 아니다.' 또는 '이 집 물건 사는 자는 조진깨와 같은 놈이다.' 하는 삐라가 붙었다.

문전에 새집을 짓는다는 고어가 있는데, 만일 사람들에게 참새구이를 좋아하는 성벽이 없었더라면 박사상회의 문전은 새집투성이가 되었을 것이다.

이윽고 박사상회는 문을 닫고 조진개는 불로동에서 자취를 감추었다. 그후 들려오는 풍문에 의하면 조진개는 아내의 행적을 추적하여 드디어 간통의 현장을 잡았는데, 그 간부姦夫가 뜻밖으로 거물이어서 간통죄 고발을 안 하는 대신 1억 원 가까운 돈을 받았다고 한다. 이 풍문이 전해지자 복덕방은 왁자지껄했다. 그 가운데서도 가장 인상 깊은 말은 다음과 같다.

"제기랄, 운수 좋은 년은 넘어져도 가지밭에 넘어진다더니."

물으나마나 허대식이 한 소리다.

그런데 그후 또 들린 말에 의하면 탈세와 밀수, 횡령 등 옛날의 죄가 탄로나서 빈털터리가 되었을 뿐 아니라 감옥살이를 한다고 했다. 그러나 이건 확인된 것은 아니다.

조진개가 지은 박사회관은 벌써 몇 사람의 손을 거쳤으나 아직도 불로동에선 최대의 건물로 남아 있다. 다만 '박사회관'이란 진주 간판 가운데 '사' 자가 떨어져나간 채 있는데, 조진개의 별명을 '면장'이라고 하자던 윤 노인의 창안에 의하면 이 다음 결락될 문자를 보충할 땐 '사' 대신 '살'을 넣어 '박살회관'이라고 하는 것이 좋을 듯하다는 것이다.

유감인 것은 하 노인이 죽었기 때문에 조진개에 대한 그의 코멘트를 들을 수 없게 되었다는 사실이다.

아무튼 조진개는 불로동에 있어선 교육적 재료로서 보람을 다하고 있다.

예컨대,

'계산할 줄 모르는 것도 안 되지만 조진개처럼 너무 계산할 줄 아는 것도 좋지 않다.'

'우리 동민이 단결하기만 하면 조진개 같은 지독한 놈도 추방할 수 있으니 앞으로 더욱 단결을 공고히 하자.'

등등이다.

그러나 교육상 폐단이라고 할 수 있는 것은 조진개에 대해 천금순이 퍼부은 말 가운데 있었던 '난쟁이 ×길이만한 놈'이란 말을 국민학교 아동들이 외워 가지고 걸핏하면 유행어처럼 그 말을 쓰는 경향이 있다는 데 있다.

여걸 천금순은 불로동의 명물이 되어, 현재 식당을 경영하고 있다. 옥호는 '경상도집'. 외지에서 손님이 온다거나 무슨 모임이 있을 땐 경상도집으로 가는 것을 불로동 동민들은 관습처럼 하고 있다.

바둑이

—1986년의 가을은 내게 있어서 부득이 슬픈 계절로 되었다.

  이렇게 써놓고 나는 뉘우친다. 결론부터 말하는 버릇을 삼가려고 하면서도 일을 당하면 언제나 결론적인 감정이 솟아오르고 결론적인 말이 불쑥 튀어나와버리는 것이다.
  9월 4일 해거름에 '바둑이'가 죽었다. 바둑이는 그 어미 '망망이'와 더불어 다른 식구들과는 달리, 무작정 나를 반겨주고 좋아하고 따르는 유일한 식구이다. 그 어미를 들먹이면 유이唯二한 식구라고 해야 하겠다.
  생후 3개월이 되었을까!
  흰 바탕에 굵다랗게 두 줄의 띠를 두른 것 같은 갈색의 무늬가 새겨진, 그림에 그려놓은 것처럼 예쁜 고전적인 맵시와 얼굴을 가진 강아지였다.
  수월찮게 세상을 살았지만 나는 아직껏 그처럼 예쁜 강아지를 본 적이 없다. 게다가 상냥하고 애교 있고, 그 때문에 더욱 매력이 있게 된 심술조차 갖춘 바둑이가 운전수의 사소한 실수 때문에 액사厄死를 하고

만 것이다.

　클랙슨 소릴 들으면 쏜살같이 대문 밖으로 뛰어나와 어미개와 나란히 선다. 내가 자동차에서 내리면 꼬리를 흔들고 다가와서 어미개와 앞서거니 뒤서거니 하면서 따라들어와선 뜰 한가운데쯤부터 나에게 뛰어든다. 어미를 닮아 점프력이 강한 바둑이는 어느 땐 가슴팍에까지 뛰어오른다. 비오는 날이면 진흙을 밟은 발로 뛰어오르기 때문에 옷을 더럽히기도 하지만 그 반기는 모습의 귀여움에 비하면 옷 버리는 것쯤이야 문제도 되지 않는다.

　어쩌다가 골목 어귀에까지 나와 기다릴 때도 있었다. 자동차가 보이면 확인이나 하는 척 멀찌감치 서 있다간 자동차를 따라 달려선 앞질러 대문 밖에서 기다린다.

　솔직히 말해 나는 가정의 재미라는 것을 모른다. 여편네라는 이름의 여자는 생활비 적게 준다고 투덜대고, 술을 마셨다고 투덜대고, 부드럽게 말상대 안 한다고 투덜대고, 즈그 친정 식구들에게 대한 친절이 모자란다고 투덜대고, 여자 친구들로부터 전화가 걸려오면, 무슨 용무인가, 어떤 관계의 여자인가 하고 따져들고, 마음이 내키면 우유를 먹이자마자 야채즙을 들이대고, 야채즙의 맛이 혓바닥에서 가시기도 전에 인삼즙을 마시라고 하고, 거절하면 몸에 좋으라고 권하는 것을 왜 마다하느냐고 성화이다. 그런가 하면 딸년들은 공부하라고 할까봐 슬슬 나를 피하면서도 용돈을 넉넉히 얻으려고 슬금슬금 눈치를 본다. 그런 가정이 가정일 수 있겠는가. 가정은 내게 있어서 공장일 뿐이다.

　망망이와 바둑이는 일체 나에게 요구하지 않는다. 간섭하지 않는다. 그저 좋아할 뿐으로 꼬리를 치고 뛰어오르고 내 손이건 발이건 기회만 있으면 핥으려고 할 뿐이다.

아아, 눈앞에 바둑이의 그 귀공자연한 모습이 선하다. 우아하기가 그레이스 켈리 같고, 민첩하기가 차스라프스카 같고, 장난스럽기가 파스칼 프티를 닮은 바둑이와 그 어미의 내게 대한 사랑이 내 인생의 보람 전부라고 해도 과언이 아닌데, 아아!

망망이는 2년 전 '누렁이'를 어미로 하고 태어났다. 갈색의 털과 순진무구한 눈을 가진 그저 수줍어만 하던 강아지였는데, 자람에 따라 대담해지고 그 모습이 삽상하게 변했다. 쭈뼛하게 단정한 귀는 셰퍼드를 닮았다기보다는 흥안령 근처에 살았음직한 먼 선조, 이리의 귀를 방불케 했고 몸 전체의 규격을 3배 정도로 확대했을 경우 사라브레드의 명마名馬를 상상케 하는 기품이 있었다.

무식하고 거만한 갓똑똑이들은 우리 망망이를 두고 '똥개'니 '잡종'이니 하지만 어째서 똥개이며, 무엇을 순종이라고 하여 잡종이라고 하는가. '도베르만'은 흉측스럽고 '셰퍼드'는 지나치게 잘난 척하고 '불도그'는 너무나 희극적이고 '친'을 비롯한 꼬마개들은 심하게 애완동물적이다.

이에 비하면 우리 망망이는 거북살스럽게 크지도 않고 마음에 차지 않을 만큼 작지도 않은 적당한 몸매이고 호오의 감정을 결연하게 표명하는 지극히 개성적인 성격의 소유자이기도 하다. 망망이는 출생이래 십수 명을 문 경력을 가졌다. 그러나 물었다고 해서 큰 상처를 내진 않았다. 무는 시늉을 했을 뿐이다. 이를테면 경각적인 행위의 정도 이상을 넘어서진 않았다.

달을 보고 짖는 로맨티시즘은 없었지만 꽃그늘 아래 넋을 잃고 조는 취미는 가지고 있었다. 상대를 선택해가며 짖는 신중성이 있었고, 그

짖는 소리는 마리아 칼라스의 음성에 비교할 수 있었다. 가수로 치면 우리 마을에선 1등이다.

아내와 사흘에 네 번은 싸운다. 이렇게 싸움의 빈도가 잦은 것은 물론 내 책임이다. 사람은 너그러워야 한다, 용서할 줄 알아야 한다고 글로 쓰고 강연회에서 말할 줄도 알지만 내 자신 그것을 실천하진 못한다. 그래서 나는 '충고주의자일 뿐이다.'고 자기 변명을 하고 있는 형편이지만 특히 아내의 말과 행동에 대해선 도저히 느긋할 수가 없다.

"또 술을 마셨구만요."

하면

"그래서 어쨌단 말이야."

고 말이 거칠게 나온다.

"조심을 해야 할 것 아녜요?"

"그런 말할 시간이 있거든 집안 청소나 똑똑히 해요."

"청소가 어때서 그러우."

"네모난 방을 둥글게 닦았대서 그게 청소가 된단 말요?"

그러곤 방구석을 침을 칠한 손가락으로 후벼내면 먼지가 나온다.

"이래도 청소했다고 하는 거요."

"당신처럼 짓궂은 사람 처음 봤어요."

하기에

"누가 나를 짓궂게 만들었는지 알기나 해?"

"내가 그렇게 만들었단 말요?"

"아니 다행이군."

"당신은 나를 고문하고 있어요."

"누가 고문을 시작했는데, 아니 누가 시비를 걸었는데?"

"그럼 아내가 남편더러 술 좀 적게 마시란 말도 못해요?"
"못하지 못해. 괴테의 아내가 괴테더러 그런 참견을 했겠어?"
"괴테가 당신처럼 술을 마셨을라구."
"술을 마셔도 괴테의 마누라는 그럼 참견 안했을걸."
이 단계까진 그저 티격태격하는 정도인데 아내의 입에서
"웃기지 말아요. 소설 나부랭이나 쓰면 모두 괴테가 되는 줄 알아요?"
하는 말이 나오면 내 모발은 관을 찌른다. 다행히 찔릴 관이 없으니 망정이지.
"소설 나부랭이라구?"
"그래요. 소설 나부랭이지 뭐예요."
"그 소설 나부랭이 갖고 먹고 사는 건 누구들이지?"
"소설 나부랭이로 잘 먹여주기라도 한 것같이 말하네요."
"어떻게 먹여야 잘 먹이는 거야. 이만큼 먹고 살 수 있다면 소설에 대해 감사할 줄 알아야지."
"소설 안 쓰는 사람들은 가족들을 굶기고 있습디다."
"그게 불만이면 나갓."
"누가 나가요. 싫으면 당신이나 나가슈."
나는 부득이 숄더백에 원고지나 펜을 쑤셔넣고 나가는 척이라도 안 하면 안 되게 될 궁지에 몰린다.
그때부터 승강이다. 나는 나가려고 하고 아내는
"남 부끄럽게 그 꼴이 뭐예요."
하곤 잡아당긴다.
"놔라."
"안 돼요."

하고 육박전같이 되었던 어느 때의 일이다.

망망이가 '쾅' 하고 짖었다.

놀라서 돌아보니 망망이가 슬픈 눈을 하고 쳐다보고 있는 것이 아닌가? 망망이의 눈은 분명 다음과 같이 말하고 있었다.

'명색이 사람인 주제에 그 꼴이 뭐요.'

주춤 우리는 그 싸움을 그만두게 되었다. 그러나 그 다음에도 싸움은 사흘에 네 번꼴로 되풀이되었지만 망망이 보는 데선 삼가기로 하고 주로 실내 투쟁에만 국한하게 되었는데, 어느 날 있었던 일이다.

싸움은 응접실에서 시작되었다.

원인은 서적 외판원이 왔기에 영인본 두세 권을 산 데 있었다. 서적 외판원이 오기 전 선풍기가 망가졌으니 새로 사자는 아내의 제안을 돈이 없다는 핑계로 거절하고선 외판원에게 돈을 건네는 것을 보고 아내는 히스테리를 일으킨 것이다.

외판원이 돌아가자마자 아내가 눈을 삼각형으로 뜨고 응접실 건너편의 소파에 앉았다.

"여보!"

아내가 차갑게 불렀다.

"또 무슨 시비를 벌일 참이야."

내 말이 자연 거칠어지지 않을 수 없었다.

"당신 아까 돈 없다고 했지요?"

"없으니까 없다고 했지."

"이제 책값 치른 돈은 어디서 났지요?"

"그건 책값으로 준비해둔 돈이다."

"그런데 왜 한푼도 없다고 잡아떼었지요?"

"잡아떼다니, 그 말버릇이 뭔가."

"그렇게 예사로 거짓말을 하긴가요?"

"뭣이 무서워 내가 거짓말을 해."

"아까 거짓말을 했지 않아요."

"책 사기 위해 준비한 돈 이외는 한 푼도 없다는 뜻이었다. 그게 거짓말이 돼?"

"당신은 책만 보면 가족들은 더위에 지쳐 죽어도 좋다는 거죠?"

"한국의 더위에 지쳐 죽은 사람 못 봤다."

"어떻게 그처럼 인정머리가 없죠?"

"난 인정 많다고 소문난 사람이다."

"남에게나 인정이 많겠죠. 나나 아이들에게 인정을 써본 일이 있기나 해요?"

"참으로 어이없는 말을 다 듣네."

하고 나는 목소리를 가라앉히고 다음과 같이 설교를 시작했다.

"나는 이 집의 가장이오. 가장에 대해선 응분의 존경이 있어야 할 것이오. 존경을 하려면 가장이 싫어하는 것은 안 해야 할 것 아니오! 지금부터 내가 싫어하는 걸 들먹일 테니까 이디디 메모라도 해두고 그걸 피해주시오. 자 말하리다."

하고 나는 다음과 같이 시작했다.

"내가 싫어하는 건 첫째 뜸이 덜 든 굳은 밥이다. 반쯤 썩은 생선이다. 주둥아리에 칠한 루즈다. 밥상 위로 날아다니는 파리다. 목욕탕에 있는 빨래다. 손톱에 칠한 매니큐어, 발톱에 칠한 페디큐어, 면도질을 한 여자의 눈썹, 계 오야, 여자들의 수선, 특히 당신의 참견이다. 알았어?"

나는 이렇게 점잖게 말했는데 아내는 발끈 히스테리 발작을 일으켰다.

그래 나는 얼른

"한 가지 빠진 게 있다. 가장 싫어하는 건 여자의 히스테리다."

"누가 날 히스테리로 만들었죠?"

"설마 나라는 말은 아니겠지."

"당신이 아니구 누구겠어요?"

"당신 집안의 전통이겠지."

"우리 집안의 전통? 당신 나를 모욕하는 것만으론 모자라 우리 친정까질 모욕하려고 드는군요."

"모욕하지 않았어. 나는 사실을 추리해보았을 뿐이다."

"사실이라구? 무엇이 사실이오."

"당신의 히스테리 증세는 유전성이란 말요."

"당신헌테 시집오기 전 내겐 히스테리 증세가 없었소."

"난 당신을 만나기 전엔 순진무구한 청년이었소. 이 세상에 악이 있다는 걸 모르고 살았소. 당신을 만나고부터 나는 술을 마시게 되었소. 여자란 건 귀찮은 존재란 걸 알았소. 만일 내가 여자를 모욕하는 소릴 한다면 그 책임은 당신에게 있소. 당신이 나를 여자혐오증 환자로 만들어버렸으니까."

"여자혐오증? 그래서 그년들과 놀아나는 거요?"

"난 여자들과 놀아난 적 없어. 당신을 닮지 않은 여성을 찾아보려고 애는 썼지만."

이렇게 진행되어 이윽고 나는 집을 나가겠다고 하고 아내는 나가라고 했는데 막상 나가려고 하니까 또 육박전 같은 스타일이 되어버렸다. 뿌리치려 하고 끄집어당기려고 하다가 보니 탁자 위의 재떨이가 마룻바닥에 떨어지고 스탠드가 무너져 항아리에 부딪히고 쌓아놓았던 책이 열려 있던 피아노 건반을 난타하여 굉음을 내고……

문득 보니 언제 마루 위로 올라왔는지 망망이가 도어를 반쯤 열고 얼굴을 디밀고 있었다.

그 눈은 이리 눈처럼 빛나고 있었다. 금방이라도 덤벼들어 갈기갈기 찢을 것 같은 노여움이 불꽃을 튀기고 있었다.

나는 멈칫하며 외쳤다.

"그만둬. 망망이가 당신을 물어뜯으려고 한다."

힐끗 망망이를 보더니 아내가 쏘았다.

"왜 망망이가 나를 물어뜯어요. 당신이나 물어뜯기지 마시오."

"흠 망망인 내 편인걸?"

"어째서 망망이가 당신 편이에요. 밥은 내가 주는데."

"그 밥이 어디서 생긴 건데."

"망망이가 그런 것까질 따져요?"

"망망인 당신보다 영리해. 그러니까 다 알아요."

망망인 자기를 두고 시비하게 된 것을 알았던지 꼬리를 설레설레 흔들며 뜰로 내려가버렸다.

과연 망망이는 누구의 편일까.

내가 목욕탕엘 가면 꼭 따라와서 목욕탕으로 들어가는 것을 확인하고야 돌아가고 목욕을 하고 나오면 언제나 골목 어귀에 기다리고 있다가, 따라 집으로 돌아오곤 했다. 보신탕이 성행했을 무렵엔 망망이의 외출에 각별한 신경을 썼을 테지만 작금의 사정으론 그런 걱정이 없을 것이고 해서, 나는 망망이의 환송과 환영을 기분 좋게만 여기고 있었다.

그랬던 것인데 어느 기회에 하나의 의혹이 생겼다. 목욕탕으로 간 김에 Y라는 여인과 미리 전화 연락을 해두고 S로의 다방에 가서 데이트

한 적이 있었다. 그런데 집으로 돌아가자 대뜸 아내가

"방금 어떤 년을 만나고 왔느냐."

고 대들었던 것이다.

어이가 없었다. 어떻게 그런 일을 알았느냐고 반문할 수도 없었다. 너무나 빠르고 너무나 신통하게 아내가 정보를 파악하고 있었기 때문이다. 이것저것 추리한 끝에 망망이가 밀고자라는 것을 알았다.

내가 목욕탕에서 돌아오는 시간이 늦으니까 아내가 목욕탕에까지 찾아와보았던 모양이다. 벌써 나갔다는 얘기를 듣자 길 가운데 우두커니 서버렸는데 저편에서 망망이가 나타났다. 망망이를 보고 아내가 물었다.

'우리 집의 너절한 가장은 어디에 갔느냐.'

고.

그러자 망망인 돌아오던 길을 도로 걸어 S로의 다방 앞에까지 왔다. 아내는 다방문의 투명 유리를 통해 내부를 살폈다. 아니나다를까, 나와 Y녀가 마주 앉아 얘기를 하고 있었다. 아내의 성미로선 쳐들어왔을 것인데 망망이가 아내의 치마 꼬리를 물고 끌었을 것이었다. 아내는 망망이의 성화에 못 이겨 집으로 돌아왔다.

사태를 파악하고 그 이튿날 따라나선 망망이를 흘겨보며

"너, 아침·저녁 밥을 준다고 그 여자의 첩자 노릇을 한다는 건 대단한 잘못이다. 넌 사람들보다는 나아야 할 게 아닌가. 어떤 경우라도 고자질을 한다는 건 비열한 노릇이다. 알았지?"

하고 타일렀다.

그래도 망망이는 아내의 첩자 노릇을 그치지 않았다.

하룻밤, 아내와 사흘에 네 번꼴의 행사를 보통 규모보단 세 배 크기쯤으로 해놓고 훌쩍 집을 나왔다. 싸움에 지쳐 붙들 기력을 잃은 것이 내겐 다행이었다. 도망친 노예가 느껴볼 수 있는 해방감을 느낀 것까진 좋았는데 한길에 나와보니 돈을 가지고 있지 않았다.

부득이 근처의 여관으로 들어갔다.

사정을 말하고 소주 한 병을 청해 마시려고 하는데 열려 있는 현관으로 망망이 얼굴이 보였다. 마침 그때 나는 옆방에 있었던 것이다.

"망망이 여긴 웬일이냐."

했을 때 아내가 들이닥쳤다.

여관집에서 밤 늦게 연장전을 할 순 없었다. 미국 남부의 도망 노예처럼 끌려 집으로 돌아가며 울분을 억누르지 못해 나는 망망이에게 푸념을 했다.

"망망아, 내게 그럴 수가 있는가. 너는 왜 이 여자의 편만 드는가."

"망망이 앞에서 이 여자가 뭐예요."

아내는 앙칼지게 투덜댔다.

"이 여자를 보고 저 여자라고 할까?"

"이 여자고 저 여자고 쌍스럽게 망망이 듣는 데서 그게 무슨 소리냔 말이에요."

나는 아내의 투덜댐엔 아랑곳 않고 망망이를 향해 말했다.

"넌 이 여자가 네게 밥을 준다고 편을 드는가. 그렇다면 사리에 어긋난다. 네가 먹는 밥이나 고기는 내가 밤잠 안 자고 원고지 한 칸 한 칸을 메워 번 돈으로 산 거란다. 네 집을 멋지게 꾸미게 된 것도 내가 번 돈이었다. 근본을 망각하고 피상적인 현상만 보는 건 얄팍한 인간들이나 하는 짓이다. 너처럼 영리한 개가 그럴 수 있는가."

망망이는 땅을 쳐다보고만 걷고 있었다. 그러니 그의 반응을 나는 알

바둑이 325

길이 없었다.

 이윽고 나는 집 근처에 얼쩡거려 망망이 처지만 곤란하게 해선 안 되겠다고 마음을 먹었다. 피하는 것처럼 피하는 것이다. 그러자면 자동차를 타고 망망이의 후각이 미치지 않는 곳으로 떠나야만 했다. 단 그럴 수 있는 가능성이 있었을 때의 얘기지만.

 1년 넘어 세월이 지나고 나니 망망이는 제법 숙녀답게 자랐다. 우리들의 싸움에 전처럼 개입하지 않게 된 것도 성적인 성숙에 따른 지적인 진보 때문인지 모른다.

 어느덧 망망이는 은근히 연애를 시작했던 모양이다. 나의 허락을 받지 않은 것은 약간 유감스러웠지만 임신했다는 소식을 듣곤 반가웠다. 그의 연애상대가 나처럼 아내와 삼일 사전三日四戰하는 저열한 사내가 아니길 바라고 망망이 뱃속에 있는 것들이 맵시 좋고 슬기롭기도 한 새끼들이었으면 좋겠다는 막연한 기대를 가지게 되었다.

 월여月餘 동안 해외 나들이를 하고 돌아온 것은 5월 중순이었는데 그때 새 식구 넷을 맞이하게 되었다. 망망이는 귀여운 자식들 넷에게 젖꼭지를 물리고 있었다. 나를 부신 듯 눈을 뜨고 바라보고 있더니 이내 고개를 저편으로 돌려버렸다. 어머니가 된 망망이의 함수含羞였다고나 할까.

 강아지들은 무럭무럭 자랐다. 한 마리는 어미를 닮은 연한 밤색이었고, 한 마리는 누런색이 가끔 섞인 갈색이었고, 한 마리는 곰새끼처럼 새까만 털을 가졌고, 한 마리는 즉 바둑인데, 하얀 털에 다갈색의 띠를 두 줄 두르고 있었다.

 한 달쯤 되니 뜰을 운동장으로 하여 네 마리의 강아지는 한창 흥겹게 놀았다. 어린 것들 노는 것을 멀찍이 포도나무 그늘에 앉아 눈을 좁히고 바라보고 있는 망망이의 모습엔 숨길 수 없는 모성의 신성이 빛나고 있었다.

　강아지들은 화단의 꽃을 꺾기도 하고 흙을 파헤치기도 해서 야박스러운 아내의 핀잔을 샀지만 나는 그 모든 장난이 재롱으로 보였다. 뿐 아니라 유린된 꽃밭을 정리하도록 게으른 딸년들을 몰아세울 수가 있었으니 강아지들 덕택으로 교육적인 효과를 거둘 수 있어 흐뭇했다. 또 한 가지 이득은 강아지들은 신이라고 보면 가죽 구두이건 운동화이건 샌들이건 물어서 아무 데나 버리는 장난을 즐겼기 때문에 딸아이들에게 '신은 신장으로'란 오래 전부터 주장은 했지만 실행하지 못했던 구호를, 구호에 그치지 않게 실천할 수가 있었다. 전엔 시골 노름방의 문턱 밑 축담처럼 헝클어져 있던 우리 집 축담이 강아지들 덕택으로 제법 문명인의 주거처럼 되었던 것이다.

　이런 점, 저런 점으로 하여 나는 강아지 네 마리를 아무에게도 주지 않고 우리 집에서 다 키울 작정을 세웠다. 흥겹게 놀고 있는 강아지들을 보며 가끔 망망이와 윙크를 주고받는 재미가 여간이 아니었다.

　그러나 내면이나 외면이 모두 여야차如夜叉인 아내가 나의 낙원을 그냥 둘 끼닭이 없었다. 어느 날 외출을 하고 돌아오니 누런빛에 길색이 섞인 강아지가 보이질 않았다.

　"누렁이 어딜 갔느냐."

고 고함을 지른 것은 당연하다.

　"안양 김 서방 댁에 주었어요."

하는 말에 나는 풀이 꺾였다.

　안양 김 서방은 내 조카사위로서 장군이 될 일보 직전에 대령으로 예편되어, 인생으로도 예편해버릴까 하는 위험천만한 말로써 내 간을 서

늘케 한 사람이다. 누렁이를 갖다준 곳이 김 서방 집이 아니었다면 나는 그 길로 자동차를 타고 가서 도로 찾아올 참이었던 것이다.

그 대신 나는 호통을 쳤다.

"앞으론 한 마리라도 누구에게 주어봐라, 이 집에 일대 혁명을 일으켜놓을 테니까."

고래고래 고함을 지르자 외국에서 공부하다가 일시 귀국한 딸년이

"아버지이, 고함 소리가 청와대까지 들리겠어요. 혁명이니 뭐니 해갖고 대통령 내외분의 잠을 깨시게 하면 어떻게 되겠어요."

하고 달래는 게 아닌가.

어미에게서 낳았지만 딸년이 제 어미를 닮지 않은 게 얼마나 반가웠는지 모른다. 제 어미 같으면 결코 그런 레토릭은 구사하지 못했을 것이니까.

"네 어미에게 내 뜻을 단단히 다짐해둬. 그럼 나는 잠잠할 테니까."

그리고 아내에게 들리게 중얼거렸다.

"여자는 뭐니뭐니해도 배워야 해. 프랑스에서 세련되어온 이 가시내를 봐."

"나도 프랑스 유학 좀 시켜주소."

아내의 앙칼진 소리에 나는 얼른 귀를 막았다.

그런데 내가 그만 실수를 해버렸다.

등산가서 점심을 먹으며 어쩌다 혀를 잘못 놀려 강아지 자랑을 해버린 것이다. 동석해 있던 모 신문사의 부국장 L씨가

"강아지 한 마리는 제게 주시오."

하고 탄원하는 것 아닌가. 세 마리를 다 키우겠다고 우기는 것은 이기주의자의 표본처럼 될 우려가 있었다. 나는 언제나 너그럽고 인정스럽

다는 위선을 버릴 수 없는 허영의 소유자이다.

'아차 실수했군.'

싶었지만 후회는 하나마나한 노릇이다.

L씨로 말하면 산행에 있어서 나의 선도자이자 나의 등산시의 사육을 맡은 주방장인 것이다.

강아지 한 마리를 주기로 하고 다음 일요일에 가져오겠노라고 약속했다.

그때부터 고민이 시작되었다.

세 마리 가운데 어떤 것을 줄까.

검은 곰 같은 강아지는 일단 제외하기로 했다. 모양이 우선 볼품이 없는데다가 곰처럼 미련한 데가 있었다. 모처럼 줄 바에는 귀염을 받을 수 있는 강아지를 주고 싶었다. 연한 밤색과 바둑이 중 어느 편인가를 선택해야 하는데 그것이 그리 쉬운 일이 아니었던 것이다.

둘 다 애교덩어리였다. 총명했다. 민첩했다. 장난꾸러기인 점도 흡사했다. 그런데 한 가지 다른 점은 연한 밤색은 내가 오라고 손짓을 하면 지체 없이 달려와서 내 손을 핥는데, 바둑이는 뛰어오다가 1미터쯤 전방에 서서 힐끔 내 눈치를 살폈다. 그러다가 연한 밤색이 내 품에 안기기라도 하면 슬금슬금 매화나무 그늘로 기어들어가 토라진 시늉을 한다.

가족회의를 열었다.

어미가 같은 색의 계통이니 연한 밤색을 주고 바둑이를 남기자는 의견이 압도적이었다.

내 손으로 안아 자동차에 태워 원효로에서 삼양동으로 가는 도중 연한 밤색은 차멀미를 해서 토하고 사하고 한 것이, 털에 묻어 볼품이 없

이 되었다. 넘겨줄 때

"잘 씻어요. 씻으면 예뻐질 테니까."
하는 말을 하며 살짝 센티멘털해진 기분을 숨겼다.

연한 밤색을 내가 주었다는 사실에 핑계 삼았는지 모른다. 그 이튿날 외출에서 돌아오니 검은 곰이 없어져 있었다. 그 미련한 것이 어딜 가서 구박이나 받지 않을까 싶어서 마음이 찡했지만 말은 하지 않았다.

이윽고 망망이와 바둑이만 남았다.

자식과 형제를 떠나보낸 탓인지 두 마리의 개도 서로의 마음을 달래며 잘 지내는 것 같았다. 어쩌다 바둑이가 마루로 뛰어올라오면 망망이가 와서 살짝 목덜미를 물어 끌어내리기도 했다.

'바둑아 분수를 알아야 한다. 우리 개는 마루에 올라가지 못하게 돼 있다.'

그로부터 바둑이와 고양이는 마루 밑과 마루 위에서 교환交換하게 되었다. 아마 그들의 대화 가운덴 다음과 같은 대목도 있었을 것이다.

'고양이야, 너는 좋겠다. 항상 주인방에서 놀 수 있으니까.'

'말 말아라, 강아지야. 그래도 넌 네 집 지니고 살지 않니. 나는 내 것이라곤 방 한 칸도 없단다.'

나는 아침에 일어나면 망망이와 바둑이에게 인사를 나눔으로써 하루의 일과를 시작하게 되었다. 뜰의 철봉대에 매달리고 있으면 망망이와 바둑인 나란히 서서 내 운동하는 것을 지켜본다. 금년 들어 스물두 번째 열린 감을 버릇처럼 세고 있으면 그들도 시선을 한 방향으로 해서 스물두 개의 감을 헤아린다.

어느 아침엔 망망이가 싱긋 웃는 듯 눈짓을 했다. 나는 그가 말하려는 뜻을 알아차렸다.

'매일 아침 감을 왜 헤아리는 거죠? 헤아린다고 불어납니까? 우리가 지키고 있는데 누가 따기라도 하겠습니까. 주책이 있으시오, 주책이.'

그래서 나는 망망이를 쓰다듬곤 바둑이를 안아 햇빛 쪽으로 들어올린다. 그러곤 중얼거린다.

"알았다, 알았어."

술에 취해 늦은 밤에 돌아오면 언제나 나를 마중해주는 건 망망이와 바둑이다. 그들이 외출을 좋아하기 때문에 언제나 샛문은 잠그지 않고 밀어붙인 채로 있는데 멀찍이서 클랙슨 소리만 들어도 비집고 나와 문 앞에 나란히 서 있는 것이다.

밤샘을 해서 글을 쓸 땐 가끔 뜰로 나가 바람을 쐬면 언제이건 망망이와 바둑이도 뜰로 나온다. 그리고 같이 하늘을 본다. 망망이는

'밤샘은 몸에 해로울 텐데요.'

하고 바둑이는

'우리 신나게 놀자.'

고 한다.

그런 까닭에 나는 여행을 떠나도 그들을 잊지 못한다. 두고 온 집이란 마음이 들 땐, 그 마음을 차지하고 있는 것은 아내도 아니고 딸년들도 아니고, 오직 망망이와 바둑이다.

나는 딸년들을 보곤

"대학에 붙으면 느그 좋고 못 붙으면 내가 좋다. 담배 공장에 취직해서 애비 담뱃값쯤은 벌어올 테니까."

하는 것이 입버릇인데 아내는

"저런 무심한 아버지가 어디 있을까, 강아지에 대한 반쯤이라도 딸애들 생각을 해보소."

하고 싸움을 걸어오지만 나는 시들도 안 한다. 망망이와 바둑이가 더 좋은 것을 어떻게 하란 말인가, 하는 말이 입 안에서 맴돌지만 차마 그렇게 발설하진 않는다.

그 바둑이가 사소한 실수, 그야말로 아무것도 아닌 실수로 죽어버린 것이다.

밤중에 돌아가면 망망이 혼자 서 있다.

부둥켜안고 통곡을 터뜨리고 싶지만 망망이의 심중을 짐작하고 나는 꾹 참는다. 머리를 쓰다듬고 이렇게 말할 뿐이다.

"망망아, 우리 꾸욱 참자꾸나, 생명이란 슬픈 것이다. 원래 이 세상에 나지 않았어야 하는 것이다."

이 원고를 여기까지 써놓고 뜰에 나갔더니 망망이는 자기 집에 외롭게 앉아 있었다. 그 눈빛이 왜 그렇게 슬퍼 보이는지. 자세히 들여다보니 망망이의 얼굴은 철학자의 얼굴을 닮아가고 있었다. 어떻게 보면 시몬 베이유의 얼굴을 닮아가는 것 같기도 하고, 어떻게 보면 안젤라 데이비스의 얼굴을 닮아가는 것 같기도 하고.

1986년의 가을은 이렇게 해서 내게 있어선 슬픈 계절이 되었다.

산뜻한 이름이라도 지어주었을 것을. 바둑이란 평범한 이름으로 죽게 한 것이 한스러워 견딜 수가 없다.

천재들의 합창

김인환　문학평론가 · 고려대 교수

관부연락선의 세대

이병주는 인간을 천재와 둔재로 구분한다. 그의 이러한 구분에는 엘리트주의적인 특권의식이 들어 있지 않다. 그는 모든 사람에게 천재의 가능성이 잠재되어 있다고 믿는다. 그러므로 그는 천재의 가능성을 압살하는 자본주의와 공산주의를 거부한다. 그는 모든 사람이 자기 안에 내재하는 천재의 가능성을 실현할 수 있는 세상을 희망한다. 그러나 1921년에서 1992년까지의 세상이 얼마나 험난했던가를 생각하면 우리는 작은 붓대 하나로 천재에의 꿈을 지켜온 그에게 모자를 벗지 않을 수 없다.

이병주는 우리 문단 최후의 거인이다. 50대 이후의 유럽 여행과 미국 체재는 제외하더라도 관부연락선과 만선철도가 젊은 시절 그의 이동수단이었다. 그의 문학과 사상은 부산에서 시모노세키, 고베를 거쳐 도쿄로, 다시 도쿄에서 부산, 서울을 거쳐 만주로 이동하면서 형성되었다. 그 사이에 만주사변과 중일전쟁과 태평양전쟁과 6·25사변이 있었고 8·15와 4·19와 5·16과 10·26과 8·29가 있었다.

생활공간은 부산에서 서울까지로 좁아졌다. 그러나 오스만이 건설한 19세기의 파리는 세계의 도처에 자신의 폐허를 복제해놓았다. 「박사상회」는 서울 외곽의 불로동이 서울로 편입되고 큰길이 날 때 일어난 이야기이다. 조진개는 6·25동란에 행방불명이 된 아들을 기다리는 노부부의 잡화점 구석에 구둣방을 내고 그들을 지성으로 모셨다. 얼마 안 있어 그들이 죽자 그 자리에 5층 빌딩을 올렸다. 그들의 비위를 맞추며 날마다 술을 들게 하여 몸을 상하게 하고 취한 사람들을 구슬려 등기를 이전해놓았던 것이다. 노부부가 죽은 후에 그는 주위 사람들을 모질게 대하고 친어머니를 박대했다. 이익이 있으면 남에게도 잘하고 이익이 없으면 부모도 내쫓는다는 명암의 극명한 대조를 통하여 이병주는 근대적 인간형의 악마성이 예외적인 것이 아니라 자본주의의 폐허에 적응하는 전형적인 것임을 보여준다. 이 폐허에서 작가는 고독한 산책자가 될 수밖에 없다.

「바둑이」의 작중인물들이 깊은 애정에도 불구하고 날마다 다투는 것도 돈 때문이다. 여유 없는 생활에 지친 아내는 마음으로는 어떻게 여기든 고장난 선풍기를 그대로 둔 채 책을 사는 남편의 속을 소설 나부랭이라는 말로 긁어놓는다. 남편이 바둑이에게 정을 쏟는 것은 아내와 딸들의 애정으로도 달랠 수 없는 고독 때문이다. 개에 대해 말할 때도 이병주는 천재의 비유를 사용한다. 바둑이는 그레이스 켈리 같고 파스칼 프티 같으며 망망이는 시몬 베이유 같고 안젤라 데이비스 같다. 이 소설이 나온 1986년에 안젤라 데이비스를 기억하는 사람은 거의 없었겠지만 마르쿠제의 흑인 제자로서 70년대까지 그녀의 행동은 상당한 영향력을 가지고 있었다.

허구의 이데올로기

가족의 유대에는 쉽게 끊어지는 면과 쉽게 끊어지지 않는 면이 있다. 많은 사람이 6·25 때 가족을 버리고 월북하거나 월남했다. 그러나 그 사람들의 내면에는 버리고 온 가족과의 끈질긴 유대가 존속되어 있었다. 그러한 유대를 이용하여 간첩 도청자는 월북자 가족 박복길의 집에 은신했고 청자가 자수하자 북에 있는 가족 때문에 간첩을 숨겨준 박복길과 그의 어머니는 처형을 당했다. 박복길의 동생 박영복은 도청자를 죽이라는 임무를 띠고 남파되었으나 도청자는 이미 죽고 없었다.

그는 남한에서 아무 짓도 하지 않았으나 신고를 받고 출동한 경찰에게 잡혀 사형을 받았다. 그는 변호를 거절하고 최후진술에서 김일성 만세를 불러 죽음을 자청하였다. 버리고 월북한 아내 주영숙이 집세도 아이의 등록금도 내지 못하고 있는 것을 알고 그 자신이 그녀에게 간첩이 있는 곳을 신고하라는 편지를 써 보냈다는 것이 그가 죽은 후에 밝혀진다. 그에게는 신고하게 하고 죽는 것 이외에 남에 있는 가족과 북에 있는 가족을 동시에 지킬 수 있는 방법이 달리 없었다.

목숨을 건 딜레마를 나날이 겪고 있는 사람들에게 철학이나 문학은 말장난으로 비칠 뿐이다. 바로 이 점에서 이병주의 고뇌가 시작된다. 그는 사람들의 딜레마를 기록하는 작가에게도 목숨을 걸 만한 철학이 있어야 한다고 생각한다. 이병주는 박영복의 내적 갈등과 작가 Y의 심적 갈등을 대비하기 위하여 「삐에로와 국화」를 강신중 변호사의 시각에서 서술했다. 평범한 시민을 범죄자로 만드는 분단의 비극은 냉정한 거리를 요구하기 때문이다.

「철학적 살인」에서 이병주는 사랑의 철학과 윤리를 제시하기 위하여 직접 주인공의 시각을 선택하였다. 만일 이 소설을 1인칭으로 서술하였다면 수필체의 독백이 되어서 살인의 윤리를 독자에게 설득할 수 없었을 것이다. 이병주는 결코 기법에 둔감한 작가가 아니다. 민태기는 아내를 유혹한 고광식을 죽였다. 사실을 확인하려고 고광식과 아내를 식당으로 불러냈으나 좋아한다고 하면서 당황하여 쓰러지는 여자를 부축하지도 않고 자기에게도 아내가 있으니 책임질 수 없다고 말하는 그를 보면서 민태기는 이런 자는 죽여야 한다고 결정하고 냉철한 판단으로 그를 살해하였다. 법정에서도 그는 우발적인 살해가 아니었다고 명백하게 진술하였다. 고광식이 진심으로 좋아해서 그녀를 유혹했다면 그를 증오는 했더라도 죽이지는 않았을 것이나 장난으로 그녀를 건드렸다면 살려둘 수 없다고 결심했다는 것이다. 검사는 최고형을 구형하지 않을 수 없었다. 이병주는 현실의 균열상을 의식하지 못하는 속물들을 경멸한다. 삶의 딜레마를 느끼지 못하는 사람은 자본주의의 자동인형이 된다.

수필체 소설, 소설체 수필

1980년 8월 15일을 기하여 술을 끊겠다고 결심했으나 마음먹은 대로 하지 못하고 대취하고만 이야기를 수필체로 엮어낸 「8월의 사상」은 톨스토이의 생년월일엔 8자가 많다는 말로 시작하여 같은 말로 끝난다. 그의 생일이 1828년 8월 28일이기 때문이다. 수필과 소설의 차이는 화자와 작가가 같은 사람인가, 다른 사람인가에 달려 있다. 이 소설에서 화자와 작가는 구별하기 힘들 정도로 근접해 있다. 절실한 이야기와 담담한 수필체의 어긋남이 독특한 아이러니를 빚어내는 데 이 소설의 매력이 있다. 1년 365일을 술에 취해 산다는 푸념 속에, 드러나는 1인칭 주인공의 지적 소양이 간단하지 않다.

이백·두보·왕유·백거이와 뮈세·보들레르·아폴리네르가 나오고 니체의 비극론이 인용된 후에 술 때문에 외국어 책 보기가 어려워지고 수학 책 읽기가 힘들어지고 최근에 나온 서양 철학책들 읽을 때 막히는 데가 생긴다는 탄식이 이어진다. 그의 제자들 중에는 미국 박사, 독일 박사, 프랑스 박사들이 있어서 그들과 만나면 작중화자는 예전에 가르친 엉터리 영어와 엉터리 불어가 켕겨서 더 빨리 취하고 만다. 그는 일본어와 중국어, 영어와 불어를 할 줄 알고 동양과 서양의 고전문학, 서양의 현대문학과 현대철학에 조예가 깊다.

그는 젊은 시절 중국 소주에 있던 일본군 60사단 수송부대에서 2년을 보냈다. 소주의 그 부대에 입대한 사람은 모두 60명이었으나 그후 37년 동안 그 수효가 30명 정도로 줄었다. 소주에서 죽은 사람이 세 명이었다는 것을 생각하고 그는 광복 후 이 땅의 험난한 사정을 새삼스럽게 돌아본다. 누구를 쏘려고 총을 들었느냐고 끊임없이 자문하던 때를 회상할 때마다 그는 전율을 금하지 못한다. 그때 그는 "너는 도대체 뭐냐? 용병을 자원한 사나이!"라고 자신을 질책하고 말굽을 닦고 그것에 기름을 바르면서 말을 사랑하고 말의 노예가 되어 일본인의 노예라는 것을 잊어보려고 하였다. 살아서 돌아갈 수 있더라도 사람으로 행세하지 않겠다고 스스로 다짐하였다. 돼지를 배우고 개를 배워 짐승처럼 먹고 짐승처럼 짖겠다고 자신에게 서약하였다. 그는 일본인들에게 받은 수모를 견딘 이상 다른 사람에게서 받는 수모를 견디지 못하는 것은 자기를 곱절로 모욕하는 것이 된다고 생각하였다.

이야기는 잠시 외국에 다녀온 동안에 그 중에 또 몇 사람이 죽었다는 말을 듣고 대취하여 회원이 줄어드는 모임의 회장은 안하겠다고 고함을 지르는 것으로 끝나지만, 이병주 자신이 학병 시절의 상처를 평생토록 지니고 살면서 기회가 닿는 대로 독립지사들을 찾아가 그분들의 사적을 기록하고 힘 자라는 대로 그분들을 보살펴드렸다는 것은 널리 알려진 사실이다. 독립지사들을 만나본 경험에서 나온 작품이 바로 이병주의 대표작들 가운데 하나라고 할 수 있는 「그 테러리스트를 위한 만사」이다.

인간에 대한 신뢰

소설을 쓰는 1인칭 작중화자는 하경산의 방 세 칸짜리 무허가 판자집에 찾아가 학처럼 살고 있는 노투사에게서 풍겨 나오는 지조의 향기를 맡는다. 경산에게는 하고자 하는 것, 욕심내는 것이 아무것도 없었다. 그는 가난과 병을 견디는 경산의 부드러운 태도에 감명을 받는다. 경산의 삶은 가식이 전혀 없는 피간노담披肝露膽 바로 그것이었다. 경산은 일본에 대해서도 나쁘게 말하지 않을 뿐 아니라 일본인을 훌륭한 민족이라고 평가한다. 항일은 생존과 인권의 문제로 불가피한 행동이었으나 적에 대해서도 평가는 바르게 해야 한다는 것이 경산의 생각이다. 훌륭한 민족이지만 훌륭하다고 하여 그들의 노예가 될 수는 없다는 것이다.

그는 경산을 통하여 동정람이란 인물을 알게 된다. 그는 동물과 식물, 신화와 문학에 대한 정람의 엄청난 박람강기에 경탄한다. 고아로서 러시아에서 정교회 신부의 손에 성장한 정람은 러시아 문학에 대하여 상상을 초월하는 식견을 가지고 있다. 정람은 또 곰과 범에 대하여 생물학적, 언어학적, 신화학적 지식을 아주 자연스럽게 펼쳐 보인다. 정람의 관심은 온통 자연과 문학에 가 있는 것 같다. 경산의 말에 의하면 정람은 젊을 적부터 가장 위험한 일을 동료들을 앞장서서 처리하고 일이 끝나면 밤새워 신화와 소설과 박물책을 읽었다고 한다.

이병주가 말하고자 한 것은 무엇이었을까? 문학은 특이성을 대표하고 자연은 예측성을 대표한다. 우리는 원소의 움직임을 예측할 수 있듯이 동물의 행동도 예측할 수 있다. 그러나 예측할 수 있는 소설은 좋은 소설이 아니다. 작가는 개인과 자연만이 관심의 진정한 대상이 될 수 있다고 말하려고 한 것일 듯하다. 탁월한 지질학자 크로포트킨도 마르크스주의 변증법의 비과학성을 비판하였다. 사회적인 것들에는 항구성이 결여되어 있다. 정람은 항일투사이지만 오랫동안 공산주의에 대항하여 투쟁한 경력을 가지고 있다.

한때 경산이 사랑한 폴란드 출신의 테러리스트 에스토라야는 다친 몸이 낫기도 전에 다시 러시아로 들어가면서 만류하는 정람에게 "제 목숨을 구하려는 이는 그것을 잃을 것이요, 나와 복음 때문에 제 목숨을 잃는 이는 그것을 구할 것이다"(「마가복음」 8 : 35)라는 성경의 한 구절을 읽어주었다. 「요한복음」(12 : 25)에는 "제 목숨을 좋아하는 이는 그것을 잃을 것이요, 이 세상에서 제 목숨을 미워하는 이는 영원한 생명에 이르기까지 그것을 지킬 것이다"라고 기록되어 있다.

테러리스트는 단독성과 특이성을 억압하는 마르크스주의의 국가사회주의에 반대하지만 계급 없는 사회라는 현실비판의 척도를 마르크스주의와 공유한다. 그러나 테러리스트에게는 세계를 개조하여 행복하게 살겠다는 욕망이 없다. 신이 죽은 세계에서 테러리스트는 우주의 원한을 집행하는 영혼의 시인이 되고자 할 뿐이다. 정람은 테러리즘이란 극북極北의 사상을 위해 북극의 빙산 위에 탑을 세우고 싶어 한다.

특이성도 없고 예측성도 없는 것이 국가이다. 국가는 개인의 창조성을 보지 못한다. 국가는 언제나 개인을 유형으로 취급한다. 국가 안에서 개인은 고액납세자/저액납세자, 유주택자/무주택자, 고학력자/저학력자, 불로소득자/근로소득자 가운데 하나일 따름이다. 국가를 통하여 세계를 바꾸려는 모든 시도는 실패하였다. 국가는 틀에 박히고 낡아빠진 수단 이외에 다른 것을 가지고 있지 않다. 스탈린은 천만 명을 죽이고 국가를 유지하였다. 스탈린은 과학과 예술도 국가로 지배하려고 하였다. 스탈린 언어학과 스탈린 생물학도 생겨났다. 창조적인 것은 개인에게 맡기고 유형적인 것만 국가가 다루어야 한다는 기본 원칙을 무시한 결과가 결국 소비에트의 붕괴로 나타났다. 그러나 그렇게 했더라도 사회주의 국가는 유지되지 못했을 것이다.

정람은 레닌을 인간 중의 인간으로 존경한다. 1922년에 정람은 이동휘의 통역으로 레닌을 만났다. 레닌은 어린 정람을 한없이 편하게 대해주었다. 왜 당에 가입하지 않느냐는 물음에 당에 헌신할 의사가 없다고 대답하자 레닌은 크게 웃으며 정람의 정직성을 칭찬하였다. 레닌 같은 위대한 인격조차 국가를 가지고는 아무 일도 하지 못했다. 국가는 반복되는 일을 할 수 있을 뿐이다. 새로운 사건은 언제나 국가에 반대하여 제도정치의 외부에서 일어난다. 정람은 제정시대에 차르에 반대하고 혁명 후에 공산당에 반대한 사빙코프의 소설을 즐겨 읽는다.

아인슈타인은 제도과학에 대하여 테러를 가한 사람이 아니었던가? 과학에서도 새로운 사건은 제도과학의 외부에서 일어난다. 문제는 새로운 사건을 새로운 사건으로 명명하고 지지하는 사람들이 있는가, 없는가이다. 상대성이론을 새로운 사건으로 명명하고 지지하는 사람들이 그것을 받아들이도록 기존의 지식체계에 강제하였고 그것을 수용한 지식체계는 그것과 맞지 않는 요소들을 배제함으로써 지식체계의 변이를 수행하였다. 정람은 기존의 국가형태 대신에 동남아 연방을 구상한다.

일본의 경제학자 모리시마 미치오도 최근에 일본을 셋으로, 한국을 둘로, 중국을 여섯으로 나누어 재구성한 동아시아 공동체를 제안하였다. 구상이 사건이 되려면 우연의 계기가 있어야 하고 사건을 지지하는 개인들이 있어야 한다. 개인에게 철저하자는 무정부주의는 어쩌면 모든 종류의 특이성을 철저하게 말살하는 신자유주의와 공산주의의 치유제가 될 수 있을지도 모른다.

악질적인 관동군 밀정 세 사람이 있었다. 그 가운데 한 사람은 교통사고로 죽었고 다른 한 사람은 강도를 만나 죽었다. 작가는 그들의 죽음이 정람의 치밀한 계획에 의한 것이었음을 암시한다. 아직 살아 있는 임두생은 하경산의 아내를 폭행하여 자살하게 한 자였다. 정람이 끝내 그를 찾아낸다. 그는 젊은 처에게 구박을 받으며 살고 있었고 고아가 된 소녀 하나를 키우고 있었다. 소녀를 두 번 고아로 만드는 것이 될까 두려워 정람은 거사를 망설인다. 그가 소녀를 이용하는 것이 아닌가 하는 의심도 해보지만 단언하지 못한다. 경산이 소녀에 대한 그의 애정이 진실이라는 증명을 조작하여 늙은 친구의 마지막 테러를 막는다. 용서와 화해라는 막연한 휴머니즘의 목적인目的因을 가리킨다기보다는 석연한 점이 조금도 없어야 하는 테러리즘의 작용인作用因을 가리키는 것이라고 보아야 할 것이다.

작가는 정람을 절세의 음악가로 만들어 낭만적 로맨스로 소설을 종결한다. 정람의 피리 연주는 유라시아를 종횡하면서 얻은 음악적 재료들을 자유롭게 조합하여 독특한 경지를 보여준다. 피리는 정람의 호구

지책일 뿐 아니라 정람이 진실로 사랑하는 대상이다. 누구나 정람의 피리소리에 감동을 받는다. 동네 사람들은 물론이고 임영숙같이 작곡을 전공하는 사람도 정람의 연주를 배우고 싶어 한다. 그녀는 경산의 집에 눌러 앉아 부엌일을 거들면서 정람의 연주를 채보한다. 그것을 가지고 외국에 가서 자기 것으로 발표하려는 것이 그녀의 의도였다. 그녀의 의도를 짐작하면서도 두 노인은 괘의치 않는다.

정람은 동네 선술집의 아낙네와 가까워진다. 능숙한 목공 솜씨로 술집 내부를 바꾸어놓고 손님이 오기 전에 먼저 가 있다가 손님이 들면 나오곤 한다. 임영숙은 두 사람이 같이 살게 되면 마음 놓고 외국으로 가겠다고 말한다. 정람이 진주댁과 함께 살 생각을 굳혔을 때 진주댁의 아들이 늙은이와 사는 것을 보고 있을 수 없다고 칼을 들고 설치다가 말리려고 정람과 아들 사이로 들어선 어머니를 찌른다. 어디론가 사라진 정람을 찾아 2년을 헤맨 끝에 임영숙은 말년의 정람을 모시게 된다.

피리는 소동파의 「적벽부」에서 따온 화소話素이지만 소설 안에서 그것은 음악적 사건으로 기록되어 있다. 피에르 랑팔과 정람의 연주를 비교해본 모든 사람이 정람의 우위를 증명하고 있다. 그렇다면 임영숙은 새로운 사건을 새로운 사건으로 명명하고 지지하는 진리의 주체이다. 개인은 진리를 인정하고 진리를 지식에 강제하려는 결단에 의하여 주체가 된다. 이해관계를 떠나 진리에 헌신하려는 결단이 없으면 개인은 주체가 되지 못한다. 천리마는 늘 있으나 천리마를 알아보는 백락은 늘 있지 않다는 한퇴지의 말처럼 새로운 사건은 늘 있는데 그것을 새로운 사건으로 명명하고 지지하는 사람은 늘 있지 않다. 우리 시대는 정람만큼, 아니 정람보다 더 임영숙 같은 이가 필요한 시대가 아닐 것인가?

작가연보

1921 3월 16일 경남 하동군 북천면에서 아버지 이세식과 어머니 김수조의 사이에서 태어남. 호는 나림那林.
1931 북천공립보통학교(7회).
1933 양보공립보통학교(13회) 졸업.
1936 진주공립농업학교(27회) 졸업.
1941 일본 메이지대학 전문부 문예과 졸업, 와세다대학 불문과에 재학 중 학병으로 동원되어 중국 소주蘇州에서 지냄.
1948 진주농과대학과 해인대학(현 경남대학)에서 영어, 불어, 철학을 강의.
1954 등단하기 이전 이미 『부산일보』에 소설 「내일 없는 그날」을 연재함.
1955 『국제신보』에 입사, 편집국장 및 주필로 언론 활동.
1961 5·16 때 필화사건으로 혁명재판소에서 10년 선고를 받고 복역 중 2년 7개월 후에 출감. 외국어대학, 이화여자대학 강사 역임.
1965 중편 「소설·알렉산드리아」를 『세대』에 발표함으로써 등단.
1966 「매화나무의 인과」를 『신동아』에 발표.
1968 「마술사」를 『현대문학』에 발표. 「관부연락선」을 『월간중앙』에 연재(1968. 4~1970. 3). 작품집 『마술사』(아폴로 사) 간행.
1969 「쥘부채」를 『세대』에, 「배신의 강」을 『부산일보』에 발표.
1970 「망향」을 『새농민』에 연재.
1971 「패자의 관」(『정경연구』) 등 중·단편을 발표하는 한편 「화원의 사상」을 『국제신보』에, 「언제나 그 은하를」을 『주간여성』에 연재.
1972 단편 「변명」을 『문학사상』에, 중편 「예낭 풍물지」를 『세대』에, 「목격자」를 『신동아』에 발표. 장편 「지리산」을 『세대』에 연재. 장편 『관부연락선』(전2권, 신구문화사) 간행. 영문판 『예낭 풍물지』(번역: 서지문, 제임스 웨이드) 간행.

1973 수필집『백지의 유혹』(강남출판사) 간행.
1974 중편「겨울밤」을『문학사상』에,「낙엽」을『한국문학』에 발표.
1976 중편「여사록」을『현대문학』에, 단편「철학적 살인」과 중편「망명의 늪」을 『한국문학』에 발표. 창작집『철학적 살인』(한국문학)과『망명의 늪』(서음출판사) 간행.
1977 장편「낙엽」과 중편「망명의 늪」으로 한국문학작가상과 한국창작문학상 수상. 창작집『삐에로와 국화』(일신서적공사), 수필집『성―그 빛과 그늘』(상·하, 물결사) 간행.
1978 중편「계절은 그때 끝났다」와 단편「추풍사」를『한국문학』에 발표.「바람과 구름과 비」를『조선일보』에 연재. 창작집『낙엽』(태창문화사), 장편『망향』(경미문화사)과『허상과 장미』(범우사) 그리고『조선일보』에 연재했던 『미와 진실의 그림자』(대광출판사),『바람과 구름과 비』(전9권, 물결출판사) 간행. 수필집『사랑받는 이브의 초상』(문학예술사), 칼럼집『1979년』(세운문화사) 간행.『지리산』(세운문화사) 간행.
1979 장편「황백의 문」을『신동아』에 연재. 장편『여인의 백야』(상·하, 문음사),『배신의 강』(범우사),『허망과 진실』(상·하, 기린원) 간행. 수필집『사랑을 위한 독백』(회현사),『바람소리, 발소리, 목소리』(한진출판사) 간행. 장편『언제나 그 은하를』(백제) 간행.
1980 중편「세우지 않은 비명碑銘」과 단편「8월의 사상」을『한국문학』에 발표. 작품집『서울은 천국』(태창문화사), 소설『코스모스 시첩』(어문각),『행복어사전』(전6권, 문학사상사),『인과의 화원』(형성사) 간행.
1981 단편「피려다 만 꽃」을『소설문학』에, 중편「거년의 곡」을『월간조선』에, 중편「허망의 정열」을『한국문학』에 발표. 장편『풍설』(상·하, 문음사),『서울 버마재비』(상·하, 집현전),『당신의 성좌』(주우) 간행.
1982 단편「빈영출」을『현대문학』에 발표.「그해 5월」을『신동아』에 연재. 작품집『허망의 정열』(문예출판사), 장편『무지개 연구』(두레출판사),『미완의 극』(상·하, 소설문학사),『공산주의의 허상과 실상』(신기원사), 수필집『나 모두 용서하리라』(집현전), 소설『역성의 풍·화산의 월』(신기원사),『행복어사전』(전3권, 문학사상사),『현대를 살기 위한 사색』(정음사),『강변이야기』(국문) 간행.
1983 중편「그 테러리스트를 위한 만사」를『한국문학』에,「소설 이용구」와「우아한 집념」을『문학사상』에,「박사상회」를『현대문학』에 발표. 작품집『그

	테러리스트를 위한 만사』(홍성사), 고백록『자아와 세계의 만남』(기린원), 『황백의 문』(전2권, 동아일보사) 간행.
1984	장편『비창』(문예출판사)으로 한국펜문학상 수상. 장편『그해 5월』(전5권, 기린원),『황혼』(기린원),『여로의 끝』(창작문예사) 간행.『주간조선』에 연재했던 역사기행『길 따라 발 따라』(전2권, 행림출판사),『당신의 뜻대로 하옵소서—소설 김대건』(대학문화사) 간행.
1985	장편「니르바나의 꽃」을『문학사상』에 연재. 장편『강물이 내 가슴을 쳐도』,『꽃의 이름을 물었더니』,『무지개 사냥』(전2권, 심지출판사), 수필집『생각을 가다듬고』(정암),『지리산』(전7권, 기린원),『지오콘다의 미소』(신기원사),『청사에 얽힌 홍사』(원음사),『악녀를 위하여』(창작예술사),『산하』(전4권, 동아일보사) 간행.
1986	「산무덤」을『한국문학』에,「어느 낙일」을『동서문학』에 발표.『사상의 빛과 그늘』(신기원사) 간행.
1987	장편『소설 일본제국』(전2권, 문학생활사),『운명의 덫』(상·하, 문예출판사),『니르바나의 꽃』(전2권, 행림출판사),『남과 여—에로스 문화사』(원음사),『남로당』(상·중·하, 청계),『소설 장자』(문학사상사),『박사상회』(이조출판사) 간행.
1988	『유성의 부』(전4권, 서당),『그들의 향연』(기린원) 간행. 역사소설「허균」을『사담』에,「그를 버린 여인」을『매일경제신문』에, 문화적 자서전「잃어버린 시간을 위한 메모」를『문학정신』에 연재.『행복한 이브의 초상』(원음사) 간행.
1989	장편『소설 허균』(서당),『포은 정몽주』(서당),『내일 없는 그날』(문이당) 간행.
1990	장편『그를 버린 여인』(상·중·하, 서당) 간행.『꽃이 된 여인의 그늘에서』(상·하, 서당),『그대를 위한 종소리』(상·하, 서당) 간행.
1991	인물평전『대통령들의 초상』(서당),『달빛 서울』(민족과 문학사) 간행.
1992	4월 3일 오후 4시 지병으로 타계.『세우지 않은 비명』(서당) 간행.

한길사의 신간들

로마인 이야기 14 그리스도의 승리
마침내 기독교가 로마제국을 삼켜버렸다

4세기 말, 로마제국의 나아갈 방향을 크게 변화시킨 것은 황제가 아니라 한 사람의 주교였다. 정·교가 분리되지 않은 국가가 초래하게 된 위기를 참으로 냉정하게 그렸다.

시오노 나나미 지음 | 김석희 옮김
신국판 | 반양장 | 404쪽 | 값 12,000원

권력규칙 1·2
권력, 그 냉혹한 인간세상의 규칙과 원리를 밝힌다

권력을 도모할 때는 수많은 위험과 희생을 감수하고, 권력을 쥘 때는 상황에 맞는 책략으로 온힘을 다해 실행하며, 권력을 견고히 할 때는 살얼음을 밟듯 조심한다.

쩌우지멍 지음 | 김재영 정광훈 옮김
신국판 | 반양장 | 475쪽 내외 | 각권 값 16,000원

메가트렌드 코리아
21세기, 우리 앞의 20가지 메가트렌드와 79가지 미래변화

항상 역사의 반환점에서 미래를 준비하지 못한 국가는 발전의 대열에서 뒤떨어진다. 우리의 메가트렌드 작업은 바로 미래를 대비하기 위한 시금석이다.

강홍렬 외 지음
신국판 | 양장본 | 408쪽 | 값 22,000원

2020 미래한국
창조적 상상으로 그려내는 내일의 모습!

꿈속의 희망이 오늘의 나를 움직인다. 꿈이야말로 미래를 준비하는 자세다. 각 분야 명망가들이 바라보는 다양한 미래상! 그들의 꿈을 통해 미래를 상상한다.

이주헌 외 지음
신국판 | 반양장 | 400쪽 | 값 15,000원

트랜스크리틱 칸트와 마르크스 넘어서기
가라타니 고진의 10년에 걸친 야심작

초월론적인 비판은 횡단적 또는 전위적인 이동 없이는 존재할 수 없다. 그래서 나는 칸트나 마르크스의 초월론적 또는 전위적인 비판을 '트랜스크리틱'이라 부르기로 했다.

가라타니 고진 지음 | 송태욱 옮김
46판 | 양장본 | 528쪽 | 값 22,000원

춘추좌전 1~3
춘추전국시대 역사 이해의 필수 텍스트

중국 사상의 연원은 공자를 포함한 춘추전국시대의 제자백가다. 제자백가에 대한 이해의 출발점이 바로 당시의 인물 및 사건을 정확히 기록해놓은 '춘추좌전'인 것이다.

좌구명 지음 | 신동준 옮김
신국판 | 양장본 | 448~628쪽 | 값 20,000~30,000원

자유주의적 평등
평등권은 인간의 가장 근본적인 권리

드워킨은 대부분 정치사상의 입장들을 평등에 대한 하나의 견해로 해석하며, 고대 그리스 사람들처럼 정치철학의 문제를 진정한 평등이 무엇인가의 문제로 다루고자 한다.

로널드 드워킨 지음 | 염수균 옮김
신국판 | 양장본 | 730쪽 | 값 30,000원

중국사상사론 고대·근대·현대
중국 사상사 전체를 관통하는 방대하고도 뛰어난 저술

리쩌허우는 문화심리 구조와 실용이성의 관점을 이용하여 중국의 사상사와 전통문화를 해석하는 한편, 동시에 현대 중국이 가야 할 길을 제시하고 있다.

리쩌허우 지음 | 정병석 임춘성 김형종 옮김
신국판 | 양장본 | 568~792쪽 | 값 25,000~30,000원

유랑시인
우크라이나의 역사와 시정

우크라이나의 국민시인 셰브첸코의 삶은 우크라이나인들이 겪던 민족적·사회적·경제적·정치적 억압을 한몸에 떠안아 보여주는 응집체이며, 그의 시들은 정서적 대응이었다.

타라스 셰브첸코 지음 | 한정숙 편역
신국판 | 양장본 | 596쪽 | 27,000원

신화학 1 날것과 익힌 것
신화의 구조를 밝히는 레비 스트로스의 거대한 지적 모험

이것은 과거와 현재, 내 문화와 타문화를 초월하여 어디에나 존재했고 또 존재하는 인간 정신 속의 초월적·구조적 무의식의 법칙을 증명하는 일이다.

레비 스트로스 지음 | 임봉길 옮김
신국판 | 양장본 | 672쪽 | 값 30,000원

인간의 유래 1·2
'종의 기원'과 함께 다윈의 또 하나의 위대한 저서

이 책은 세상에 나온 지 130년 이상이 지났지만 오늘날 생물학자, 심리학자, 인류학자, 사회학자 그리고 철학자 들의 마음속에 자리 잡고 있는 많은 문제를 다뤘다.

찰스 다윈 지음 | 김관선 옮김
신국판 | 양장본 | 344, 592쪽 | 각권 값 25,000원, 30,000원

의식의 기원
인간 의식의 문제를 폭넓게 다룬 20세기 기념비적인 저서

거울 속에 보이는 그 어떤 것보다 더 본질적인 '나'라는 내적 세계, 만질 수 없는 기억과 보여줄 수 없는 추억의 보이지 않는 모든 세계의 본성과 기원에 대한 것이었다.

줄리언 제인스 지음 | 김득룡 박주용 옮김
신국판 | 양장본 | 512쪽 | 값 30,000원

파르치팔
도덕적 숭고함과 뛰어난 상상력으로 쓴 위대한 서사시

중세의 심오한 문학작품 가운데 하나. 주인공 파르치팔을 바보 같은 인물에서 현명한 성배지기로 그림으로써 인간의 정신 교육과 계발에 관한 암시적인 우화를 표현했다.

볼프람 폰 에센바흐 지음 | 허창운 옮김
신국판 | 양장본 | 736쪽 | 값 30,000원

지중해의 역사
물의 역사공간, 무한한 매력이 넘치는 지중해 연구

수많은 현상이 이 '액체 공간'에서 일어나고 있으며, 모든 움직임이 이 바다에 존재한다. 지중해에서는 바로 지금도 인간과 세계의 역사가 전개되고 있다.

장 카르팡티에 외 엮음 | 강민정 나선희 옮김
신국판 | 양장본 | 736쪽 | 값 35,000원

지중해 문명의 바다를 가다
지중해는 우리에게 무엇인가

시간과 공간은 지중해를 고이지 않는 물로 만들었다. 이 책의 목표는 거기서 나타나고 사라져간 문명의 흔적들을 우리의 맥락에서 모아 '우리의 지중해'를 구상하는 것이다.

박상진 엮음
신국판 | 양장본 | 316쪽 | 값 22,000원

에로틱한 가슴
에로틱의 절정, 여성 가슴의 문화사

시대와 지역, 문명에 따라 때로는 적나라하게 때로는 은밀하게 노출되고 감춰져왔던 여성의 가슴. 그것은 수치스러운 것인가, 에로틱한 것인가, 영예로운 것인가.

한스 페터 뒤르 지음 | 박계수 옮김
46판 | 양장본 | 704쪽 | 값 24,000원

앙드레 지드의 콩고여행
지드의 문학적 방향을 바꾼 운명적인 여행

나는 쿠르티우스가 깊은 심연 속으로 뛰어든 것처럼 이 여행에 뛰어들었다. 기억할 수 없는 어떤 운명의 불가피함. 내 인생의 모든 주요 사건들이 그랬던 것처럼.

앙드레 지드 지음 | 김중현 옮김
46판 | 양장본 | 304쪽 | 값 15,000원

편력 내 젊은 날의 마에스트로
나는 그들에게서 진정한 교양인들의 모습을 보았다

에라스무스, 몽테뉴, 괴테……나는 2·30대에 그들을 만나는 축복을 누렸다. 그들의 글은 나의 고전이 되고 나는 그들을 마에스트로, 즉 스승이며 때로는 벗으로서 섬겨왔다.

이광주 지음
46판 | 양장본 | 456쪽 | 값 20,000원

조선통신사
도요토미 히데요시의 조선침략과 우호의 조신통신사

이 책은 역사적으로 지속적이고 첨예한 갈등관계를 겪어온 일본과 한국의 교사들이 학생들에게 어떤 역사를 가르쳐야 하는가에 대해 고민한 결과물이다.

한일공통역사교재 제작팀 지음
46배판 변형 | 반양장 | 172쪽 | 값 10,000원

라 로슈푸코의 인간을 위한 변명
17세기 프랑스의 격동적인 역사

라 로슈푸코 공작 집안의 내력에 종횡으로 교차한 프랑스의 내란과 전쟁, 궁정 내 정사와 음모. 17세기 전란의 시대를 살아간 한 모럴리스트가 역사와 인간의 진리를 말한다.

홋타 요시에 지음 | 오정환 옮김
46판 | 양장본 | 500쪽 | 값 18,000원

한길사의 스테디셀러들

대화 한 지식인의 삶과 사상

한국출판문화대상(기획편집) | 예스24 네티즌 선정 올해의 책 | 출판저널 올해의 책 | 한겨레신문 올해의 책 | KBS TV 책을 말하다 방영 | 한국출판인회의 이달의 책 | 책따세 청소년 권장도서 | 간행물윤리위원회 청소년 권장도서

리영희 지음 | 임헌영 대담
46판 | 양장본 | 748쪽 | 값 22,000원

로마인 이야기 13 최후의 노력

더 이상 로마가 로마답지 않다

3세기의 위기. 국난극복에 나서는 로마인들의 최후의 노력이 펼쳐진다. 그러나 다가올 암흑의 중세는 피할 수 없고, '팍스 로마나'는 다시 돌아오지 않았으니.

시오노 나나미 지음 | 김석희 옮김
신국판 | 반양장 | 368쪽 | 값 12,000원

이이화 한국사 이야기 1~22

10년의 대장정, 마침내 가장 큰 한국통사 완성

돌아보면 길고도 긴 여정이었다. 수많은 독자들의 성원으로 나는 이 작업을 진행해나갈 수 있었다. 위대한 역사를 만들어낸 우리 민족에게 이 책을 헌정하고 싶다.

이이화 지음
신국판 | 반양장 | 각권 310~390쪽 | 각권 값 10,000원

이탈리아에서 보내온 편지 1·2

시오노 나나미 에세이. 영원한 도시 로마로의 초대

뒷바라지해주는 남자가 부족해본 적 없는 아름다운 창부…… 타고난 낙천가. 로마는 그런 자유로운 여자만이 가지는 매력으로 언제나 남자의 마음을 흔들어놓는다.

시오노 나나미 지음 | 이현진 백은실 옮김
46판 | 양장본 | 232, 272쪽 | 각권 값 12,000원

간디 자서전

영원한 고전, 간디의 진리실험 이야기

당신도 나의 진리실험에 참여하기 바랍니다. 나에게 가능한 것이면 어린아이들에게도 가능하다는 확신이 날마다 당신의 마음속에 자라날 것입니다.

함석헌 옮김
46판 | 양장본 | 648쪽 | 값 13,000원

해방전후사의 인식 1~6

80년대 정신적 좌표. 해방전후사 연구에 한 획을 그은 고전

1979~89년에 걸쳐 전6권으로 완간된 이 책은 일명 '해전사'로 불리며 80년대 엄혹한 시대상황하에서 이 땅의 학생·지식인들에게 사상적·정신적 좌표 역할을 했다.

송건호 강만길 박현채 외 지음
신국판 | 반양장 | 296~572쪽 | 값 12,000~18,000원

뜻으로 본 한국역사

살아 있는 역사정신 함석헌을 만난다

역사를 아는 것은 지나간 날의 천만 가지 일을 뜻도 없이 그저 머릿속에 기억하는 것이 아니다. 값어치가 있는 일을 뜻이 있게 붙잡아내는 것이다.

함석헌 지음
신국판 | 반양장 | 504쪽 | 값 15,000원

다산 정약용 유배지에서 만나다

진보적 지식인 이면의 인간 정약용

국가와 민족의 고난을 이겨내는 위대한 사상과 이론을 창출해내고 인생의 위기를 기회로 만드는 삶의 지혜를 스스로 실천해낸 다산은 오늘 우리들에게 무엇을 말하는가.

박석무 지음
신국판 | 반양장 | 560쪽 | 값 17,000원

지식의 최전선

세상을 변화시키는 더 새롭고 창조적인 발상들

시사저널 올해의 책 | 조선일보 올해의 책 | 한국백상출판문화상 | 한국출판인회의 이달의 책 | 문화관광부 우수학술도서

김호기 임경순 최혜실 외 52인 공동집필
신국판 | 양장본 | 712쪽 | 값 30,000원

월경越境하는 지식의 모험자들

혁명적 발상으로 세상을 바꾸는 프런티어들

지식의 모험자들은 창조적 발상과 능동적인 실천력으로 미래의 시간을 앞당긴다. 그들이 보여주는 미래의 그림을 엿보면서 세계를 향해 지적 모험을 감행한다.

강봉균 박여성 이진우 외 53명 공동집필
신국판 | 양장본 | 888쪽 | 값 35,000원

슬픈 열대
레비 스트로스의 명저, 20세기 최고의 기행문학

저 생명력 넘치는 원시의 땅으로 배가 출항한다. 적도 무풍대를 통과하면 신세계와 구세계 간의 희망과 몰락, 정열과 무기력이 교차한다.

레비 스트로스 지음 | 박옥줄 옮김
신국판 | 양장본 | 768쪽 | 값 30,000원

정신현상학 1·2
인류 정신사의 위대한 성취, 헤겔 불후의 대작

헤겔은 특유의 치밀하고 심오한 사유논리로 인간과 신, 그리고 자연을 포함한 존재 전체의 본질 규명을 향한 궁극의 경지를 아우르는 초인간적인 고투의 결실을 보여준다.

헤겔 지음 | 임석진 옮김
신국판 | 양장본 | 460, 376쪽 | 각권 값 25,000원, 22,000원

은밀한 몸
여성의 몸, 수치의 역사

'은밀한 그곳'에 대한 여성의 수치심과 그 본능의 역사. 시대와 지역, 민족을 초월하여 나타나는 여성들의 성기에 관한 수치심의 역사.

한스 페터 뒤르 지음 | 박계수 옮김
46판 | 양장본 | 672쪽 | 값 22,000원

음란과 폭력
싱을 통해 본 인간 본능과 충동의 역사

쾌락과 공격의 두 얼굴로 사용된 '성', 그 폭력의 역사. 시대와 지역, 민족을 초월하여 나타나는 인류 공동의 잔혹한 성 형태를 통해 본 음란과 폭력의 역사

한스 페터 뒤르 지음 | 최상안 옮김
46판 | 양장본 | 864쪽 | 값 24,000원

책의 도시 리옹
잃어버린 책의 거리를 찾아서

르네상스 시대, 리옹은 찬란한 출판문화를 꽃피웠다. 파리에 이어 명실상부 프랑스 제2의 도시로서 당대의 금서들을 탄생시키며 출판문화의 독특한 명성을 쌓았다.

미야시타 지로 지음 | 오정환 옮김
46판 | 양장본 | 672쪽 | 값 22,000원

대서양 문명사 팽창, 침탈, 헤게모니
거친 바다를 건너 세계를 지배한 열강의 실체

광대한 대서양을 배경으로 벌어진 제국들 간의 치열한 경주. 팽창·침탈·헤게모니의 역사로 물든 문명의 빛과 어둠을 파헤친다.

김명섭 지음
신국판 | 양장본 | 760쪽 | 값 35,000원

눈의 역사 눈의 미학
인간의 눈, 그 사랑과 폭력의 역사에 대한 성찰

눈이 있다는 것은 본다는 것이며, 본다는 것은 인식한다는 것이며, 인식한다는 것은 전체 중의 부분만을 파악한다는 것이기에 눈이란 진정한 감옥이다.

임철규 지음
신국판 | 양장본 | 440쪽 | 값 22,000원

세계와 미국
20세기를 반성하고 21세기를 전망한다

미국과 세계에 관한 연구는 단순히 정치사나 외교사적 서술로 끝날 수 없다. 그것은 우리의 존재양식, 우리의 사유양식, 우리 자신의 연구일 수밖에 없다.

이삼성 지음
신국판 | 양장본 | 836쪽 | 값 30,000원

호모 에티쿠스
윤리적 인간의 탄생을 위하여

참으로 선하게 살기 위해 우리는 희망 없이 인간을 사랑하는 법을, 보상에 대한 기대 없이 우리의 의무를 다하는 법을 배우지 않으면 안 됩니다.

김상봉 지음
신국판 | 반양장 | 356쪽 | 값 10,000원

그림자
분석심리학의 탐구 제1부…우리 마음속의 어두운 반려자

인간의 내면, 그 어두운 측면을 성찰하는 시간을 갖는다는 것은 하나의 축복이다. 나는 융의 '그림자' 개념을 통해 우리의 마음과 사회현실을 비추어 본다.

이부영 지음
신국판 | 반양장 | 336쪽 | 값 10,000원

서양의 관상학 그 긴 그림자
고대부터 20세기까지 서구 관상학의 역사를 추적한다

나와 타자를 이분법적으로 나누었던 관상학의 긴 역사. 관상학이란 그 시대에 잘 풀릴 수 있는 사람과 아닌 사람을 구별짓는 코드였다.

설혜심 지음
신국판 | 양장본 | 372쪽 | 값 22,000원

학벌사회
사회적 주체성에 대한 철학적 탐구

자기의 주체성을 실현해 나가야 할 인간이 사회적 존재를 확보하기 위해서 불행하게도 자기의 주체성을 스스로 양도하는 것이야말로 학벌의식의 실상이다.

김상봉 지음
신국판 | 양장본 | 448쪽 | 값 20,000원

나르시스의 꿈
자기애에 빠진 서양정신을 넘어 우리 철학의 길로 걸어라

자기도취에 뿌리박고 있는 서양정신은 영원한 처녀신 아테나처럼 품위와 단정함을 지킬 수는 있겠지만 아무것도 잉태할 수 없는 불임의 지혜다.

김상봉 지음
신국판 | 양장본 | 396쪽 | 값 20,000원

호모 에티쿠스
윤리적 인간의 탄생을 위하여

참으로 선하게 살기 위해 우리는 희망 없이 인간을 사랑하는 법을, 보상에 대한 기대 없이 우리의 의무를 다하는 법을 배우지 않으면 안 됩니다.

김상봉 지음
신국판 | 반양장 | 356쪽 | 값 10,000원

십자군 전쟁, 그것은 신의 뜻이었다
동방을 향한 서방의 침략과 약탈의 역사

음모와 배신과 암투 속에 신앙의 순수성과 정열은 사그라들고 그리스도교인과 무슬림, 비잔틴 제국과 몽골인들까지 뒤섞여 전쟁은 중세를 뒤흔든다.

W.B. 바틀릿 지음 | 서미석 옮김
신국판 | 양장본 | 528쪽 | 값 20,000원

중세유럽산책
암흑의 중세가 새롭게 태어난다!

중세 유럽은 아직도 미지의 세계다. 서양 중세사에 정통한 학자 아베 긴야가 중세 사람들의 생활과 내면에 최대한 파고들어가, 마치 산책하듯이 그들의 삶을 이야기한다.

아베 긴야 지음 | 양억관 옮김
46판 | 양장본 | 424쪽 | 값 22,000원

위대한 기사, 윌리엄 마셜
세계 최고의 기사를 만난다

저명한 중세사가 뒤비는 마셜을 '세계 최고의 기사'라고 말한다. 이 책은 기사도에 관한 독특한 해석과 탁월한 상상력을 바탕으로 중세 기사도 세계의 실상을 조망한다.

조르주 뒤비 지음 | 정숙현 옮김
46판 | 양장본 | 336쪽 | 값 17,000원

들꽃은 스스로 자란다
샛별초등학교 주중식 교장 선생님의 교육 이야기

아이들과 지내면 하고 싶은 말이 많아진다. 들꽃처럼 스스로 자라는 아이들, 말하지 않아도 답을 아는 아이들에게 배우는 것이 매일 조금씩 늘어나기 때문이다.

주중식 지음
국판 변형 | 반양장 | 320쪽 | 값 10,000원

중국인의 상술
상상을 초월하는 중국상인들의 장사비법

개방적인 자세로 상술을 펼쳐나가는 광둥사람, 신용 하나로 우직하게 밀고나가는 산둥사람. 이들이 바로 오늘의 중국을 움직이는 중국상인들이다.

강효백 지음
신국판 | 반양장 | 360쪽 | 값 12,000원

굶주린 여자 홍잉 장편소설
절망을 딛고 일어서는 한 소녀의 눈부신 젊은 날

기아는 나의 전생일 뿐만 아니라 현생이며 두 낭떠러지 사이에 걸린 구름다리 같았다. 흔들흔들 이 다리 위를 걸어갈 때 험악한 바람이 불어와 나를 날려버릴 것만 같았다.

홍잉 지음 | 김태성 옮김
신국판 | 반양장 | 416쪽 | 값 9,800원

아니마와 아니무스
분석심리학의 탐구 제2부…남성 속의 여성, 여성 속의 남성

당신은 첫눈에 반한 이성이 있는가. 가까워지고 싶은 조바심, 그리움과 안타까움. 이때 두 남녀는 상대방을 통해 자신의 아니마와 아니무스를 경험한다.

이부영 지음
신국판 | 반양장 | 368쪽 | 값 12,000원

자기와 자기실현
분석심리학의 탐구 제3부…하나의 경지, 하나가 되는 길

자기실현은 삶의 본연의 목표이며 값진 열매와 같다. 우리는 인간의 본성을 좀더 이해할 필요가 있다. 모든 재앙의 근원은 바로 우리 자신이기 때문이다.

이부영 지음
신국판 | 반양장 | 356쪽 | 값 15,000

잊을 수 없는 밥 한 그릇
나는 먹는다, 그리고 추억한다

음식은 기억이며, 음식은 추억이며, 음식은 삶이다. 언제 어느 때, 누구와 어떤 기분으로 그것을 먹고 향유했는가 하는 것으로 음식은 추억이 되고 기쁨이 된다.

박완서 외 12명 지음
신국판 | 양장본 | 224쪽 | 값 10,000원

조선통신사의 일본견문록
기행문을 통해 본 조선과 일본의 교류사

이 책은 조선통신사들의 기행문을 통해 조선과 일본의 교류사를 살펴보고 양국이 어떤 미래를 열어가야 할지를 조망하고 있다. 한일관계의 근원을 살펴보는 의미 있는 책.

강재언 지음 | 이규수 옮김
신국판 | 반양장 | 360쪽 | 값 14,000원

악인열전
풍류가무를 즐긴 우리 역사 속의 예인들

우리 역사에 명멸했던 음악인들과 그들을 둘러싼 문화적 동향을 소개한 책으로 악인들이 세상과 교감하고, 예술적 이상을 실현하는 방식을 보여준다.

허경진 편역
46판 | 양장본 | 626쪽 | 값 25,000원

인류학의 거장들
인물로 읽는 인류학의 역사와 이론

타일러와 모건의 시대로부터 포스트모더니즘에 이르기까지 인류학의 발달과정을, 21명의 '거장 인류학자'들을 통해 설명한다. 인류학의 전체 흐름을 체계적으로 정리했다.

제리 무어 지음 | 김우영 옮김
46판 | 양장본 | 456쪽 | 값 15,000원

문화의 수수께끼
문화의 기저에 흐르는 진실은 무엇인가

힌두교는 왜 암소를 싫어하며, 남녀불평등은 무엇에서 비롯되었으며, 그 결과는 어떤 생활양식을 만드는가? 인류의 생활양식의 근거를 분석한 탁월한 명저.

마빈 해리스 지음 | 박종렬 옮김
신국판 | 반양장 | 232쪽 | 값 10,000원

음식문화의 수수께끼
기이한 음식문화에 관한 문화생태학적 보고서

마빈 해리스의 해석을 따라 기이한 음식문화의 풍습을 하나씩 검토하다보면, 우리는 인간의 놀라운 적응력과 엄청난 다양성을 깨닫게 될 것이다.

마빈 해리스 지음 | 서진영 옮김
신국판 | 반양장 | 328쪽 | 값 10,000원

침묵의 언어
시간과 공간이 말을 한다

홀은 사람들이 언어를 사용하지 않고 서로 '이야기를 나누는' 다양한 방식들을 분석하고 있다. 부지간에 행하는 인간의 모든 몸짓과 행동에 담긴 문화적인 의미.

에드워드 홀 지음 | 최효선 옮김
신국판 | 반양장 | 288쪽 | 값 10,000원

문화를 넘어서
문화의 숨겨진 차원을 초월하라

사람들은 지금까지 자신의 생활방식만을 당연시해왔다. 이제 인류는 잃어버린 자아와 통찰력을 되찾기 위하여 문화를 넘어서는 힘든 여행을 떠나야 한다.

에드워드 홀 지음 | 최효선 옮김
신국판 | 반양장 | 372쪽 | 값 12,000원